岩 波 文 庫

32-044-1

白 楽 天 詩 選

(上)

川合康三訳注

凡例

一、白居易（字は楽天）の詩一七二首を選んで、訳、注及び補釈を施した。

二、底本には那波道円活字刊本（下巻の「解説」を参照）の陽明文庫蔵本を影印した、平岡武夫・今井清編『白氏文集歌詩索引』（同朋舎出版、一九八九）、その「白氏文集歌詩篇」を用いた。ただし自注は那波本では省かれているため、『白氏長慶集』（北京図書館蔵南宋紹興刊本の影印本、北京文学古籍刊行社、一九五五）によって補い、〔　〕内に小字で記した。

三、詩の本文は原則として旧字体、訓読は通行の字体を用いた。底本が異体字を用いている場合は本字に改めた。

四、語注に白居易の詩文を引いたときは作者名を省いた。

五、語注の末尾に詩型・押韻を記した。押韻には『広韻』の韻目を記し、単独の韻を用いている場合は「独用」、許容される韻にまたがる場合は「同用」、それ以外にわたる場合はすべて「通押」とした。併せて「平水韻」の韻目も記した。

六、詩題の末尾に通行本による巻数と花房英樹氏による作品番号(いずれも「解説」を参照)を算用数字で記した。

七、補釈の冒頭に、花房英樹、顧学頡、朱金城、謝思煒の諸氏によって定められた繫年に従って、制作年代を記した。

目次

下巻目次

白楽天詩選
(上)

I　登第以前

拔萃科是年試毀方瓦合　白居易汪氏香山年譜貞元十八年
判見文苑英華　鄭珣瑜領選部公試判拔萃
科入等養竹記云貞元十九年春居易以拔萃選及第選制以十
一月爲期至三月畢故十九年亦作十八年　居易祖名鍠與宏
同音故白公不應宏詞試摭
言謂公試宏詞賦考落者誤　李復禮　呂頻文苑英華作呂穎誤　哥舒
恆一作垣　白居易有　元稹侯鯖錄載元微之年譜貞元十八
酬哥舒大見贈詩　年微之年二十四中書判拔萃第
四等授校書郎　唐才子　皆見
傳元稹擢明經書判入等　崔元亮上
知貢舉　禮部侍郎權德輿舊書李實傳前歲權德輿爲禮部侍
郎實託私薦士不能如意後遂大錄
二十人迫德輿曰可依此第之不爾必出外官悔無及也德輿雖
不從然頗懼其誣奏　容齋四筆引登科記貞元十九年權德輿
以禮部侍郎放二十人　按權德輿李公遺愛碑云十九歲九月
制詔湖南長帥中執法李公巽爲江西申命小宗伯呂公渭爲之
代蓋呂公旣去權公代爲小宗伯事在九月故權文公于十九年
十月十二日祭戶部崔侍郎文結銜稱禮侍郎權德輿也　柳冕

大暦七年（七七二）一歳 ― 貞元十六年（八〇〇）二十九歳

白居易は鄭州《ていしゅう》新鄭県《しんていけん》（河南省新鄭市）に生まれた。祖父も父も地方を転々とする程度の官人。五、六歳の時に詩作を習い始め、九歳で声律（近体詩の音声面における規則）を習得したとみずから記す。十代前半の時に反乱を避けて江南に移住した。十五歳で進《しん》士《じ》を目指して勉強を開始。二十歳以後、厳しい勉学を己れに課す。二十三歳の時、父が没する。名だたる文人のなかでは登第が遅いのは父の死やそれにともなう経済的事情によるか。中国の文人は若い時の詩はのこさないことが多く、白居易の場合も多くはない。十代の習作、進士合格の喜びの詩、そして若い日の恋をうたった詩、六首をここに置く。

賦得古原草送別

離離原上草
一歲一枯榮
野火燒不盡
春風吹又生
遠芳侵古道
晴翠接荒城
又送王孫去
萋萋滿別情

古原《こげん》の草《くさ》を賦《ふ》し得《え》たり　送別《そうべつ》

離離《りり》たり　原上《げんじょう》の草《くさ》
一歳《いっさい》に一《ひと》たび枯栄《こえい》す
野火《やか》焼《や》けども尽《つ》きず
春風《しゅんぷう》吹《ふ》きて又《ま》た生《しょう》ず
遠芳《えんぽう》　古道《こどう》を侵《おか》し
晴翠《せいすい》　荒城《こうじょう》に接《せっ》す
又《ま》た王孫《おうそん》を送《おく》りて去《さ》る
萋萋《せいせい》として別情《べつじょう》満《み》つ

「古原の草」を詠う　送別

青々とした野原の草、一年に一度、枯れてはまた茂る。
野火《のび》も焼き尽くすことはできず、春風が吹けばまた萌えいずる。
香りは遠く昔の街道に拡がり、緑はきらきらと荒れはてた城壁に続く。

またここに貴公子を送り来ると、草は茂り、離別の思いは胸にあふれる。

○**賦得**　題を与えられて作った詩に冠する語。この詩は送別の席で「古原の草」という題のもとに作った作。送別の場を想定した習作の可能性もある。○**離離**　草が盛んに茂るさま。○**野火**　春の初めに枯れ草を焼く火。○**遠芳**　遠くまで拡がる植物の香り。南朝宋・劉義恭《りゅうぎきょう》「景陽楼《けいようろう》に登る」詩に「弱蕊《じゃくずい》(柔らかな花弁)遐《とお》き馥《かお》りを布《し》き、軽葉遠き芳りを振るう」。春になって繁茂する草木を嗅覚であらわす。○**晴翠**　陽光に輝く植物の緑色。中唐の時期から詩に見える語。○**又送・萋萋二句**　「王孫」は本来は王侯貴族の子弟。そこから若い人に対する尊称として用いられる。『楚辞』招隠士《しょういんし》の「王孫遊びて帰らず、春草生じて萋萋たり」をふまえる。「去」は「送」に添えた語。「萋萋」は草木が茂るさま。『詩経』周南・葛覃《かったん》にも「葛《くず》の覃《の》びて、中谷(谷の中)に施《うつ》る。維《こ》れ葉萋萋たり」。その毛伝に「萋萋は茂り盛んなる貌《さま》」。青い草がはびこっていく景と別れの悲哀が高まっていく情とを重ねる。○**詩型・押韻**　五言律詩。下平十二庚(栄《えい》・生《せい》)、十四清(城《せい》・情《せい》)の同用。平水韻、下平八庚。

貞元三年(七八七)の作、場所は不明。「律詩」の部。最も早い時期に属する詩の一つ。この詩は『唐摭言《とうせきげん》』などに見える逸話によってよく知られている。白居易十五、六歳の時、詩文を携えて長安に至り、時の名士顧況《こきょう》を訪れた。名刺を見た顧況は白居易の名をもじって「長安は百物貴《たか》ければ、居ること大いに易からず」とからかったが、巻頭のこの詩を読むなり、これほどの詩が作れるなら何の困難もなかろうと前言を取り消した、という。両人の行跡からこの話は事実ではないとされているが、詩は白居易の資質をよくあらわしている。春になって萌え出す若草、その生命力を捉えるところは白居易の文学の本質を予告するかのようだ。はびこっていく草の香りと色が「古道」「荒城」に拡がるのも、人の営みが時間のなかで衰退していくのと対比して自然の勢いを描き出している。草が「萋萋」につながり、「萋萋」から「招隠士」にうたわれる「王孫」、そして送別の意へと結ばれるが、定型化した惜別ではなく、若さゆえの情感が切ないばかりに満ちる。

王昭君二首〔時年十七〕　14-0805

其一

満面胡沙満鬢風
眉銷残黛臉銷紅
愁苦辛勤憔悴盡

王昭君《おうしょうくん》二《に》首《しゅ》〔時《とき》に年十七《としじゅうしち》〕

其《そ》の一《いち》

面《めん》に満《み》つる胡沙《こさ》　鬢《びん》に満《み》つる風《かぜ》
眉《まゆ》は残黛《ざんたい》銷《き》え　臉《れん》は紅《べに》銷《き》ゆ
愁苦《しゅうく》　辛勤《しんきん》　憔悴《しょうすい》し尽《つ》くし

如今卻似畫圖中　　如今《じょこん》　却《かえ》って画図《がと》の中《なか》に似《に》る

王昭君　二首〔この時、十七歳〕

その一

顔を打つえびすの地の砂塵、髪に吹き付ける風。くずれたまゆずみすら眉から消え、紅《べに》も顔から消え失せた。

悲しみ、つらさにやつれきり、皮肉にも今やかつて画かれた醜い絵姿そのもの。

○王昭君　王嬙《おうしょう》（檣、嬙とも表記する）、字《あざな》昭君。漢・元帝《げんてい》の時、匈奴《きょうど》の王呼韓邪単于《こかんやぜんう》は漢との姻戚関係を求め、後宮の王昭君が嫁がされた。呼韓邪の死後は即位した先妻の子と再婚した。『漢書』匈奴伝下の記述はここまでだが、『後漢書』南匈奴伝ではさらに話がふくらむ。五人の宮女を差し出すことにした元帝は、出発に臨んで初めて王昭君を見て、その美貌を惜しんだがもはや差し替えはできなかった。先妻の子が匈奴の王位を嗣ぎ、王昭君を妻に求めると、実子でないとはいえ子と再婚することをためらって彼女は帰国を求めた。しかし元帝を嗣いで即位していた成帝は胡俗に従うように命じ、やむなく匈奴の皇后となった、という。さらに『西京雑記《せいけいざっき》』（撰者不詳。六朝期）では肖像画の話が加わる。元帝の後宮では宮女が多すぎて一々接見できないので、画工に似顔絵を画かせ、そのなかから夜とぎを選んだ。宮女たちは画工に賄賂を贈って美しく描かせたが、王昭君だけはそれをしなかった。匈奴が宮女を求めた際、元帝は醜く描かれた王昭君を選んだ。いざ別れに臨んで後宮随一の美貌であるのに驚いたがすでに手遅れだった、という。以後、心ならずして匈奴に嫁ぎ、義理の子と再婚を強制された王昭君の悲劇は語り継がれ、元・馬致遠《ばちえん》の戯曲「漢宮秋」では元帝との悲恋として語られる。白居易にはほかに「青冢《せいちょう》」詩もある。青冢は王昭君の墓。常に草が青々と茂っているといわれることからこの名がある。**○眉銷一句**　「銷」はきえる。「残黛」はそこなわれたまゆずみ。「残」はのこるではなく、そこなわれる。「臉」は顔。**○詩型・押韻**　七言絶句。上平一東(風《ふう》・紅《こう》・中《ちゅう》)の独用。平水韻、上平一東。

貞元四年(七八八)の作。場所は不明。「律詩」の部。題下の自注に「時に年十七」と記される。ほかに「年十五」と記された詩があるが(「江南に北客を送り因って憑《たの》みて徐州の兄弟に書を寄す」)、年齢が明示された詩としてはそれに次ぐ。王昭君は古くから詩にうたわれた題材で、これもその題に沿った習作であろう。周知の題材ゆえにひとひねりを加える。ここでは本来の美貌が苦難で損なわれ、かつて故意に醜悪に描かれた絵の姿の通りになってしまったという工夫でまとめるが、浮薄な機知であることは否めない。

13-0676

長安正月十五日

諠諠車騎帝王州
羈病無心逐勝遊
明月春風三五夜
萬人行樂一人愁

長安正月十五日《ちょうあんしょうがつじゅうごにち》

諠諠《けんけん》たる車騎《しゃき》　帝王《ていおう》の州《しゅう》
羈病《きびょう》　勝遊《しょうゆう》を逐《お》うに心無《こころな》し
明月《めいげつ》　春風《しゅんぷう》　三五《さんご》の夜《よる》
万人行楽《ばんにんこうらく》し　一人《ひとり》愁《うれ》う

長安の正月十五日

にぎにぎしく車馬の行き交う花の都。旅に病み遊山に出かける気も起こらない。
明月、春風、満月の夜。誰もかれも浮かれ歩くのに、一人沈み込む。

○**正月十五日**　七月十五日の中元節、十月十五日の下元節とならぶ上元節の節句。元宵《げんしょう》とも言われ、街はちょうちんで飾られてにぎわう。○**諠諠**　にぎやかにごった返すさま。○**羈病**　旅の辛い身に重ねて病気にかかる。故郷を離れて長安に出てきているので「羈(旅)」という。○**勝遊**　名勝の地を訪れる。○**詩型・押韻**　七言絶句。下平十八

尤(州《しゅう》・遊《ゆう》・愁《しゅう》)の独用。平水韻、下平十一尤。

貞元十六年(八〇〇)、長安の作。「律詩」の部。進士受験に都へ出てきていた時、折りしも町中は元宵の節日に賑わい、その活気、喧噪がかえって孤独と憂愁を深める。受験生が都会のなかで取りのこされている思いをうたう。

感月悲逝者　13-0689

存亡感月一潸然
月色今宵似往年
何處曾經同望月
櫻桃樹下後堂前

月《つき》に感《かん》じて逝《ゆ》きし者《もの》を悲《かな》しむ

存亡《そんぼう》　月《つき》に感《かん》じて一《ひと》たび潸然《さんぜん》たり
月色《げっしょく》　今宵《こんしょう》　往年《おうねん》に似《に》たり
何《いず》れの処《ところ》か曽《かつ》経《つ》て同《とも》に月《つき》を望《のぞ》める
桜桃《おうとう》の樹下《じゅか》　後堂《こうどう》の前《まえ》

月を見て思いを生じ、亡くなった人を悲しむ

生死、月に思い、涙一筋こぼれる。月の光は今宵も往時と変わりがない。かつて一緒にこの月をどこで眺めたのか。それは桜桃の木の下、奥殿の前。

○**存亡**　生きることと死ぬこと。また生者と死者。『周易《しゅうえき》』に出る語。乾《けん》の文言伝に「進退存亡を知りて其の正しきを失わざる者は、其れ唯だ聖人か」。○**一潸然**　「潸然」は涙が流れるさま。杜甫「梓州李《ししゅうり》使君《しくん》の任に之《ゆ》くを送る」詩に「君　射洪《しゃこう》県に行かば、我の為に一たび潸然たれ」、射洪県で非業の死を遂げた陳子昂《ちんすごう》を自分に代わって弔ってほしいの意。○**桜桃**　ニワザクラ。桜桃はそれまでの詩にさほど見えないが、白居易は頻繁にうたっている。○**後堂**　中心となる建物の裏にある建物。○**詩型・押韻**　七言絶句。下平一先(年《ねん》・前《ぜん》)、二仙(然《ぜん》)の同用。平水韻、下平一先。

貞元十六年(八〇〇)以前の作。「律詩」の部。正確な制作時期も場所も不明。亡くなった人が誰かもわからない。今一人で見ている月、それをかつてともに見た人はもはやこの世にいない。「桜桃の樹下」「後堂の前」は私的な思いのこもる場である。こうした場所や相手の名が記されないことから、追悼の対象は女性であるかに見える。月がどこにも遍在するために、同じ月が照らしているであろう他の地の人を思うという発想は六朝期からあるが、時間的にも遍在することから月を媒介として過去・未来に思いを馳せるのは盛唐から始まる。

及第後歸覲
留別諸同年

十年常苦學
一上謬成名
擢第未爲貴
賀親方始榮
時輩六七人
送我出帝城
軒車動行色
絲管擧離聲
得意減別恨
半酣輕遠程
翩翩馬蹄疾
春日歸鄉情

及第《きゅうだい》して後《のち》 帰覲《ききん》するに
諸同年《しょどうねん》に留別《りゅうべつ》す
十年《じゅうねん》 常《つね》に苦学《くがく》し
一《ひと》たび上《のぼ》りて謬《あやま》りて名《な》を成《な》す
第《だい》に擢《ぬき》んでらるるは未《いま》だ貴《たっと》しと為《な》さざるも
親《おや》を賀《が》して方《まさ》に始《はじ》めて栄《えい》なり
時輩《じはい》 六七人《ろくしちにん》
我《われ》を送《おく》りて帝城《ていじょう》を出《い》ず
軒車《けんしゃ》 行色《こうしょく》を動《うご》かし
糸管《しかん》 離声《りせい》を挙《あ》ぐ
得意《とくい》 別恨《べっこん》を減《へ》らし
半酣《はんかん》 遠程《えんてい》を軽《かる》くす
翩翩《へんぺん》として馬蹄《ばてい》疾《はや》し
春日《しゅんじつ》 帰郷《ききょう》の情《じょう》

及第して帰省するに際し、同年の諸君にのこしおく

十年、刻苦勉励に明け暮れ、一度の応挙でたまたま合格してしまった。
登第が貴いわけではなく、親を祝えることが晴れがましい。
同輩たち六、七人が、都の外まで見送ってくれる。
車はいざ旅立ちの気配、別れの曲が奏でられる。
意はかない、別れの悲哀は薄らぐ。ほろ酔い気分、遠い旅路も苦にならない。
軽やかに馬は疾駆する。春の日、国に帰るこの胸のうち。

○**帰覲**　故郷に帰って両親に会う。科挙に合格すると家に帰って報告し、喜びを分かつ習慣があった。「覲」は君主、親など目上の人に会うこと。○**留別**　見送る人が「送別」の詩を手向けるのに対して、旅立つ人がのこす詩。○**諸同年**　同じ年に進士合格した者たちは「同年」と称して、生涯友人関係を結んだ。○**一上**　一度進士の試験に応じる。白居易は一回の受験で合格している。○**謬成名**　なんと私ごときものが合格したと、謙遜していう。○**擢第・賀親二句**　合格したことよりも、それが親を喜ばせることになるのが誇らしい、の意。魏・曹植《そうしょく》「自ら試みられんことを求むる表」(『文選』巻三七)に「父に事《つか》えては親を栄えしむることを尚《たっと》び、君に事えては国を興すを貴ぶ」。○

時輩　同期の人々。詩題の「諸同年」を指す。○**軒車**　車。「軒」はもともと大夫以上の乗る車。のちに車全般をいう。○**行色**　出発の気配。○**糸管**　絃楽器と管楽器。○**離声**　送別の音楽。○**半酣**　「酣」は酒の酔いがピークに達した状態。「半酣」はそこまでは至らない。○**翩翩一句**　「翩翩」は馬が軽やかに進むさま。唐・孟郊《もうこう》の「登科の後」詩に「春風　意を得て馬蹄疾し、一日に看《み》尽くす　長安の花」。ちなみに孟郊が四度目の受験で進士に合格したのは貞元十二年(七九六)、四十六歳の時。○**春日一句**　唐・崔国《さいこく》輔《ほ》「少年行」の「春日路傍の情」に似る。崔のこの詩は当時の選集(いわゆる「唐人選唐詩」)にも採られ、よく知られていた。○**詩型・押韻**　五言古詩。下平十二庚(栄《えい》)、十四清(名《めい》・城《せい》・声《せい》・程《てい》・情《せい》)の同用。平水韻、下平八庚。

貞元十六年(八〇〇)、長安の作。「閑適」の部。二十九歳の白居易は知《ち》貢挙《こうきょ》(試験最高責任者)高郢《こうえい》のもとで進士に登第する。この年の進士合格者は十七人。そのなかで白居易は第四位、年齢は最も若かったという。同年の進士には戴叔倫《たいしゅくりん》、杜《と》元穎《げんえい》、崔玄亮《さいげんりょう》らの名が見える。白居易はこのあとさらに吏部の試、憲宗の制科(特別試験)にも登第して高級官僚として歩み出す。この詩は合格を果たし、帰省の旅立ちを見送ってくれた人たちに贈った詩。合格の喜びを素直にうたう。

13-0661

冬至夜懷湘靈
豔質無由見
寒衾不可親
何堪最長夜
倶作獨眠人

冬至《とうじ》の夜《よる》　湘霊《しょうれい》を懐《おも》う
艶質《えんしつ》　見《み》るに由《よ》し無《な》し
寒衾《かんきん》　親《した》しむ可《べ》からず
何《なん》ぞ堪《た》えん　最《もっと》も長《なが》き夜《よる》
倶《とも》に独《ひと》り眠《ねむ》る人《ひと》と作《な》るに

冬至の夜、湘霊を思う

艶麗な姿を見るすべはなく、冷え冷えとしたしとねに肌は寄せられぬ。いたたまれぬ、一年で一番長いこの夜、どちらも一人で寝るほかない。

○**湘霊**　湘水の女神、ここでは白居易の親しんだ妓女の名。古代の五帝の一人、舜の妃は舜が蒼梧《そうご》（湖南省寧遠県付近）の野で死んだのを追って湘水に身を投じ、女神となったという。　○**詩型・押韻**　五言絶句。上平十七真（親《しん》・人《じん》）の独用。平水韻、上平十一真。

貞元二十年（八〇四）の冬、邯鄲《かんたん》を旅行中の三十三歳の時の作。「律詩」の部。実際の体験に基づく艶詩。妓女湘霊の名が記される詩はもう一首、七絶「湘霊に寄す」（貞元十六年、二十九歳)があるが、そこでは「遥かに知る　別れし後　西楼の上、応《まさ》に欄干《らんかん》に倚《よ》りて独自《ひと》り愁うべし」、自分のことを思って悲しんでいるに違いないとうたい、ここでは自分も彼女も互いの不在を辛く思っているとうたう。どちらの詩も湘霊が自分を慕っていると決めつけているのは白居易らしく明快ではあるが、恋愛詩としては奥深さに欠ける。独り寝の悲哀という閨怨詩のおきまりのモチーフを男にも用いたところ、また孤閨の長い夜を痛むモチーフを冬至という「最も長き夜」に結びつけたところが、この詩の工夫。

Ⅱ 長安時期(一)

貞元十六年（八〇〇）二十九歳—元和十年（八一五）四十四歳

貞元十六年（八〇〇）、二十九歳で進士科の試験に合格。十九年（八〇三）、吏部の書判抜萃《しょはんばっすい》科《か》にも合格した。この年の吏部試験合格者は八人、そのなかの一人が終生の友となる元稹《げんじん》だった。秘書省校書郎《ひしょしょうこうしょろう》に任じられて長安の常楽里《じょうらくり》に住まいを構えた。

校書郎は将来の高級官僚が最初に就くエリートコースだが、いわば研修期間のようなもので政治の中枢からは遠い。朝廷では王伾《おうひ》・王叔文《おうしゅくぶん》の二人を中心とした行政改革の嵐が吹き荒れ、その急激な動きに反発する既存勢力が打ち勝って改革派は追放された。八〇五年のことである。改革派が利用した順宗《じゅんそう》は退位し、代わって憲宗《けんそう》が即位。翌年、憲宗は元和《げんな》に改元、天子が直々主催する特別試験（制科）を挙行する。それに元稹とともに合格、盩厔《ちゅうちつ》県尉となる。県の属官に過ぎないとはいえ、長安に近い県の県尉はエリートコース。事実、一年もたたずに朝廷に戻って翰林学士《かんりんがくし》という天子の側近に就き、そして左拾遺《さしゅうい》となる。ここまで順調に進んできた官途が母の死で中断。喪に服するためにすべての職を辞す。郷里の下邽《かけい》（陝西省渭南市付近）に逼塞し、喪が明けて与えられたのは太子《たいし》左《さ》賛善大夫《さんぜんたいふ》という閑職であった。そして元和十年（八一五）、意見書を奉ったのが越権とみなされ、江州司馬《こうしゅうしば》に左遷される。三十一首を採る。

常樂里閑居、偶題十六韻、兼寄劉十五公輿・王十一起・呂二炅・呂四潁・崔十八玄亮・元九稹・劉三十二敦質・張十五仲方。時爲校書郎

帝都名利場
雞鳴無安居
獨有懶慢者
日高頭未梳
工拙性不同
進退亦遂殊

常楽里《じょうらくり》に閑居《かんきょ》し、偶《たま》たま十六韻《じゅうろくいん》を題《だい》し、兼《か》ねて劉《りゅう》十五公輿《じゅうごこうよ》・王十一起《おうじゅういちき》・呂《りょ》二炅《じけい》・呂四潁《りょしえい》・崔十八玄《さいじゅうはちげん》亮《りょう》・元九稹《げんきゅうしん》・劉三十二《りゅうさんじゅうに》敦質《とんしつ》・張十五仲方《ちょうじゅうごちゅうほう》に寄《よ》す。時《とき》に校書郎《こうしょろう》為《た》り

帝都《ていと》は名利《めいり》の場《ば》
鶏鳴《けいめい》より安居《あんきょ》するもの無《な》し
独《ひと》り懶慢《らんまん》たる者《もの》有《あ》りて
日《ひ》高《たか》きも頭《あたま》未《いま》だ梳《くしけず》らず
工拙《こうせつ》　性《せい》同《おな》じからず
進退《しんたい》　亦《ま》た遂《つい》に殊《こと》なる

05-0175

幸逢太平代
天子好文儒
小才難大用
典校在秘書
三旬兩入省
因得養頑疏
茅屋四五間
一馬二僕夫
俸錢萬六千
月給亦有餘
既無衣食牽
亦少人事拘
遂使少年心
日日常晏如

幸《さいわ》いに太平《たいへい》の代《よ》に逢《あ》い
天子《てんし》　文儒《ぶんじゅ》を好《この》む
小才《しょうさい》　大《おお》いに用《もち》いらるること難《かた》く
典校《てんこう》　秘書《ひしょ》に在《あ》り
三旬《さんじゅん》に両《ふた》たび省《しょう》に入《い》る
因《よ》りて頑疏《がんそ》を養《やしな》うを得《え》たり
茅屋《ぼうおく》　四五間《しごけん》
一馬《いちば》　二僕夫《にぼくふ》
俸銭《ほうせん》　万六千《まんろくせん》
月《つき》づき給《きゅう》されて亦《ま》た余《あま》り有《あ》り
既《すで》に衣食《いしょく》に牽《ひ》かるる無《な》く
亦《ま》た人事《じんじ》に拘《こう》せらるること少《すく》なし
遂《つい》に少年《しょうねん》の心《こころ》をして
日日《ひび》　常《つね》に晏如《あんじょ》たらしむ

勿言無己知
躁靜各有徒
蘭臺七八人
出處與之俱
旬時阻談笑
旦夕望軒車
誰能讎校閒
解帶臥吾廬
窻前有竹翫
門外有酒沽
何以待君子
數竿對一壺

言《い》う勿《な》かれ己《おの》れを知《し》るもの無《な》しと
躁静《そうせい》　各《おの》おの徒《と》有《あ》り
蘭台《らんだい》の七八人《しちはちにん》
出処《しゅっしょ》　之《これ》と倶《とも》にす
旬時《じゅんじ》　談笑《だんしょう》を阻《へだ》つれば
旦夕《たんせき》　軒車《けんしゃ》を望《のぞ》む
誰《たれ》か能《よ》く讎校《しゅうこう》の間《かん》に
帯《おび》を解《と》きて吾《わ》が廬《いおり》に臥《ふ》さん
窓前《そうぜん》に竹《たけ》の翫《もてあそ》ぶ有《あ》り
門外《もんがい》に酒《さけ》の沽《う》る有《あ》り
何《なに》を以《もっ》てか君子《くんし》を待《もてな》さん
数竿《すうかん》　一壺《いっこ》に対《たい》す

常楽里《じょうらくり》に閑居して、ふと十六韻の詩ができたので、あわせて劉公輿《りゅうこうよ》・王起《おうき》・呂《りょ》

炅《けい》・呂潁《りょえい》・崔玄亮《さいげんりょう》・元稹《げんじん》・劉敦質《りゅうとんしつ》・張仲方《ちょうちゅうほう》のもとに届ける。この時、校書郎の任にある

帝都は名誉利欲を争う場、夜明け前から、家でのんびりする者などいない。

そのなかにただ一人の怠け者、日が高く登っても頭に櫛も入れていない。

世渡りの巧拙は生まれつきのもの。出世するかしないかそこで分かれる。

幸運にも太平の御代《みよ》に生まれ合わせ、天子さまは学問を大事にされる。

才乏しき者が世間のお役に立つわけもなく、秘書省で校訂の任に当たる。

一月に二度登庁すれば、あとは生来のものぐさのままに暮らせる。

草葺きの家屋には部屋が四つか五つあって、馬は一頭、下僕は二人。

俸給は一万六千銭、毎月それだけ支給を受ければ余りもでる。

暮らしの算段には引きずられず、人間関係の煩わしさもない。

かくしてこの若者の胸のうちは、毎日いつもやすらかなもの。

自分をわかってくれる人がいないなどと言ってはならぬ。陽気な奴も静かな奴も、それぞれ類は友を呼ぶ。

秘書省の七、八人とは、仕事も休暇もいつもともにする仲間。

十日も話ができない時には、朝な夕な車の到来が待ち遠しい。
誰か校訂の仕事の合間に、帯を解きわが庵に横になりに来ないものか。
窓辺には賞すべき竹の群れ、門の外には酒売りもいる。
何を用意して君子たちをもてなすかといえば、数本の竹に一つの酒壺。

○常楽里　長安の街区の名。最も東の列の、南から七つ目にあたる区画。そこに白居易の長安における最初の住まいがあった。宰相であった亡き関播《かんぱ》の邸宅のなかの東亭を借りたもの。**○閑居**　公務から退いて心静かに住まう。白居易の「閑適」を端的にあらわす暮らし。西晋・潘岳に「閑居の賦」(『文選』巻一六)がある。**○偶題**　ふと詩を書き付ける。**○劉十五公輿……**　詩を贈る八人の名を列挙する。姓と名の間の数字は排行(父方の従兄弟たちの間での年齢の順)。劉公輿はのちに祠部員外郎《しぶいんがいろう》。王起《おうき》は字《あざな》挙之《きょし》。貞元十四年の進士。貞元十九年、白居易と同年に博学宏詞科に登第して集賢校理《しゅうけんこうり》。のちに宰相となった。呂炅《りょけい》も貞元十九年、博学宏詞科に登第。呂穎《りょえい》は呂炅の弟。貞元十九年に書判抜萃科《しょはんばっすいか》に登第。崔玄亮《さいげんりょう》は字晦叔《かいしゅく》。貞元十六年の進士。貞元十九年、書判抜萃科に登第。のちに湖州刺史、秘書少監など。白居易と一生交遊が続く一人。底本では「崔玄亮十八」に作るが、諸本に従って改める。元稹《げんじん》は字微之《びし》。貞元十九年、書判抜萃科に登第。

生涯を通して白居易の最も親しい友。劉敦質《りゅうとんしつ》は字太白《たいはく》。この詩の翌年に没する。張仲《ちょうちゅう》方《ほう》は字靖之《せいし》。貞元中の進士。底本が「張仲元」に作るのは誤り。○**帝都**　都。皇帝のいます世界の中心といった響きを伴う。李白「晁卿衡《ちょうけいこう》(阿倍仲麻呂)を哭す」詩に「日本の晁卿　帝都を辞し、征帆一片　蓬壺を繞《めぐ》る」。○**名利場**　地位や金を争い求める所。名利は世俗的価値を代表するもの。○**鶏鳴**　夜明けの時刻。『孟子』尽心《じんしん》篇上に「鶏鳴にして起き、孳孳《じじ》として善を為す者は、舜《しゅん》の徒(聖人舜の仲間)なり」。○**安居**　のんびり暮らす。『孟子』滕文公《とうぶんこう》篇下に「安居して天下熄《いこ》う」。○**懶慢**　ずぼらなさまをいう畳韻の語。友人から仕官を勧められて断る魏・嵆康《けいこう》「山巨源《さんきょげん》に与えて交わりを絶つ書」(『文選』巻四三)に「簡は礼と相い背《そむ》き(ずぼらは礼と折り合わず)、懶と慢は相い成る」。○**日高一句**　官にある者は夜明けとともに登庁せねばならないが、校書郎は以下に述べるように公務が閑で朝寝ができた。王維「戯れに張《ちょう》五弟諲《いん》に贈る三首」其の一に「日高くして猶《な》自お臥し、鐘動きて始めて能く飯す。領上　髪未だ梳らず、牀頭　書巻かず」。○**工拙**　世渡りのうまいへた。○**進退**　仕官することと隠棲すること。「出処」というに同じ。士大夫の二つの生き方。白居易は校書郎という官に就いていたが、実務から離れたその職を隠逸と同じとみなす。○**文儒**　文学や学問など非実用的なもの。○**小才**　能力の劣る者。自分を指す。○**典校**　書物の校勘を司る。校書郎の職務。後漢・班固《はんご》

「答賓戯《とうひんぎ》」(『文選』巻四五)序に「秘書を典校し、専ら志を儒学に篤くし、著述を以て業と為す」。 ○**三旬一句** 「旬」は十日間。「三旬」は一か月。「両」は二回。二旬(二十日)とも解しうる。「省」はここでは秘書省を指す。 ○**頑疎** 遅鈍で粗放。嵆康「幽憤詩」(『文選』巻二三)に自分が災いに遭ったのは、「天より降すに匪《あら》ず、寔《まこと》に頑疎に由る」。 ○**茅屋一句** カヤで屋根を葺いた家。簡素な住居をいう。「間」は部屋を数える単位。陶淵明「園田の居に帰る五首」其の一に「草屋八九間」というのに基づく。 ○**一馬一句** 『新唐書』食貨志によれば、九品の官員には下僕二人が支給された。 ○**俸銭・月給二句** 「俸銭」は官吏の給与。『新唐書』食貨志に秘書省校書郎の俸給は月一万六千と記すのと合致する。南宋・洪邁『容斎随筆』五筆が早く指摘するように、白居易はその時々の俸給額を詩に記す。豊かとはいえなくても余裕がある暮らしぶりを語る。 ○**晏如** 外界に煩わされずに心の平安を保っている状態。嵆康「幽憤詩」に「世と営む無く、神気晏如たり」、また陶淵明「五柳先生伝」に「箪瓢《たんぴょう》(食べ物飲み物)屢《しば》しば空しきも、晏如たり」など、隠逸者の心のありよう。 ○**無已知** 『論語』学而篇、「人の己れを知らざるを患《うれ》えず、人を知らざるを患うるなり」。 ○**躁静** にぎやかなことと静かなこと。『老子』二六章に「重きは軽きの根為《た》り、静かなるは躁(さわが)しきの君為り」。ここでは出世にあくせくする者と恬淡たる者とを対比する。 ○**蘭台** 秘書省の雅称。 ○**出処** 上に見えた「進退」と同じく、仕官することと家居することをあらわすが、ここでは日常的な行動のすべての意。○**旦夕一句**　朝も晩も来訪を待ち望む。「軒車」は車。「軒」は本来は大夫以上の乗る車。○**讎校**　書物の校訂。校書郎の職務。「讎」はかたき。二人がかたきどうしのように向かい合って校訂するのでこう言われるという。○**解帯**　くつろぎを示すとともに、気持ちがうちとけることもあらわす。『三国志』諸葛亮伝に、劉備の三顧の礼を受け入れた諸葛亮は、「遂に帯を解き誠を写《そそ》ぎて、厚く相い結納《けつのう》す(同志となる)」。○**吾廬**　陶淵明「山海経《せんがいきょう》を読む」詩、其の一に「衆鳥は託する有るを欣び、吾も亦た吾が廬を愛す」。○**窓前一句**　竹は高潔な植物とされる。常楽里の家の竹については、同じ時期に書かれた「養竹記」が詳しく記す。○**詩型・押韻**　五言古詩。上平九魚(居《きょ》・梳《そ》・書《しょ》・疏《そ》・余《よ》・如《じょ》・車《きょ》・廬《りょ》)と十虞(殊《しゅ》・儒《じゅ》・夫《ふ》・拘《く》・倶《ぐ》)、十一模(徒《と》・沽《こ》・壺《こ》)の通押。平水韻、上平六魚と七虞。

貞元十九年(八〇三)、長安の作。「閑適」の部。吏部の試験に通り、校書郎の官に就いたばかり。宮中の図書館を管理するその職務は閑《ひま》だったようで、有り余る時間に清遊を楽しもうと仲間の官人たちを誘った詩。白居易の作った「閑適」(私的生活の歓び)という部類の巻頭に置かれていることが示すように、初期の閑適詩を代表する。自分を世に無用な存在と規定して、名利にあくせくするのとは別の生き方を語る。とはいえ政治の世界を否定してはいない。実際、恵まれた官途に就いたばかりの時期。公的にも恵まれたうえで私的な生活の満足感をうたうところに白居易の特徴がある。

05-0176

答元八宗簡同遊曲江後、明日見贈

長安千萬人
出門各有營
唯我與夫子
信馬悠悠行
行到曲江頭
反照草樹明
南山好顔色
病客有心情

元八宗簡《げんはちそうかん》の同《とも》に曲江《きょっこう》に遊《あそ》びし後《のち》、明日《みょうにち》贈《おく》らるるに答《こた》う

長安《ちょうあん》　千万《せんまん》の人《ひと》
門《もん》を出《い》でて各《おの》おの営《いとな》む有《あ》り
唯《た》だ我《われ》と夫子《ふうし》とのみ
馬《うま》に信《まか》せて悠悠《ゆうゆう》と行《ゆ》く
行《ゆ》きて曲江《きょっこう》の頭《ほとり》に到《いた》れば
反照《はんしょう》　草樹《そうじゅ》明《あき》らかなり
南山《なんざん》　顔色《がんしょく》好《よ》く
病客《びょうかく》　心情《しんじょう》有《あ》り

水禽翻白羽
風荷嫋翠莖
何必滄浪去
即此可濯纓
時景不重來
賞心難再并
坐愁紅塵裏
夕鼓鼕鼕聲
歸來經一宿
世慮稍復生
賴聞瑤華唱
再得塵襟清

水禽《すいきん》　白羽《はくう》を翻《ひるがえ》し
風荷《ふうか》　翠茎《すいけい》を嫋《たわ》む
何《なん》ぞ必《かなら》ずしも滄浪《そうろう》に去《ゆ》かん
此《ここ》に即《つ》きて纓《えい》を濯《あら》う可《べ》し
時景《じけい》　重《かさ》ねては来《き》たらず
賞心《しょうしん》　再《ふたた》びは并《あわ》せ難《がた》し
坐《ざ》して愁《うれ》う　紅塵《こうじん》の裏《うち》
夕鼓《せっこ》　鼕鼕《とうとう》たる声《こえ》
帰《かえ》り来《き》たりて一宿《いっしゅく》を経《ふ》れば
世慮《せいりょ》　稍《や》や復《ま》た生《しょう》ず
瑶華《ようか》の唱《しょう》を聞《き》くに頼《よ》りて
再《ふたた》び塵襟《じんきん》の清《きよ》まるを得《え》たり

元宗簡が曲江に一緒に遊んだあと、次の日に贈ってくださった詩に答える長安には何千何万の人、誰もが一歩家を出ればそれぞれの仕事に忙しい。
そのなかでわたしとあなただけは、馬の歩むにゆだねてのんびりと行く。
行って曲江のあたりに着くと、夕映えに草木が輝いていた。
南山の美しい姿、心病める旅人も人心地が付いた。
水鳥は白い翼を振るって飛び立ち、風ばめる蓮は緑の茎がたおやかに揺らめく。
わざわざ隠逸のために滄浪に行くまでもない。この地で冠のひもを洗えばよいのだ。
しかしこの時の景色は二度と戻らず、それを味わう心も繰り返せない。
ぽつねんと世塵に心沈ませていると、日没の太鼓の音がドンドンと響く。
家に帰って一晩たてば、世俗の煩わしさが少しずつよみがえる。
それが君の玉の歌声を聞いたおかげで、今一度心洗われる思いを得た。

○元八宗簡　元宗簡（?―八二二）、字は居敬。「八」は排行。貞元末年からの友人。**○曲江**　長安東南の行楽地。**○長安・出門二句**　「千万」は数の多いことをいう。出だしの二句は、韓愈「出門」詩の冒頭に「長安百万の家、門を出でて之《ゆ》く所無し」というのと似る。「営」は仕事にいそしむ。**○夫子**　男子に対する敬称。元宗簡を指す。**○信馬**　目的もなく馬の歩むにまかせる。〇**反照**　夕日の照り返し。〇**南山**　長安の南に連なる終南山。〇**病客一句**　「病客」は故郷を離れて心結ぼれた旅人。白居易を指す。「有心情」は景色を見て人間らしい心を取り戻す。〇**嫋**　柔らかになびかせる。〇**何必・即此二句**　『楚辞』漁父《ぎょほ》の「滄浪の水清《す》まば、以て我が纓を濯う可《べ》し」に基づく。「滄浪」は青い水、隠逸の地を意味する。「纓」は官人のかぶる冠のひも。それを「濯」うのは、『楚辞』では官に就く支度をすることを言うが、ここでは逆に隠棲する意味で用いる。二句はわざわざ隠棲の地に赴かなくてもこの地でその気分を味わえるの意。〇**時景・賞心二句**　南朝宋・謝霊運「魏の太子の鄴中集《ぎょうちゅうしゅう》の詩に擬《ぎ》す」(『文選』巻三〇)の「序」に「天下の良辰・美景・賞心・楽事、四者并(あわ)せ難し」というのを用いる。「時景」はよい季節の風景。「賞心」は風景を観賞し味わう。〇**紅塵**　繁華な世俗に満ちる塵埃。〇**夕鼓**　夕刻を知らせる太鼓。〇**鼕鼕**　太鼓の音の擬音語。〇**頼**　「頼」に続くものを原因として、よい結果がもたらされることを表す助字。〇**瑶華唱**　宝玉のように美しい歌声。元宗簡が贈った詩を讃える。〇**塵襟**　世塵に汚れた胸中。〇**詩型・押韻**　五言古詩。下平十二庚(行《こう》・明《めい》・生《せい》)、十三耕(茎《けい》)、十四清(営《えい》・情《せい》・纓《えい》・并《へい》・声《せい》・清《せい》)の同用。平水韻、下平八庚。

貞元十九年(八〇三)から永貞元年(八〇五)にかけての時期、長安の作。「閑適」の部。世間の喧噪と静謐な世界とを対峙させる結構は、先の「常楽里……」詩(三七頁)と同じ。この詩では曲江に閑雅な境地を味わったあと、再び日常生活の慌ただしさに戻るが、曲江の遊をともにした元宗簡の詩を読むことによって、再び幽寂の心地を味わえたことを述べる。相手の詩を誉めた措辞とはいえ、生の時間はその場限りで消えてしまうが、言葉に定着させることによって確かな経験になりうる、と敷衍できよう。

三月三十日題慈恩寺

13-0631

慈恩春色今朝盡
盡日徘徊倚寺門
惆悵春歸留不得
紫藤花下漸黄昏

三月三十日《さんがつさんじゅうにち》　慈恩寺《じおんじ》に題《だい》す
慈恩《じおん》の春色《しゅんしょく》　今朝《こんちょう》尽《つ》く
尽日《じんじつ》　徘徊《はいかい》して寺門《じもん》に倚《よ》る
惆悵《ちゅうちょう》す　春帰《はるかえ》りて留《とど》め得《え》ざるを
紫藤《しとう》の花下《かか》　漸《ようや》く黄昏《こうこん》

三月三十日、慈恩寺に書き付ける

慈恩寺の春景色も今日でおわり。ひねもすあたりを徘徊し、寺の門によりかかる。

ああ、帰りゆく春を引き留めることはできない。紫の藤の花のもと、しだいに深まるたそがれ。

○慈恩寺　長安の東南に位置する寺院。名所として詩に詠まれることが多い。白居易も「書に代うる詩一百韻」のなかで長安での元稹との交遊を振り返って「高く慈恩の塔(大雁塔)に上る」という。○惆悵　悲しむことをあらわす双声の語。○今朝尽　三月三十日で春が終わることをいう。○春帰　春が終わることを春が元の場所に「帰」ってしまうと表現する。白居易に頻見される語。○留不得　「不得」は動詞のあとについてそれができないことをあらわす口語的表現。○紫藤　晩春に開花する。白居易には「紫藤」と題する諷諭詩があるが、そこでは藤の根が屈曲し、蔓はまといつくことから、邪悪な人物の寓意として用いる。○漸　しだいに、徐々に。○詩型・押韻　七言絶句。上平二十三魂(門《もん》・昏《こん》)の独用。平水韻、上平十三元。

永貞元年(八〇五)、長安の作。「律詩」の部。「三月三十日」は暦のうえでの春の終わりにすぎないのに、白居易はその日付けにこだわってしばしばうたう。「春を送る」詩には「三月三十日、春帰りて日も復た暮る」の二句があり、「春の帰るを送る」詩には題下に「元和十一年三月三十日の作」という自注がある。惜春の情がすでに十分様式化されて定着していたことを思わせる。「惜春」は日本の歌題にも浸透するが、ちなみに日本では歌われる「惜秋」は中国にはない。

12-0596

長恨歌

漢皇重色思傾國
御宇多年求不得
楊家有女初長成
養在深閨人未識
天生麗質難自棄
一朝選在君王側
迴眸一笑百媚生
六宮粉黛無顏色

長恨歌《ちょうごんか》

漢皇《かんこう》　色《いろ》を重《おも》んじて傾国《けいこく》を思《おも》う
御宇《ぎょう》　多年《たねん》　求《もと》むれども得《え》ず
楊家《ようか》に女《むすめ》有《あ》りて初《はじ》めて長成《ちょうせい》す
養《やしな》われて深閨《しんけい》に在《あ》り　人未《ひといま》だ識《し》らず
天生《てんせい》の麗質《れいしつ》　自《おのずか》ら棄《す》て難《がた》く
一朝《いっちょう》　選《えら》ばれて君王《くんのう》の側《かたわら》に在《あ》り
眸《ひとみ》を迴《めぐ》らして一《ひと》たび笑《わら》えば百媚《ひゃくびしょう》生じ
六宮《りっきゅう》の粉黛《ふんたい》　顔色《がんしょく》無《な》し

とわのかなしみの歌

漢の帝《みかど》は女色を尊び、国を傾けるほどの美女を得たいと念じていたが、長年のご統治にも求める人は得られなかった。

楊氏の家にむすめがいて、その子は大人になったばかり。深窓に育てられてまだ誰も知らない。

だが生まれもっての美貌がそのまま埋《うず》もれることはなく、或る日突然、選ばれて天子のお側に侍る身となった。

くるっと振り向いてにっこり笑えば匂い立つその艶やかさ、華やかに装う後宮の美女もみな色あせてしまう。

以下、十四段に分ける。第一段は皇帝が美女を捜求、見いだした女を後宮に入れるまで。

○**漢皇**　漢の皇帝、そのなかでも武帝劉徹《りゅうてつ》(前一五六-前八七)に仮託しているが、実際に指しているのは唐の玄宗李隆基《りりゅうき》(六八五-七六二)。散文で綴る陳鴻《ちんこう》「長恨歌伝」では直接玄宗の名で語るのに対して、「長恨歌」は物語というベールに包んでうたう。○**重色**　女色を好む。『論語』子罕《しかん》篇・衛霊公《えいれいこう》篇に「吾れ未だ徳を好むこと色を好むが如き者を見ざるなり」。○**傾国**　国中の人を夢中にさせる美女。漢武帝の前で歌手の李延年《りえんねん》が「北方に佳人有り、絶世にして独立す。一たび顧みれば人の城《まち》を傾け、再び顧みれば人の国を傾く」(『漢書』外戚伝上)、彼女を見ようと人が一箇所に集中して町や国が傾いてしまう、と歌ったのに基づく。それほどの美人を見たいと武帝が言ったのに応えて宮廷に入ったのが、李延年の妹の李夫人《りふじん》(「李夫人」参照、一八五頁)。○**御宇**　世界を支配する。「御」はもともと馬を操ること。「宇」は宇宙。漢・賈誼《かぎ》「過秦論」(『文選』巻五一)に「始皇　長策を振るいて宇内を御す」。○**求不得**　求めても求められない。「不得」は動詞のあとについてできないことをいう口語的語法。玄宗は毎年「花鳥使」と俗に呼ばれた使者を派遣して、各地の美女を捜し出し後宮に入れたという(『新唐書』呂向伝など)。○**楊家一句**　楊貴妃について語り出す。「初長成」は大人になったばかり。○**養在一句**　深窓の令嬢として語られているが、実際にはすでに玄宗の息子の一人寿王李《じゅおうり》瑁《ぼう》のもとに嫁いでいたのに玄宗が目を止め、ひとたび道観(道教寺院)にいれて女道士としたうえで自分のものとした。「長恨歌伝」ではその事実をそのまま記す。○**迴眸一句**　最少の数「一」と最大の数「百」の対比による修辞。○**六宮**　後宮。『礼記』昏義《こんぎ》に「古者《いにしえ》は天子の后は六宮を立つ」。規定では正寝など六つの宮殿があった。○**粉黛**　おしろいとまゆずみ、化粧。ここでは美しく装った後宮の美女たち。

春寒賜浴華清池
溫泉水滑洗凝脂
侍兒扶起嬌無力
始是新承恩澤時
雲鬢花顔金歩搖
芙蓉帳暖度春宵
春宵苦短日高起
從此君王不早朝

春寒《はるさむ》くして浴《よく》を賜《たま》う　華清《かせい》の池《いけ》
温泉《おんせん》　水滑《みずなめ》らかにして凝脂《ぎょうし》を洗《あら》う
侍児《じじ》　扶《たす》け起《お》こすも嬌《きょう》として力無《ちからな》し
始《はじ》めて是《こ》れ新《あら》たに恩沢《おんたく》を承《う》けし時《とき》
雲鬢《うんびん》　花顔《かがん》　金歩揺《きんほよう》
芙蓉《ふよう》の帳《とばり》は暖《あたた》かくして春宵《しゅんしょう》を度《わた》る
春宵《しゅんしょう》　苦《はなは》だ短《みじか》くて日《ひ》高《たか》くして起《お》く
此《こ》れ従《よ》り君王《くんのう》　早朝《そうちょう》せず

春まだ浅い日、華清池での湯浴みを賜わった。温泉の水はなめらかで、つややかな白い肌にふりそそぐ。

お側のものが支え起こすが、なまめかしくしな垂れる。これがはじめて帝の愛を受け入れた時だった。

雲のごとく結い上げた髪、花のかんばせ、一足ごとに揺らめく金のかんざし。芙蓉《はす》を縫い取ったとばりは暖かく、その中で春の夜が過ぎていく。

だが春の夜は短すぎて、起き出す頃には日はとうに高く、これより後、天子は早朝の政務にお顔を見せなくなった。

第二段、華清宮での歓楽の日々。○**華清池**　長安の北東三〇キロ、驪山《りざん》のふもとにあった温泉。「池」は浴池(浴場)の意。その地には北朝の時期から温泉宮と呼ばれる離宮があり、玄宗は名を華清宮《かせいきゅう》と改めて避寒の地とした。○**凝脂**　肌がきめ細かく潤いを帯びているのをたとえる。『詩経』衛風・碩人《せきじん》に「膚は凝脂の如し」。○**侍児**　おつきの者。○**嬌無力**　「嬌」はたおやかでなまめかしいさま。○**恩沢**　上の者が下の者に注ぐ愛情。○**雲鬢**　女性の豊かな黒髪。『詩経』鄘風《ようふう》・君子偕老《かいろう》に「鬒髪《しんぱつ》(黒髪)雲の如し」。○**金歩揺**　黄金の髪飾り。歩くたびに揺れるので「歩揺」という。○**芙蓉帳**　蓮の花の絵柄を施した、ベッドを囲む幕。「芙蓉」は蓮の花。芙蓉、蓮は南朝の恋の歌によくうたわれ、甘美な連想を伴う。○**度春宵**　「度」は渡。時間が過ぎる。「長恨歌」前半は春の時節に設定され、楊貴妃を失った後半が秋を舞台とするのと対比をなす。○**春宵苦短**　前の句末の語(春宵)を次句の頭で繰り返してなめらかに展開するのは長篇歌行に特徴的な手法。「苦」は苦しむという動詞でも解されるが、ここでは程度が激しいことをあらわす副詞。○**不早朝**　朝廷の政務は夜明けとともに始まるものであった。

承歡侍宴無閑暇　　歓《かん》を承《う》け宴《えん》に侍《じ》して閑暇《かんか》無《な》し
春従春遊夜専夜　　春《はる》は春《はる》の遊《あそ》びに従《したが》い夜《よる》は夜《よる》を専《もっぱ》らにす
後宮佳麗三千人　　後宮《こうきゅう》の佳麗《かれい》　三千人《さんぜんにん》
三千寵愛在一身　　三千《さんぜん》の寵愛《ちょうあい》　一身《いっしん》に在《あ》り
金屋粧成嬌侍夜　　金屋《きんおく》　粧《よそお》い成《な》りて嬌《きょう》として夜《よる》に侍《じ》し
玉樓宴罷醉和春　　玉楼《ぎょくろう》　宴罷《えんや》みて酔《よ》いて春《はる》に和《わ》す
姉妹弟兄皆列土　　姉妹弟兄《しまいていけい》　皆《みな》土《ど》に列《れっ》す
可憐光彩生門戸　　憐《あわれ》む可《べ》し　光彩《こうさい》　門戸《もんこ》に生《しょう》ず
遂令天下父母心　　遂《つい》に天下《てんか》の父母《ふぼ》の心《こころ》をして
不重生男重生女　　男《おとこ》を生《う》むを重《おも》んぜず　女《おんな》を生《う》むを重《おも》んぜしむ

帝のお相手に宴席のお務めと貴妃はいつも忙しい。春には春の行楽に付き従い、夜には枕を独り占め。

後宮に居並ぶ三千の麗人、その三千人分の寵愛がいまやただ一人に注がれる。

黄金のやかたでは粧いをこらし、あでやかに夜のおとぎ。玉のうてなの宴が尽きれば、春と溶け合う酔い心地。

姉妹兄弟みなご領地を賜り、なんとも目の眩むご一門の輝かしい栄華。

かくして世の親たちは、男子の誕生を寿《ことほ》がず、女子の誕生を心待ちにするようになった。


第三段、寵愛は一門にまで及ぶ。○**承歓**　上の者に気に入られる。『後漢書』孝安帝紀の「賛」に、安帝の臣下について「馮石《ふうせき》は歓びを承け、楊公(楊震)は怒りに逢う」。ただし李賀「屏風の曲」では新婚をうたって「酒觥《しゅこう》　帯を綰《むす》びて(二つの杯をひもで結んで)新たに歓びを承く」と男女が結ばれることをいう。ここもそのように解すれば、一句は寝所でも宴席でも、公私いずれの場でも寵愛されて手の空くことはなかった、の意となり、下の句の「春遊」という外の歓楽、「夜」という内の歓楽をいうのに対応する。○**春従一句**　「春」は一年のなかで、「夜」は一日のなかで、ともに愉楽にふさわしい時間。「春遊」は春の行楽。もともとは天子の巡幸をいう。『史記』秦始皇本紀に「皇帝春遊して、遠方を覧省す」。「夜専夜」は一人だけで天子のおとぎをつとめること。『周礼《しゅらい》』、『礼記《らいき》』内則《だいそく》によれば、宮人の位によって規定があり、一晩を一人でおとぎするのは皇后のみ。楊貴妃は皇后に次ぐ貴妃であった。○**後宮一句**　『新唐書』后妃伝には、皇后の下に貴妃・淑妃《しゅくひ》・徳妃《とくひ》・賢妃《けんひ》の「夫人」、その下に「九嬪《きゅうひん》」、二十七人の「世婦《せいふ》」、八十一人の「御妻《ぎょさい》」など、階級と人員が記される。○**三千一句**　前の句の「三千」をそのまま繰り返す。またこの句には「三千」と「一身」の数の対比も見られる。○**金屋**　皇后の御殿。漢武帝がのちに正妻となる陳皇后に幼い日に会い、「もし阿嬌《あきょう》(陳皇后の幼名)を得れば、金屋をもってこれを貯わえん(金の御殿を建てて住まわせよう)」と語った話(『漢武故事』)に基づく。○**玉楼**　前の句の「金屋」が私的歓楽の場であるのに対して、公的な宴席の建物。○**酔和春**　酔い心地と春の暖かさとが溶け合う。○**姉妹一句**　楊貴妃の一族は貴妃の入内によって権勢を得た。「列土」は爵位とそれに応じる領地を与えられること。従兄の楊国忠は宰相となり、三人の姉たちは韓国夫人、虢国《かくこく》夫人、秦国夫人に封じられた。杜甫の「麗人行」は虢国夫人の奢侈に対して批判をこめる。○**可憐**　対象に強く心を動かされること。○**遂令・不重二句**　中国では古来、男の子が偏重された。『荘子』天地篇に「寿と富と男子多きは、人の欲する所なり」。その通念を踏まえたうえで、逆に女子ならばひとたび宮廷に入って一族繁栄しうると、世の羨望をいう。漢武帝の皇后に衛子夫《えいしふ》が立てられるや、弟の衛青《えいせい》ら一族も侯に封ぜられたので、世間では「男を生むも喜ぶ無かれ、女を生むも怒る無かれ。独り見ずや衛子夫の、天下に覇たるを」と歌ったという(『史記』外戚伝)。また男子は戦役に駆り出されるから女子を生んだ方がましだという措辞も、魏・陳琳《ちんりん》「飲馬長城窟行《いんばちょうじょうくつこう》」、杜甫「兵車行」などに見える。

驪宮高處入青雲
仙樂風飄處處聞
緩歌縵舞凝絲竹
盡日君王看不足
漁陽鼙鼓動地來
驚破霓裳羽衣曲
九重城闕煙塵生
千乘萬騎西南行

驪宮《りきゅう》　高《たか》き処《ところ》　青雲《せいうん》に入《い》る
仙楽《せんがく》　風《かぜ》に飄《ひるがえ》りて処処《しょしょ》に聞《き》こゆ
緩歌《かんか》　縵舞《まんぶ》　糸竹《しちく》を凝《こ》らし
尽日《じんじつ》　君王《くんのう》　看《み》れども足《た》りず
漁陽《ぎょよう》の鼙鼓《へいこ》　地《ち》を動《うご》かして来《き》たり
驚破《きょうは》す　霓裳羽《げいしょうう》衣《い》の曲《きょく》
九重《きゅうちょう》の城闕《じょうけつ》　煙塵《えんじん》生《しょう》じ
千乗万騎《せんじょうばんき》　西南《せいなん》に行《ゆ》く

驪山高くそびえる離宮は青雲に届き、仙界の楽の音《ね》が風に舞いながらあちこちに漂う。ゆるやかな歌、のびやかな舞い、思いを籠《こ》める糸竹の音。ひねもす帝は倦むことなく愛でられた。

そこへ突如、漁陽の軍楽が大地をどよもし襲いかかり、みやびな霓裳羽衣の曲を蹴散らした。

九重の宮居《みやい》には火がのぼり塵が巻き、千の馬車、万の騎兵に囲まれた一行は、西南の蜀を指して落ち延びる。

第四段、歓楽のさなかに安禄山の乱が起こり、天子は宮廷から逃れる。○**驪宮**　驪山の山懐に点在した華清宮。「驪宮高し」参照(一六六頁)。○**仙楽**　仙界の楽曲。宮中の音楽を仙界の音楽に見立てるのは、後半(第十二段)で仙女の動作を宮中の舞いに比喩するのに対応する。○**処処**　あちこち、どこにも。○**緩歌縵舞**　スローテンポな歌舞。○**凝糸竹**　糸竹は絃楽器と管楽器。「凝」は思い入れたっぷりに音を引き延ばして奏すること。南斉・謝朓《しゃちょう》「鼓吹曲」(『文選』巻二八)に「笳《あしぶえ》を凝らして高蓋を翼《おく》る(車を見送る)」、その李善注に「徐《おもむろ》に声を引く、之を凝と謂う」。○**漁陽一句**　「漁陽鼙鼓」は漁陽(天津市薊県《けいけん》)の地の攻めつづみ。安禄山の軍が都に攻め入ったことを、勇ましくテンポの速い軍楽が宮中の優美でゆるやかな楽曲を駆逐したと、二種の音楽の衝突で表現する。安禄山の本拠地は范陽《はんよう》(北京付近)であるが、近隣の漁陽をここに用いるのは、鼓の名手、後漢・禰衡《でいこう》が曹操の前で奏した故事で知られる漁陽摻撾《さんた》という古曲の名に掛けたもの。○**驚破**　緩やかな曲に突然切迫したリズムが入ることを音楽用語で「入破」という(『唐音癸籤』)。それと突然の襲撃とを掛ける。○**霓裳羽衣曲**　玄宗の宮廷音楽を代表する、西域伝来の舞曲の名。伝説では玄宗が月の宮殿に遊んだ際、白い絹に虹の模様の衣装をまとった仙女たちの歌舞を見たのを、地上に戻って再現したものという(『楽府詩集』の引く『唐逸史』)。○**九重城闕**　幾重もの門が重なる宮殿。「闕」は宮城の門。○**千乗万騎**　天子の行幸の隊列。「乗」は四頭の馬と一台の車を一組とする単位。

翠華搖搖行復止
西出都門百餘里
六軍不發無奈何
宛轉蛾眉馬前死
花鈿委地無人收
翠翹金雀玉搔頭
君王掩面救不得
迴看血淚相和流

翠華《すいか》揺揺《ようよう》として行《ゆ》きて復《ま》た止《と》まる
西《にし》のかた都門《ともん》を出《い》でて百余里《ひゃくより》
六軍《りくぐん》発《はっ》せず　奈何《いかん》ともする無《な》く
宛転《えんてん》たる蛾眉《がび》　馬前《ばぜん》に死《し》す
花鈿《かでん》　地《ち》に委《ゆだ》ねられて人《ひと》の収《おさ》むる無《な》し
翠翹《すいぎょう》　金雀《きんじゃく》　玉掻頭《ぎょくそうとう》
君王《くんのう》　面《めん》を掩《おお》いて救《すく》い得《え》ず
迴《かえ》り看《み》れば　血涙《けつるい》　相《あ》い和《わ》して流《なが》る

翡翠《かわせみ》の羽をかざした旗はゆらゆらと進んでは立ち止まり、都の城門から西へようやく百里あまり進んだ。

だが近衛兵は歩みを止め、なんとしても動こうとしない。かくしてたおやかな蛾眉の人はあえなく馬前で命を落としたのだった。

花のかんざしは地にうち捨てられ拾う人とてなく、続いて散らばる翡翠の髪飾り、金雀のかんざし、玉のかんざし。

君王は玉顔を覆うばかりで助けることもかなわず、振り返るお顔に流れる血の涙。

第五段、蜀への途上で貴妃に死を賜う。**○翠華**　翡翠の羽を飾った天子の旗。漢の上林苑を詠んだ漢・司馬相如《しばしょうじょ》「上林の賦」(『文選』巻八)に「翠華の旗を建つ」。**○揺揺**　揺れ動くさま。気持ちの動揺でもある。周の宮殿がきび畑に変わったのを見て嘆く『詩経』王風・黍離《しょり》に「行邁靡靡《こうまいびび》たり(のろのろと道を行く)、中心揺揺たり」。亡国の悲哀も「長恨歌」と共通する。**○西出一句**　「都門」は都の城門。第七段で蜀から都へ帰還する時にも「都門」の語を用いる。都から「百余里」のこの地は馬嵬《ばかい》。**○六軍**　天子直属の軍隊。『周礼』夏官・序官に「凡そ軍を制するに(軍隊の編成)、万有二千五百人を軍と為す。王は六軍、大国は三軍、次国は二軍、小国は一軍」。**○無奈何**　いかんともできない。項羽が窮地に陥った時の「垓下《がいか》の歌」に寵姫の虞《ぐ》に対して「虞や虞や若《なんじ》を奈何せん」(『史記』項羽本紀)とあるのが響く。**〇宛転娥眉**　美しく湾曲した眉。「娥眉」は「蛾眉」とも表記する。蛾の触角の形に比喩する。**〇花鈿**　螺鈿《らでん》で飾り付けたかんざし。**〇委地**　地面に放り置かれる。**〇翠翹**　翡翠の尾のかたちをした髪飾り。**〇金雀**　雀をかたどった黄金のかんざし。**〇玉掻頭**　宝玉のかんざし。漢の武帝は李夫人の玉のかんざしで頭を掻いたので、宮女たちは頭を掻くのに玉を用いるようになったという故事(『西京雑記《せいけいざっき》』)にもとづく。**〇血涙相和流**　血と涙が混じり合って流れる。

黄埃散漫風蕭索
雲桟縈紆登剣閣
峨嵋山下少人行
旌旗無光日色薄
蜀江水碧蜀山青
聖主朝朝暮暮情
行宮見月傷心色

黄埃散漫《こうあいさんまん》として風蕭索《かぜしょうさく》たり
雲桟縈紆《うんさんえいう》して剣閣《けんかく》に登《のぼ》る
峨嵋山下《がびさんか》　人《ひと》の行《ゆ》くこと少《すく》なく
旌旗《せいき》　光無《ひかりな》く　日色薄《にっしょくうす》し
蜀江《しょくこう》　水碧《みずみどり》にして　蜀山青《しょくざんあお》し
聖主《せいしゅ》　朝朝暮暮《ちょうちょうぼぼ》の情《じょう》
行宮《あんぐう》　月《つき》を見《み》れば　傷心《しょうしん》の色《いろ》

夜雨聞鈴腸斷聲　夜雨《やう》　鈴《すず》を聞《き》けば　腸《ちやう》の断《た》たれる声《こゑ》

黄色い砂埃が立ちこめ、風はわびしく吹きすさぶ。雲へも届くかけはしを巡り巡って剣閣山に登り行く。峨嵋山のふもとは道行く人影もまばらで、天子の御旗は光を失い、陽光も色褪せる。蜀の川の水はみどり、蜀の山は青い。朝な夕なに思慕やまぬ天子の心。行宮《あんぐう》で眺める月にともに見た月が思い出され胸を傷め、雨の夜に響く鈴の音に貴妃の訪れを偲び断腸の声をあげる。

第六段、蜀の行宮における天子の悲哀。○**蕭索**　風が冷たく吹くさまをいう双声の語。陶淵明の自らを弔う戯文「自祭文」に「天寒く夜長くして、風気は蕭索たり」。○**雲桟**　高い所にかかる桟道。「桟」は切り立った崖にへばりつくように設けられた通路。蜀の険しい山道に特有。○**縈紆**　まといつくように取り巻くことをいう双声の語。後漢・班固「西都の賦」(『文選』巻一)に「甬道《ようどう》(渡り廊下)を歩みて以て縈紆す」。○**剣閣**　剣閣山。長安から蜀への道を塞ぐ山。蜀への道は「蜀道の難は、青天に上るよりも難し」(李白「蜀道難」)とうたわれるように、古来険阻で知られる。○**峨嵋山**　蜀を象徴する山。○旌旗　天子の一行のしるしの旗。○日色薄　蜀の地は山深くて霧が多く日が射すことが少ないために「蜀犬　日に吠ゆ」の成語がある。蜀の地の風土に、玄宗の暗澹たる心情を重ねる。○蜀江一句　蜀の江山の清澄な美しさをいうとともに、「碧」「青」は玄宗にとって悲哀を伴う色でもある。○聖主一句　暗に楚の懐王の故事を用いる。懐王は夢のなかで巫山の神女と交わり、別れに際して神女は「旦《あした》には朝雲と為り、暮れには行雨と為り、朝朝暮暮、陽台の下にあり」と語った(宋玉「高唐の賦」序、『文選』巻一九)。楚の懐王が神女を忘れられなかったように、玄宗も楊貴妃を思い続ける。○行宮一句　「行宮」は仮の宮殿。月を見ることによってかつてともに見た人の不在を思い、悲傷するのは詩に習見。○夜雨一句　「鈴」を旧解では玄宗が蜀の桟道で作ったという「雨淋鈴《うりんれい》」という曲に結びつけるが、それはこの句から後に生まれた故事か。ここでは玄宗の寝所に入る際に用人が鳴らす鈴と解する。鈴の音を聞いて楊貴妃の来訪かと思えば、その人は今は亡いことに気づいて傷心する、の意。晩唐・韓偓《かんあく》が翰林学士として当直していた時、天子に用事があればまず「鈴」を鳴らして入室したと詩の自注に記しているのが参考になる。なお「腸断」は『和漢朗詠集』などでは「断腸」に作る。

天旋日轉迴龍馭　天旋《てんめぐ》り日《ひ》転《てん》じて龍馭《りゅうぎょ》を迴《めぐ》らし

到此躊躇不能去　　此《ここ》に到《いた》りて躊躇《ちゅうちょ》して去《さ》る能《あた》わず
馬嵬坡下泥土中　　馬嵬坡《ばかいは》の下《もと》　泥土《でいど》の中《なか》
不見玉顔空死處　　玉顔《ぎょくがん》を見《み》ず　空《むな》しく死《し》せる処《ところ》
君臣相顧盡霑衣　　君臣《くんしん》　相《あ》い顧《かえり》みて尽《ことごと》く衣《ころも》を霑《うるお》す
東望都門信馬歸　　東《ひがし》のかた都門《ともん》を望《のぞ》みて馬《うま》に信《まか》せて帰《かえ》る

天は巡り日は移り、龍駕は都へ引き返す。この地へさしかかると後ろ髪を引かれて立ち去りかねる。

馬嵬坡のもと、その泥土の中。在りし日の玉のかんばせは今はなく、むなしく命を散らしたこの場所がのこる。

主従は顔を見合わせことごとく涙にくれる。はるか東に都門を望み、馬の歩むにまかせて帰って行った。


第七段、蜀から長安へ帰還する。○**天旋日転**　時が移り世が変わる。安禄山の乱が終息したことを示す。時間の転換を示す語は「長恨歌」ではこれのみ。ここを転折点として貴妃亡き後半に移る。○**龍馭**　天子の車。○**躊躇**　進みあぐねるさまをいう双声の語。

○馬嵬坡　馬嵬の町をいう。「坡」はもともと傾斜地の意だが、『太平寰宇記《かんうき》』に「馬嵬の故城、一名馬嵬坡」。馬嵬は長安から西へ百キロ足らず、楊貴妃の死んだ地。○信馬　進もうと意志することなく馬の歩みのままに。「信」はまかせる。

歸來池苑皆依舊
太液芙蓉未央柳
芙蓉如面柳如眉
對此如何不淚垂
春風桃李花開夜
秋雨梧桐葉落時
西宮南苑多秋草
宮葉滿階紅不掃
梨園弟子白髮新
椒房阿監青娥老

帰《かえ》り来《き》たれば　池苑《ちえん》皆《み》な旧《きゅう》に依《よ》る
太液《たいえき》の芙蓉《ふよう》　未央《びおう》の柳《やなぎ》
芙蓉《ふよう》は面《めん》の如《ごと》く　柳《やなぎ》は眉《まゆ》の如《ごと》し
此《こ》れに対《たい》して如何《いかん》ぞ涙垂《なみだた》れざらん
春風《しゅんぷう》　桃李《とうり》　花開《はなひら》く夜《よる》
秋雨《しゅうう》　梧桐《ごどう》　葉落《はお》つる時《とき》
西宮《せいきゅう》　南苑《なんえん》　秋草《しゅうそう》多《おお》く
宮葉《きゅうよう》　階《きざはし》に満《み》ちて　紅《くれない》掃《はら》わず
梨園《りえん》の弟子《ていし》　白髪《はくはつ》新《あら》たに
椒房《しょうぼう》の阿監《あかん》　青娥《せいが》老《お》ゆ

帰り着けば、御池《ぎょち》も御苑《ぎょえん》もみなかつてのまま、太液池《たいえきち》の蓮の花も、未央宮《びおうきゅう》の柳も。蓮の花は亡き人の面影を映し、柳は亡き人の眉そのまま。これを見るにつけてもとどめあえぬ涙。

春の風に桃李の花が開く夜も、秋の雨に梧桐が葉を落とす時も。

西の御殿、南の御苑には秋草ばかりが生い茂る。きざはしに散り敷いた紅葉は掃き清められることもない。

梨園の楽生に新しく加わったのは白髪だけ、妃の部屋を取り仕切る女官の青々と描く眉にも老いがかすめる。

第八段、貴妃なき宮殿の寂寞。○**太液**　漢の宮殿の太液池。○**未央**　漢の宮殿の未央宮。○**芙蓉一句**　前の句の「芙蓉」と「柳」を繰り返す。蓮の花は美女の容姿の、柳は美女の眉の比喩として常套のもの、それを逆転して蓮の花、柳から貴妃の面影を偲ぶ。○**春風・秋雨二句**　貴妃のいない宮殿でもおかまいなしに春になり秋が来る。「梧桐」はアオギリ。梧桐と秋の衰落の結びつきは『楚辞』九弁に「白露既に下りて百草に降り、奄《たちま》ち此の梧楸《ごしゅう》を離披《りひ》す(キリやヒサギを散り落とす)」。『淮南子』説山訓《せつざんくん》に「一葉落つるを見て歳《とし》の将に暮れんとするを知る」。のちに梧桐の葉に結びつけられて、宋・司馬光

「梧桐」詩に「初めて聞く一葉落つると、知る是れ九秋来たるを」、さらに「梧桐一葉落ち、天下尽《ことごと》く秋なるを知る」(作者未詳)の句が広まる。「長恨歌」を元にした元曲に「梧桐秋」がある(本章扉絵参照、三五頁)。○**西宮南苑**　宮中の御殿や庭園。○**梨園一句**　「梨園」は玄宗が設けた宮中の歌舞教練所。「弟子」はそこに学んだ楽人。白髪だけが新鮮という皮肉な言い方で、当時若々しかった彼女たちもすでに年老いたことをいう。「上陽白髪の人」にも「紅顔暗く老いて白髪新たなり」(一二七頁)。○**椒房一句**　「椒房」は漢の未央宮にあった皇后の居所。顔師古《がんしこ》の『漢書』注(車千秋《しゃせんしゅう》伝)によれば、椒(はじかみ)を壁に塗り込めて部屋を暖かく、香りよくしたもの。「阿監」は後宮を監督する女官。唐代の宮中をうたう王建「宮詞」百首のなかにも「阿監　両辺に相い対して立つ」の句がある。「青娥」は青々と描いた眉。「娥」は「蛾」に通じ、蛾眉を意味する。この句も若い時と同じ化粧をする老女たちのちぐはぐさをいう。

夕殿螢飛思悄然
孤燈挑盡未成眠
遅遅鍾鼓初長夜

夕殿《せきでん》に蛍《ほたる》飛《と》びて思《おも》い悄然《しょうぜん》たり
孤灯《ことう》挑《かか》げ尽《つ》くすも未《いま》だ眠《ねむ》りを成《な》さず
遅遅《ちち》たる鍾鼓《しょうこ》　初《はじ》めて長《なが》き夜《よる》

耿耿星河欲曙天
鴛鴦瓦冷霜華重
翡翠衾寒誰與共
悠悠生死別經年
魂魄不曾來入夢

耿耿《こうこう》たる星河《せいが》　曙《あ》けんと欲《ほっ》する天《てん》
鴛鴦《えんおう》の瓦《かわら》は冷《ひ》ややかにして霜華《そうか》重《おも》く
翡翠《ひすい》の衾《しとね》は寒《さむ》くして誰《たれ》とか共《とも》にせん
悠悠《ゆうゆう》たる生死《せいし》　別《わか》れて年《とし》を経《へ》たり
魂魄《こんぱく》　曾《かっ》て来《き》たりて夢《ゆめ》に入《い》らず

日の暮れた宮殿に飛び交う蛍に心は沈み、わびしい灯火をかき立てかき立て、灯りが尽きても眠りは遠い。

鐘太鼓が告げる時も遅々とした、長くなりそめた秋の夜。白々と冴え渡る天の河、夜明けを迎える空。

おしどり模様の瓦は冷え冷えとして、霜の花は重たく敷く。翡翠《ひすい》を縫い取りしたしとねには共にくるまる人もない。

生死はるかに隔てられはや幾星霜、貴妃のたましいは一度たりとも夢に現れてくれない。


第九段、「孤閨《こけい》(独り寝)」に悲しむ天子。○**蛍飛**　「蛍」は『礼記』月令《げつれい》、季夏(六月)

の条に「腐草　蛍と為る」とあるように、薄気味悪さを伴い、しばしば人が不在である代わりにあらわれる。○悄然　うち沈むさま。○孤灯　ぽつんと一つだけともる灯り。○挑尽　「挑」は消えかかる灯心をかきたてる。もはや明るくならなくなるまでかきたて続けるのが「挑尽」。○遅遅　遅いさま。○鐘鼓　時を告げる鐘《かね》や太鼓の音。○初長夜　秋になって夜の時間が長くなったばかり。秋の夜長を眠れぬまま過ごすのは、男性の不在を悲しむ女性をうたう閨怨詩に常套のモチーフ。ここではそれを皮肉にも女性の不在を悲しむ男性に用いる。「夜」は二句前の「夕」が日暮れから寝るまでの時間をあらわすのに続き、ふつうは人が寝ているべき時間。○耿耿一句　「耿耿」は夜明け近い時に白々とほの明るいさま。南斉・謝朓《しゃちょう》「暫く下都《かと》(荊州)に使いして夜に新林《しんりん》を発し京《けい》邑《ゆう》に至り、西府《せいふ》の同僚に贈る」詩(『文選』巻二六)に「秋河　曙に耿耿たり、寒渚　夜に蒼蒼たり」。「星河」は天の川。牽牛と織女を隔てる川でもある。○鴛鴦瓦　夫婦和合の象徴であるおしどりの装飾を施した瓦。○霜華　花のように結晶した霜。○翡翠一句　ひすいの鳥の刺繍を施したしとね。「翡翠衾寒」を金沢本などでは「旧枕故衾(もとの枕、もとの夜着)」に作る。○悠悠　遠く離れたさま。

臨邛道士鴻都客　　臨邛《りんきょう》の道士《どうし》　鴻都《こうと》の客《かく》

能以精誠致魂魄　　能《よ》く精誠《せいせい》を以《もっ》て魂魄《こんぱく》を致《いた》す
爲感君王展轉思　　君王《くんのう》の展転《てんてん》の思《おも》いに感《かん》ずるが為《ため》に
遂敎方士殷勤覓　　遂《つい》に方士《ほうし》をして殷勤《いんぎん》に覓《もと》めしむ
排空馭氣奔如電　　空《くう》を排《はい》し気《き》を馭《ぎょ》して奔《はし》ること電《いなずま》の如《ごと》し
昇天入地求之遍　　天《てん》に昇《のぼ》り地《ち》に入《い》りて之《これ》を求《もと》むること遍《あまね》し
上窮碧落下黄泉　　上《うえ》は碧落《へきらく》を窮《きわ》め下《した》は黄泉《こうせん》
兩處茫茫皆不見　　両処《りょうしょ》茫茫《ぼうぼう》として皆《み》な見《み》えず

都で評判の臨邛《りんきょう》の道士、この者は精神を凝集して死者のたましいを呼び寄せることができた。

貴妃を慕って眠れぬ夜を重ねる帝のために、かの道士を召して入念に捜させることになった。

空《くう》を切り裂き大気に乗って稲妻のごとく駆け巡り、天に昇り地に潜り、くまなく捜し求めた。

上は蒼空の彼方、下は黄泉の国まで窮めたが、どちらもあてどなく拡がるばかりで、貴妃の姿は見えない。

第十段、方士による貴妃探索。○**臨邛**　蜀の地名。四川省邛崍県《きょうらい》。司馬相如の妻卓文《たくぶん》君《くん》の富裕な実家があった地として知られるが、異民族もいたことから道士の出身地としてふさわしいと考えられたか。○**鴻都客**　「鴻都」はもともと後漢の都洛陽の宮門の名。「鴻」は大の意。ここでは大都長安に旅寓していた人の意か。○**精誠**　まごころ。『荘子』漁父《ぎょほ》篇に「真なる者は、精誠の至なり。精ならず誠ならずんば、人を動かす能わず」。ここでは道家特有の精神集中法をいう。○**為感・遂教二句**　玄宗の思いに同情して方士を使わせた主体は明示されていないが、天子の左右の者たちと解する。また「方士」は先の「道士」と同一としたが、別人とする説もある。「展転」は寝返りをうつ。異性を慕って寝付かれぬ思いをいう。『詩経』周南・関雎《かんしょ》の「輾転《てんてん》反側す」に出る語で「輾転」の表記がふつう。「展転」の表記では『楚辞』劉向《りゅうきょう》「九嘆」に「憂心展転として、愁い怫鬱《ふつうつ》(結ぼれるさま)たり」。「殷勤」は慇懃に同じ。丁重に。○**排空一句**　大気を押し開いてそれに乗る。「馭」は御と同じく馬を操ること。○**碧落**　道教で空を幾つかの層に分ける語の一つ。ここでは大空の意。○**茫茫**　捉えようもなく広大なさま。

忽聞海上有仙山
山在虛無縹緲閒
樓閣玲瓏五雲起
其中綽約多仙子
中有一人字太眞
雪膚花貌參差是
金闕西廂叩玉扃
轉敎小玉報雙成
聞道漢家天子使
九華帳裏夢中驚

忽《たちま》ち聞《き》く　海上《かいじょう》に仙山《せんざん》有《あ》りと
山《やま》は虚無《きょむ》縹緲《ひょうびょう》の間《かん》に在《あ》り
楼閣玲瓏《ろうかくれいろう》として五雲《ごうん》起《お》こり
其《そ》の中《なか》に綽約《しゃくやく》として仙子《せんし》多《おお》し
中《なか》に一人《ひとり》有《あ》り　字《あざな》は太真《たいしん》
雪《ゆき》の膚《はだ》　花《はな》の貌《かんばせ》　参差《しんし》として是《こ》れなり
金闕《きんけつ》　西廂《せいしょう》　玉扃《ぎょっけい》を叩《たた》き
転《てん》じて小玉《しょうぎょく》をして双成《そうせい》に報《ほう》ぜしむ
聞道《きくなら》く　漢家《かんか》の天子《てんし》の使《つか》いと
九華帳裏《きゅうかちょうり》　夢中《むちゅう》に驚《おどろ》く

ふと耳にしたのは、海上にある仙山のこと。その山は茫漠たる虚空のあたりにあるという。

玉と輝く楼閣、沸き立つ五色の雲、なかにはあまたのたおやかな仙女たち。

そのなかに一人の仙女がいて、名は太真《たいしん》。雪の肌《はだえ》に花の面差し、まさしくこれこそあのお方。

黄金の門、西の部屋、その玉の扉を叩き、出てきた小玉《しょうぎょく》から双成《そうせい》へと取り次がせる。

漢帝の使者のお越しと聞いて、花散りばめたとばりのなかで夢からはっと覚めた。

第十一段、仙界に貴妃を見付ける。○**海上有仙山**　東海に三つの仙人の山があるという伝承に基づく。『史記』秦始皇本紀に「海中に三神山有り、名づけて蓬萊《ほうらい》・方丈《ほうじょう》・瀛洲《えいしゅう》と曰《い》い、僊人《せんにん》(仙人)之に居る」。○**虚無縹緲間**　虚空の、しかと見えない所。「縹緲」は遠くぼんやりしたさまをいう畳韻の語。○**玲瓏**　本来は玉の触れ合う済んだ響きをいう双声の語。さらに玉のような透き通った輝きをいう。○**五雲**　めでたいしるしである五色の雲。仙界にふさわしい光景をいう。○**綽約**　美しいさまをいう畳韻の語。○**太真**　底本は「玉真」に作るが、諸本によって改める。楊貴妃は先に玄宗の息子の寿王に嫁ぎ、のちに道観に入れられ、太真という女道士の名を与えられた。○**参差**　ほとんど間違いなく、の意の双声の語。○**金闕**　黄金の宮門。天上の宮殿は左右の門楼が黄金と宝玉でできているという。○**西廂**　正殿の西の脇部屋。女性の居室。○**玉扃**　宝玉で装飾を施した門扉。「扃」はかんぬき。そこから門扉を指す。○**転教一句**　「転」は順次に取り次ぐ。「小玉」「双成」は侍女の名。○**聞道**　……と聞く。唐詩に習用の語。　○九華帳裏　多くの花をあしらったとばりのなか。

攬衣推枕起徘徊
珠箔銀屏邐迤開
雲鬢半垂新睡覺
花冠不整下堂來
風吹仙袂飄颻擧
猶似霓裳羽衣舞
玉容寂寞涙闌干
梨花一枝春帶雨

衣《ころも》を攬《と》り枕《まくら》を推《お》し　起《た》ちて徘徊《はいかい》す
珠箔《しゅはく》　銀屏《ぎんぺい》　邐迤《りい》として開《ひら》く
雲鬢《うんびん》半《なか》ば垂《た》れて新《あら》たに睡《ねむ》りより覚《さ》む
花冠《かかん》整《ととの》えず　堂《どう》を下《お》りて来《き》たる
風《かぜ》は仙袂《せんべい》を吹《ふ》きて飄颻《ひょうよう》として挙《あ》がる
猶《な》お似《に》たり　霓裳羽《げいしょうう》衣《い》の舞《まい》
玉容《ぎょくよう》寂寞《せきばく》として涙《なみだ》闌干《らんかん》たり
梨花《りか》一枝《いっし》　春《はる》　雨《あめ》を帯《お》ぶ

衣を手に取り枕を押しやり、起き上がっても立ちもとおる。真珠のすだれ、銀の屏風がするすると開いてゆく。

雲なす髪を半ば乱し、今しも目覚めたばかりの姿が、花冠も整えずに堂から降りてくる。

風は仙女のたもとをひらひらと舞いあげ、それは霓裳羽衣の舞さながら。玉のかんばせも寂しげに、涙がしとどこぼれ落ちる姿は、春雨にけぶる一枝の梨の花。

第十二段、女仙となった貴妃の登場。○攬衣　寝姿であった貴妃が衣を手に取る。「衣」は上半身の服。○徘徊　進みあぐねるさまをいう畳韻の語。動揺してうろたえている姿をいう。○珠箔一句　「珠箔」は真珠で編んだすだれ。「銀屏」は銀の屏風。「邐迤」は緞帳が巻き上げられるように曲折しながら続くさまをいう畳韻の語。○雲鬢半垂　雲のように豊かに結い上げた髪がなかば垂れている。寝乱れた姿も艶っぽさの一つとして描く。「垂」を金沢本などでは「偏」に作る。それならば一方に偏る。○新睡覚　眠りから覚めたばかり。○花冠不整　女道士の花飾りの冠をきちんとかぶらないまま。○仙袂　仙女の服のたもと。○猶似　「猶若」と同じく、二字で……のようだ。前半（第四段）とは比喩が逆転している。○闌干　涙が縦横に流れるさまをいう畳韻の語。「闌干」とも表記する。○梨花一句　『枕草子』に「梨の花、よにすさまじきものにて、ちかうもてなさず」、そう思っていたのが「長恨歌」のこの句を知ると「いみじうめでたき」花に思われてきたというが、白居易以前に美女を梨花にたとえることはおそらくない。ここでも死後の貴妃ゆえに不吉さを伴う白い梨花になぞらえる。

含情凝睇謝君王
一別音容兩眇茫
昭陽殿裏恩愛絶
蓬萊宮中日月長
迴頭下望人寰處
不見長安見塵霧
唯將舊物表深情
鈿合金釵寄將去
釵留一股合一扇
釵擘黄金合分鈿
但令心似金鈿堅
天上人間會相見

情《じょう》を含《ふく》み睇《ひとみ》を凝《こ》らして君王《くんのう》に謝《しゃ》す
一《ひと》たび別《わか》れしより音容《おんよう》両《ふた》つながら眇茫《びょうぼう》たり
昭陽殿裏《しょうようでんり》　恩愛《おんあい》絶《た》え
蓬萊宮中《ほうらいきゅうちゅう》　日月《じつげつ》長《なが》し
頭《こうべ》を迴《めぐ》らして下《した》に人寰《じんかん》を望《のぞ》む処《ところ》
長安《ちょうあん》を見《み》ずして塵霧《じんむ》を見《み》る
唯《た》だ旧物《きゅうぶつ》を将《もっ》て深情《しんじょう》を表《あらわ》さん
鈿合《でんごう》　金釵《きんさい》　寄《よ》せ将《も》ち去《さ》らしむ
釵《さい》は一股《いっこ》を留《とど》め　合《ごう》は一扇《いっせん》
釵《さい》は黄金《おうごん》を擘《さ》き　合《ごう》は鈿《でん》を分《わ》かつ
但《た》だ心《こころ》をして金鈿《きんでん》の堅《かた》きに似《に》せしむれば
天上《てんじょう》　人間《じんかん》　会《かなら》ず相《あ》い見《まみ》えんと

思いをこめて道士を見つめ、帝への感謝の言葉を述べる。

「ひとたびお別れしてから、お声もお姿も遠くかすんでしまいました。

昭陽殿で賜った恩愛は断ち切られ、蓬萊宮で過ごす月日も久しくなりました。

振り返って人の世を眺め下ろしても、長安が見えることはなく、目に入りますのは塵や霧ばかりでございます。

ただ懐かしい品々でお慕わしい思いを表しとう存じます。螺鈿の小箱に黄金のかんざし、これをお持ちになってくださいませ。

二股のかんざしは一本を手元に留め、小箱は二つに分け、かんざしの黄金と箱の螺鈿を割いて二つに分けましょう。

二人の思いを黄金のように、螺鈿のように堅く保つことができれば、天上であれ人の世であれ、必ずまみえる日があるでしょう」。

第十三段、帝への思いを語る貴妃。○**音容**　声と顔。○**眇茫**　遠くてぼんやりしか見えないさまをいう畳韻の語。「渺茫」とも表記する。○**昭陽殿**　漢の宮殿の名。○**恩愛**　漢・班婕妤《はんしょうよ》「怨歌行《えんかこう》」（『文選』巻二七）に「恩情　中道に絶ゆ」というように、本来は寵愛が失われること。男から女への一方的な愛情を意味する「恩愛」の語を用いて、ここでは互いに愛情を抱きながらも死別したことをいう。○**蓬萊宮**　仙山の一つ、蓬萊山のなかにある宮殿。○**日月長**　長い年月が過ぎたことをいうとともに、仙界は俗界と時間の尺度が違うこと、また不幸な時間は長く感じられることも含む。○**望人寰処**　「人寰」は人間世界、俗世。「寰」は領域。「処」は「……の時」、「……すれば」の意をあらわす口語的語法と解する。○**不見一句**　都とか宮殿とか言わずに「長安」と言うのは、東晋・明帝の故事を用いるため。西晋滅亡後、東晋を興した父の元帝が太陽と長安とどちらが遠いか幼い明帝に尋ねると、「目を挙ぐれば日を見るも、長安を見ず」、太陽は見えるけれど長安は見えないから長安の方が遠いと答え、その場の人々は北方から江南に移ってきたことを思って泣いたという(『世説新語』)。○**旧物**　「長恨歌伝」によれば、二人が結ばれた夜、固めの品として玄宗は金釵と鈿合を貴妃に贈った。その思い出深い品によって貴妃の愛情を示す。○**鈿合一句**　「鈿合」は螺鈿細工の小箱。「合」は箱。「金釵」は金のかんざし。「寄将去」は玄宗のもとに届ける。「将去」は動詞のあとにつく口語的な助字。○**釵留・釵擘二句**　かんざしは二股のそれを折った片方、箱は蓋と身に分けたいずれか片方、それを手元に置く。半分を道士に託して玄宗に送るのは、貴妃自身に会った証拠とするため。「扇」は箱などを数える助数詞。

臨別殷勤重寄詞　別《わか》れに臨《のぞ》んで殷勤《いんぎん》に重《かさ》ねて詞《ことば》を寄《よ》す
詞中有誓兩心知　詞中《しちゅう》に誓《ちか》い有《あ》り　両心《りょうしん》のみ知《し》る
七月七日長生殿　七月七日《しちがつなのか》　長生殿《ちょうせいでん》
夜半無人私語時　夜半《やはん》人《ひと》無く私語《しご》の時《とき》
在天願作比翼鳥　天《てん》に在《あ》りては願《ねが》わくは比翼《ひよく》の鳥《とり》と作《な》り
在地願爲連理枝　地《ち》に在《あ》りては願《ねが》わくは連理《れんり》の枝《えだ》と為《な》らんと
天長地久有時盡　天長《てんなが》く地久《ちひさ》しきも時有《ときあ》りて尽《つ》きん
此恨緜緜無盡期　此《こ》の恨《うら》み　綿綿《めんめん》として尽《つ》くる期《き》無《な》からん

別れに際して心を込めてさらに言葉を託した。その言葉のなかの一つの誓い、それは二人しか知らぬもの。

七月七日、長生殿、人もいない夜半の時のささめごと。

「天にあっては比翼の鳥になりましょう、地にあっては連理の枝になりましょう」

と。

悠久の天、恒久の地、それすらもいつか果てる時が来る。しかしこの悲しみだけは連綿と続き、絶える時はないだろう。

第十四段、二人で交わした誓いと愛を讃える結び。○**寄詞**　言葉をことづけする。○**七月一句**　「七月七日」は牽牛と織女が一年に一度会う日。「長生殿」は華清宮のなかの宮殿の一つ。華清宮は避寒のための離宮であって「七月七日」にいるはずはない、「長生殿」は斎戒のための場であってそこで二人がむつみ合うことはありえない、宮中の有職故実にまだ暗かった白居易の誤りであると陳寅恪《ちんいんかく》は言うが(『元白詩箋証稿』)、七夕という日、永遠の生を意味する宮殿の名は、二人が永遠の愛の誓いを結ぶのにふさわしい。○**私語**　ひそひそと話す。○**比翼鳥**　雌雄一体の鳥。男女和合の象徴。○**連理枝**　根の異なる二本の木が上で合体したもの。「理」は木目。瑞兆であり男女和合の象徴でもある。○**天長一句**　悠久な天地すら終わる時がある。『老子』七章に「天は長くして地は久し」。○**此恨一句**　二人の愛の悲しみは永遠に続く。「綿綿」は長く続くさま。○**詩型・押韻**　七言古詩。百二十句を二句から八句ごとに換韻し、全部で三十一の韻を用いる。(1)入声二十四職(識《しょく》・側《そく》・色《しょく》)、二十五徳(国《こく》・得《とく》)の同用。平水韻、入声十三職。(2)上平五支(池《ち》)、六脂(脂《し》)、七之(時《じ》)の同用。平水韻、上平四支。(3)下平四宵(揺《よう》・宵《しょう》・朝《ちょう》)の独用。平水韻、下平二蕭。(4)去声四十禡《ま》(暇《か》・夜《や》)の独用。平水韻、去声二十二禡。(5)上

平十七真(人《じん》・身《しん》)、十八諄(春《しゅん》)の同用。平水韻、上平十一真。(6)上声八語(女《じょ》)と十姥《ぼ》(土《ど》・戸《こ》)の通押。平水韻、上声六語と七麌《ぐ》。(7)上平二十文(雲《うん》・聞《ぶん》)の独用。平水韻、上平十二文。(8)入声一屋(竹《ちく》)と三燭(足《そく》・曲《きょく》)の通押。平水韻、入声一屋と二沃《よく》。(9)下平十二庚(生《せい》・行《こう》)の独用。平水韻、下平八庚。(10)上声五旨(死《し》)、六止(止《し》・里《り》)の同用。平水韻、上声四紙。(11)下平十八尤(収《しゅう》・流《りゅう》)、十九侯(頭《とう》)の同用。平水韻、下平十一尤。(12)入声十九鐸(索《さく》・閣《かく》・薄《はく》)の独用。平水韻、入声十薬。(13)下平十四清(情《せい》・声《せい》)と十五青(青《せい》)の通押。平水韻、下平八庚と九青。(14)去声九御(馭《ぎょ》・去《きょ》・処《しょ》)の独用。平水韻、去声六御。(15)上平八微(衣《い》・帰《き》)の独用。平水韻、上平五微。(16)上声四十四有(柳《りゅう》)と去声四十九宥(旧《きゅう》)の通押。平水韻、上声二十五有と去声二十六宥。(17)上平五支(垂《すい》)、六脂(眉《び》)、七之(時《じ》)の同用。平水韻、上平四支。(18)上声三十二晧(草《そう》・掃《そう》・老《ろう》)の独用。平水韻、上声十九晧。(19)下平一先(眠《べん》・天《てん》)、二仙(然《ぜん》)の同用。平水韻、下平一先。(20)去声一送(夢《ぼう》)と三用(重《ちょう》・共《きょう》)の通押。平水韻、去声一送と二宋。(21)入声二十陌(客《かく》・魄《はく》)と二十三錫(覓《べき》)の通押。平水韻、入声十一陌と十二錫。(22)去声三十二霰(電《でん》・見《けん》)、三十三線(遍《へん》)の同用。平水韻、去声十七霰。(23)上平二十八山(山《さん》・間《かん》)の独用。平水韻、上平十五刪。(24)上声四紙(是《ぜ》)、六止(起《き》・子《し》)の同用。平水韻、上声四紙。(25)下平十二庚(驚《けい》)、十四清(成《せい》)と十五青(扃《けい》)の通押。平水韻、下平八庚と九青。(26)上平十五灰(徊《かい》)、十六咍《かい》(開《かい》・来《らい》)の同用。

平水韻、上平十灰。(27)上声八語(挙《きょ》)と九麌《ぐ》(舞《ぶ》・雨《う》)の通押。平水韻、上声六語と七麌。(28)下平十陽(王《おう》・長《ちょう》)、十一唐(茫《ぼう》)の同用。平水韻、下平七陽。(29)去声九御(処《しょ》・去《きょ》)と十遇(霧《む》)の通押。平水韻、去声六御と七遇。(30)去声三十二霰(鈿《でん》・見《けん》)、三十三線(扇《せん》)の同用。平水韻、去声十七霰。(31)上平五支(知《ち》・枝《し》)、七之(詞《し》・時《じ》・期《き》)の同用。平水韻、上平四支。

元和元年(八〇六)、盩厔《ちゅうちつ》県の作。「感傷」の部。白居易の代表作の一つ。憲宗の制科に合格し、盩厔県尉に赴任した元和元年、その地の仙遊寺に陳鴻《ちんこう》、王質夫《おうしつぷ》と集い、盩厔県に近い馬嵬《ばかい》で死んだ楊貴妃に話が及んだ。そこで白居易が「長恨歌」を作り、陳鴻がそれを散文で敷衍した「長恨歌伝」を作ったという。前半はほぼ史実に沿うが、貴妃の死後を語る後半は、道士が捜求して仙山で会面する空想を広げる。半世紀前の安禄山の乱は記憶に新しく、また宮中の秘事は人々の興味をかき立て、一世を風靡することになった。以後、「長恨歌」を祖型として、詩のみならず、小説、戯曲など様々なジャンルで二人の愛情物語は書き継がれていく。男女の愛情を正面から取り上げた点も士大夫の文学においては斬新であった。抒情性をたっぷり含んだ物語を詩によって綴る白居易の手腕が存分に発揮されている。

凶宅

長安多大宅
列在街西東
往往朱門内
房廊相對空
梟鳴松桂枝
狐藏蘭菊叢
蒼苔黄葉地
日暮多旋風
前主爲將相
得罪竄巴庸
後主爲公卿

凶《きょう》宅《たく》

長安《ちょうあん》　大宅《だいたく》多《おお》し
列《れっ》して街《まち》の西東《せいとう》に在《あ》り
往往《おうおう》にして朱門《しゅもん》の内《うち》
房廊《ぼうろう》　相《あ》い対《たい》して空《むな》し
梟《ふくろう》は鳴《な》く　松桂《しょうけい》の枝《えだ》
狐《きつね》は蔵《かく》る　蘭菊《らんぎく》の叢《くさむら》
蒼苔《そうたい》　黄葉《こうよう》の地《ち》
日暮《にちぼ》　旋風《せんぷう》多《おお》し
前主《ぜんしゅ》は将相《しょうしょう》為《た》るも
罪《つみ》を得《え》て巴庸《はよう》に竄《ざん》せらる
後主《こうしゅ》は公卿《こうけい》為《た》るも

寝疾歿其中
連延四五主
殃禍繼相鍾
自從十年來
不利主人翁
風雨壞檐隙
蛇鼠穿牆墉
人疑不敢買
日毀土木功
嗟嗟俗人心
甚矣其愚蒙
但恐災將至
不思禍所從
我今題此詩

疾《やまい》に寝《ね》て其《そ》の中《なか》に歿《ぼっ》す
連延《れんえん》として四五主《しごしゅ》
殃禍《おうか》　継《つ》ぎて相《あ》い鍾《あつ》まる
十年《じゅうねん》自《よ》り来《このかた》
主人翁《しゅじんおう》に利《り》あらず
風雨《ふうう》　檐隙《えんげき》を壊《こわ》し
蛇鼠《だそ》　牆墉《しょうよう》を穿《うが》つ
人疑《ひとうたが》いて敢《あ》えて買《か》わず
日《ひ》びに土木《どぼく》の功《こう》を毀《こぼ》つ
嗟嗟《ああ》　俗人《ぞくじん》の心《こころ》
甚《はなは》だしきかな　其《そ》の愚蒙《ぐもう》なること
但《た》だ災《わざわい》の将《まさ》に至《いた》らんとするを恐《おそ》れ
禍《わざわい》の従《よ》る所《ところ》を思《おも》わず
我《われ》は今《いま》　此《こ》の詩《し》を題《だい》し

欲悟迷者胸
凡爲大官人
年祿多高崇
權重持難久
位高勢易窮
驕者物之盈
老者數之終
四者如寇盜
日夜來相攻
假使居吉士
孰能保其躬
因小以明大
借家可喩邦
周秦宅崤函

迷《まよ》える者《もの》の胸《むね》を悟《さと》らしめんと欲《ほっ》す
凡《およ》そ大官人《だいかんじん》為《た》れば
年禄《ねんろく》　多《おお》く高崇《こうすう》
権重《けんおも》ければ持《じ》して久《ひさ》しかり難《がた》く
位高《くらいたか》ければ勢《せい》は窮《きわ》まり易《やす》し
驕《おご》れるは物《もの》の盈《えい》
老《お》ゆるは数《かず》の終《お》わり
四者《ししゃ》は寇盗《こうとう》の如《ごと》く
日夜《にちや》　来《き》たりて相《あ》い攻《せ》む
仮使《たと》い吉士《きつど》に居《お》るも
孰《たれ》か能《よ》く其《そ》の躬《み》を保《たも》たん
小《しょう》に因《よ》りて以《もっ》て大《だい》を明《あき》らかにす
家《いえ》に借《か》りて邦《くに》を喩《たと》う可《べ》し
周秦《しゅうしん》は崤函《こうかん》に宅《す》まい

其宅非不同
一興八百年
一死望夷宮
寄語家與國
人凶非宅凶

其《そ》の宅《す》まうは同《おな》じからざるに非《あら》ず
一《いつ》は興《おこ》りて八百年《はっぴゃくねん》
一《いつ》は望夷宮《ぼういきゅう》に死《し》す
語《ご》を寄《よ》す　家《いえ》と国《くに》と
人凶《ひときょう》にして宅凶《たくきょう》なるに非《あら》ずと

不吉な邸宅

長安には大きな邸宅が多い。大通りの東西に並んでいる。朱塗りの門のなかはしばしば、誰もいない部屋廊下が続く。松や桂の木にフクロウが鳴き、蘭や菊の茂みにキツネが住まう。緑の苔には枯れ葉が敷き詰め、夕暮れにはつむじ風がよく起こる。以前のご主人は将軍、宰相であられたが、罰せられて巴庸《はよう》の地に島流し。その後のご主人は公卿であられたが、病を得てこの屋敷で身罷《みまか》った。引き続いて四、五人のご主人にも、次々と災いが集まった。十年このかた、ご主人さまによい事はまるでない。

風雨が軒端をむしばみ、ヘビやネズミが垣根に穴を開ける。
人々は気味悪がって買おうとしない。苦心の造営も日に日に朽ちる。
ああ、俗人の心というもの、何とも愚かしい。
災いに見舞われることを恐れてばかりで、なぜ不幸が起きるかを考えはしない。
わたしが今、この詩を記すのは、彼らの迷妄を明らかにしたいため。
そもそも大官僚というものは、年齢も高ければ禄高も高い。
強大な権力を維持するのはむずかしく、高い位階は容易に行き詰まる。
おごりは傲慢の極みであり、老いは寿命の終息である。
その四つがまるで強盗のように、日夜訪れ攻めたてる。
たとえめでたい土地に住もうとも、その身をまっとうできようか。
小を以て大を明らかにし、家宅に借りて国家のありかたも諭されよう。
周と秦は崤函《こうかん》の要害の地を家とし、その家とした場所に違いはなかった。
しかし一方は国が興って八百年、一方は二代で望夷宮《ぼういきゅう》に死んだのだ。
申し送ろう、家でも国でも、人が凶なのであって、住まいが凶なのではない、と。

○**凶宅**　まがまがしい屋敷。主人に不幸が起こる不吉な家の話は、『太平広記』などに数々見える。○**街西東**　ここでの「街」は長安の中心を南北に貫く朱雀街。○**朱門**　朱塗りの門。大邸宅をいう。杜甫が安禄山の乱の前年に詠んだ「京自《よ》り奉先県《ほうせんけん》に赴く詠懐五百字」に「朱門には酒肉臭《くさ》り、路には凍死の骨有り」。○**房廊**　「房」は邸内の部屋。「廊」は廊下。○**梟鳴・狐蔵二句**　邸内が荒廃し、人の不在の代わりに鳥獣の住み家となっていることをいう。「梟」はフクロウの類。悪鳥とされる。『詩経』大雅・瞻卬《せんぎょう》に「懿《い》なる厥《そ》の哲婦(見た目は美しい悪賢い女)、梟為《た》り鴟《し》(フクロウの類)為り」。狐もあざとい動物とされ、荒廃した邸に住む。晋・張載《ちょうさい》「七哀詩二首」(『文選』巻二三)其の一に「狐兎　其の中に窟《くっ》し(あなぐらに住む)、蕪穢《ぶわい》復た掃わず」。一方、「松桂」「蘭菊」は気品ある木と花。○**蒼苔一句**　緑の苔の上に枯れ葉が落ちた景。梁・丘遅《きゅうち》「何郎(何遜《かそん》)に贈る」詩に「檐際《えんさい》(軒端)に黄葉落ち、階前に緑苔網《あみ》す(網のように落ち葉を受け止める)」。○**前主・得罪二句**　「前主」は以前の主人。「将相」は将軍、宰相。文武における最高の地位。「竄」は追放される。「巴庸」は四川省東部から湖北省にかけた一帯。「巴」「庸」は古の国名。○**後主一句**　「後主」はあとの主人。「公卿」は三公九卿。高位高官をいう。○**連延**　連続することをいう畳韻の語。○**殃禍一句**　「殃禍」はわざわい。「相鍾」は一つに集中する。○**主人翁**　主人。『史記』范雎《はんしょ》伝に、「願わくは君の為に大車駟《し》馬《ば》を主人翁に借りん」。○**檐隙**　のきの隙間。○**蛇鼠一句**　「牆墉」はかきね。『詩経』召南・行露に「誰か謂わん鼠に牙《は》無しと、何を以て我が墉を穿つ」。毛伝に「墉は牆なり」。○**日毀一句**　土木作業によってできあがった結果が日々にくずれていく。○**嗟嗟**　強い嘆きの語。『楚辞』九章・悲回風に「曽《かさ》ねて歔欷《きょき》（すすり泣く）して嗟嗟《ささ》す」。○**愚蒙**　愚かで蒙昧。○**年禄一句**　年も高齢で禄高も高い。「高崇」は高い。○**驕者・老者二句**　おごり高ぶるのは傲慢、老いは寿命の終わり。『周易』謙に「天道は盈を虧《か》きて謙に益《ま》す（傲慢なものを損じ、謙虚なものに加える）」というように「盈」は「謙」の反意語で傲慢の意。『説苑《ぜいえん》』談叢《だんそう》に「寿命にして死する者は、歳数の終わるなり」。○**四者一句**　「四者」は上の四句で述べた「権」「位」「驕」「老」。「寇盗」は盗賊。○**吉士**　「凶宅」の反対の縁起のよい地。『礼記』礼器に「吉士に因りて以て帝を郊に饗《きょう》す」。○**周秦一句**　西周と秦はともに要害の地に都を置いた。「崤函」は崤山《こうざん》と函谷関《かんこくかん》。漢・賈誼《かぎ》「過秦論」（『文選』巻五一）に「秦の孝公は崤函の固めに拠る」。○**一興一句**　西周の始まりの紀元前一一〇〇年頃から東周の滅びた紀元前二二一年まで八百年あまり。『漢書』律暦志下に「周は凡そ三十六王、八百六十七歳」。○**望夷宮**　秦の宮殿。権力を握った宦官の趙高《ちょうこう》によって、秦の二世皇帝はそこで自殺を強いられた（『史記』秦始皇本紀）。

○**詩型・押韻**　五言古詩。上平一東（東《とう》・空《くう》・叢《そう》・風《ふう》・中《ちゅう》・翁《おう》・功《こう》・蒙《ぼう》・崇《しゅう》・窮《きゅう》・終《しゅう》・

攻《こう》・躬《きゅう》・同《どう》・宮《きゅう》)と三鍾(庸《よう》・鍾《しょう》・墉《よう》・従《しょう》・胸《きょう》・凶《きょう》)と四江(邦《ほう》)の通押。平水韻、上平一東と二冬と三江。

元和元年(八〇六)から六年の間における、長安の作。「諷諭」の部。立派な屋敷を構える人こそ転変激しく、空き家になる事態も少なくない。次々主人の替わる家は「凶宅」として恐れられた。白居易は、それは主人自身に原因があるのであって、居宅のせいではないと、因果の理由を解き明かす。中国の合理的思考をよくあらわしているが、こうした言明の背後には迷信に怯える人々の思いがあったことも事実である。

月夜登閣避暑　　月夜《げつや》　閣《かく》に登《のぼ》りて暑《しょ》を避《さ》く　　01-0013

旱久炎氣甚　　旱久《ひでりひさ》しくして炎気《えんき》甚《はなは》だし
中人若燔燒　　人《ひと》に中《あた》りて燔焼《はんしょう》するが若《ごと》し
清風隱何處　　清風《せいふう》　隠《かく》れて何処《いずこ》ぞ
草樹不動搖　　草樹《そうじゅ》　動揺《どうよう》すらせず
何以避暑氣　　何《なに》を以《もっ》て暑気《しょき》を避《さ》けん

無如出塵囂
行行都門外
佛閣正岧嶢
清涼近高生
煩熱委靜銷
開襟當軒坐
意泰神飄飄
迴看歸路傍
禾黍盡枯焦
獨善誠有計
將何救旱苗

塵囂《じんごう》を出《い》ずるに如《し》くは無《な》し
行《ゆ》き行《ゆ》く　都門《ともん》の外《そと》
仏閣《ぶっかく》　正《まさ》に岧嶢《ちょうぎょう》たり
清涼《せいりょう》　高《たか》きに近《ちか》づきて生《しょう》じ
煩熱《はんねつ》　静《せい》に委《ゆだ》ねて銷《き》ゆ
襟《えり》を開《ひら》きて軒《のき》に当《あ》たりて坐《ざ》す
意《い》泰《やす》らかにして神飄飄《しんひょうひょう》たり
迴《かえ》りて帰路《きろ》の傍《かたわら》を看《み》れば
禾黍《かしょ》　尽《ことごと》く枯焦《こしょう》す
独善《どくぜん》　誠《まこと》に計有《けいあ》るも
何《なに》を将《もっ》てか旱苗《かんびょう》を救《すく》わん

月の夜、楼閣に登って暑さを逃れる

日照りが続き熱気がすさまじい。まるで焼かれるような苦痛を人に及ぼす。

すがすがしい風はどこに隠れてしまったのか。草木は微動だにしない。
いかにして暑気から逃れたものか。町の喧騒から脱出するほかはない。
進み続けて都の城門を出たら、仏閣がたかだかとそびえている。
高く登るにつれて爽やかになり、喧騒から遠ざかるにつれて蒸し暑さも消えた。
襟を開けてのきばに坐れば、気持ちはのびやかに、精神は軽やかになる。
引き返して帰途にかたわらを見れば、稲もきびもすべて枯れている。
我が身を満たしたいとは確かに思うが、旱魃で枯れた苗はどうやって救うのか。

○**月夜登閣避暑**　文集抄本には詩題を「月燈閣避暑(月燈閣に暑を避く)」と作るものがある。「月燈閣」は長安東南の仏閣で、進士の合格者が蹴鞠《しゅうきく》(けまり)の遊びをしたという(『唐摭言《とうせきげん》』)。元稹《げんじん》には白居易らとそこに遊んだと記す詩もある。そのため詩題を抄本に従って改める説もあるが、底本のままでも不都合はない。○**旱久一句**　「旱」は日照り。『詩経』大雅・雲漢に「旱既に大いに甚だし」。「炎気」は暑気。『後漢書』馬援《ばえん》伝に南方の武陵の異民族を攻めた際、「会《たま》たま暑甚しく、士卒多く疫死す。(馬)援も亦た病いに中《あた》り、遂に困《くる》しむ。乃ち岸を穿ちて室を為《つく》り、以て炎気を避く」。○**中人**　人にあたる。『楚辞』九弁《きゅうべん》に「薄寒　人に中る」。○**燔焼**　火で焼く。○**塵囂**　世間の喧騒。

陶淵明「桃花源記」の詩に「借問す　方に遊ぶ士(世俗の人士)、焉《いずく》にか塵囂の外を測らん」。○行行　ずんずん行き進む。「古詩十九首」其の一(『文選』巻二九)に「行き行きて重ねて行き行く」。○岧嶢　高くそびえたつさまをいう畳韻の語。西晋・潘岳《はんがく》「河陽県の作」二首、其の一(『文選』巻二六)に北邙《ほくぼう》山について「修邙　鬱《うつ》として岧嶢たり」。○委静　静かになるのにつれて。「委」はしたがう。○開襟　襟を拡げる。魏・王粲《おうさん》「登楼の賦」(『文選』巻一一)に「軒檻(てすり)に憑《よ》りて以て遥かに望み、北風に向かいて襟を開く」。○禾黍　いねときび。穀物をいう。『史記』宋微子世家の箕子《きし》の歌に「麦秀漸漸たり、禾黍油油たり(麦の穂が伸び、いねもきびもつやつやしている)」。○枯焦　日照りで植物が枯れる。『後漢書』魯恭《ろきょう》伝に「三輔・并・涼　雨少なく、麦根枯焦す」。○独善　『孟子』尽心《じんしん》篇上に出る語。次の「新たに布裘を製《つく》る」詩「丈夫…」注参照(九八頁)。ここでは我が身一つをよくすることから、隠逸の意に用いる。○詩型・押韻　五言古詩。下平三蕭(嶢《ぎょう》)、四宵(焼《しょう》・揺《よう》・囂《ごう》・銷《しょう》・飄《ひょう》・焦《しょう》・苗《びょう》)の同用。平水韻、下平二蕭。

元和二年(八〇七)、長安の作。「諷諭」の部。「意泰らかにして神飄飄たり」の句で終われば、夏の夜に涼を得た快感をうたう閑適詩になるが、日照りの害を目にする後半がふくらむことによって諷諭詩になる。閑適と諷諭はこのように白居易のなかにおいて連続するものであった。

01-0055

新製布裘

桂布白似雪
呉緜軟於雲
布重緜且厚
爲裘有餘溫
朝擁坐至暮
夜覆眠達晨
誰知嚴冬月
支體暖如春
中夕忽有念
撫裘起逡巡

新《あら》たに布裘《ふきゅう》を製《つく》る

桂布《けいふ》白《しろ》くして雪《ゆき》に似《に》たり
呉綿《ごめん》　雲《くも》よりも軟《やわ》らかし
布《ぬの》は重《おも》く綿《わた》は且《か》つ厚《あつ》し
裘《かわごろも》を為《つく》れば余温《よおん》有り
朝《あした》に擁《まと》いて坐《ざ》して暮《くれ》に至《いた》り
夜《よる》に覆《おお》いて眠《ねむ》りて晨《あした》に達《たっ》す
誰《たれ》か知《し》らん　厳冬《げんとう》の月《つき》も
支体《したい》　暖《あたた》かきこと春《はる》の如《ごと》きを
中夕《ちゅうせき》　忽《こつ》として念《おも》うこと有《あ》り
裘《かわごろも》を撫《ぶ》して起《た》ちて逡巡《しゅんじゅん》す

丈夫貴兼濟
豈獨善一身
安得萬里裘
蓋裹周四垠
穩暖皆如我
天下無寒人

丈夫《じょうふ》は兼済《けんさい》を貴《たっと》ぶ
豈《あ》に独《ひと》り一身《いっしん》を善《よ》くせんや
安《いず》くにか万里《ばんり》の裘《かわごろも》を得《え》て
蓋《おお》い裹《つつ》みて四垠《しぎん》を周《あまね》くせん
穏暖《おんだん》なること皆《み》な我《われ》の如《ごと》く
天下《てんか》に寒人《かんじん》無からしめん

布の外套を仕立て下ろして

桂州の布は雪のように真っ白で、呉の国の綿は雲のようにやわらかい。
布は重いし綿は厚い。外套を仕立てれば十分に暖かい。
朝からくるまってそのまま夕方にまで至り、夜はかぶって朝まで眠る。
誰が知ろう、厳しい冬にも、この体が春のように暖かいことを。
夜半にふと思いが生じ、外套をさすりながら立ち上がって行ったり来たり。
大丈夫たるもの、人々を救済することが大事。自分一人よければいいものではない。
なんとか一万里も拡がる外套を手に入れて、四方あまねく包み込めないか。

誰もがわたしのように暖かく心地よく、天下に凍える人がいなくなるように。

○**布裘**　布製の外套。「裘」は『説文解字』に「皮衣なり」というように本来は皮製であるが、ここでは布で作られたもの。○**桂布・呉綿二句**　「桂布」は桂州産の綿布。「呉綿」は江南産の綿。「酔後狂言　蕭殷《しょういん》二協律に酬い贈る」詩にも「呉綿は細く軟らかにして桂布は密、柔らかきこと狐の腋の如く白きこと雲に似る」、白さを雲にたとえる。○**布重一句**　「且」は「布重し」と「綿厚し」を並列する語。『太平広記』に引く『芝田《しでん》録《ろく》』に、晩唐の開成年間、左拾遺の夏侯孜《かこうし》という者はいつも緑の「桂管布衫《けいかんふさん》」(桂州産の布の上着)を来て登朝した。布地の粗さを文宗がいぶかると、「此の布は厚く、以て寒を欺《しの》ぐべし」と答えた。その人柄が讃えられ、朝廷はこぞって彼に倣って桂管布を着た、という話が見える。これによれば桂布は見栄えはよくないが実用的な服であった。○**余温**　余り有る暖かさ。○**朝擁一句**　「擁」はくるまる。「坐」は何もせずにそのまま。○**中夕**　夜半。○**逡巡**　行きつ戻りつする。物思いに耽ることをあらわす動作。○**丈夫・豈独二句**　「丈夫」は一人前の男子。「兼済」は広く人々を救済する。「独善」は自分一人の徳を磨く。『孟子』尽心篇上の「窮すれば則ち独り其の身を善くし、達すれば則ち兼ねて天下を善くす」に基づく。『孟子』では士たる者の、情況に応じた二つの生き方を説くが、この詩では「独善」に留まるべきではなく、「兼済」を志すべきだと言う。また「元九に与うる書」では白居易自身の詩を分類するなかで「諷諭」は「兼済」に、「閑適」は「独善」に結びつけてどちらも肯定する。○**蓋裏**　全体にかぶせて包み込む。「裏」は底本では「裏」。諸本によって改める。○**周四垠**　「周」はあまねく及ぼす。『周易』繋辞《けいじ》伝上に「知は万物に周くして道は天下を済《すく》う、故に過《あやま》たず」。「四垠」は四方。「垠」は境界。○**詩型・押韻**　五言古詩。上平十七真(晨《しん》・身《しん》・垠《ぎん》・人《じん》)、十八諄《じゅん》(春《しゅん》・巡《じゅん》)と二十文(雲《うん》)と二十三魂(温《おん》)の通押。平水韻、上平十一真と十二文と十三元。

元和年間、江州に移る以前、長安の作とされる。「諷諭」の部。「布裘」にくるまれた暖かさをうたうところでとどまれば「閑適」詩であるが、後半、その暖かさを広く人々に及ぼしたいと展開するために「諷諭」詩に置かれる。「万里の裘」で世界中の人を寒さから救いたいという発想は杜甫「茅屋の秋風の破る所と為る歌」に基づく。杜甫の詩は大風に吹き飛ばされた屋根が悪童たちに持ち去られた、雨の降り込む家で眠ることもかなわない、「安《いず》くにか広廈千万間を得て、大いに天下の寒士を庇《おお》いて倶に歓顔せん」、広大な邸を手に入れて天下の人を寒さから救いたい、それができれば自分は凍え死んでも本望だ、とうたう。白居易は同じ発想の詩を注に挙げた「酔後狂言……」詩(五十一歳)、「新たに綾襖《りょうおう》(絹の綿入れ)を製りて成り、感じて詠ずる有り」詩(六十歳)と、ほぼ十年ごとに三首も作っている。杜甫に由来することは明らかであるが、杜甫の詩に濃厚な自虐的諧謔が白居易にはないところが、両者の差異を際立たせる。

02-0066

續古詩十首
其二

掩涙別郷里
飄颻將遠行
茫茫綠野中
春盡孤客情
驅馬上丘隴
高低路不平
風吹棠梨花
啼鳥時一聲

続古《ぞくこ》詩《し》十首《じっしゅ》
其《そ》の二《に》

涙《なみだ》を掩《おお》いて郷里《きょうり》に別《わか》れ
飄颻《ひょうよう》として将《まさ》に遠《とお》く行《ゆ》かんとす
茫茫《ぼうぼう》たり　緑野《りょくや》の中《なか》
春《はる》は尽《つ》く　孤《こ》客《かく》の情《じょう》
馬《うま》を駆《か》りて丘隴《きゅうろう》に上《のぼ》れば
高低《こうてい》　路《みち》平《たい》らかならず
風《かぜ》は棠梨《とうり》の花《はな》を吹《ふ》き
啼鳥《ていちょう》　時《とき》に一声《いっせい》

古墓何代人
不知姓與名
化作路傍土
年年春草生
感彼忽自悟
今我何營營

古墓《こぼ》は何《いず》れの代《よ》の人《ひと》ぞ
姓《せい》と名《な》とを知《し》らず
化《か》して路傍《ろぼう》の土《つち》と作《な》り
年年《ねんねん》　春草生《しゅんそうしょう》ず
彼《かれ》に感《かん》じて忽《こつ》として自《みずか》ら悟《さと》る
今《いま》　我《われ》は何《なん》ぞ営営《えいえい》たる

続古詩　十首
その二

忍び泣きをしながらふるさとに別れ、あてもなく遠い旅に出る。茫茫と広がる緑野、春尽きる時、一人旅する者の思い。馬に乗って墳墓の丘に駆け上れば、高く低く道は起伏を繰り返す。風がヤマナシの花に吹き寄せ、鳥が時折り一声さえずる。古びた墓に眠るのはいつの世の人か。姓も名も今に伝わらない。変わりはてて道端の土くれとなり、年ごとに春の草が生える。

それに感じてふと自らを省みる。今、わたしは何をあくせくしているのか、と。

○**続古詩**　無名氏の「古詩」を模擬した詩。「古詩」は後漢の時期に作られたと思われる作者不詳の五言詩。『文選』(巻二九)に収められた「古詩十九首」がその代表。晋・陸機「擬古詩《ぎこし》十二首」(同巻三〇)、東晋・陶淵明「擬古詩」(同巻三〇)、南朝宋・劉鑠《りゅうしゃく》「擬古二首」(同巻三一)など、「古詩」に倣う詩は後代書き継がれる。○**掩涙**　涙を隠して忍び泣く。陸機「門有車馬《もんゆうしゃば》客行《かくこう》」(『文選』巻二八)に「涙を掩いて温涼を叙す(時候の挨拶をする)」。○**飄颻**　風に翻るように頼りなくさまようさまをいう畳韻の語。○**茫茫**　あてどなく広がるさま。「古詩十九首」其の十一に「四《よも》を顧みれば何ぞ茫茫たる」。○**孤客**　孤独な旅人。南朝宋・謝霊運「七里瀬《しちりらい》」(『文選』巻二六)に「孤客　逝湍《せいたん》(流れ続ける早瀬)を傷《いた》む」。○**丘隴**　墳墓。「古詩十九首」其の十五に「郭門(城門)を出でて直視すれば、但だ見る　丘と墳とを」。○**棠梨**　ヤマナシの類。元稹「村花晩《く》る」詩に「三春已に暮れて桃李傷なわれ、棠梨は花白くして蔓菁《まんせい》(カブの類)は黄なり」というように、晩春に白い花をつける。○**古墓**　「古詩十九首」其の十五に「古墓は犂《す》かれて田と為る」。○**営営**　世俗のなかであくせくするさま。『荘子』庚桑楚《こうそうそ》篇に「汝の形を全うし、汝の生を抱き(あなたの体や命を大切にして)、汝の思慮をして営営たらしむる勿《な》

かれ」。〇**詩型・押韻**　五言古詩。下平十二庚(行《こう》・平《へい》・生《せい》)、十四清(情《せい》・声《せい》・名《べい》・営《えい》)の同用。平水韻、下平八庚。

元和六年(八一一)から九年にかけての時期、長安の作。「諷諭」の部。後漢・無名氏の「古詩十九首」、そのテーマの一つは人の命のはかなさを悲傷することだが、この詩もそれに沿って作られる。「古詩十九首」では人生のはかなさを嘆いて刹那的享楽に走ろうとするが、ここでは日常にかまけて汲々としている我が身を顧みるところで結ばれる。

送王十八歸山、
寄題仙遊寺

王十八《おうじゅうはち》の山《やま》に帰《かえ》るを送《おく》り、
仙遊寺《せんゆうじ》に寄《よ》せ題《だい》す

14-0715

曾於太白峯前住　　曽《かつ》て太白峰前《たいはくほうぜん》に住《じゅう》し
數到仙遊寺裏來　　数《しば》しば仙遊寺裏《せんゆうじり》に到《いた》り来《き》たる
黑水澄時潭底出　　黒水《こくすい》澄《す》みし時《とき》　潭底《たんてい》出で
白雲破處洞門開　　白雲《はくうん》破《やぶ》るる処《ところ》　洞門《どうもん》開《ひら》く
林閒煖酒燒紅葉　　林間《りんかん》に酒《さけ》を煖《あたた》めて紅葉《こうよう》を焼《や》き

石上題詩掃綠苔　　石上《せきじょう》に詩《し》を題《だい》して緑苔《りょくたい》を掃《はら》う
惆悵舊遊無復到　　惆悵《ちゅうちょう》す　旧遊《きゅうゆう》　復《ま》た到《いた》ること無《な》く
菊花時節羨君迴　　菊花《きっか》の時節《じせつ》　君《きみ》の迴《かえ》るを羨《うらや》む

王質夫が帰隠するのを送別し、遥かな地から仙遊寺をうたう

かつて太白山のふもとに住んでいた頃、仙遊寺には何度も訪れたものだった。黒い水が澄むと仙遊潭の水底が浮かびあがり、白雲が切れると洞窟の入り口が開いた。樹間に酒を暖めてもみじした葉を焼いたこともある。岩の上に青苔を払って詩を書いたこともある。

ああ残念だ、あの頃の遊びは繰り返せない。菊の花咲く今日、かの地に戻る君がうらやましい。

○**王十八**　王質夫《おうしつふ》。十八は排行。白居易が盩厔県尉《ちゅうちつけんい》の時にその地で知り合った。岑仲勉《しんちゅうべん》『唐人行第録《こうだいろく》』によれば、名は全素《ぜんそ》、字が質夫。のち元和十五年(八二〇)、白居易は「王質夫を哭す」詩を作っている。○**帰山**　隠逸を意味する語。ここでは長安から盩厔県に

帰ることを指す。○**寄題**　遠くにある物を詠じた詩。○**仙遊寺**　盩厔県にあった寺院。元和元年(八〇六)、そこに王質夫、陳鴻《ちんこう》と会した折りに「長恨歌」を作った。○**曽於一句**　盩厔県にいた時をいう。「太白峰」は盩厔県の南西にある太白山。秦嶺山脈の最高峰(三七六七メートル)。盩厔県尉の時の作「病假(病気休暇)中　南亭に閑望す」詩に「坐して見る　太白山」。○**黒水**　盩厔県の南の仙遊潭は「其の水は黒色」(宋・宋敏求《そうびんきゅう》『長安志』)という。○**洞門**　洞窟の入り口。○**焼紅葉**　「焼」を底本は「繞」に作るが誤り。諸本によって改める。○**旧遊**　かつて訪れたこと。○**詩型・押韻**　七言律詩。上平十五灰(迴《かい》)、十六咍《かい》(来《らい》・開《かい》・苔《たい》)の同用。平水韻、上平十灰。

元和四年(八〇九)、長安の作。「律詩」の部。さかのぼって元和元年の冬、盩厔県尉に赴任した白居易はその地の仙遊寺で陳鴻《ちんこう》・王質夫《おうしつふ》と会し、話が玄宗・楊貴妃に及んで「長恨歌」をものしたのだった。その後、白居易が長安に復帰していたところへ王質夫が訪れ、王氏が盩厔へ帰るのを送るときの詩。朝廷の官として繁忙のなかに身を置きながら、仙遊寺の遊を懐かしく思い起こす。「林間・石上」の聯は『和漢朗詠集』にも採られ、日本ではとりわけ名高い。

03-0124

新樂府幷序

元和四年、爲左拾遺時作

新楽府《しんがふ》　并《なら》びに序《じょ》

元和四年《げんなよねん》、左拾遺《さしゅうい》為りし時《とき》の作《さく》

序曰、凡九千二百五十二言、斷爲五十篇。篇無定句、句無定字。繫於意、不繫於文。首句標其目、卒章顯其志、詩三百之義也。其辭質而徑、欲見之者易諭也。其言直而切、欲聞之者深誡也。其事覈而實、使采之者傳信也。其體順而肆、可以播於樂章歌曲也。總而言之、爲君、爲臣、爲民、爲物、爲事而作、不爲文而作也。

序《じょ》に曰《いわ》く、凡《およ》そ九千二百五十二言《きゅうせんにひゃくごじゅうにげん》、断《た》ちて五十篇《ごじっぺん》と為《な》す。篇《へん》に定句《ていく》無《な》く、句《く》に定字《ていじ》無《な》し。意《い》に繫《つな》ぎ、文《ぶん》に繫《つな》げず。首句《しゅく》に其《そ》の目《もく》を標《ひょう》し、卒章《そっしょう》に其《そ》の志《こころざし》を顕《あら》わすは、詩三百《しさんびゃく》の義《ぎ》なり。其《そ》の辞《じ》の質《しつ》にして径《けい》なるは、之《これ》を見《み》る者《もの》の諭《さと》り易《やす》きを欲《ほっ》すればなり。其《そ》の言《げん》の直《ちょく》にして切《せつ》なるは、之《これ》を聞《き》く者《もの》の深《ふか》く誡《いまし》むるを欲《ほっ》すればなり。其《そ》の事《こと》の覈《かく》にして実《じつ》なるは、之《これ》を采《と》る者《もの》をして信《しん》を伝《つた》えしめんとすればなり。其《そ》の体《たい》の順《じゅん》にして肆《し》なるは、以《もっ》て楽章歌曲《がくしょうかきょく》に播《し》く可《べ》きなり。総《そう》じて之《これ》を言《い》えば、君《きみ》の為《ため》、臣《しん》の為《ため》、民《たみ》の為《ため》、物《もの》の為《ため》、事《こと》の為《ため》に作《つく》りて、文《ぶん》の為《ため》に作《つく》らざるなり。

新楽府　ならびに序
元和四年、左拾遺在任中の作

序に言う、なべて九千二百五十二字、それを五十篇に分けた。一篇ごとに決まった句数はなく、一句ごとに決まった字数はない。内容に由ったのであって、文飾には縛られない。冒頭の句で主題を明らかにし、最後の章に意図を明らかにしたのは、『詩経』のありかたである。語が質実で直截なのは、読む人が理解しやすいことを願うからである。言い回しが率直で端的なのは、聞く人に強く戒めてほしいからである。内容が事実に基づいて偽りでないのは、この詩を採取する人に本当のことを伝えてもらうためである。スタイルがなめらかで自在なのは、音楽の演奏や歌唱によって広められるためである。全体として言えば、君王のため、臣下のため、人々のため、物のため、事のために作ったのであって、文辞のために作ったのではない。

○**新楽府**　従来の楽府題によらず、新たに題を作った楽府。もともと友人の李紳《りしん》が「新題楽府」十二首を作り、元稹がそれに唱和した。それを受けて白居易は五十首に拡大した。李紳の作はのこらないが、元稹の十二首の題は白居易「新楽府」のなかに含まれる。**○篇無定句・句無定字**　篇ごとに句数が違い、句ごとに字数が違うこと。すなわち詩の形式が雑言であることをいう。**○繫於意・不繫於文**　詩の形式が内容に応じ、文采のための工夫ではないの意。**○首句標其目**　一篇の詩の最初に『詩経』の「小序」にあたる主題説明を置いたこと。**○卒章顕其志**　一篇の最後の章で意図を明示する。「新楽府」は『詩経』と異なり、一篇の詩が章に分かれているわけではないが、「卒章」はここでは一篇の末尾を指す。**○詩三百**　最古の詩集『詩経』のこと。『詩経』は約三百篇の詩から成る。『論語』為政篇に「詩三百、一言以て之を蔽《おお》えば、曰く思い邪《よこしま》無し」。**○質而径**　飾りがなく率直。**○覈而実**　事実に緊密に即している。**○順而肆**　スムースで奔放。「肆」は諸本は「律」に作る。ならば声律にかなっていること。

其一　七德舞　　其《そ》の一《いち》　七徳《しちとく》の舞《まい》　03-0125

美撥亂陳王業也　　乱《らん》を撥《おさ》め王業《おうぎょう》を陳《の》ぶるを美《ほ》むるなり

〔武德中、天子始作秦王破陣樂、以歌太宗之功業。貞觀初、太宗重制破陣樂舞圖、詔魏徵・虞世南等爲之歌詞、因名七德舞。自龍朔已後、詔郊廟享宴、

皆先奏之

武徳中《ぶとくちゅう》、天子《てんし》始《はじ》めて「秦王破陣楽《しんのうはじんがく》」を作《つく》り、以《もっ》て太宗《たいそう》の功業《こうぎょう》を歌《うた》う。貞観《じょうがん》の初《はじ》め、太宗《たいそう》重《かさ》ねて「破陣楽舞図《はじんがくぶず》」を制《つく》り、魏徴《ぎちょう》・虞世南《ぐせいなん》等《ら》に詔《みことのり》して之《これ》が歌詞《かし》を為《つく》らしめ、因《よ》りて七徳《しちとく》の舞《まい》と名《な》づく。龍朔《りゅうさく》より已《い》後《ご》、郊廟《こうびょう》の享宴《きょうえん》に詔《みことのり》して、皆《み》な先《さき》に之《これ》を奏《そう》せしむ」

七徳舞
七徳歌
傳自武徳至元和
元和小臣白居易
觀舞聽歌知樂意
樂終稽首陳其事
太宗十八舉義兵
白旄黄鉞定兩京
擒充戮竇四海清

七徳《しちとく》の舞《まい》
七徳《しちとく》の歌《うた》
伝《つた》えて武徳《ぶとく》より元和《げんな》に至《いた》る
元和《げんな》の小臣《しょうしん》　白居易《はくきょい》
舞《まい》を観《み》　歌《うた》を聴《き》きて楽《がく》の意《い》を知《し》る
楽《がく》終《お》わりて稽首《けいしゅ》して其《そ》の事《こと》を陳《の》ぶ
太宗《たいそう》　十八《じゅうはち》にして義兵《ぎへい》を挙《あ》げ
白旄黄鉞《はくぼうこうえつ》もて両京《りょうけい》を定《さだ》む
充《じゅう》を擒《とら》え竇《とう》を戮《りく》して四《し》海清《かいきょ》らかなり

二十有四功業成
二十有九卽帝位
三十有五致太平
功成理定何神速
速在推心置人腹
亡卒遺骸散帛收

二十有四《にじゅうゆうし》にして功業《こうぎょう》成《な》る
二十有九《にじゅうゆうきゅう》にして帝位《ていい》に即《つ》く
三十有五《さんじゅうゆうご》にして太平《たいへい》を致《いた》す
功《こう》成《な》り理《り》定《さだ》まること　何《なん》ぞ神速《しんそく》なる
速《はや》きは心《こころ》を推《お》して人《ひと》の腹《はら》に置《お》くに在《あ》り
亡卒《ぼうそつ》の遺骸《いがい》　帛《はく》を散《さん》じて収《おさ》め

〔貞觀初、詔天下陣死骸骨、致祭瘞埋之、尋又散帛以求之也
貞観《じょうがん》の初《はじ》め、天下《てんか》に詔《みことのり》して陣死《じんし》の骸骨《がいこつ》、祭《まつ》りを致《いた》して之《これ》を瘞埋《えいまい》せしめ、尋《つ》いで又《ま》た帛《はく》を散《さん》じて以《もっ》て之《これ》を求《もと》むるなり〕

飢人賣子分金贖
飢人《きじん》　子《こ》を売《う》れば金《きん》を分《わ》かちて贖《あがな》う

〔貞觀二年、大飢、人有鬻男女者、詔出御府金帛盡贖之、還其父母
貞観二年《じょうがんにねん》、大《おお》いに飢《う》え、人《ひと》に男女《だんじょ》を鬻《ひさ》ぐ者有《ものあ》り、詔《みことのり》して御府《ぎょふ》の金帛《きんぱく》を出《い》だして尽《ことごと》く之《これ》を贖《あがな》い、其《そ》の父母《ふぼ》に還《かえ》す〕

魏徵夢見天子泣
魏徴《ぎちょう》　夢《ゆめ》に見《あら》われて天子《てんし》泣《な》く

〔魏徵疾亟、太宗夢與徵別、既寤流涕、是夕徵卒。故御親制碑云、昔殷宗得良弼於夢中、今朕失賢臣於覺後
魏徵《ぎちょう》 疾亟《やまいきわ》まり、太宗夢《たいそうゆめ》に徵《ちょう》と別《わか》れ、既《すで》にして寤《さ》めて流涕《りゅうてい》し、是《こ》の夕《ゆう》徵《ちょう》卒《しゅっ》す。故《ゆえ》に御親《みずか》ら碑《ひ》を制《つく》りて云《い》う、昔《むかし》 殷宗《いんそう》 良弼《りょうひつ》を夢中《むちゅう》に得《え》、今《いま》 朕《ちん》は賢臣《けんしん》を覚後《かくご》に失《うしな》う、と〕

張謹哀聞辰日哭　　張謹《ちょうきん》の哀聞《あいき》こゆれば辰日《しんじつ》にも哭《こく》す

〔張公謹卒、太宗爲之擧哀。有司奏曰、在辰、陰陽所忌、不可哭。上曰、君臣義重、父子之情也。情發於中、安知辰日。遂哭之
張公謹卒《ちょうこうきんしゅっ》し、太宗之《たいそうこれ》が為《ため》に挙哀《きょあい》す。有司奏《ゆうしそう》して曰《いわ》く、辰《たつ》に在《あ》り、陰陽《いんよう》の忌《い》む所《ところ》、哭《こく》す可《べ》からず、と。上曰《しょういわ》く、君臣《くんしん》は義重《ぎおも》し、父子《ふうし》の情《じょう》なり。情《じょう》 中《なか》に発《はっ》す、安《いず》くんぞ辰日《しんじつ》を知《し》らん、と。遂《つい》に之《これ》を哭《こく》す〕

怨女三千放出宮　　怨女三千《えんじょさんぜん》　放《はな》ちて宮《きゅう》を出《い》だし

〔太宗常謂侍臣曰、婦人幽閉深宮、情實可愍。今將出之、任求伉儷。於是令左丞戴胄・給事中杜正倫於掖庭宮西門、揀出數千人、盡放歸

太宗《たいそう》 常《つね》に侍臣《じしん》に謂《い》いて曰《いわ》く、婦人《ふじん》 深宮《しんきゅう》に幽閉《ゆうへい》さるるは、情《じょう》 実《じつ》に愍《あわれ》む可《べ》し。今将《いままさ》に之《これ》を出《い》だし、伉儷《こうれい》を求《もと》むるに任《まか》さんとす、と。是《ここ》に於《お》いて左丞戴冑《じょうたいちゅう》・給事中杜正倫《きゅうじちゅうとせいりん》をして掖庭宮《えきていきゅう》の西門《せいもん》に、数千人《すうせんにん》を揀《えら》び出《だ》し、尽《ことごと》く放《はな》ち帰《かえ》らしむ〕

死囚四百來歸獄　死囚四百《ししゅうしひゃく》 来《き》たりて獄《ごく》に帰《き》す

〔貞觀六年、親錄囚徒、死罪者三百九十、放出歸家、令明年秋來就刑。應期畢至、詔悉原之

貞観六年《じょうがんろくねん》、親《みずか》ら囚徒《しゅうと》を録《ろく》し、死罪《しざい》の者三百 九十《ものさんびゃくきゅうじゅう》、放《はな》ち出《い》だして家《いえ》に帰《かえ》らしめ、明年《みょうねん》の秋《あき》に来《き》たりて刑《けい》に就《つ》かしむ。期《き》に応《おう》じて畢《ことごと》く至《いた》り、詔《みことのり》して悉《ことごと》く之《これ》を原《ゆる》す〕

剪鬚燒藥賜功臣　鬚《ひげ》を剪《き》り薬《くすり》を焼《や》きて功臣《こうしん》に賜《たま》い

李勣嗚咽思殺身　李勣《りせき》は嗚咽《おえつ》して身《み》を殺《ころ》さんことを思《おも》う

〔李勣常疾、醫云、得龍鬚燒灰、方可療之。太宗自剪鬚燒灰賜之、服訖而愈。勣叩頭泣涕而謝

李《り》勣《せき》嘗《かつ》て疾《や》み、医《い》云《い》う、龍鬚《りゅうしゅ》を得《え》て灰《はい》に焼《や》けば、方《まさ》に之《これ》を療《いや》す可《べ》し、と。太宗《たいそう》自《みずか》ら鬚《ひげ》を剪《き》り灰《はい》に焼《や》きて之《これ》に賜《たま》い、服《ふく》し訖《おわ》りて愈《い》ゆ。勣《せき》は叩頭泣涕《こうとうきゅうてい》して謝《しゃ》す〕

含血吮瘡撫戰士　血《ち》を含《ふく》み瘡《きず》を吮《す》いて戦士《せんし》を撫《ぶ》し

思摩奮呼乞效死　思摩《しま》は奮呼《ふんこ》して死《し》を効《いた》さんことを乞《こ》う

〔李思摩嘗中弩、太宗親爲吮血
李思摩《りしま》嘗《かつ》て弩《ど》に中《あた》り、太宗《たいそう》親《みずか》ら為《ため》に血《ち》を吮《す》う〕

則知不獨善戰善乘時　則《すなわ》ち知《し》る　独《ただ》に善《よ》く戦《たたか》い善《よ》く時《とき》に乗《じょう》ずるのみならず

以心感人人心歸　心《こころ》を以《もっ》て人《ひと》に感《かん》ぜしめて人心《じんしん》帰《き》するを

爾來一百九十載　爾来《じらい》　一百九十載《いっぴゃくきゅうじっさい》

天下至今歌舞之　天下《てんか》　今《いま》に至《いた》るまで之《これ》を歌舞《かぶ》す

歌七德　七徳《しちとく》を歌《うた》い

舞七德　七徳《しちとく》を舞《ま》う

聖人有作垂無極　聖人《せいじん》　作《さく》有《あ》りて無極《むきょく》に垂《た》る

豈徒耀神武
豈徒誇聖文
太宗意在陳王業
王業艱難示子孫

豈《あ》に徒《た》だに神武《しんぶ》を耀《かがや》かすのみならんや
豈《あ》に徒《た》だに聖文《せいぶん》を誇《ほこ》るのみならんや
太宗《たいそう》の意《い》は王業《おうぎょう》を陳《の》べて
王業《おうぎょう》の艱難《かんなん》を子孫《しそん》に示《しめ》すに在《あ》り

その一　七徳の舞

戦乱を収め、帝王としての事業を陳べたことを讃える。

〔武徳年間に、天子(当時は秦王《しんのう》)は初めて「秦王破陣楽《しんのうはじんがく》」を作った。それは太《たい》宗《そう》の功績を歌うものであった。貞観の初年、太宗はさらに「破陣楽舞図《がくぶず》」を作り、魏徴《ぎちょう》・虞世南《ぐせいなん》らに命じて歌詞を作らせ、「七徳の舞」と名付けた。龍朔《りゅうさく》以後、詔によって郊廟の祭祀の饗宴では、いつも最初にこの曲を演奏させた〕

七徳の舞、七徳の歌、それは武徳から元和まで伝えられてきました。

元和の一臣、白居易は、舞を見、歌を聞き、この楽の意義を解し、曲が終わるや稽首してその事を申し陳べます。

太宗は十八歳で義軍を挙げ、白い旗、黄金のまさかりを手に東西の都を平定されました。

王世充《おうせいじゅう》を生け捕りにし竇建徳《とうけんとく》を殺し、四海を静められました。

二十四の歳に功業を成し遂げ、二十九で帝位に即き、三十五で太平をもたらしました。

功業の成就、治世の実現、神業のようなすみやかさ。すみやかなるは、御心《みこころ》が人々の腹中に透み通ったからです。

戦没した兵士の遺骸は金に糸目をつけずに収集し、

〔貞観の初年、天下に詔して戦死者の遺骸を収集し、霊を祭った上で埋葬し、ついでさらに帛《はく》をつぎこんで捜求させた〕

食うに困り売られた子供は金銭を出して買い戻しました。

〔貞観二年、大飢饉があり、子供を売る親がいた。詔を下して宮中の蔵から金帛を出してのこらず買い取り、両親のもとに返した〕

魏徴が夢枕に立ったのを見て天子は涙をこぼされ、

〔魏徴の病気が困《こう》じた時、太宗は夢のなかで魏徴とお別れをした。覚めると涙にくれたが、その晩、魏徴は亡くなった。そこで手ずから碑文を書かれて「そのかみ殿の王は夢のなかで良き補佐の臣を得たが、今　朕は夢から覚めて賢き家臣を失った」と記した〕

張公謹《ちょうこうきん》が亡くなったとの報に、哭してはならぬ辰《たつ》の日であっても慟哭された。

〔張公謹が亡くなると、太宗は彼のために哭された。担当官が「辰の日は、陰陽の忌む所で、哭してはなりませぬ」と奏上したが、太宗は「君臣の間の信義は重い。父と子の情にあたる。情は心のなかから発するもので、辰の日など関わりはない」と答えて、そのまま慟哭された〕

哀れな宮女三千人を後宮から放出し、

〔太宗は常づね侍臣に語っていた、「宮中奥深く閉じ込められた女性たちは、その情まことにあわれむべきである。今、宮中から出し、配偶者を求めるにまかせよう」。そこで左丞の戴冑《たいちゅう》、給事中の杜正倫《とせいりん》にお命じになって掖の宮殿の西門に、数千人の宮女を選び出し、のこらず解き放って家に帰らせた〕

死刑囚四百人は監獄に戻ってきました。

〔貞観六年、みずから囚人の帳簿を調べ、死罪の三百九十人を、釈放して家に帰らせ、明くる年の秋に戻って刑に就かせた。期日になるとのこらずやってきたので、詔して全員を許した〕

ひげを切り薬を焼いて功臣に賜り、李勣《りせき》は嗚咽して帝のためには命を捧げようと考えました。

〔李勣が病気になった時、医者が「天子の鬚を灰にしたものを入手したら、治療できます」と言った。太宗は自ら鬚を切り落とし焼いて灰にして賜り、それを服し終えるや病は治った。李勣は頭を床に打ちつけ涙にむせんで感謝した〕

血を嘗《な》め傷口を吸って戦士をいたわったので、李思摩《りしま》は心昂《たかぶ》って叫び、帝のためなら命を差し出したいと言いました。

〔李思摩がいしゆみに当たった時、太宗はみずからその血を吸ってあげた〕

こうしたことからわかります、戦闘にすぐれ時の勢いに乗じただけではなく、その御心が人を動かしたので人心が帰したのだということが。

それから一百九十年、天下は今に至るまで歌い、舞っております。

七徳を歌い、七徳を舞う、聖人ならばこそ創りだしたもの、永遠に続きます。

神々しい武力を輝かせるだけではありません。神聖なる文徳を誇るだけではありません。

太宗の思いは帝王の業を陳べ、帝王の業の苦難をご子孫に示すことにあったのです。

○七徳舞　唐の宮廷を代表する舞楽。その成り立ちは以下の自注に説かれている。**○美撥乱陳王業也**　「新楽府」にはこのように各篇の意図を端的に記す小序が伴う。『詩経』の「小序」に倣ったもの。「撥乱」は混乱を収める。『春秋公羊伝』哀公十四年、「乱世を撥め、諸《これ》を正に返すは、春秋より近きは莫《な》し」に基づく。**○武徳中……**　「新楽府」のなかにはこのように詳しく事態を説明する自注を持つ篇がある。「武徳」は唐の最初の年号。高祖李淵《りえん》の治世。六一八年から六二六年まで。**○秦王破陣楽**　第二代皇帝の太宗李世民《りせいみん》が即位する前、秦王であった時に作った歌曲。**○貞観**　太宗在位の時の年号。六二七年から六四九年まで。この時期は「貞観の治」としてのちのちまでも理想的な治世と讃えられた。**○破陣楽舞図**　貞観七年（六三三）に制作。呂才がその図に基づき、武装させた楽工百二十人に教えた。**○魏徴・虞世南**　ともに唐初の重臣。**○七徳舞**　「七徳」の名は『左氏伝』宣公十二年に「夫れ武は暴を禁じ、兵を戢《おさ》め、大を保ち、功を定め、民を安らげ、衆を和し、財を豊かにする者なり。……武に七徳有り」と武力の徳を言うのに基づく。**○龍朔**　太宗を継いだ高宗の年号。六六一年から六六三年まで。**○郊廟**　「郊」は天地を祀り、「廟」は祖先を祀る、いずれも天子の執り行う重要な祭祀。**○享宴**　天子が臣下をもてなす饗宴。

○稽首　頭をしばらく地につけたままにする最も恭しい礼。**○太宗一句**　以下、太宗の事跡は、太宗と臣下の対話を記した『貞観政要』論災祥《ろんさいしょう》篇に基づく。「朕は年十八にして便ち王業を経綸するを為し、北は劉武周《りゅうぶしゅう》を剪《き》り、西は薛挙《せっきょ》を平らげ、東は竇建徳・王世充を擒《と》らう。二十四にして天下定まり、二十九にして大位に居り、四夷降伏し、海内乂安《がいあん》す(治まり安定する)」。○**白旄黄鉞**　犛牛《りぎゅう》(からうし)の尾をつけた旗と黄金のまさかり。周の武王が殷の紂王《ちゅうおう》を討った時のいでたち。『尚書』牧誓に「王(武王)は左に黄鉞を杖つき、右に白旄を秉《と》りて以て麾《さしまね》く」。○**擒充戮竇**　「充」は王世充、「竇」は竇建徳。ともに隋末の群雄。二人は組んで唐に対抗したが、武徳四年(六二一)、李世民に敗れた。○**二十有四一句**　「功業成る」は王世充・竇建徳を滅ぼして華北を統一したことを指す。○**二十有九一句**　李世民は武徳九年(六二六)、二十九歳の時に、兄弟を殺し父に譲位を迫り即位。翌年、貞観に改元。○**三十有五一句**　貞観六年(六三二)に当たる。この年に「太平を致す」どのような出来事があったかは不明。ここで一段落した意識が翌年の「破陣楽舞図」制作につながったか。○**功成理定**　『礼記』楽記に「王者は功成りて楽を作り、治(理)定まりて礼を制す」に基づく。「理」は高宗の諱《いみな》「治」を避けて代わりに用いたもの。○**速在一句**　「推心置人腹」は自分の誠意がそのまま人心に受け入れられて信頼を得ること。『後漢書』光武紀に「蕭王(光武帝)は赤心を推して人の腹中に置く、安んぞ死に投ぜざるを得んや」に基づく。○**亡卒一句**　戦死した兵卒の遺体を金銭で収集する。「帛」はきぬ。金銭の価値をもつ。『貞観政要』仁惻《じんそく》篇に貞観十九年(六四五)の高麗征伐の時のこととして見える。○飢人一句　同じく仁惻篇に貞観二年(六二八)、旱魃による飢饉に際して、旱魃は天子たる自分の責任だとして、売られた子供たちを買い戻して親のもとに返したとある。○魏徴一句　『旧唐書』魏徴伝には、太宗が魏徴が普段通りの姿でいる夢を見た翌朝、死の報が届いたと記述するのみで、この句及び自注の基づくところは未詳。○殷宗　殷の王。ここでは武丁《ぶてい》(高宗)を指す。『尚書』説命《えつめい》上に「高宗　夢に説を得たり」。太宗が殷の高宗と自分を並べた言葉は『唐摭言《とうせきげん》』に見える。「復た曰く、高宗は昔日　賢相を夢中に得たり。朕は今　此の宵、良臣を覚後(夢から覚めたあと)に失う、と」。○張謹一句　張謹は張公謹。襄州都督《じょうしゅうととく》であった。『貞観政要』仁惻篇に、貞観七年(六三三)のこととして記される。○怨女一句　やはり『貞観政要』仁惻篇に見える。『旧唐書』太宗紀では貞観二年のこととする。宮女の解放は皇帝の仁政のあらわれとされる。○掖庭宮　脇の宮殿。宮女たちの住まう場。○死囚一句　『旧唐書』太宗紀に貞観六年のこととして見える。○剪鬚・李勣二句　李勣は唐に帰順して竇建徳・王世充を破った武将。『貞観政要』任賢《じんけん》篇に見える。○含血・思摩二句　李思摩は唐初の武将。『貞観政要』仁惻篇に見える。○乗時　時勢にうまく乗る。『管子』山至数《さんしすう》篇に「王者は時に乗じ、聖人は易に乗ず」。○以心一句　『周易』咸《かん》に「天地感じて万物化生し、聖人　人心を感ぜしめて、天下和平なり」。○爾来　底本は「今来」に作るが諸本に従う。○聖人一句　聖人がこの世に作りだし、それが永遠に継承される。『礼記』楽記に「作者　之を聖と謂い、述者　之を明と謂う」。ここでは太宗が「七徳の舞」を作りだしたことを指す。○豈徒・豈徒二句　「豈徒」はただ……だけではなかろうの意。「神武」は神の如く猛き武力。『周易』繋辞伝上に「古の聡明叡知、神武にして殺さざる者か」。「聖文」は神聖な文徳。○詩型・押韻　七言古詩。九種の韻を用いる。(1)下平七歌(歌《か》)、八戈(和《か》)の同用。平水韻、下平五歌。(2)去声五寘(易《い》)、七志(意《い》・事《じ》)の同用。平水韻、去声四寘。(3)下平十二庚(兵《へい》・京《けい》・平《へい》)、十四清(清《せい》・成《せい》)の同用。平水韻、下平八庚。(4)入声一屋(速《そく》・腹《ふく》・哭《こく》)と三燭(贖《しょく》・獄《ごく》)の通押。平水韻、入声一屋と二沃。(5)上平十七真(臣《しん》・身《しん》)の独用。平水韻、上平十一真。(6)上声五旨(死《し》)、六止(士《し》)の同用。平水韻、上声四紙。(7)上平七之(時《し》・之《し》)と八微(帰《き》)の通押。平水韻、上平四支と五微。(8)入声二十四職(極《きょく》)、二十五徳(徳《とく》・徳《とく》)の同用。平水韻、入声十三職。(9)上平二十文(文《ぶん》)と二十三魂(孫《そん》)の通押。平水韻、上平十二文と十三元。

「新楽府」五十首は元和四年(八〇九)ころ、長安の作。「諷諭」の部。「七徳の舞」はその冒頭の詩。唐の理想の皇帝とされた太宗李世民が作った「七徳の舞」、唐王朝にとって最も重要な歌舞を取り上げて、太宗への賛美とともに、その功業を心に刻んで国家を経営していくべきことをうたう。

其四　海漫漫
戒求仙也

海漫漫
直下無底旁無邊
雲濤煙浪最深處
人傳中有三神山
山上多生不死藥
服之羽化爲天仙
秦皇漢武信此語
方士年年采藥去
蓬萊今古但聞名

03-0128

其《そ》の四《し》　海《うみ》漫《まん》漫《まん》
求仙《きゅうせん》を戒《いまし》むるなり

海漫漫《うみまんまん》たり
直下《ちょっか》に底《そこ》無《な》く　旁《かたわら》に辺《へん》無《な》し
雲濤煙浪《うんとうえんろう》　最《もっと》も深《ふか》き処《ところ》
人《ひと》は伝《つた》う　中《なか》に三神山《さんしんざん》有《あ》り
山上《さんじょう》　多《おお》く生《しょう》ず　不死《ふし》の薬《くすり》
之《これ》を服《ふく》せば羽化《うか》して天仙《てんせん》と為《な》ると
秦皇《しんこう》と漢武《かんぶ》は此《こ》の語《ご》を信《しん》じ
方士《ほうし》　年年《ねんねん》　薬《くすり》を采《と》り去《ゆ》く
蓬萊《ほうらい》　今古《きんこ》　但《た》だ名《な》を聞《き》くのみ

煙水茫茫無覓處
海漫漫
風浩浩
眼穿不見蓬萊島
不見蓬萊不敢歸
童男丱女舟中老
徐福文成多誑誕
上元太一虚祈禱
君看驪山頂上茂陵頭
畢竟悲風吹蔓草
何況玄元聖祖五千言
不言藥
不言仙
不言白日昇青天

煙水《えんすい》茫茫《ぼうぼう》として覓《もと》むる処《ところ》無《な》し
海《うみ》漫漫《まんまん》たり
風《かぜ》浩浩《こうこう》たり
眼《め》を穿《うが》つも蓬萊島《ほうらいとう》を見《み》ず
蓬萊《ほうらい》を見《み》ずんば敢《あ》えて帰《かえ》らず
童男丱女《どうなんかんじょ》　舟中《しゅうちゅう》に老《お》ゆ
徐福《じょふく》　文成《ぶんせい》　誑誕《きょうたん》なること多《おお》く
上元《じょうげん》　太一《たいいつ》　虚《むな》しく祈禱《きとう》す
君看《きみみ》よ　驪山《りざん》の頂上《ちょうじょう》　茂陵《もりょう》の頭《ほとり》
畢竟《ひっきょう》　悲風《ひふう》　蔓草《まんそう》を吹《ふ》く
何《なん》ぞ況《いわ》んや　玄元聖祖《げんげんせいそ》の五千言《ごせんげん》
薬《くすり》を言《い》わず
仙《せん》を言《い》わず
白日《はくじつ》　青天《せいてん》に昇《のぼ》るを言《い》わざるをや

その四　海は漫々
仙界探求の戒め

海は漫々。真下の深さは底知れず、まわりの広さは果てしがない。

雲煙のごとく大波小波が湧き起こる、最奥の海。伝え聞くのはそこに三つの神山があるとの話。

山の上には不死の薬草がたくさん生え、服用すれば羽化登仙できるという。

秦の始皇帝も漢の武帝もその言を信じ、方士が毎年毎年仙薬を採りに行った。

蓬莱は今も昔も名を聞くだけ。水煙が濛々と立ちこめ、どこにも探し当てられない。

海は漫々。風吹き渡る。目に穴があくほど見つめても蓬莱島は見えてはこない。

蓬莱が見えるまでは引き返せず、舟のなかで老いゆく童男童女。

徐福《じょふく》・文成《ぶんせい》は虚言にまみれ、上元夫人《じょうげんふじん》・太一神《たいいつしん》に虚しく祈禱を捧げる。

見よ、始皇帝の葬られた驪山《りざん》の山頂、漢武帝の眠る茂陵《もりょう》のあたり。つまるところは悲しげな風が、はびこる蔓草に吹き付けるのみ。

ましてや玄元《げんげん》聖祖老子の五千言の書には、仙薬のこともなければ仙界のこともない。

白日昇天のことも書いていないではないか。

○**漫漫**　果てしなく拡がるさま。　○**雲濤一句**　「雲濤煙浪」は雲やもやのように湧き起こる波。「最深処」は水深ではなく、地の果ての海のそのまた遠く奥まった所。　○**三神山**　東海にあると言われる蓬萊《ほうらい》・方丈《ほうじょう》・瀛洲《えいしゅう》の三つの山。　○**秦皇一句**　秦の始皇帝が不死の薬を求めて徐市《じょふつ》(徐福ともいう)を遣わしたことは、『史記』秦始皇本紀、封禅書に見える。漢の武帝も方士の少翁《しょうおう》などの言に惑わされて仙山を捜求したことは『漢書』郊祀志《こうしし》下に見える。　○**浩浩**　風が広い空間を吹き渡るさま。　○**眼穿**　目がくぼむほどじっと見つめる。　○**童男一句**　秦の始皇帝は徐市を使者として「童男女数千人を発して海に入りて仙人を求め」(『史記』秦始皇本紀)させたが、空しく舟中に年を重ねたことをいう。「丱」はあげまき。髪を二つに分けて結う子供の髪型。　○**徐福一句**　「徐福」は徐市。「文成」は少翁。漢の武帝に方術をもって仕え、「文成将軍」に任じられた(『史記』封禅書)。「誑誕」はでたらめ。　○**上元一句**　「上元」は上元夫人。道教の女神の一人。『漢武内伝』に西王母《せいおうぼ》とともに登場する。「太一」は太一神。「泰一」とも表記する。　○**君看一句**　「驪山」は秦の始皇帝の陵。「茂陵」は漢の武帝の陵。　○**畢竟**　結局。　○**何況一句**　「玄元聖祖」は老子の尊称。老子の姓は李、名は耳《じ》という。唐王朝では皇帝の姓が老子と同じ李であることから玄元皇帝として尊んだ。「五千言」は『老子』(『道徳経』)。上篇下篇併せて約五千言であることから。　○**詩型・押韻**　七言古詩。四種の韻を用いる。(1)

上平二十八山(山《さん》)と下平一先(辺《へん》)、二仙(仙《せん》)の通押。平水韻、上平十五刪と下平一先。(2)上声八語(語《ぎょ》・去《きょ》・処《しょ》)の独用。平水韻、上声六語。(3)上声三十二晧(浩《こう》・島《とう》・老《ろう》・禱《とう》・草《そう》)の独用。平水韻、上声十九晧。(4)上平二十二元(言《げん》)と下平一先(天《てん》)、二仙(仙《せん》)の通押。平水韻、上平十三元と下平一先。

地上の最高権力者である皇帝が、あらゆる欲望を満たしたのちにただ一つのこる不死の願望、そのために仙界を探求させたことはよく知られる。仙薬を求めた代表ともいうべき秦の始皇帝、漢の武帝も、結局は他の人々と同じく陵墓に眠っている。求仙の空しさを説くこの篇は同時代の皇帝(憲宗)に対する諫言も含まれていよう。

其七　上陽白髪人　　其《そ》の七《しち》　上陽《じょうよう》白髪《はくはつ》の人《ひと》　03-0131

愍怨曠也　　怨曠《えんこう》を愍《あわれ》むなり

(天寶五載已後、楊貴妃專寵、後宮人無復進幸矣。六宮有美色者、輒置別所、上陽是其一也。貞元中尚存焉

天宝五《てんぽうご》載已後《さいいご》、楊貴妃《ようきひ》　寵《ちょう》を専《もっぱ》らにし、後宮《こうきゅう》の人《ひと》　復《ま》た進幸《しんこう》する無《な》し。

六宮《りっきゅう》の美色《びしょく》有《あ》る者《もの》は、輒《すなわ》ち別所《べっしょ》に置《お》き、上陽《じょうよう》は是《こ》れ其《そ》の一《いっ》なり。貞元《ていげん》中《ちゅう》 尚《な》お存《そん》す〕

上陽人
紅顔暗老白髪新
綠衣監使守宮門
一閉上陽多少春
玄宗末歳初選入
入時十六今六十
同時采擇百餘人
零落年深殘此身
憶昔吞悲別親族
扶入車中不教哭
皆云入内便承恩
臉似芙蓉胸似玉

上陽《じょうよう》の人《ひと》
紅顔《こうがん》暗《くら》く老《お》いて白髪《はくはつ》新《あら》たなり
緑衣《りょくい》の監使《かんし》 宮門《きゅうもん》を守《まも》る
一《ひと》たび上陽《じょうよう》に閉《と》ざされてより多少《いくばく》の春《はる》ぞ
玄宗《げんそう》の末歳《まっさい》 初《はじ》めて選《えら》ばれて入《い》る
入《い》りし時《とき》は十六《じゅうろく》 今《いま》は六十《ろくじゅう》
同時《どうじ》に采択《さいたく》す 百余人《ひゃくよにん》
零落《れいらく》して年《とし》深《ふか》く 此《こ》の身《み》を残《ざん》す
憶《おも》う 昔《むかし》 悲《かな》しみを呑《の》みて親族《しんぞく》に別《わか》れ
扶《ふ》されて車中《しゃちゅう》に入《い》るも哭《こく》せしめず
皆《み》な云《い》う 内《うち》に入《い》れば便《すなわ》ち恩《おん》を承《う》くと
臉《かお》は芙蓉《ふよう》に似《に》て胸《むね》は玉《ぎょく》に似《に》たり

未容君王得見面
已被楊妃遙側目
妒令潛配上陽宮
一生遂向空房宿
秋夜長
夜長無寐天不明
耿耿殘燈背壁影
蕭蕭暗雨打窗聲
春日遲
日遲獨坐天難暮
宮鶯百囀愁厭聞
梁燕雙棲老休妒
鶯歸燕去長悄然
春往秋來不記年

未《いま》だ君王《くんのう》の面《めん》を見《み》るを得《う》るを容《い》れざるに
已《すで》に楊妃《ようひ》に遥《はる》かに側目《そくもく》せらる
妬《ねた》みて潜《ひそ》かに上陽宮《じょうようきゅう》に配《はい》せしめ
一生《いっしょう》　遂《つい》に空房《くうぼう》に宿《やど》る
秋《あき》の夜《よる》は長《なが》し
夜長《よるなが》くして寐《い》ぬる無《な》く　天《てん》　明《めい》ならず
耿耿《こうこう》たる残灯《ざんとう》　壁《かべ》に背《そむ》く影《かげ》
蕭蕭《しょうしょう》たる暗雨《あんう》　窓《まど》を打《う》つ声《こえ》
春《はる》の日《ひ》は遅《おそ》し
日《ひ》遅《おそ》くして独《ひと》り坐《ざ》し　天《てん》　暮《く》れ難《がた》し
宮鶯《きゅうおう》は百《ひゃく》たび囀《さえず》るも　愁《うれ》えて聞《き》くを厭《いと》い
梁燕《りょうえん》は双《なら》び棲《す》むも　老《お》いて妬《ねた》むを休《や》む
鶯《うぐいす》は帰《かえ》り燕《つばめ》は去《さ》りて長《とこし》えに悄然《しょうぜん》
春往《はるゆ》き秋来《あきき》たりて年《とし》を記《しる》さず

唯向深宮望明月
東西四五百迴圓
今日宮中年最老
大家遙賜尚書號
小頭鞋履窄衣裳
青黛點眉眉細長
外人不見見應笑
天寶末年時世粧
上陽人
苦最多
少亦苦
老亦苦
少苦老苦兩如何
君不見昔時呂向美人賦

唯《た》だ深宮《しんきゅう》に明月《めいげつ》を望《のぞ》む
東西《とうざい》　四《し》五百迴《ごひゃっかい》　円《まど》かなり
今日《こんにち》　宮中《きゅうちゅう》　年最《としもっと》も老《お》ゆ
大家《たいか》は遥《はる》かに賜《たまわ》る　尚書《しょうしょ》の号《ごう》
小頭《しょうとう》の鞋履《あいり》　窄《せま》き衣裳《いしょう》
青黛《せいたい》　眉《まゆ》に点《てん》ず　眉《まゆ》は細《ほそ》く長《なが》し
外人《がいじん》は見《み》ず　見《み》れば応《まさ》に笑《わら》うべし
天宝末年《てんぽうまつねん》の時世《じせい》の粧《よそお》い
上陽《じょうよう》の人《ひと》
苦《くる》しみ最《もっと》も多《おお》し
少《わか》くして亦《ま》た苦《くる》しみ
老《お》いて亦《ま》た苦《くる》しむ
少《わか》くして苦《くる》しむと老《お》いて苦《くる》しむと両《ふた》つながら如何《いかん》
君見《きみみ》ずや　昔時《せきじ》　呂向《りょきょう》の美人《びじん》の賦《ふ》

〔天寶末、有密采豔色者、當時號花鳥使。呂向獻美人賦以諷之
天宝《てんぽう》の末《すえ》、密《ひそ》かに艶色《えんしょく》を采《と》る者有《ものあ》り、当時《とうじ》　花鳥使《かちょうし》と号《ごう》す。呂向《りょきょう》　美人《びじん》の賦《ふ》を献《けん》じて以《もっ》て之《これ》を諷《ふう》す〕

又不見今日上陽白髪歌　又《ま》た見《み》ずや　今日《こんにち》　上陽白髪《じょうようはくはつ》の歌《うた》

その七　上陽白髪の人

連れ合いのいない悲哀を憐む

〔天宝五載以後、楊貴妃が寵愛を独り占めしたので、後宮では誰も夜とぎをする者がなかった。六宮のなかで美しい人は、別の場所に置かれ、上陽はその一つであった。貞元年間にもまだのこっていた〕

上陽の人、紅い頬もやつれ白髪だけが新しい。

「緑衣の監守が宮門を見張っています。上陽宮に閉じ込められて、どれだけの春が過ぎ去ったことでしょう。

玄宗の御世《みよ》の末に選ばれて、宮中に入った時、歳は十六、今は六十。

同じ時に選び取られた者は百人を越えました。うらぶれて年が過ぎ、なんとかのこっ

たこの身。

思い起こせば哀しみを抑えて身内に別れ、支えられながら車に入っても、声をあげて泣くこともままなりませんでした。

口々に言われました、宮廷に入れば天子の寵を受けられると。かんばせは蓮の花のごとく胸は玉のように輝いていたその頃。

天子へのお目通りもかなわぬうちに、もう遠くから楊貴妃ににらまれてしまいました。ねたまれてひそかに上陽宮に移され、一生そのまま人気《ひとけ》のない部屋に住むことになったのです。

秋の夜は長い。長い夜に寝付くこともできず、夜は明けません。ちらちらと揺れる灯火の、壁に映る火影。蕭々と降る暗い雨、窓を打つ雨音。

春の日あしは遅い。遅い日あしにぽつねんと坐って、空はなかなか暮れません。

宮廷の鶯がさえずり続け、悲しくて聞くのもいとわしい。梁のうえに住まうつがいの燕、老いたこの身が妬いたりはいたしません。

鶯が山に帰り燕も飛び去り、あとはずっとひっそりしています。春が去り秋が来て、何年過ぎたのかもわかりません。

ただ深い宮殿から明月を眺めるうちに、月は東から西へ、四百回も五百回もまどかになりました。

今、宮中で一番の年かさとなり、遥かな天子さまから尚書の称号を賜りました。

先のとがった靴、体をぴったりつつむ衣服。眉ずみで細く長く描いた眉。

外の人がこの姿を見るはずもありませんが、見たらきっとお笑いになることでしょう。

これは天宝の終わりの頃にはやった装いなのです」。

上陽の人は、苦しいことばかり。

若い時も苦しく、老いても苦しい。

若い時の苦しさ、老いての苦しさ、どちらもいかほど辛いことか。

どうかご覧あれ、昔、呂向《りょきょう》が書いた「美人の賦」を。

〔天宝末年、美女をひそかに集めてくる者がいて、その頃、花鳥使と呼ばれた。呂向は「美人の賦」を献呈してそれを批判した〕

またどうかご覧あれ、今この上陽の白髪の歌を。

○**上陽**　洛陽の宮城の西南隅にあった宮殿の名。『旧唐書』宦官伝によれば、玄宗の開元・天宝年間、長安の大内《だいたい》・大明《だいめい》・興慶《こうけい》の三殿および洛陽の大内・上陽の二殿には、宮女四万人、黄衣《こうい》(官位の上の女官)以上の者三千人、朱紫《しゅし》(さらに官位の上の女官)千人余を蔵していたという。そのなかでも上陽宮に送り込まれた宮女の悲哀は広く知られ、他の詩人にも詠まれていた。○**愍怨曠也**　「怨曠」は連れ合いがない男女。『孟子』梁恵王篇下に「内に怨女無く、外に曠夫無し」。○**天宝五載**　楊貴妃が皇后の下の貴妃に取り立てられたのは天宝四載(七四五)。○**六宮**　天子の後宮。「長恨歌」の注参照(五三頁)。○**貞元中**　貞元は憲宗の元和に先立つ徳宗の年号(七八五―八〇四)。○**緑衣一句**　「緑衣」は官位が六位七位の者の着する服。「監使」は官名。○**多少**　数量の疑問詞。○**零落**　花がしおれるように老いくずおる。『楚辞』離騒に「草木の零落するを惟《おも》い、美人の遅暮(年をとる)を恐る」。○**呑悲**　悲痛の思いを表に出さずにこらえる。○**未容**　……する間もなく、それより先に。○**側目**　横目でみる。嫉妬や憎しみを懐いていることを表す。○**向空房**　「向」は場所をあらわす前置詞。……において。「空房」は人、とりわけ連れ合いのいない私室。魏・曹丕《そうひ》「燕歌行」(『文選』巻二七)に「賤妾煢煢《けいけい》として空房を守り、憂い来たり君を思いて敢えて忘れず」。○**耿耿**　ちらちら光が揺らめくさま。南斉・謝《しゃ》朓《ちょう》「暫く下都に使いして夜に新林を発し京邑に至り、西府の同僚に贈る」詩(『文選』巻二六)に天の河を詠んで「秋河　曙に耿耿たり、寒渚　夜に蒼蒼たり」。李善の注に「耿耿は光るなり」というのに基づいて明るく輝くさまと解される。「長恨歌」の「耿耿たる星河　曙《あ》けんと欲する天」(七〇頁)も謝朓と同じく夜明けの天の河。それとは別に「耿耿として寐ねられず、隠憂有るが如し」(『詩経』邶風・柏舟)のように、不安を抱いて眠られない意味もある。両者を併せてみるに、灯火についていう場合も鮮やかな輝きではなく、不安に揺らぐようなちらちらした火影のありさまだろう。○**残灯**　油が乏しくなって消えそうな灯火。夜の更けたことをあらわす。○**背壁影**　壁に向けた灯の壁に映る火影。○**蕭蕭**　雨の音をあらわす擬音語。○**梁燕**　屋内の梁《はり》に巣くう燕。○**悄然**　ひっそりさびしいさま。○**望明月**　満月は男女和合の象徴。○**大家**　宮人が天子を呼ぶ語。漢・蔡邕『独断』に「親近侍従の官は(天子を)称して大家と曰《い》う」。○**尚書号**　宮女に与えられる女尚書《じょしょうしょ》という称号。○**小頭一句**　先の細まった靴と体にぴったり沿う服。『新唐書』五行志に「天宝の初め、……婦人は則ち歩釵《ほさ》(歩くと揺れるかんざし)を簪《かんざ》し、衿袖は窄小たり」、馬に乗る時のようなタイトな衣服が流行したと記すのは「天宝の初め」。天宝年間はこの詩の舞台である貞元年間から五十年ほどさかのぼる。○**青黛一句**　青い眉を細く長く描く。流行は短い眉に変わっていたか。○**外人**　宮中の外の人。陶淵明「桃花源記」に見える「外人」と同じく、別の世界に属する人々。○**時世粧**　時代の装い。白居易には「時世粧」と題する新楽府があり、元和に流行していた化粧が異国風であることを批判する。○**呂向美人賦**　呂向は開元の時、朝廷に入り、玄宗が「花鳥使」を派遣して美女を捜求したことを批判する「美人賦」を上奏、玄宗に認められて左拾遺に抜擢された（『新唐書』呂向伝）。○**詩型・押韻**　七言古詩。八種の韻を用いる。(1)上平十七真（人《じん》・新《しん》・人《じん》・身《しん》）、十八諄（春《しゅん》）の同用。平水韻、上平十一真。(2)入声一屋（族《ぞく》・哭《こく》・目《ぼく》・宿《しゅく》）と三燭（玉《ぎょく》）の通押。平水韻、入声一屋と二沃。(3)下平十陽（長《ちょう》）と十二庚（明《めい》）、十四清（声《せい》）の通押。平水韻、下平七陽と八庚。(4)去声十一暮（暮《ぼ》・妒《と》）の独用。平水韻、去声七遇。(5)下平一先（年《ねん》）、二仙（然《ぜん》・円《えん》）の同用。平水韻、下平一先。(6)上声三十二晧（老《ろう》）と去声三十七号（号《ごう》）の通押。平水韻、上声十九晧と去声二十号。(7)下平十陽（裳《しょう》・長《ちょう》・粧《そう》）の独用。平水韻、下平七陽。(8)下平七歌（多《た》・何《か》・歌《か》）の独用。平水韻、下平五歌。

「長恨歌」が玄宗の寵愛を独占した楊貴妃をうたう、いわばその陰画として宮殿に幽閉されたまま一生を送る宮女の悲哀をうたう。多数の宮女を宮廷内に囲い込む非を批判するのが諷諭詩たるゆえんではあるが、宮女を解放すべきことは世に通行する論であった。批判の内容や鋭さよりも、一人の生身の宮女を形象化し、女性の不幸を物語化しつつ抒情性豊かにうたいあげたところに白居易の真骨頂がある。

其八　胡旋女
戒近習也
〔天寶末、康居國獻之

胡旋女
胡旋女
心應絃
手應鼓
絃鼓一聲雙袖擧
迴雪飄颻轉蓬舞
左旋右轉不知疲
千匝萬周無已時
人間物類無可比
奔車輪緩旋風遲

其《そ》の八《はち》　胡《こ》旋《せん》の女《おんな》
近習《きんじゅう》を戒《いまし》むるなり
天宝《てんぽう》の末《すえ》、康居国《こうきょこく》　之《これ》を献《けん》ず〕

胡《こ》旋《せん》の女《おんな》
胡《こ》旋《せん》の女《おんな》
心《こころ》は絃《げん》に応《おう》じ
手《て》は鼓《こ》に応《おう》ず
絃鼓《げんこ》一声《いっせい》　双袖《そうしゅう》挙《あ》がり
迴雪《かいせつ》は飄颻《ひょうよう》し　転蓬《てんぽう》は舞《ま》う
左《ひだり》に旋《めぐ》り右《みぎ》に転《てん》じて疲《つか》れを知《し》らず
千匝万周《せんそうばんしゅう》　已《や》む時《とき》無《な》し
人間《じんかん》の物類《ぶつるい》　比《ひ》す可《べ》き無《な》し
奔車《ほんしゃ》も輪《わ》緩《ゆる》やかにして旋風《せんぷう》も遅《おそ》し

03-132

曲終再拜謝天子
天子爲之微啓齒
胡旋女
出康居
徒勞東來萬里餘
中原自有胡旋者
鬪妙爭能爾不如
天寶季年時欲變
臣妾人人學圓轉
中有太眞外祿山
二人最道能胡旋
梨花園中册作妃
金雞障下養爲兒
祿山胡旋迷君眼

曲終《きょくお》わり　再拝《さいはい》して天子《てんし》に謝《しゃ》す
天子《てんし》　之《これ》が為《ため》に微《かす》かに歯《は》を啓《ひら》く
胡旋《こせん》の女《おんな》
康居《こうきょ》に出《い》ず
徒《いたず》らに労《ろう》す　東《ひがし》に来《き》たること万里《ばんり》の余《よ》
中原《ちゅうげん》に自《おのずか》ら胡旋《こせん》の者《もの》有《あ》り
妙《みょう》を闘《たたか》わし能《のう》を争《あらそ》うは爾《なんじ》も如《し》かず
天宝《てんぽう》の季年《きねん》　時《とき》変《か》わらんと欲《ほっ》し
臣妾人人《しんしょうじんじん》　円転《えんてん》を学《まな》ぶ
中《なか》に太真《たいしん》有《あ》り　外《そと》に禄山《ろくざん》
二人《ふたり》　最《もっと》も道《い》う　能《よ》く胡旋《こせん》すと
梨花《りか》の園中《えんちゅう》　冊《さく》して妃《ひ》と作《な》し
金鶏《きんけい》の障下《しょうか》　養《やしな》いて児《じ》と為《な》す
禄山《ろくざん》　胡旋《こせん》して　君《きみ》の眼《め》を迷《まよ》わし

兵過黄河疑未反
貴妃胡旋惑君心
死棄馬嵬念更深
従茲地軸天維轉
五十年來制不禁
胡旋女
莫空舞
數唱此歌悟明主

兵《へい》は黄河《こうが》を過《す》ぐるも未《いま》だ反《はん》せずと疑《うたが》う
貴妃《きひ》　胡旋《こせん》して　君《きみ》が心《こころ》を惑《まど》わし
死《し》して馬嵬《ばかい》に棄《す》つるも　念《おも》い更《さら》に深《ふか》し
茲《こ》れ従《よ》り　地軸天維《ちじくてんい》転《てん》じ
五十年来《ごじゅうねんらい》　制《せい》するも禁《とど》まらず
胡旋《こせん》の女《おんな》
空《むな》しく舞《ま》う莫《な》かれ
数《しば》しば此《こ》の歌《うた》を唱《うた》いて明主《めいしゅ》を悟《さと》らしめよ

その八　胡旋《こせん》の女
近習《きんじゅ》の者を戒める
〔天宝の末年、康居国《こうきょこく》から胡旋の女が献上された〕

胡旋の女、胡旋の女。
心は絃の音に応じ、手は鼓《つづみ》の音に応ずる。
絃と鼓の一声に両の袖を振り上げるや、雪は風に舞って回り、蓬はまろびつつ舞う。

左へ回り右へ回って疲れも知らず、千回万回はてしなく回り続ける。

世に並ぶ物なきその速さ、疾駆する車すらまだるっこく、つむじ風さえのろく見える。

曲が終わり再拝して天子にご挨拶、天子はご満悦の笑みをそっと洩らされる。

胡旋の女、生まれは康居《こうきょ》。

無駄骨を折ってはるばる東へ万里あまりもやって来た。

中原の地にも胡旋の舞い手は確《しか》といるのだ。手並みを競いわざを争っては、お前も敵うものか。

天宝も末、世に変化の兆しが見えたころ、男も女も誰もかれもが旋舞のまね。

宮の中には太真《たいしん》、外には安禄山、二人の胡旋は格別と褒めそやされた。

梨園の中に太真は貴妃に取り立てられ、金鶏《きんけい》の屏風のもと安禄山は貴妃の養子となった。

安禄山の胡旋は君王の目をくらませ、賊軍が黄河を渡ってもまだ謀反とは気付かなかった。

楊貴妃の胡旋は君王の心を迷わせ、亡骸《なきがら》を馬嵬《ばかい》に見捨てても思いはいやました。

爾来、地は巡り天は移り、五十年というもの、禁じても禁じきれない胡旋の舞い。

胡旋の女よ、いたずらに舞うなかれ。幾たびもこの歌を唱い、賢明なる君にお察しいただくように。

○**胡旋**　西域から伝わった舞。小さな円い敷物の上で激しく旋回する。自注及び本文に「康居国」(中央アジアのイラン系民族ソグド人の国)に由来するというが、厳密にいえば康国(サマルカンド)。○**近習**　天子の側近に仕える者。○**天宝末**　元稹の「胡旋の女」に李紳の注を引いて「天宝中、西国来献す」と言い、『新唐書』西域伝には「康」国が「開元の初め」に「胡旋の女子」などを貢いだと記されるが、胡旋舞が開元以前に中国へ入ったことは石田幹之助「胡旋舞小考」(『長安の春』所収)が考証し、向達《しょうたつ》『唐代長安と西域文明』もそれを中国に紹介する。○**迴雪一句**　軽やかに旋回する舞をたとえる。「迴雪」は旋回する雪。「飄颻」は風に翻るさまをいう畳韻の語。後漢・張衡《ちょうこう》の「舞の賦」(『芸文類聚』巻四三)に「裾は飛燕に似て、袖は迴雪の如し」。「転蓬」は根からちぎれて転がる蓬。○**千匝万周**　「匝」も「周」と同じく回転する。○**人間物類**　人の世に存在するさまざまな種類の物。この世の万物。『荀子』勧学篇に「物類の起こるや、必ず始まる所有り」。○**奔車**　疾走する車。速い物の代表として挙げる。○**旋風**　つむじ風。これも速い物。○**啓歯**　口を開いて笑う。『荘子』徐無鬼《じょむき》篇に「吾が君未だ嘗て歯を啓かず」。○**徒労**　無駄に労力を費やす。以下に述べるような舞い手が中国にもいるので、遠い国から来たのは無駄だったという。○**闘妙争能**　すぐれた技を競い合う。○**天宝季年**　天宝は開元に続く玄宗の年号。「季年」は末年。天宝の終わりに安禄山が宮中に入って重きをなすに至ったことをいう。○**時欲変**　世の中に変化のきざしが見える。開元の治と称された玄宗の絶頂期から、安禄山の乱による破局へ転換することをいう。○**臣妾**　「臣妾」は男女の庶民。『周易』遯《とん》の卦《か》に「臣妾を蓄《やしな》うは吉」というのは、下僕と婢女に限られるが、のちに天子のもとの臣民すべてをいう。○**円転**　旋舞の回転。○**中有一句**　「中」「外」は宮廷の内と外。「太真」は楊貴妃が女道士であった時の名。「長恨歌」参照(七四頁)。史書には楊貴妃は「歌舞を善くす」(『旧唐書』后妃伝)というが、胡旋舞をよくした記述はない。「禄山」は安禄山。ソグド系突厥《とっくつ》の出身、狡智と野心によってのし上がり、范陽節度使にまでなるが、宰相の座を争った楊国忠《ようこくちゅう》に破れて反乱を起こす。○**二人一句**　「道」は……と言われる、評判である。安禄山は腹が膝の下に垂れ下がるほど肥満していたが、「玄宗の前に至り、胡旋の舞を作《な》し、疾《はや》きこと風の如し」(『旧唐書』安禄山伝)、軽快な胡旋舞を得意とした。○**梨花園**　玄宗が宮中に設けた歌舞の教習所、梨園。「長恨歌」では仙界の楊貴妃の美しさを「梨花」にたとえる(七六頁)。○**冊作妃**　楊貴妃に「貴妃」という位を与えた。「冊」は皇后・太子などに対する詔勅。貴妃に昇ったのは天宝四載(七四五)、二十七歳、玄宗六十一歳の時。○**金鶏障** 金鶏という伝説上の鳥を装飾した屛風。玄宗は大きな「金鶏障」を設けて、その前に安禄山を座らせ、御座と並べるほどに優遇したという(『旧唐書』安禄山伝)。○**養為児** 安禄山がみずから願って楊貴妃の養子となったことを指す。宮廷に入るとまず楊貴妃のもとに赴いて挨拶をし、後回しにされた玄宗がいぶかると、「臣は是れ蕃人(異民族)なり。蕃人は母を先にし父を後にす」と答えて玄宗を喜ばせた(『旧唐書』安禄山伝)。胡人は母を知るのみで父は知らないと答えた伝承もある(『唐語林』)。さらには楊貴妃が安禄山を裸にして産湯に浸からせたという話もある。○**兵過一句** 天宝十四載(七五五)十一月、安禄山は節度使として治めていた范陽《はんよう》(北京付近)で唐王朝打倒の兵を起こし、十二月には黄河を越えて都に迫ったが、彼を信任していた玄宗はそれでもまだ謀反とは気付かなかったこと。○**死棄一句** 都を逃れた玄宗が馬嵬の地まで来て楊貴妃の命を絶ったが、彼女への思いは一層募ったこと。「長恨歌」参照(六一頁)。○**従茲一句** 安禄山の乱以後、世の中の情勢が一変したことをいう。「地軸」は大地を支える軸。晋・張華『博物志』に「地には三千六百軸有り」。「天維」は天のまわりの綱。後漢・張衡「西京の賦」(『文選』巻二)に、「爾《しか》して乃ち天維を振《ととの》え、地絡《ちらく》(大地の綱)を衍《し》く(敷き拡げる)」。○**五十年来** 安禄山の乱勃発の時(七五五)からこの詩が書かれた元和四年(八〇九)前後まで五十数年。「制不禁」は制止しても禁じきれない。○**詩型・押韻**　七言古詩。十種の韻を用いる。⑴上声八語(女《じょ》・女《じょ》・挙《きょ》)と九麌(舞《ぶ》)、十姥(鼓《こ》)の通押。平水韻、上声六語と七麌。⑵上平五支(疲《ひ》)、六脂(遅《ち》)、七之(時《し》)の同用。平水韻、上平四支。⑶上声六止(子《し》・歯《し》)の独用。平水韻、上声四紙。⑷上平九魚(居《きょ》・余《よ》・如《じょ》)の独用。平水韻、上平六魚。⑸去声三十三線(変《へん》・転《てん》)の独用。平水韻、去声十七霰。⑹上平二十八山(山《さん》)と下平二仙(旋《せん》)の通押。平水韻、上平十五刪と下平一先。⑺上平五支(児《じ》)と八微(妃《ひ》)の通押。平水韻、上平四支と五微。⑻上声二十阮(反《はん》)と二十六産(眼《がん》)の通押。平水韻、上声十三阮と十五潸。⑼下平二十一侵(心《しん》・深《しん》・禁《きん》)の独用。平水韻、下平十二侵。⑽上声八語(女《じょ》)と九麌(舞《ぶ》・主《しゅ》)の通押。平水韻、上声六語と七麌。

唐代は西域の文化が一気に流入した時期であった。とりわけ歌舞は異国のそれが新鮮に映り、流行する。中国の伝統的、正統的な文化の後退を嘆くことが「新楽府」の基調にあり、この詩では「胡旋の舞」に熱狂したことが安禄山の乱を招いた元凶であるかに説く。

其九　新豐折臂翁
　戒邊功也
新豐老翁八十八
頭鬢眉鬚皆似雪
玄孫扶向店前行
左臂憑肩右臂折
問翁臂折來幾年
兼問致折何因緣
翁云貫屬新豐縣
生逢聖代無征戰
慣聽梨園歌管聲
不識旗槍與弓箭
無何天寶大徵兵
戸有三丁點一丁

其《そ》の九《きゅう》　新豊《しんぽう》の臂《うで》を折《お》りし翁《おう》
　辺功《へんこう》を戒《いまし》むるなり
新豊《しんぽう》の老翁《ろうおう》　八十八《はちじゅうはち》
頭鬢《とうびん》　眉鬚《びしゅ》　皆《み》な雪《ゆき》に似《に》たり
玄孫《げんそん》扶《ささ》えて店前《てんぜん》に行《ゆ》く
左臂《さひ》は肩《かた》に憑《よ》り右臂《ゆうひ》は折《お》らる
翁《おう》に問《と》う　臂《うで》折《お》れて来《よ》り幾年《いくとし》ぞ
兼《か》ねて問《と》う　折《お》るを致《いた》せしは何《なん》の因縁《いんねん》ぞ
翁《おう》は云《い》う　貫《かん》は新豊県《しんぽうけん》に属《ぞく》し
生《う》まれて聖代《せいだい》に逢《あ》い　征戦《せいせん》無《な》し
梨園《りえん》　歌管《かかん》の声《こえ》を聴《き》くに慣《な》れ
旗槍《きそう》と弓箭《きゅうせん》とを識《し》らず
何《いく》ばくも無《な》く　天宝《てんぽう》　大《おお》いに兵《へい》を徴《ちょう》し
戸《こ》に三丁《さんてい》有《あ》れば一丁《いってい》を点《てん》す

03-0133

點得驅將何處去
五月萬里雲南行
聞道雲南有瀘水
椒花落時瘴煙起
大軍徒涉水如湯
未過十人二三死
村南村北哭聲哀
兒別爺孃夫別妻
皆云前後征蠻者
千萬人行無一迴
是時翁年二十四
兵部牒中有名字
夜深不敢使人知
偷將大石鎚折臂

点《てん》じ得《え》て駆《か》り将《も》て何処《いずこ》にか去《ゆ》かしむ
五月《ごがつ》　万里《ばんり》　雲南《うんなん》に行《ゆ》く
聞道《きくな》らく　雲南《うんなん》には瀘水《ろすい》有《あ》りて
椒花《しょうか》の落《お》つる時《とき》　瘴煙《しょうえん》起《お》こる
大軍《たいぐんか》徒《か》ち渉《わた》れば水《みず》は湯《ゆ》の如《ごと》く
未《いま》だ過《す》ぎずして十人《じゅうにん》に二《に》三《さん》は死《し》すと
村南村北《そんなんそんぼく》　哭声《こくせい》哀《かな》し
児《こ》は爺嬢《やじょう》に別《わか》れ　夫《おっと》は妻《つま》に別《わか》る
皆《み》な云《い》う　前後《ぜんご》に蛮《ばん》を征《せい》する者《もの》
千万人《せんまんにん》行《ゆ》きて一《いっ》の迴《かえ》る無《な》しと
是《こ》の時《とき》　翁《おう》は年二十四《としにじゅうし》
兵部《へいぶ》の牒中《ちょうちゅう》に名字《めいじ》有《あ》り
夜深《よるふか》くして敢《あ》えて人《ひと》をして知《し》らしめず
偸《ひそ》かに大石《だいせき》を将《もっ》て鎚《たた》きて臂《うで》を折《お》る

張弓簸旗俱不堪
從茲始免征雲南
骨碎筋傷非不苦
且圖揀退歸鄉土
臂折來來六十年
一肢雖廢一身全
至今風雨陰寒夜
直到天明痛不眠
痛不眠
終不悔
且喜老身今獨在
不然當時瀘水頭
身死魂飛骨不收
應作雲南望鄉鬼

弓《ゆみ》を張《は》り旗《はた》を簸《あ》ぐるに倶《とも》に堪《た》えず
茲《こ》れ従《よ》り始《はじ》めて雲南《うんなん》に征《ゆ》くを免《まぬが》る
骨《ほね》砕《くだ》け筋《きん》傷《そこ》なわるるは苦《くる》しからざるに非《あら》ざるも
且《しばら》く図《はか》る　揀《えら》び退《しりぞ》けられて郷土《きょうど》に帰《かえ》るを
臂《うで》折《お》りてより来来《このかた》　六十年《ろくじゅうねん》
一肢《いっし》　廃《はい》すと雖《いえど》も一身《いっしん》は全《まった》し
今《いま》に至《いた》るも風雨《ふうう》陰寒《いんかん》の夜《よる》は
直《ただ》ちに天明《てんめい》に到《いた》るまで痛《いた》みて眠《ねむ》れず
痛《いた》みて眠《ねむ》れざるも
終《つい》に悔《く》いず
且《か》つ喜《よろこ》ぶ　老身《ろうしん》の今《いま》独《ひと》り在《あ》るを
然《しか》らざれば当時《とうじ》　瀘水《ろすい》の頭《ほとり》
身《み》死《し》し魂《こん》飛《と》びて骨《ほね》収《おさ》められず
応《まさ》に雲南《うんなん》　望郷《ぼうきょう》の鬼《き》と作《な》り

萬人塚上哭呦呦　万人塚上《ばんにんちょうじょう》 哭《こく》して呦呦《ゆうゆう》たるべし
〔雲南有萬人冢、即鮮于仲通・李宓曾覆軍之所也
雲南《うんなん》に万人塚《ばんにんちょう》有《あ》り、即《すなわ》ち鮮于仲通《せんうちゅうとう》・李宓《りひつ》の曽《かつ》て軍《ぐん》を覆《くつがえ》しし所《ところ》なり〕

老人言　老人《ろうじん》の言《げん》

君聽取　君《きみ》 聴取《ちょうしゅ》せよ

君不聞開元宰相宋開府　君《きみ》聞《き》かずや 開元《かいげん》の宰相《さいしょう》宋開府《そうかいふ》は

不賞邊功防黷武　辺功《へんこう》を賞《しょう》せず 黷武《とくぶ》を防《ふせ》ぐと
〔開元初、突厥數寇邊。時大武軍子將郝靈佺出使、因引特勒迴鶻部落、斬突厥默啜、獻首于闕下、自謂有不世之功。時宋璟爲相、以天子年少好武、恐徼功者生心、痛抑其黨。逾年、始授郎將。靈佺遂慟哭嘔血而死也
開元《かいげん》の初《はじ》め、突厥《とっくつ》数《しば》しば辺《へん》を寇《しいた》ぐ。時《とき》に大武軍子将《だいぶぐんししょう》の郝霊佺《かくれいせん》出使《しゅっし》し、因《よ》りて特勒迴鶻《とくろくかいこつ》の部落《ぶらく》を引《ひ》き、突厥黙啜《とっくつもくせつ》を斬《き》りて、首《くび》を闕下《けっか》に献《けん》じ、自《みずか》ら不世《ふせい》の功《こう》有《あ》りと謂《い》う。時《とき》に宋璟《そうけい》 相為《しょうた》り、天子《てんし》年少《としわか》くして武《ぶ》を好《この》むを以《もっ》て、功《こう》を徼《もと》むる者《もの》 心《こころ》を生《しょう》ぜんことを恐《おそ》れ、其《そ》の党《とう》を痛抑《つうよく》す。年《とし》を逾《こ》えて、始《はじ》め

て郎将《ろうしょう》を授《さず》く。霊佺《れいせん》は遂《つい》に慟哭《どうこく》し血《ち》を嘔《は》きて死《し》す」

又不聞天寶宰相楊國忠　又《ま》た聞《き》かずや　天宝《てんぽう》の宰相楊国忠《さいしょうようこくちゅう》は
欲求恩幸立邊功　恩幸《おんこう》を求《もと》めんと欲《ほっ》して辺功《へんこう》を立《た》て
邊功未立生人怨　辺功未《へんこういま》だ立《た》たずして人《ひと》の怨《うら》みを生《しょう》ずと
請問新豊折臂翁　請《こ》う問《と》え　新豊折臂《しんぽうせっぴ》の翁《おう》に

〔天寶末、楊國忠爲相、重構閤羅鳳之役。募人討之、前後發二十餘萬衆、去無返者。又捉人連枷赴役、天下怨哭、人不聊生。故祿山得乘人心而盜天下。元和初、折臂翁猶存、因備歌之

天宝《てんぽう》の末《すえ》、楊国忠《ようこくちゅう》相《しょう》と為《な》り、重《かさ》ねて閤羅鳳《ごうらほう》の役《えき》を構《かま》う。人《ひと》を募《つの》りて之《これ》を討《う》ち、前後《ぜんご》二十余万《にじゅうよまん》の衆《しゅう》を発《はっ》するも、去《ゆ》きて返《かえ》る者無《ものな》し。又《ま》た人《ひと》を捉《とら》えて連枷《れんか》もて役《えき》に赴《おもむ》かしめ、天下怨哭《てんかえんこく》し、人《ひと》聊生《りょうせい》せず、故《ゆえ》に禄山《ろくざん》は人心《じんしん》に乗《じょう》じて天下《てんか》を盗《ぬす》むを得《う》。元和《げんな》の初《はじ》め、折臂《せっぴ》の翁猶《おうな》お存《そん》す、因《よ》りて備《つぶさ》に之《これ》を歌《うた》う」

その九　腕をへし折った新豊のおじいさん

辺境の軍事を戒める

新豊《しんぽう》の町で見かけたおじいさん、年は八十八。髪も眉もひげも雪のように真っ白。

やしゃごが支えながら店の前を歩いて行く。左腕でやしゃごの肩にもたれ、右腕は折れている。

おじいさんに尋ねる、「腕が折れてどれほどたつのか。も一つ聞くが、折れたのはどんなわけがあったのか」。

おじいさんが言う、「わしは新豊県のもの。めでたい御代に生まれ合わせたおかげで、いくさなどありはしなかった。

耳にするのは歌舞音曲ばかりで、槍だの弓だの見たこともない。

やがて天宝の大徴兵、一軒に三人の男がいれば一人は兵に取られる。

点呼してどこへ行かされるかといえば、万里のかなた、真夏の雲南《うんなん》の地。

聞けば雲南には瀘水《ろすい》という川があって、山椒の花散る時期には毒ガスが湧く。

軍隊がかち渉る水は熱湯のように熱く、渡り終えるまでに十人のうちの二人、三人は死んでしまうとのこと。

村の南、村の北、どこもかしこも悲しい泣き声に包まれ、子は父さん母さんに別れ、
夫は妻に別れを告げた。
みなが言うには、後にも先にも南蛮に出征した何千何万のうち、戻って来た者は一人
もおらん。
この時、老いぼれもまだ二十四の若者。兵部の召集令状に名前がのっていた。
深夜、誰にも気づかれぬよう、ひそかに大きな石を振り上げて腕をへし折った。
弓を射ることも旗を掲げることもできぬ体となって、こうして雲南出征から免除され
た。
骨は砕け肉は傷つき痛くないわけはないが、まずは徴兵を免れて郷里に帰るが先。
腕をへし折って六十年、腕一本はだめにしても体そのものはなんともない。
今でも雨風つのる冷たい夜には、痛んで朝まで眠られぬ。
痛んで眠れなくても、後悔などしてはおらん。
それどころか喜んでおる、この年までわし一人無事生き永らえたことを。
そうでなければ、あの時、瀘水のほとり、息は絶え魂さまよい葬られもせず、遥か雲
南に望郷の霊となって、万人塚で慟哭しておったはず」。

〈雲南には万人塚がある。それは鮮于仲通《せんうちゅうとう》・李宓《りひつ》の軍がかつて全滅した所である〉

この老人の話を、よく聴きなさい。

開元の宰相宋璟《そうけい》は、いたずらに武に逸《はや》らないようにと辺功を賞しなかったというではないか。

〈開元の初め、突厥はしばしば辺境に攻め入った。その時、大武軍の子将郝霊佺《かくれいせん》は使者として出向き、そこで特勒《とくろく》の回鶻《かいこつ》の部落を奪取して、突厥の黙啜《もくせつ》を斬って首を朝廷に捧げ、世に並びなき手柄を立てたと自負した。その時、宋璟が宰相の地位にあり、天子が幼くて武を好むため、臣下が手柄を求めたがるようになることを案じて、その仲間を押さえつけた。年明けてのち、やっと郎将の位を授けただけだった。郝霊佺は泣き叫んで血を吐いて死んだのである〉

そしてまた、天宝の宰相楊国忠《ようこくちゅう》は、天子の寵を得ようと辺功を焦り、功も立てられずに世の怨みを買ったというではないか。

どうか新豊のおじいさんに直接尋ねてみられよ。

〈天宝の末年、楊国忠が宰相となり、閤羅鳳《ごうらほう》の戦役を繰り返した。兵を募って戦闘し、前後二十万を越える人々を駆りだしたが、生きて帰った者はいない。さらに人を捉えて枷に並べて兵役に向かわせ、天下には怨みの声満ちて、民は安らかに暮らすことがかなわなかった。そのために安禄山は人心を味方につけて天下を奪ったのだ。元和の初めには、腕を折った老人はまだ存命で、そこで詳しくこれを歌にした」

○**新豊**　長安の東北の県。現在の陝西省新豊鎮。○**辺功**　夷狄に対する軍事。「辺」は国境地帯。「功」はここでは功績ではなく仕事の意。○**八十八**　長寿はめでたい幸であるが、それが障害を負った不幸と引き替えに得られたものであることが、以下に綴られる。○**向店前行**　「向」を「在」の意味にとって「店の前を通って行く」と解した。発語者は店の中から老人を見かけたことになる。「店に向かう」と読むこともできる。「店」は商店か旅舎か。○**左臂一句**　「臂」は腕。肩から手首までの部分。「憑肩」は肩にもたれる。○**因縁**　原因を意味する俗語。○**貫**　籍貫《せきかん》、本籍地。その台帳が徴税、徴兵の資料とされる。○**聖代**　「開元の治」として讃えられる玄宗の世を指す。○**慣聴一句**　「梨園」は玄宗が設けた歌舞の教習所。生まれたのは開元年間の太平の世、世間は歌舞音曲に浸っていたことをいう。○**不識一句**　「旗槍」は軍旗と槍。「弓箭」は弓と矢。併せていくさ。軍事に無縁であったことをいう。○**無何**　さほど時間がたたないうちに。○**天宝大徴兵**　天宝に入ると軍事費は一気に増大した(『資治通鑑』)。南方でも唐に帰属していたチベット・ビルマ族の南詔《なんしょう》国と不和が生じ、天宝九載(七五〇)には雲南を攻略、翌十載には南詔制圧のために大規模な軍が送られた。○戸有一句 一所帯に三人の成人男子がいればそのうち一人を徴兵したこと。「丁」は成人男子を指す戸籍上の単位。労役に徴集する対象。天宝三載の改正では二十三歳以上の男子を「成丁」とした。「点」は名簿にチェックを入れて徴兵する。男装の女性の従軍をうたう北朝の楽府「木《もく》蘭《らん》」に、「昨夜 軍帖を見るに、可汗《かかん》(異民族の王)大いに兵を点ず」。○点得 「得」は動詞の後について結果をあらわす。○駆将 「将」は動詞の後につく助字。○雲南 姚《よう》州《しゅう》(雲南省姚安県)を中心とする中国南西部。○瀘水 雲南省を流れる川、金沙江《きんさこう》の一部。古来、戦役の難所とされた。諸葛亮「出師《すいし》の表《ひょう》」(『文選』巻三七)に「故に五月 瀘を度《わた》り、深く不毛に入る」。南朝宋・鮑照「苦熱行」(『文選』巻二八)に「涇《けい》を毒しては尚お多く死し、瀘を渡りては寧《なん》ぞ具《とも》に腓《や》むのみならんや」。○椒花 山椒の花。○瘴煙 南方独特の毒気、瘴癘《しょうれい》の気がガス状に充満するのを「煙」といったもの。『後漢書』西南夷伝の唐・李賢の注に「瀘水は……特に瘴気有り。三月四月に之を経れば必ず死す」。○徒歩 歩いて川を渡る。○水如湯 南方の川の水が熱湯のように熱いこと。柳宗元「盧衡州《ろこうしゅう》の書を得て因りて詩を以て寄す」詩にも「牂柯(貴州の川)南に下りて水は湯の如し」。○爺嬢 父と母をいう口語。杜甫「兵車行」に出征兵士の見送りを述べて「爺嬢妻子走りて相い送る」。 ○兵部一句　徴兵者の名簿に名が記されたこと。「兵部」は軍事を司る官庁。「牒」は公文書。 ○偸将一句　「鎚」はつちをふるい落とすように叩く。兵役を逃れるためにみずから身体を傷つけることは珍しくなかった。そのため『唐律疏義』には故意に損傷したことが発覚すると懲役一年半の刑に処すと明文化されている(巻二五)。 ○簸旗　旗を揺り動かす。「簸」は穀物を箕《み》であおることから、揺らすことをいう。 ○揀退　不適な兵士を選んで除外する。 ○臂折来来　「来来」は……して以来の意をあらわす口語的表現。 ○応作一句　「鬼」は死者。雲南の戦役で膨大な戦死者が出たことは、『旧唐書』楊国忠伝に「物故する者十に八九。凡そ二十万の衆を挙げ、之を死地に棄て、隻輪《せきりん》(戦車の車輪一本)すら還らず」。 ○哭呦呦　「呦呦」は戦死者の哭声。本来は『詩経』小雅・鹿鳴に「呦呦として鹿鳴き、野の苹を食らう」のように鹿の鳴き声。杜甫「兵車行」では「新鬼は煩冤し旧鬼は哭す、天陰《くも》り雨湿れる時　声啾啾《しゅうしゅう》たり」と、死者の泣き声を「啾啾」であらわす。 ○鮮于仲通・李宓　南詔を攻撃して敗れた武将。天宝十載、楊国忠は鮮于仲通に八万の兵を率いて南詔を討たせたが軍は全滅、さらに天宝十三載、李宓に七万の兵を率いて討たせたのも全滅した。 ○覆軍　軍が全滅する。 ○宋開府　開元の名宰相として知られる宋璟《そうけい》。「開府」は開府儀同三司《かいふぎどうさんし》という官名の略。 ○不賞一句　辺塞の軍功を賞することなく武力の行使を控える。「黷武」は武力を乱用すること。 **○開元初……** 「大武軍」は北方に置かれた軍の名。「子将」は大将、副将に次ぐ将。「大武軍」を「天武軍」「太武軍」に、「子将」を「牙将」に、「郝霊佺」を「郝霊嵜」「郝霊筌」に作る本もあるが、いずれも『新唐書』玄宗本紀、開元四年の記述に従う。 **○因引……** 「引」は弓を引いて攻めることか。「特勤」は回鶻の皇族が任ぜられる官位。 **○默啜**　突厥の可汗(王)。長年、唐と抗争を続けた。默啜の首を取った郝霊佺に対して、宋璟が武人の驕慢を抑えるために行賞を控えた故事は、中唐の時期に広くしられ、宰相の杜佑《とゆう》が吐蕃《とばん》攻略に反対する上疏にも述べられている(『旧唐書』杜佑伝)。 **○郎将**　武人の官名。五品に相当する。 **○楊国忠**　玄宗の寵愛を得た楊貴妃の縁戚ゆえに宰相にまで取り立てられた人物。楊国忠が南方の征討のため二度にわたって大量の兵力を注ぎ、失敗を重ねたことは、『旧唐書』楊国忠伝に見える。「応作一句」の注も参照。 **○閤羅鳳**　雲南を支配した南詔の王。人質として唐に囚われていたのを脱出、それを攻める鮮于仲通率いる官軍を破った。「閣羅鳳」に作る本があるが誤り。 **○連枷**　刑具の枷に人を連ねる。 **○聊生**　安らかに暮らす。『戦国策』秦策四に「百姓聊生せず、族類離散す」。 **○詩型・押韻**　七言古詩。十四種の韻を用いる。(1)入声十四黠《かつ》(八《はつ》)と十七薛《せつ》(雪・折《せつ》)の通押。平水韻、入声八黠と九屑。(2)下平一先(年《ねん》)、二仙(縁《えん》)の同用。平水韻、下平一先。(3)去声三十二霰(県《けん》)、三十三線(戦《せん》・箭《せん》)の同用。平水韻、去声十七霰。

(4)下平十二庚(兵《へい》・行《こう》)と十五青(丁《てい》)の通押。平水韻、下平八庚と九青。(5)上声五旨(水《すい》・死《し》)、六止(起《き》)の同用。平水韻、上声四紙。(6)上平十二斉(妻《せい》)と十五灰(迴《かい》)、十六咍(哀《あい》)の通押。平水韻、上平八斉と十灰。(7)去声五寘(臂《ひ》)、六至(四《し》)、七志(字《じ》)の同用。平水韻、去声四寘。(8)下平二十二覃(堪《かん》・南《だん》)の独用。平水韻、下平十三覃。(9)上声十姥(苦《こ》・土《ど》)の独用。平水韻、上声七麌。(10)下平一先(年《ねん》・眠《べん》)、二仙(全《せん》)の同用。平水韻、下平一先。(11)上声十四賄(悔《かい》)、十五海(在《ざい》)の同用。平水韻、上声十賄。(12)下平十八尤(収《しゅう》)、十九侯(頭《とう》)、二十幽(呦《ゆう》)の同用。平水韻、下平十一尤。(13)上声九麌(取《しゅ》・府《ふ》・武《ぶ》)の独用。平水韻、上声七麌。(14)上平一東(忠《ちゅう》・功《こう》・翁《おう》)の独用。平水韻、上平一東。

宋璟は開元の治をもたらした名宰相とされ、楊国忠の方は安禄山の乱勃発の要因にもなった人物。世に泰平をもたらすか、人々が戦役に苦しむか、それは宰相しだいだという。白楽天の矛先はすでに悪評の定着していた楊国忠にとどまり、その大本である皇帝にまでは向かわない。さらには国家の仕組みに対する疑念とか、戦争を国家の悪として悲嘆するとか、そういった深さは読み取れない。そうした批判の内容よりも、老翁の人生に対して読者は深い感慨を覚える。具体的な個人を生々しく描き出し、その境遇に共感を呼び起こすのが白楽天の諷諭詩である。「新楽府」の一首一首それぞれが独立した一つの短篇小説であるかのように物語性を備え、一人ひとりの生々しい人物像が描き出される。

其十七 五絃彈　　其《そ》の十七《じゅうしち》 五絃《ごげん》の弾《だん》　03-0141

惡鄭之奪雅也　　鄭《てい》の雅《が》を奪《うば》うを悪《にく》むなり

五絃彈　　五絃《ごげん》の弾《だん》
五絃彈　　五絃《ごげん》の弾《だん》
聽者傾耳心寥寥　　聴《き》く者《もの》は耳《みみ》を傾《かたむ》け　心《こころ》寥寥《りょうりょう》たり
趙璧知君入骨愛　　趙璧《ちょうへき》は君《きみ》が骨《ほね》に入《い》りて愛《あい》するを知《し》り
五絃一一爲君調　　五絃《ごげん》　一一《いちいち》　君《きみ》の為《ため》に調《ちょう》す
第一第二絃索索　　第一第二《だいいちだいに》の絃《げん》は索索《さくさく》
秋風拂松疏韻落　　秋風《しゅうふう》　松《まつ》を払《はら》いて疏《そ》韻《いん》落《お》つ
第三第四絃冷冷　　第三第四《だいさんだいし》の絃《げん》は冷冷《れいれい》
夜鶴憶子籠中鳴　　夜鶴《やかく》　子《こ》を憶《おも》いて籠中《ろうちゅう》に鳴《な》く

第五絃聲最掩抑
隴水凍咽流不得
五絃竝奏君試聽
凄凄切切復錚錚
鐵擊珊瑚一兩曲
冰寫玉盤千萬聲
鐵聲殺
冰聲寒
殺聲入耳膚血寒
慘氣中人肌骨酸
曲終聲盡欲半日
四座相對愁無言
座中有一遠方士
唧唧咨咨聲不已

第五《だいご》の絃《げん》は声《こえ》最《もっと》も掩抑《えんよく》す
隴水《ろうすい》凍咽《とうえつ》して流《なが》れ得《え》ず
五絃《ごげん》並《なら》び奏《そう》す　君《きみ》試《こころ》みに聴《き》け
凄凄《せいせい》　切切《せつせつ》　復《ま》た錚錚《そうそう》
鉄《てつ》は珊瑚《さんご》を撃《う》つ　一両曲《いちりょうきょく》
氷《こおり》は玉盤《ぎょくばん》に写《そそ》ぐ　千万《せんまん》の声《こえ》
鉄声《てっせい》は殺《さつ》
氷声《ひょうせい》は寒《かん》
殺声《さっせい》　耳《みみ》に入《い》りて膚血《ふけつ》寒《かん》たり
惨気《さんき》　人《ひと》に中《あた》りて肌骨《きこつ》酸《さん》たり
曲《きょく》終《お》わり声《こえ》尽《つ》きて半日《はんにち》ならんと欲《ほっ》す
四座《しざ》相《あ》い対《たい》して愁《うれ》えて言《げん》無《な》し
座中《ざちゅう》に一遠方《いちえんぼう》の士《し》有《あ》り
唧唧《しょくしょく》咨咨《しし》　声《こえ》已《や》まず

自歎今朝初得聞
始知孤負平生耳
唯憂趙璧白髪生
老死人間無此聲
遠方士
爾聽五絃信爲美
吾聞正始之音不如是
正始之音其若何
朱絃疏越清廟歌
一彈一唱再三歎
曲淡節稀聲不多
融融曳曳召元氣
聽之不覺心平和
人情重今多賤古

自《みずか》ら歎《たん》ず　今朝《こんちょう》初《はじ》めて聞《き》くを得《え》たり
始《はじ》めて知《し》る　平生《へいせい》の耳《みみ》に孤負《こふ》せしを
唯《た》だ憂《うれ》う　趙璧《ちょうへき》の白髪《はくはつ》生《しょう》じ
老死《ろうし》せば　人間《じんかん》に此《こ》の声《こえ》無《な》きを
遠方《えんぼう》の士《し》
爾《なんじ》　五絃《ごげん》を聴《き》きて信《まこと》に美《び》と為《な》すも
吾《われ》聞《き》く　正始《せいし》の音《おん》は是《か》くの如《ごと》くならずと
正始《せいし》の音《おん》は其《そ》れ若何《いかん》
朱絃疏越《しゅげんそかつ》なり　清廟《せいびょう》の歌《うた》
一弾一唱《いちだんいっしょう》　再三歎《さいさんたん》ず
曲《きょく》は淡《あわ》く節《せつ》は稀《まれ》に声多《こえおお》からず
融融《ゆうゆう》　曳曳《えいえい》　元気《げんき》を召《まね》く
之《これ》を聴《き》けば覚《おぼ》えずして心平和《こころへいわ》なり
人《ひと》の情《じょう》は今《いま》を重《おも》んじて多《おお》く古《いにしえ》を賤《いや》しむ

古琴有絃人不撫
更従趙璧藝成來
二十五絃不如五

古琴《こきん》　絃《げん》有《あ》るも人《ひと》は撫《ぶ》せず
更《さら》に趙璧《ちょうへき》の芸《げい》成《な》りて従《よ》り来《このかた》
二十五《にじゅうご》絃《げん》は五《ご》に如《し》かず

その十七　五絃の演奏
　　俗悪な鄭声が典雅な音楽に取って代わるのを恨む

五絃の琵琶の演奏、五絃の琵琶の演奏。

聴衆は一心不乱に耳を傾け心は空っぽ。趙璧《ちょうへき》はあなたが骨の髄までその演奏が好きなのを知り、五絃の一本一本、あなたのために音を調える。

第一絃、第二絃の音はさわさわと鳴り、秋風が松の枝を払い、すずろな音色がこぼれ落ちる。

第三絃、第四絃は寒々として、夜の鶴がわが子を思い籠のなかで上げる声。

第五絃の音が最も重苦しい。隴頭の水が凍って咽《むせ》ぶように進みあぐねる。

五本の絃が揃って かき鳴らされるのをあなたも聞いてみたまえ。

その音たるや、凄絶で、切迫し、また錚然とけたたましい。

珊瑚を鉄で一撃したような一曲、二曲。氷が玉盤に落ちるごとき何千何万の音。鉄の音は厳しく、氷の音は冷たい。厳しい音が耳に入ると肌も血も凍え、寒々とした気が人にあたれば肌も骨もうずく。

曲が終わり音が消えて長い時がたっても、座にある者はじっと向き合い、心痛めて一言も発せない。

一座のなかには遠くから来た者が一人。ああ、むむとため息を漏らす。感じ入って言うには、「今日初めてこの曲を聴きました。いままで聞いてきた曲など、耳をだましてきただけとわかりました。

しかし心配なのは趙璧に白髪が生じ、年老いて亡くなれば、世の中からこの曲は消えてしまうことです」。

遠方の人よ、あなたは五絃の曲を聴いてまことに美しいと言われるが、わたしの聞くところ、始原の正しい音楽はこんなものではないといいます。

始原の正しい音楽とはどんなものか。朱色の絃に底穴を減らした瑟《しつ》に乗って、清廟で歌われる歌です。

一たび奏で、一たび歌えば、二度三度と感嘆の声。メロディはあっさり、リズムはゆるやか、音は大きくなくとも、なごやかでのびやか、宇宙の気が呼び起こされるのです。これを聞けば、おもわず心に平和が訪れるのです。

人情とは今を大事にして古《いにしえ》を卑しむもの。古代の瑟に絃が備わっていてもつまびく者もいません。

そのうえ趙璧の芸がつくりあげられてからというもの、二十五絃の瑟は五絃の琵琶にかなわなくなってしまいました。

○**五絃**　一般に琵琶は四絃であるのに対して、ここでうたわれるのは五絃の琵琶。『新唐書』礼楽志には「琵琶の如くして小さく、北国の出だす所」というが、本来はインドに発し、アジアに拡がった。古くはバチで演奏したが、太宗の時の楽工から手による演奏が始まった。新たに流行した五絃の演奏を俗悪として批判する。○**鄭之奪雅**　「鄭」は猥雑な音楽。『詩経』国風の鄭風は衛風とともにみだらな歌が多いことから。『礼記』楽記に「鄭衛の音は、乱世の音なり」。「雅」はそれに対して『詩経』の小雅・大雅のような、みやびな音楽。『論語』陽貨篇に「鄭声の雅楽を乱すを悪む」。○**寥寥**　空っぽなさま。聞き惚れてうつろな状態になることをいう。○**趙璧一句**　「趙璧」は貞元年間の五絃琵琶の名手。元稹の「五弦弾」にも見える。『国史補』には、自分が五絃なのか五絃が自分なのかわからなくなると演奏中の境地を語る趙璧の言葉が引かれる。「君」は上の句の「聴く者」を指す。「入骨愛」は骨の髄まで愛する。○**五絃一句**　「一一」は五絃の一本一本。「調」は調弦する。○**索索**　秋風のように乾いた、寂しげな音。○**疏韻**　枯れた味わいの音。「秋涼閑臥」詩に「露荷　清香を散じ、風竹　疏韻を含む」。○**冷冷**　涼しく清らかな音。晋・陸機「招隠」詩(『文選』巻二二)に「山溜(山水のしずく)何ぞ泠泠たる(「泠泠」は「冷冷」に通じる)」。○**掩抑**　低く抑えることをいう双声の語。○**隴水一句**　「隴水」は甘粛省隴山《ろうざん》から流れ出る水。「隴頭歌《ろうとうか》」(『楽府詩集』巻二五)に「隴頭の流水、鳴声幽咽たり」。○**凄凄**　風が吹きつのるさま。○**切切**　切迫したさま。○**錚錚**　金属の触れ合うさま。○**鉄撃一句**　激しい音の曲をたとえる。鉄で珊瑚を打ち砕くのは『世説新語』汰侈《たしゃ》篇の話に基づく。西晋の石崇《せきすう》と王愷《おうがい》は贅沢を競い合い、王愷が貴重な珊瑚の大きな木を見せると、石崇は「鉄の如意を以て之を撃ち」、粉々にしてしまった。○**氷写一句**　氷が玉の大皿に降り注ぐ。「琵琶引」に琵琶の音の大小入り交じるさまを「大珠小珠　玉盤に落つ」(二九四頁)。○**鉄声・氷声二句**　「殺」は厳しく張り詰めた音。「寒」は凍りつくような冷たい音。この二句六字、底本は脱。諸本によって補う。○**酸**　うずくようにいたむ。○**喞喞一句**　「喞喞」も「咨咨」も深く歎く声。北朝の楽府「木蘭」に「喞喞復た喞喞、木蘭　戸に当たりて織る。機杼の声を聞かず、唯だ聞く女の嘆息」。○**孤負**　裏切る。ふだん聞いていた音楽は耳を裏切るものであったことがこの曲を聞いてわかったの意。○**信為美**　魏・王粲《おうさん》「登楼の賦」(『文選』巻一一)に「信に美なりと雖も吾が土に非ず」というように、逆接して次の句に続く。○**正始之音**　正しい、始まりの音楽。「毛詩大序」に「周南・召南は正始の道、王化の基なり」。○**朱絃・一弾三句**　『礼記』楽記、「清廟の瑟《しつ》は、朱弦(絃に同じ)にして疏越、壱(一に同じ)倡(唱に同じ)して三嘆、遺音有る者なり」に基づく。先祖を祭る廟で演奏される瑟(琴に似た楽器)は、赤い練り糸で音を濁らせ、瑟の底の孔の数を減らして音を緩やかにした。そのように地味な音楽であっても一人が唱《うた》い始めれば三人が感嘆して唱和し、いつまでも音声がのこるものであった。○**節稀**　リズムが緩やかであること。○**声不多**　音量が控えめであること。○**融融一句**　「融融」は音楽のなごやかなさま。「曳曳」は「洩洩」と表記するのが正しい。のびやかなさま。『左氏伝』隠公元年に「公(荘公)入りて賦す、「大隧《だいすい》(大きな地下道)の中、其の楽しみや融融たり」と。姜《きょう》(母親の武姜)出でて賦す、「大隧の外、其の楽しみや洩洩たり」と」。杜預の注に「融融は和楽《わらく》なり」、「洩洩は舒散なり」。「元気」は宇宙の根源の気。○**二十五絃**　瑟を指す。太古、素女の奏でる瑟は五十絃であった、その音色があまりに悲しいために皇帝伏羲《ふっき》が半分の二十五絃に変えたという伝説がある(『史記』封禅書)。○**詩型・押韻**　七言古詩。

十二種の韻を用いる。⑴去声二十八翰（弾《たん》・弾《たん》）の独用。平水韻、去声十五翰。⑵下平三蕭（寥《りょう》・調《ちょう》）の独用。平水韻、下平二蕭。⑶入声十九鐸（索《さく》・落《らく》）の独用。平水韻、入声十薬。⑷下平十二庚（鳴《めい》）と十五青（冷《れい》）の通押。平水韻、下平八庚と九青。⑸入声二十四職（抑《よく》）、二十五徳（得《とく》）の同用。平水韻、入声十三職。⑹下平十三耕（錚《そう》）、十四清（声《せい》）と十五青（聴《ちょう》）の通押。平水韻、下平八庚と九青。⑺上平二十二元（言《げん》）と二十五寒（寒《かん》・寒《かん》）、二十六桓（酸《さん》）の通押。平水韻、上平十三元と十四寒。⑻上声六止（士《し》・耳《じ》）の独用。平水韻、上声四紙。⑼下平十二庚（生《せい》）、十四清（声《せい》）の同用。平水韻、下平八庚。⑽上声四紙（是《し》）、五旨（美《び》）の同用。平水韻、上声四紙。⑾下平七歌（何《か》・歌《か》・多《た》）、八戈（和《わ》）の同用。平水韻、下平五歌。⑿上声九麌（撫《ぶ》）、十姥（古《こ》・五《ご》）の同用。平水韻、上声七麌。

中国古来の伝統的な楽器、音楽が廃れ、流行の音楽がもてはやされる風潮を嘆いた作。音楽はいつでもどこでも新しいものが古いものを凌駕するようだ。ここでは五絃琵琶が批判の対象となっているのだが、詩は五絃琵琶の演奏をいかに言葉によって描出するかに工夫を凝らしている。言葉による音楽の表現は後の大作「琵琶引」（二八八頁）に進展する。

其二十一　驪宮高
美天子重惜人之財力也
高高驪山上有宮
朱樓紫殿三四重
遲遲兮春日
玉甃暖兮溫泉溢
嫋嫋兮秋風
山蟬鳴兮宮樹紅
翠華不來歲月久
牆有衣兮瓦有松
吾君在位已五載
何不一幸乎其中
西去都門幾多地
吾君不遊有深意

其《そ》の二十一《にじゅういち》　驪宮高《りきゅうたか》し
天子《てんし》の人《ひと》の財力《ざいりょく》を重惜《ちょうせき》するを美《ほ》むるなり
高高《こうこう》たる驪山《りざん》　上《うえ》に宮《きゅう》有《あ》り
朱楼《しゅろう》　紫殿《しでん》　三四重《さんしちょう》
遅遅《ちち》たる春日《しゅんじつ》
玉《ぎょく》甃《しゅう》暖《あたた》かにして温泉溢《おんせんあふ》る
嫋嫋《じょうじょう》たる秋風《しゅうふう》
山蟬鳴《さんせんな》きて宮樹紅《きゅうじゅくれない》なり
翠華来《すいかき》たらずして歳月久《さいげつひさ》し
牆《しょう》に衣《い》有《あ》り　瓦《かわら》に松《しょう》有《あ》り
吾《わ》が君《きみ》は位《くらい》に在《あ》ること已《すで》に五載《ごさい》
何《なん》ぞ一《ひと》たびも其《そ》の中《なか》に幸《みゆき》せざる
西《にし》のかた都門《ともん》を去《さ》ること幾多《いくた》の地《ち》ぞ
吾《わ》が君遊《きみあそ》ばざるは深意有《しんいあ》り

04-0145

一人出兮不容易
六宮從兮百司備
八十一車千萬騎
朝有宴飫暮有賜
中人之產數百家
未足充君一日費
吾君修己人不知
不自逸兮不自嬉
吾君愛人人不識
不傷財兮不傷力
驪宮高兮高入雲
君之來兮爲一身
君之不來兮爲萬人

一人《いちじん》出ずるは容易《ようい》ならず
六宮《りくきゅう》従《したが》い　百司《ひゃくし》備《そな》わる
八十一車《はちじゅういっしゃ》　千万騎《せんまんき》
朝《あした》に宴飫《えんよ》有《あ》り　暮《くれ》に賜《し》有《あ》り
中人《ちゅうじん》の産《さん》　数百家《すうひゃっか》
未《いま》だ君《きみ》の一日《いちじつ》の費《ひ》に充《あ》つるに足《た》らず
吾《わ》が君《きみ》　己《おの》れを修《おさ》むるも人知《ひとし》らず
自《みずか》ら逸《いっ》せず自《みずか》ら嬉《たの》しまず
吾《わ》が君《きみ》　人《ひと》を愛《あい》するも人識《ひとし》らず
財《ざい》を傷《そこ》なわず　力《ちから》を傷《そこ》なわず
驪宮《りきゅう》は高《たか》し　高《たか》くして雲《くも》に入《い》る
君《きみ》の来《き》たるは一身《いっしん》の為《ため》
君《きみ》の来《き》たらざるは万人《ばんにん》の為《ため》

その二十一　離宮は高い
天子が庶民の金銭や労役を大切にするのを讃える

高くそびえる驪山、その上に立つ宮殿。赤い楼に紫の御殿、三重四重に立ち並ぶ。

のどかな春の日に、玉のしきがわらも暖かく、温泉が溢れ流れる。

嫋々《じょうじょう》と風吹く秋の日には、山の蟬が鳴き、宮殿の木々も色づく。

翠華の御旗がおいでにならなくなって、長の年月、かきねは苔むし、屋根瓦にはのきしのぶ。

わが君が即位されてはや五年。どうして一たびたりともお出ましにならないのか。

西のかた、都の城門からさほどもないこの地に、わが君が遊ばされないのはご深慮あってのこと。

天子のお出かけは容易なことではなく、六宮の女たちがあとに続き、朝廷の百官も勢揃い。

八十一輛の馬車に千万の騎兵、朝には宴会を開き、晩には恩賜の品が配られる。

並の財産数百家分でも、まだ君王一日の費《つい》えは賄えない。

わが君が修養に努めていても、民が知ることはない。ご自身の逸楽、ご自身の楽しみにはふけらない。

わが君が民を愛しても、民が気付くことはない。民の懐を痛めず、民の労力も損なわない。

離宮は高い、雲に入るほど高い。君が来られるのはご自身一人のため。君がおいでにならないのは万民のため。

○驪宮　長安の東、驪山に建てられた華清宮《かせいきゅう》。温泉が湧き、玄宗は毎年避寒のために滞在した。楊貴妃との交歓の場でもあった。「長恨歌」参照(五四頁)。**○重惜**　尊重し大事にする。**○人**　唐代では太宗李世民の名を避けて「民」は「人」に書き換えることが多い。ここでも「民」の意。**○財力**　財産と労力。**○紫殿**　天子の宮殿。紫微《しび》という星が天子の居所とされることから、「紫」は天子に関わる。**○遅遅**　春の日の長いさま。『詩経』豳風《ひんぷう》・七月に「春日遅遅たり」。**○玉甃**　玉石のしきがわら。**○嫋嫋一句**　「嫋嫋」は秋風が木々を揺らして吹くさま。『楚辞』九歌に「嫋嫋たる秋風、洞庭《どうてい》波だちて木葉下る」。「兮」は音調を整えるための助字。**○山蟬**　蟬は秋の風物。**○翠華**　翡翠《かわせみ》の羽で飾った天子の旗。天子の儀仗をいう。漢・司馬相如「上林の賦」(『文選』巻八)に「翠華の旗を建つ」。**○牆有一句**　「衣」は苔衣《たいい》。苔をいう。「松」は瓦松《がしょう》、ノキシノブ。屋根、岩などに付着するシダの類。細く長い葉が松に似る。苔衣・瓦松は苔やシダが生えるほど時間が経過し、その間訪れる人がいなかったことをあらわす。○**吾君一句**　憲宗が即位した永貞元年(八〇五)から数えれば、この年は元和四年(八〇九)。○**幸**　天子の行幸。○**幾多地**　遠くないことをいう。○**一人**　天子を指す。『尚書』太甲下《たいこう》に「一人元良《げんりょう》なれば、万邦以て貞《ただ》し」。孔伝に「一人は天子なり」。○**六宮一句**　「六宮」は後宮。あまたの宮女を擁する。「百司」は百官。すべての官人。○**八十一車**　漢の天子の一行には「属車(お供の車)八十一乗」という規程があった(『漢宮儀』)。○**宴飫**　宴会。「飫」も宴。○**賜**　天子が臣下に褒美の品を賜る。○**中人之産**　「中人」は中程度の生活レベルの人。『漢書』文帝紀に「百金は中人十家の産なり」。顔師古の注に「中とは富まず貧しからざるを謂う」。○**逸**　享楽に耽る。○**詩型・押韻**　七言古詩。七種の韻を用いる。(1)上平一東(宮《きゅう》)と三鍾(重《ちょう》)の通押。平水韻、上平一東と二冬。(2)入声五質(日《じつ》・溢《いつ》)の独用。平水韻、入声四質。(3)上平一東(風《ふう》・紅《こう》・中《ちゅう》)と三鍾(松《しょう》)の通押。平水韻、上平一東と二冬。(4)去声五寘(易《い》・騎《き》・賜《し》)、六至(地《ち》・備《び》)、七志(意《い》)と八未(費《ひ》)の通押。平水韻、去声四寘と五未。(5)上平五支(知《ち》)、七之(嬉《き》)の同用。平水韻、上平四支。(6)入声二十四職(識《しょく》・力《りょく》)の独用。平水韻、入声十三職。(7)上平十七真(身《しん》・人《じん》)と二十文(雲《うん》)の通押。平水韻、上平十一真と十二文。

「長恨歌」の舞台ともなった驪山《りざん》の華清宮《かせいきゅう》、今上憲宗《けんそう》は一向に足を運ばない。行幸に伴う出費を惜しみ、民の負担を軽減せんとする、華清宮のように気高い天子の心、と憲宗を賛美する。諷諭はもともと「美刺《びし》」――批判とともに賞美することもその役割。憲宗は確かに華清宮を訪れることはなかったようだが、それが民を思ってのことであったか否か、知るよしもない。とはいえこのように意味づけることは、為政者の正しいありかたの指針にはなっただろう。

其二十八　牡丹芳
美天子憂農也

04-0152

牡丹芳
牡丹芳
黄金蘂綻紅玉房
千片赤英霞爛爛
百枝絳豔燈煌煌

其《そ》の二十八《にじゅうはち》　牡丹芳《ぼたんほう》
天子《てんし》の農《のう》を憂《うれ》うるを美《ほ》むるなり

牡丹《ぼたん》の芳《はな》
牡丹《ぼたん》の芳《はな》
黄金《おうごん》の蘂《ずい》は綻《ほころ》ぶ　紅玉《こうぎょく》の房《ふさ》
千片《せんぺん》の赤英《せきえい》　霞《か》　爛爛《らんらん》たり
百枝《ひゃくし》の絳艶《こうえん》　灯《とう》　煌煌《こうこう》たり

照地初開錦繡段
當風不結蘭麝囊
仙人琪樹白無色
王母桃花小不香
宿露輕盈泛紫豔
朝陽照耀生紅光
紅紫二色閒深淺
向背萬態隨低昂
映葉多情隱羞面
臥叢無力含醉粧
低嬌笑容疑掩口
凝思怨人如斷腸
穠姿貴彩信奇絶
雜卉亂花無比方

地《ち》を照《て》らして初《はじ》めて開《ひら》く　錦繡段《きんしゅうだん》
風《かぜ》に当《あ》たりて結《むす》ばず　蘭麝《らんじゃ》の嚢《ふくろ》
仙人《せんにん》の琪樹《きじゅ》は白《しろ》くして色無《いろな》し
王母《おうぼ》の桃花《とうか》は小《ちい》さくして香《かお》らず
宿露《しゅくろ》は軽盈《けいえい》として紫艶《しえん》に汎《う》かび
朝陽《ちょうよう》は照耀《しょうよう》として紅光生《こうこうしょう》ず
紅紫《こうし》の二色《にしょく》　深浅《しんせん》を間《まじ》え
向背《こうはい》する万態《ばんたい》は低昂《ていこう》に随《したが》う
葉《は》に映《えい》じて多情《たじょう》　羞面《しゅうめん》を隠《かく》し
叢《くさむら》に臥《ふ》して力無《ちからな》く酔粧《すいしょう》を含《ふく》む
低嬌《ていきょう》の笑容《しょうよう》は口《くち》を掩《おお》うかと疑《うたが》い
凝思《ぎょうし》して人《ひと》を怨《うら》み腸《はらわた》を断《た》つが如《ごと》し
穠姿《じょうし》　貴彩《きさい》　信《まこと》に奇絶《きぜつ》
雑卉《ざっき》　乱花《らんか》　比方無《ひほうな》し

石竹金銭何細砕
芙蓉芍藥苦尋常
遂使王公與卿士
遊花冠蓋日相望
庳車軟輿貴公主
香衫細馬豪家郎
衞公宅靜閉東院
西明寺深開北廊
戲蝶雙舞看人久
殘鶯一聲春日長
共愁日照芳難住
仍張帷幕垂陰涼
花開花落二十日
一城之人皆若狂

石竹《せきちく》　金銭《きんせん》　何《なん》ぞ細砕《さいさい》なる
芙蓉《ふよう》　芍薬《しゃくやく》　苦《はなは》だ尋常《じんじょう》なり
遂《つい》に王公《おうこう》と卿士《けいし》とをして
花《はな》に遊《あそ》びて　冠蓋《かんがい》　日《ひ》びに相《あ》い望《のぞ》ましむ
庳車《ひしゃ》軟輿《なんよ》の貴公主《きこうしゅ》
香衫細馬《こうさんさいば》の豪家郎《ごうかろう》
衛公《えいこう》の宅《たく》は静《しず》かにして東院《とういん》を閉《と》ざし
西明《さいみょう》の寺《てら》は深《ふか》くして北廊《ほくろう》を開《ひら》く
戯蝶双舞《ぎちょうそうぶ》して看《み》る人《ひと》久《ひさ》しく
残鶯《ざんおう》の一声《いっせい》　春日《しゅんじつ》長《なが》し
共《とも》に愁《うれ》う　日《ひ》に照《て》らされて芳《はな》の住《とど》め難《がた》きを
仍《しき》りに帷幕《いばく》を張《は》りて陰涼《いんりょう》を垂《た》る
花《はな》開《ひら》き花《はな》落《お》つ　二十日《にじゅうにち》
一城《いちじょう》の人《ひと》　皆《み》な狂《くる》えるが若《ごと》し

三代已還文勝質
人心重華不重實
重華直至牡丹芳
其來有漸非今日
元和天子憂農桑
卹下動天天降祥
去歳嘉禾生九穗
田中寂寞無人至
今年瑞麥分兩岐
君心獨喜無人知
無人知
可歎息
我願暫求造化力
減卻牡丹妖豔色

三代《さんだい》已還《いかん》　文《ぶん》　質《しつ》に勝《まさ》り
人《ひと》の心《こころ》は華《か》を重《おも》んじて実《じつ》を重《おも》んぜず
華《か》を重《おも》んじて直《ただ》ちに至《いた》る　牡丹《ぼたん》の芳《はな》
其《そ》の来《き》たるは漸有《ぜんあ》り　今日《こんにち》のみに非《あら》ず
元和《げんな》の天子《てんし》は農桑《のうそう》を憂《うれ》う
下《しも》を卹《あわれ》み天《てん》を動《うご》かし　天《てん》　祥《しょう》を降《くだ》す
去歳《きょさい》　嘉禾《かか》　九穂《きゅうすい》を生《しょう》ずるも
田中《でんちゅう》寂寞《せきばく》として人《ひと》の至《いた》る無《な》し
今年《こんねん》の瑞麦《ずいばく》　両岐《りょうき》を分《わ》かつも
君心《くんしん》独《ひと》り喜《よろこ》びて人《ひと》の知《し》る無《な》し
人《ひと》の知《し》る無《な》し
歎息《たんそく》す可《べ》し
我《われ》は願《ねが》う　暫《しばら》く造化《ぞうか》の力《ちから》を求《もと》め
牡丹《ぼたん》の妖艶《ようえん》の色《いろ》を減却《げんきゃく》し

少迴卿士愛花心　少《すこ》しく卿士《けいし》　花《はな》を愛《あい》する心《こころ》を迴《めぐ》らして
同似吾君憂稼穡　吾《わ》が君《きみ》の稼穡《かしょく》を憂《うれ》うるに同《おな》じく似《に》せしめんことを

その二十八 牡丹芳

天子が牡丹より農耕を心にかけることを讃える

牡丹の花、牡丹の花、黄金《こがね》の花しべほころび、紅玉の花房からそっと顔を出す。千の赤い花びらは彩雲のきらめき。百の枝に咲く赤い花は煌々たる灯《ともしび》。地を照らし、錦の織物をさっと巻き拡げ、風を受け、蘭麝《らんじゃ》の匂い袋は口を開く。仙界の琪樹《きじゅ》など白くて色もない。西王母の桃など小さく香りもない。夜来の露が紫の艶肌《つやはだ》に軽やかに揺れ、朝日を受けて赤い光が放たれる。赤に紫、二色は濃く淡く混じり合い、背を向け前を向き、上を向き下を向き、思い思いの姿態。

多感な思いを葉に秘めて、恥ずかしげに顔を隠す乙女。酔い痴れて草むらに伏せる、妖艶な粧いの美女。

愛くるしい笑顔でうつむくのは口を隠すためか、人を怨み腸を断つほどに思いを籠める。

艶麗な姿、高貴な輝き、まことに希代絶佳。群がる草も乱れ咲く花も比べるには及ばない。

石竹《せきちく》も金銭花《きんせんか》もなんとも小さくみすぼらしく、蓮の花や芍薬《しゃくやく》とて至って平凡。

ついには王公貴族が、花を愛でんと、日々車を連ねるにぎわいとなった。

低い車やわらかな輿で訪れる高貴な姫君たち。匂いたつ服ですらりとした馬に跨る富豪の子息たち。

衛公の屋敷は静寂に包まれ東のお庭も閉ざし、西明寺の奥庭は北の回廊まで客を迎いれる。

花に戯れ舞い踊るつがいの蝶、いつまで見ても見飽きぬ見物の客。遅い鴬が一声さえずり、春の日は長い。

みな心にかけるのは、日差しに照らされては花が保《も》たぬこと。次々と幔幕をめぐらし涼しい日陰を作る。

花が開き、花が散る、その二十日の日々。町じゅうは狂乱の渦に巻き込まれる。

いにしえ三代の聖代ののち、彩あるものが質朴に勝る世となった。

人心は華美に傾き質実を顧みず、華美好みの風潮はこの牡丹狂いを生んだ。それもしだいしだいの傾きで、今日突然のことではない。

元和の天子さまは農耕がおろそかにされるのを憂い、下々を哀れむその御心は天へと通じ、天は瑞祥を垂れ給うた。

去る年はめでたくも一本の稲の茎に九つの穂が生じたが、畑はひっそりと静まり、足を運ぶ者は誰もいない。

今年はめでたくも一本の麦の茎が二つに分かれて実を結んだが、天子一人お喜びで、知る者は誰もいない。

知る者は誰もいない、なんと嘆かわしいことか。

わたしは願う、しばし造物主の力を借りて、牡丹の妖艶な色を褪せさせることを。貴人の花を愛好する心をいささかでも変えて、わが天子さまの作物を憂うる御心に近づけんことを。

○**黄金一句**　「蘂」はしべ。「房」は花房。○**千片一句**　「片」は花びら。「赤英」は赤い花。「霞」は夕焼け雲。「爛爛」は色鮮やかなさま。○**百枝一句**　「絳艶」は赤くあでやか。花をいう。「煌煌」は輝くさま。○錦繡段　錦の刺繡を施した織物。○蘭麝嚢　蘭や麝香などの香を詰めた袋。○琪樹　仙界の玉の木。○王母一句　「王母」は西王母《せいおうぼ》。『漢武故事』に西王母が漢の武帝を訪れ、仙界の桃の実を与える話がみえる。○宿露一句　「宿露」は夜のうちに降りた露。「軽盈」は軽やかなさまをいう畳韻の語。「紫艶」は紫色の牡丹の花。○朝陽一句　朝日を受けて赤い牡丹が輝くのをいう。○向背一句　「向背」は前を向いたり後ろを向いたり。「随低昂」は下を向いたり上を向いたりする。「山石榴の花十二韻」詩に「千糸相い向背し、万朶《ばんだ》(枝)互いに低昂す」。○多情　感じやすい心。○酔粧　酔ったように赤みを帯びた化粧姿。○低嬌　うつむいた媚態。○凝思　じっと思いをこめる。○穠姿　濃艶な姿。○貴彩　高貴ないろどり。○雑卉　雑草。「卉」は草。○比方　比べる。○石竹　セキチク。ナデシコの類。○金銭　金盞花。○細砕　こまごまとしている。○芙蓉　ハスの花。○尋常　平凡。○卿士　身分の高い人士。○遊花一句　花を愛でて高貴な人の冠や車が前後に連なる。「蓋」は車の覆い。○庳車一句　「庳車」は乗りやすい低い車。「軟輿」は柔らかで乗り心地のいいこし。「貴公主」は貴い皇帝のむすめ。○香衫一句　「香衫」はよい香りのたつ上着。「細馬」はスマートな上等の馬。「豪家郎」は富貴の家の子弟。○衛公　衛国公に封ぜられたのは同時代に李徳裕《りとくゆう》がいるが、個別に特定すべきでなく、朝廷の重臣の代名詞のように用いたものか。唐初、太宗の時には衛国公李靖《りせい》がいる。その庭園も牡丹で知られたのであろうが、下句の「西明寺」と反対に解放されなかったようにみえる。○**西明寺**　長安の延康坊にあった寺。西明寺の牡丹は「西明寺の牡丹の花の時、元九を憶う」、元稹《げんじん》「西明寺の牡丹」など多く詠じられている。○**共愁一句**　「住」はそのままの状態に留め置く。牡丹の花は日射に弱い。○**一城一句**　『礼記』雑記に「一国の人、皆な狂うが若し」。「城」は町。○**三代**　理想とされた夏・殷・周の古代。○**文勝質**　「文」と「質」は古くからの対立概念。『論語』雍也《ようや》篇に「質、文に勝れば則ち野(野人)、文、質に勝れば則ち史(文書係)」。○**其来一句**　華美の愛好は今始まったことではなく、徐々に形成されたものである、の意。○**元和天子**　この詩を作った時の憲宗を指す。○**卹下一句**　「卹」は気遣う。天子が人々を救済しようという思いが天の瑞祥をもたらしたとして以下に列挙する。○**去歳一句**　「禾」は稲。その一本の茎から九つの穂を出す瑞兆。『後漢書』光武帝紀下に「是の歳、県界に嘉禾生ず、一茎に九穂あり」。○**今年一句**　麦の穂が二つに分かれる瑞兆。『後漢書』張堪《ちょうかん》伝に「百姓《ひゃくせい》歌いて曰く、桑に附枝無く、麦の穂は両つに岐(わ)かる」。○**造化力**　宇宙万物を造った造物主の力。○**少迴一句**　「迴心」は思いを変える。○**稼穡**　穀物の植えつけと取り入れ。農耕。○**詩型・押韻**　七言古詩。六種の韻を用いる。(1)下平十陽(芳《ほう》・芳《ほう》・房《ほう》・香《きょう》・粧《そう》・腸《ちょう》・方《ほう》・常《しょう》・望《ぼう》・長《ちょう》・涼《りょう》・狂《きょう》)、

十一唐（煌《こう》・嚢《のう》・光《こう》・昂《ごう》・郎《ろう》・廊《ろう》）の同用。平水韻、下平七陽。⑵入声五質（質《しつ》・実《しつ》・日《じつ》）の独用。平水韻、入声四質。⑶下平十陽（祥《しょう》）、十一唐（桑《そう》）の同用。平水韻、下平七陽。⑷去声六至（穂《すい》・至《し》）の独用。平水韻、去声四寘。⑸上平五支（岐《き》・知《ち》）の独用。平水韻、上平四支。⑹入声二十四職（息《そく》・力《りょく》・色《しょく》・穡《しょく》）の独用。平水韻、入声十三職。

宋代における洛陽の牡丹はよく知られるが、牡丹の花への熱狂はこの時期に始まる。牡丹の美しさを描写する一方、人々の狂騒ぶりを批判し、穀物の生産を重視する天子を賛美する。いつの時代も人々の好みは華美へと向かうが、質実に戻ることを唱える批判もまたいつの時代にもあった。

其三十二　賣炭翁　04-0156

苦宮市也

賣炭翁
伐薪焼炭南山中
満面塵灰煙火色

其《そ》の三十二《さんじゅうに》　売炭翁《ばいたんおう》

宮市《きゅうし》に苦《くる》しむなり

炭《すみ》を売《う》る翁《おきな》
薪《まき》を伐《き》り炭《すみ》を焼《や》く　南山《なんざん》の中《なか》
満面《まんめん》の塵灰《じんかい》　煙火《えんか》の色《いろ》

兩鬢蒼蒼十指黑
賣炭得錢何所營
身上衣裳口中食
可憐身上衣正單
心憂炭賤願天寒
夜來城外一尺雪
曉駕炭車輾冰轍
牛困人飢日已高
市南門外泥中歇
翩翩兩騎來是誰
黃衣使者白衫兒
手把文書口稱敕
迴車叱牛牽向北
一車炭重千餘斤

両鬢蒼蒼《りょうびんそうそう》として十指《じっし》黒《くろ》し
炭《すみ》を売《う》り銭《ぜに》を得《え》て何《なん》の営《いとな》む所《ところ》ぞ
身上《しんじょう》の衣裳《いしょう》 口中《こうちゅう》の食《しょく》
憐《あわ》れむ可《べ》し 身上《しんじょう》の衣《ころも》は正《まさ》に単《ひとえ》なり
心《こころ》に炭《すみ》の賤《やす》きを憂《うれ》え天《てん》の寒《さむ》からんことを願《ねが》う
夜来《やらい》 城外《じょうがい》 一尺《いっしゃく》の雪《ゆき》
暁《あかつき》に炭車《たんしゃ》を駕《が》して氷轍《ひょうてつ》に輾《てん》ず
牛《うし》は困《つか》れ人《ひと》は飢《う》えて日《ひ》已《すで》に高《たか》し
市《いち》の南門《なんもん》の外《そと》 泥中《でいちゅう》に歇《やす》む
翩翩《へんぺん》たる両騎《りょうき》 来《き》たるは是《こ》れ誰《たれ》ぞ
黄衣《こうい》の使者《ししゃ》 白衫《はくさん》の児《じ》
手《て》に文書《ぶんしょ》を把《と》り口《くち》に勅《ちょく》と称《しょう》す
車《くるま》を廻《めぐ》らし牛《うし》を叱《しっ》し牽《ひ》きて北《きた》に向《む》かわしむ
一車《いっしゃ》 炭《すみ》は重《おも》し 千余斤《せんよきん》

宮使驅將惜不得
半疋紅綃一丈綾
繫向牛頭充炭直

宮使《きゅうしか》駆り将《ゆ》きて惜《お》しみ得《え》ず
半疋《はんひき》の紅綃《こうしょう》　一丈《いちじょう》の綾《あや》
牛頭《ぎゅうとう》に繫《か》けて炭《すみ》の直《あたい》に充《あ》つ

その三十二　炭売りの翁
宮市の苦しみ

炭売りの翁。まきを伐り炭を焼く、終南山の山中。

顔一面煤ぼけて埃と灰にまみれる。髪はごましお、十本の指は真っ黒。

炭を売り銭を得て何にするのか。身にまとう衣服と口に入れる食べ物。

あわれ、身にまとうはこの寒さに単衣《ひとえ》の薄物。炭の安いのが気になり、寒さの到来を願う。

夕べ町の外には一尺の雪積もり、夜も明けぬうちに炭の車を凍ったわだちにきしらせる。

牛はくたばり、人は腹減らし、日はとっくに高い。市場の南門の外、雪解けのぬかるみで一休み。

そこへ勢いよく馳せつけた二頭の馬とは何者か。黄色の衣の使者に白い衣の若造。文書を手に勅命だと威張り読み上げ、車の向きを変えさせ牛を叱り北に向かわせる。車一台に積み込んだ炭は重く千斤を超える、宮中の使者に追い立てられ、口惜しくてならぬ。

赤い絹地半疋にあやぎぬ一丈。牛の頭に掛けて、炭の代金にされた。

○**宮市**　宮廷のお買い上げという名目で宦官が民間から安値で買い、それを高く売って利ざやを稼ぐ仕組み。宮中の歳費に当てるとともに、宦官の私腹を肥やすものでもあった。白居易が官界に入った頃、王伾《おうひ》・王叔文《おうしゅくぶん》の改革によって廃止された悪弊であったが、憲宗朝になって復活したか。○**南山**　長安の南に横たわる終南山。○**蒼蒼**　白髪交じりの色。○**暁駕一句**　「駕」は馬車(ここでは牛車)を走らせる。「輾」は石臼を回すようにきしりながら回転する。「氷轍」は凍結したわだち。○**翩翩**　本来は鳥が羽ばたいて飛ぶさま。ここでは馬が軽やかに走るさまをいう。○**黄衣**　宦官の服。○**白衫児**　平民の服を来たお供の少年。○**迴車一句**　長安の町は市場が南、宮廷が北にあったが、市場の南の入り口まで来た炭車が、宮廷のある北の方へ連行される。○**重千余斤**　車に積んだ炭が重いことをいう。ちなみに一斤を六〇〇グラムとすると、千斤は六〇〇キロ。

底本には「重」一字がないが諸本によって補う。○**宮使一句**　「宮使」は宮廷の使者、宮市を担当する宦官をいう。「駆将」は追い立てる。「将」は動作の方向を示す接尾語。「惜不得」は惜しむことができない、惜しんでもどうにもならない。「不得」は動詞の後について「……できない」ことをあらわす。○**半疋一句**　車一台分の炭に支払われた金額。「疋」「丈」は織物の単位。一丈は三メートル。四丈が一疋。「紅綃」は赤い絹地。「綾」はあやぎぬ。安く買いたたかれたことをいう。○**繋向一句**　「向」は場所をあらわす語。「於」と同じ。「直」は「値」に通じる。値段。○**詩型・押韻**　七言古詩。六種の韻を用いる。(1)上平一東(翁《おう》・中《ちゅう》)の独用。平水韻、上平一東。(2)入声二十四職(色《しょく》・食《しょく》)、二十五徳(黒《こく》)の同用。平水韻、入声十三職。(3)上平二十五寒(単《たん》・寒《かん》)の独用。平水韻、上平十四寒。(4)入声十月(歇《けつ》)と十七薛(雪《せつ》・轍《てつ》)の通押。平水韻、入声六月と九屑。(5)上平五支(児《じ》)、六脂(誰《すい》)の同用。平水韻、上平四支。(6)入声二十四職(勅《ちょく》・直《ちょく》)、二十五徳(北《ほく》・得《とく》)の同用。平水韻、入声十三職。

宮市が悪弊であることは誰の目にも明らかで、その非を論難するに違いないが、白居易の諷諭詩は具体的な状況、人物を描き出すことによって、生々しい肉付けを施す。ここでは、たつきのために長安の市場に牛を牽いてきた老翁の哀れな姿が目に浮かぶような臨場感を伴う。

其三十六 李夫人

鑒嬖惑也

漢武帝
初哭李夫人
夫人病時不肯別
死後留得生前恩
君恩不盡念未已
甘泉殿裏令寫眞
丹靑畫出竟何益
不言不笑愁殺人
又令方士合靈藥
玉釜煎錬金爐焚

其《そ》の三十六《さんじゅうろく》 李夫人《りふじん》

嬖惑《へいわく》に鑑《かんが》みるなり

漢《かん》の武帝《ぶてい》
初《はじ》めて李夫人《りふじん》を哭《こく》す
夫人《ふじん》病《や》む時《とき》 別《わか》るるを肯《がえん》ぜず
死後《しご》留《とど》め得《え》たり 生前《せいぜん》の恩《おん》
君恩《くんおん》尽《つ》きず 念《おも》い未《いま》だ已《や》まず
甘泉殿裏《かんせんでんり》 真《しん》を写《うつ》さしむ
丹青《たんせいえが》画き出《だ》すも竟《つい》に何《なん》の益《えき》かある
言《い》わず笑《わら》わず 人《ひと》を愁殺《しゅうさつ》す
又《ま》た方士《ほうし》をして霊薬《れいやく》を合《がっ》せしめ
玉釜《ぎょくふ》に煎錬《せんれん》し金炉《きんろ》に焚《や》く

04-0160

九華帳中夜悄悄
反魂香降夫人魂
夫人之魂在何許
香煙引到焚香處
既來何苦不須臾
縹緲悠揚還滅去
去何速兮來何遲
是耶非耶兩不知
翠蛾髣髴平生貌
不似昭陽寢疾時
魂之不來君心苦
魂之來兮君亦悲
背燈隔帳不得語
安用暫來還見違

九華帳中《きゅうかちょうちゅう》　夜悄悄《よるしょうしょう》
反魂香《はんごんこう》は降《くだ》す　夫人《ふじん》の魂《こん》
夫人《ふじん》の魂《こん》は何許《いずこ》にか在《あ》る
香煙《こうえんひ》引きて到《いた》る　焚香《ふんこう》の処《ところ》
既《すで》に来《き》たるに何《なに》を苦《くる》しみてか須臾《しゅゆ》ならざる
縹緲悠揚《ひょうびょうゆうよう》　還《ま》た滅《めっ》し去《さ》る
去《さ》るは何《なん》ぞ速《すみ》やかにして来《き》たるは何《なん》ぞ遅《おそ》き
是《ぜ》か非《ひ》か両《ふた》つながら知《し》らず
翠蛾《すいが》髣髴《ほうふつ》たり　平生《へいぜい》の貌《ぼう》
昭陽《しょうよう》に疾《やまい》に寝《い》ねし時《とき》に似《に》ず
魂《こん》の来《き》たらざるや　君《きみ》が心苦《こころくる》しみ
魂《こん》の来《き》たるや　君亦《きみま》た悲《かな》しむ
灯《ともしび》を背《そむ》け帳《ちょう》を隔《へだ》てて語《かた》るを得《え》ず
安《いず》くんぞ暫《しばら》く来《き》たりて還《ま》た違《さ》らるるを用《もち》いん

傷心不獨漢武帝
自古及今皆若斯
君不見穆王三日哭
重璧臺前傷盛姫
又不見泰陵一掬涙
馬嵬路上念楊妃
縦令妍姿豔質化爲土
此恨長在無銷期
生亦惑
死亦惑
尤物惑人忘不得
人非木石皆有情
不如不遇傾城色

心《こころ》を傷《いた》ましむるは独《ひと》り漢《かん》の武帝《ぶてい》のみならず
　古《いにしえ》自《よ》り今《いま》に及《およ》ぶまで皆《み》な斯《か》くの若《ごと》し
君《きみ》見《み》ずや　穆王《ぼくおう》は三日《みっか》哭《こく》し
重璧台前《ちょうへきだいぜん》に盛姫《せいき》を傷《いた》みしを
又《ま》た見《み》ずや　泰陵一掬《たいりょういっきく》の涙《なみだ》
馬嵬路上《ばかいろじょう》に楊妃《ようひ》を念《おも》いしを
縦令《たと》い妍姿艶質《けんしえんしつ》　化《か》して土《つち》と為《な》るも
此《こ》の恨《うら》み長《とこし》えに在《あ》りて銷《き》ゆる期《き》無《な》し
生《せい》にも亦《ま》た惑《まど》い
死《し》にも亦《ま》た惑《まど》う
尤物《ゆうぶつ》　人《ひと》を惑《まど》わして忘《わす》れ得《え》ず
人《ひと》は木石《ぼくせき》に非《あら》ざれば皆《み》な情《じょう》有《あ》り
如《し》かず　傾城《けいせい》の色《いろ》に遇《あ》わざらんには

その三十六　李夫人

女色をいましめる

漢の武帝が、李夫人の死に嗚咽した時のこと。

病床で変わり果てた李夫人は、お別れにお顔を見せることもせず、美しい記憶を留めたおかげで、死後も生前に変わらぬ恩寵を受け続けました。

帝の恩寵は尽きず、姫への想いもやまず、甘泉殿のなかにその肖像画を画かせました。

赤や青の絵具で画いたものが、だが何になりましょう。ものも言わず笑いもせず、人を悲しませるだけで。

その上に方士に秘薬の調合を命じ、玉の釜で火に掛け、金の香炉で焼き上げました。

九華の帳《とばり》のなか、静まりかえる夜、返魂香は李夫人の魂を降臨させたのです。

李夫人の魂はどこにあるのか、たなびく煙に導かれ現れた先は、香を焚くあたり。

わざわざ訪れて何が辛いのか、一時も留まりはせず、もやもやゆらゆらと再び消え去ってゆきました。

去るのは速く来るのはかくも遅い。姿はまことかまぼろしか、いずれとも定めはつきません。

翡翠色の眉はくっきりと、つねの面影を残し、昭陽殿に臥せっていた頃のやつれはまるで見えません。

魂が来なければ帝の胸は痛むが、魂が来たら来たで帝を悲しませるばかりです。

灯燭を後ろに向け、とばりを隔て、言葉を交わすことさえできず、しばし到来してじきに去るなら、来なくていいものを。

心を傷めたのはひとり漢の武帝のみではないのです。昔から今に至るまで、みなこれと似たようなもの。

御存知でしょう、周の穆王《ぼくおう》は三日の間、慟哭し続けたことを。盛姫《せいき》のために作った重《ちょう》璧台《へきだい》を前に、亡き姫を偲んで。

そしてまた御存知でしょう、玄宗が一掬の涙をこぼしたことを。馬嵬《ばかい》の路上で楊貴妃への想いをとどめあえずに。

たとえ麗姿艶容が土に化しても、この悲しみは永遠に続き、消える時はないのです。

生きている時は心乱され、死ねばまた心乱される。美女とは人を惑わし忘れられなくするもの。

木石ならぬ人間の身、誰しも情愛はあります。ならば傾城の美女とやらには遭わぬ方がよいでしょう。

○李夫人　漢の武帝の寵愛を受けた側室。楽人である兄の李延年《りえんねん》の歌、「北方に佳人有り、世に絶して独り立つ。一たび顧みれば人の城を傾け、再び顧みれば人の国を傾く」を機に後宮に入り、一児をもうけたのち、若くして死去。「夫人」は漢代には皇帝の側室。武帝の死後、「皇后」を追贈された。『漢書』外戚伝に伝があり、この詩も多くそれによる。○鑑嬖惑　「鑑」は教訓とする。「嬖惑」は色香に迷うこと。○漢武帝　漢王朝の最盛期をもたらした皇帝。在位は前一四一―前八七。○初哭　「初」は「……したばかり」。「哭」は死を悼んで慟哭する。通行本では「喪」に作る。ならば、うしなう、なくす。○夫人一句　李夫人の病が重篤になった時、布団で顔を隠して漢武帝に別れの対面をしようとしなかった。容貌で取り立てられた自分の変わり果てた姿を見せたら、愛情も失せて親族も見捨てられるからと語ったという(『漢書』本伝)。○死後一句　死んだあとも変わらず恩愛を受けたこと。李夫人が美しいまま死んだために、寵愛の思いを抱き続けた武帝は皇后としての礼で厚く弔い、兄の李広利《りこうり》は弐師《じし》将軍、李延年は協律都尉に栄進した。○念未已　武帝の李夫人に対する思慕が続いた。『漢書』本伝に「上《しょう》は李夫人を思念して已まず」。○甘泉殿　長安の北方、甘泉山にあった漢の離宮の名。○写

真　肖像画を描く。このことは『漢書』には見えない。○**丹青**　赤と青の絵の具。絵画を指す。○**愁殺**　ひどく悲しむ。「殺」は程度の甚だしいことを意味する接尾語。○**方士**　道教の術師。『漢書』によれば斉の人で名は少翁《しょうおう》。○**合霊薬**　神秘の薬を調合する。○**玉釜**　玉で作った釜。漢・東方朔『十洲記《じっしゅうき》』に、聚窟洲《しゅうくつしゅう》なる所に「反魂樹」という木があり、「玉釜」の中で煮ると「反生香《はんせいこう》」ができるという(『芸文類聚』巻八八)。○**煎錬**　火にかけて薬物を作る。○**九華帳**　様々な花の模様をあしらったベッドの華美なとばり。○**悄悄**　ひっそり静まったさま。○**反魂香**　死者に嗅がせると生き返る香《こう》。返魂香とも表記する。「玉釜」注を参照。○**香煙一句**　李夫人の魂が香の煙に引かれて香を焚いている所まで至る。○**既来一句**　せっかく蘇生したのにわずかな間しか留まらないことをいぶかる。「苦」は痛苦を覚える。「須臾」は短い時間。○**縹緲**　かすんでぼんやりしているさまをいう畳韻の語。「縹渺」とも表記する。「長恨歌」に楊貴妃のいる仙山について「山は虚無縹緲の間に在り」(七四頁)。○**悠揚**　軽やかに舞うさまをいう双声の語。底本が「悠楊」に作るのは誤り。諸本によって改める。○**去何・是耶二句**　『漢書』本伝に李夫人が消えたあと、悲しんだ武帝が作った詩に「是か非か(是邪非邪)、立ちて之を望む。偏《ひとえ》に何ぞ姍姍《さんさん》(ゆっくり歩むさま)として其の来たること遅き」。「耶」は疑問をあらわす助字。「邪」に同じ。「是邪非邪」は本当なのかどうか。○**翠蛾**　翡翠色に描いた眉。○**髣髴**　……にそっくり。よく似ている。双声の語。○**昭陽**　漢王朝の宮殿の名。○**背灯一句**　暗いうえに帳を隔てて話しかけることもできない。「背灯」は灯を壁に向けて暗くする。『漢書』本伝では灯燭を用意したうえで、李夫人の霊魂のためにとばりを設け、武帝は別のとばりの中で待った。○**安用一句**　すぐに立ち去ってしまうのでは、わざわざ呼び寄せることもなかったのに。武帝が李夫人の霊魂を招き寄せたことに対する作者の批判。「違」は去る、別れる。「見」は受け身をあらわす。○**君不見・重璧二句**　周の穆王《ぼくおう》は盛姫《せいき》のために「重璧の台」を作ったが盛姫に死なれ痛哭した話が『穆天子伝』巻六に見える。「重璧の台」は宝玉を塁々と重ねたうてなの意。○**泰陵**　玄宗の陵の名。婉曲に玄宗を指し、ここから楊貴妃の話に移る。○**馬嵬**　長安の西の地名。蜀に落ち延びる途上、楊貴妃が殺された所として知られる。○**縦令一句**　「縦令」はたとい。仮定をあらわす。「妍姿艶質」は女性の美しく艶冶な姿。唐・沈既済「任氏伝」に任氏の美しさを描き、「其の妍姿美質、歌笑態度、挙措皆な艶なり」。○**此恨一句**　楊貴妃を喪った玄宗の悲しみは永遠に消えない。「長恨歌」に「此の恨み綿綿として尽くる期無からん」(八一頁)。○**尤物**　とりわけすぐれたもの、ことに美女をいう。『左氏伝』昭公二十八年に「夫《そ》れ尤物有り、以て人を移すに足る(人の心を変えてしまう)。苟《いやしく》も徳義に非ざれば、則ち必ず禍有り」に基づく。そこでは美人が人や国を不幸に陥れた例を挙げたあとにこの言葉が置かれているように、人を惑わすものという意味で用いられる。○**忘不得**　忘れられない。「不得」は動詞のあとに置いて「……できない」ことを意味する。○**人非木石**　『詩経』邶風・柏舟に「我が心は石に匪《あら》(非に同じ)ず、転ずべからざるなり」。司馬遷「任少卿《じんしょうけい》に報ずる書」(『文選』巻四一)に「身は木石に非ず」。○**傾城色**　町を傾けるほどの美人。冒頭の「李夫人」の注参照(一九〇頁)。○**詩型・押韻**　七言古詩。四種の韻を用いる。(1)上平十七真(人《じん》・真《しん》・人《じん》)と二十文(焚《ふん》)と二十三魂(魂《こん》)、二十四痕(恩《おん》)の通押。平水韻、上平十一真と十二文と十三元。(2)上声八語(許《きょ》・処《しょ》・去《きょ》)の独用。平水韻、上声六語。(3)上平五支(知《ち》・斯《し》)、六脂(遅《ち》・悲《ひ》)、七之(時《じ》・姫《き》・期《き》)と八微(違《い》・妃《ひ》)の通押。平水韻、上平四支と五微。(4)入声二十四職(色《しょく》)、二十五徳(惑《わく》・惑《わく》・得《とく》)の同用。平水韻、入声十三職。

「長恨歌」で玄宗と楊貴妃の尽きぬ愛を高々とうたった白居易が、ここでは美しい女性に惑わされる人の性《さが》を突き放してうたう。情から離れられぬものならば、いっそ遭遇しない方がましと末尾の句に結論を下しているものの、歴代帝王すらも愛姫に執着した人の弱さ、やさしさを詩の大半を使って綴る。

其三十七　陵園妾

憐幽閉也

陵園妾
顔色如花命如葉
命如葉薄將奈何
一奉寢宮年月多
年月多
春愁秋思知何限
青絲髮落叢鬢疏
紅玉膚銷繫裙縵
憶昔宮中被妒猜
因讒得罪配陵來
老母啼呼趁車別
中官監送鎖門迴

其《そ》の三十七《さんじゅうしち》　陵園《りょうえん》の妾《しょう》

幽閉《ゆうへい》を憐《あわれ》むなり

陵園《りょうえん》の妾《しょう》
顔色《がんしょく》は花《はな》の如《ごと》く　命《めい》は葉《は》の如《ごと》し
命《めい》は葉《は》の如《ごと》く薄《うす》し　将《まさ》に奈何《いかん》せんとする
一《ひと》たび寝宮《しんきゅう》に奉《ほう》じてより年月多《ねんげつおお》し
年月多《ねんげつおお》し
春愁《しゅんしゅう》　秋思《しゅうし》　知《し》らん何《なん》の限《かぎ》りぞ
青糸《せいし》の髪《かみ》は落《お》ち叢鬢《そうびん》は疎《まば》ら
紅玉《こうぎょく》の膚《はだ》は銷《き》えて繫裙縵《けいくんゆる》やかなり
憶《おも》う昔《むかし》　宮中《きゅうちゅう》に妬猜《とさい》せられ
讒《ざん》に因《よ》りて罪《つみ》を得《え》て陵《りょう》に配《はい》せられ来《き》たる
老母《ろうぼ》は啼呼《ていこ》して車《くるま》を趁《お》いて別《わか》れ
中官《ちゅうかん》は監送《かんそう》して門《もん》を鎖《と》じて迴《かえ》る

04-0161

山宮一閉無開日
未死此身不令出
松門到曉月徘徊
柏城盡日風蕭瑟
松門柏城幽閉深
聞蟬聽燕感光陰
眼看菊蘂重陽涙
手把梨花寒食心
把花掩涙無人見
緑蕪牆遶青苔院
四季徒支粧粉錢
三朝不識君王面
遙想六宮奉至尊
宣徽雪夜浴堂春

山宮《さんきゅう》一《ひと》たび閉《と》ざされて開《ひら》く日《ひ》無《な》し
未《いま》だ死《し》せざれば此《こ》の身《み》　出《い》でしめず
松門《しょうもん》　暁《あかつき》に到《いた》るまで月徘徊《つきはいかい》し
柏城《はくじょう》　尽日《じんじつ》　風蕭瑟《かぜしょうしつ》たり
松門《しょうもん》　柏城《はくじょう》　幽閉深《ゆうへいふか》く
蟬《せみ》を聞《き》き燕《つばめ》を聴《き》きて光陰《こういん》に感《かん》ず
眼《め》に菊蘂《きくずい》を看《み》る　重陽《ちょうよう》の涙《なみだ》
手《て》に梨花《りか》を把《と》る　寒食《かんしょく》の心《こころ》
花《はな》を把《と》り涙《なみだ》を掩《おお》うも人《ひと》の見《み》る無《な》し
緑蕪《りょくぶ》　牆《しょう》は遶《めぐ》る　青苔《せいたい》の院《いん》
四季《しき》徒《いたず》らに支《わ》かたる　粧粉《しょうふん》の銭《せん》
三朝《さんちょう》識《し》らず　君王《くんのう》の面《かお》
遥《はる》かに想《おも》う　六宮《りくきゅう》　至尊《しそん》に奉《ほう》ずるを
宣徽《せんき》の雪夜《せつや》　浴堂《よくどう》の春《はる》

雨露之恩不及者
猶聞不啻三千人
三千人
我爾君恩何厚薄
願令輪轉直陵園
三歲一來均苦樂

雨露《うろ》の恩《おん》の及《およ》ばざる者《もの》は
猶《な》お聞《き》く　啻《た》だに三千人《さんぜんにん》のみならずと
三千人《さんぜんにん》
我《われ》と爾《なんじ》と　君恩《くんおん》何《なん》ぞ厚薄《こうはく》ある
願《ねが》わくは輪転《りんてん》して陵園《りょうえん》に直《ちょく》し
三歳一《さんさいひと》たび来《き》たりて苦楽《くらく》を均《ひと》しくせしめんことを

その三十七　陵墓の宮女
　　幽閉を憐む

陵墓に仕える宮女。花のかんばせ、葉のごとく薄い運命。
葉のごとく薄い運命はいかんともしがたい。
ひとたび陵墓に奉じてからはや長の歳月。
長の歳月。春の愁い、秋の思い、その尽きる日はあろうか。
黒髪は抜け落ち、豊かな髪はまばらになり、紅玉の肌色は褪せ、袴はゆるくなった。
思い起こせばその昔、宮中でねたまれ、告げ口から罪に問われて陵墓に送られてきた。

老母は泣いて車にすがって別れを嘆き、護送してきた宦官は門を閉めると去っていった。ひとたび閉ざされた山中の宮殿が開くことは二度となく、この身がある限り、外には出してもらえない。

松が植えられた門には夜明けまで月の光がさまよい、柏の並ぶ陵には日がな一日、風が寂しく吹きつのる。

松の門、柏の陵、深く幽閉されて、秋の蟬、春の燕に月日を覚える。

菊花を見ては重陽に涙をこぼし、梨花を手にしては寒食の悲しみに浸る。

花で涙を隠しても見る人とてなく、生い茂った緑の垣根は青い苔の庭を囲む。

季節ごとにむなしくお化粧の費《ついえ》を給せられる。三代にわたり天子さまのお顔も存じ上げない。

遠く思い起こすのは後宮で天子に仕えた日々、宣徽殿《せんきでん》の雪の夜、浴堂殿《よくどうでん》の春。

天子の恩沢が届きわたらぬ宮女は、今なお聞けば、三千人にとどまらないとのこと。

三千人、わたしとあなたは君恩がなんと違うことか。

できるものなら代わる代わるに陵墓に勤め、三年に一度にして苦楽をならしていただきたい。

○**陵園妾**　「陵園」は皇帝の陵墓。「妾」は宮女。生前と同じように宮女をそこに仕えさせたことは、たとえば漢の武帝の死後、「後宮の女を以て園陵に置」いた(『漢書』貢禹伝)ことが記録されるが、唐代にも行われていた。○**寝宮**　陵墓のわきに天子の生前の居に模して作った宮殿。○**知何限**　疑問詞の前に置かれた「知」は「知る」でも「知らない」でもなく、「……だろうか」の意。○**青糸**　黒髪をたとえる。李白「将進酒」詩に「君見ずや高堂の明鏡　白髪を悲しむを、朝には青糸の如く暮には雪と成る」。○**叢鬟**　ゆたかな髪。○**繫裙縵**　スカートの結びが緩くなる。痩せたことをいう。○**妬猜**　嫉妬する。○**老母一句**　「趁車」は車を追いかける。杜甫「兵車行」に出征兵士を見送る家族について「耶嬢《やじょう》(父母)妻子走りて相い送る」。○**中官**　宦官。○**監送**　監督して送り届ける。○**山宮**　郊外の陵墓にある宮殿。○**柏城**　まわりに柏を植えたことから、皇帝の陵墓をいう。○**聞蟬一句**　蟬は秋、燕は春を告げる。○**重陽**　九月九日の節句。陽数(奇数)の重なる日を重日といい、九はその極みゆえに重陽という。この日、酒に菊の花を浮かべて飲む。○**寒食**　冬至から百五日目の節句。晩春、梨の花の咲く時期に当たる。この日を含む前後三日、火を使わず冷食する。これが明けると清明節。○**緑蕪**　草が無秩序に生い茂る。○**徒支**　「支」は分け与える、支給する。お化粧の費用を給せられても無用なので「徒」という。○**三朝一句**　「三朝」は三代の天子。「識」は顔を見て誰と識別する。○六宮　朝廷内の後宮。○至尊　天子。○宣徽　大明宮中の宣徽殿。宮女の居処。○浴堂　大明宮中の浴堂殿。宣徽殿の西に位置した。○雨露之恩　雨露のように人々をうるおす天子の恩沢。○我爾　「爾」は底本では「同」に作るが、諸本によって改める。「我」は陵園に閉じ込められた宮女。「爾」は宮中に仕える宮女。○願令一句　「輪転」は交替して、順番に。「直」は当直。○詩型・押韻　七言古詩。九種の韻を用いる。(1)入声二十九葉(妾《しょう》・葉《よう》)の独用。平水韻、入声十六葉。(2)下平七歌(何《か》・多《た》・多《た》)の独用。平水韻、下平五歌。(3)上声二十六産(限《げん》)と去声二十九換(縵《ばん》)の通押。平水韻、上声十五潸と去声十五翰。(4)上平十五灰(迴《かい》)、十六咍《かい》(猜《さい》・来《らい》)の同用。平水韻、上平十灰。(5)入声五質(日《じつ》)、六術(出《しゅつ》)、七櫛(瑟《しつ》)の同用。平水韻、入声四質。(6)下平二十一侵(深《しん》・陰《いん》・心《しん》)の独用。平水韻、下平十二侵。(7)去声三十二霰(見《けん》)、三十三線(院《かん》・面《べん》)の同用。平水韻、去声十七霰。(8)上平十七真(人《じん》)、十八諄(春《しゅん》)と二十三魂(尊《そん》)の通押。平水韻、上平十一真と十三元。(9)入声十九鐸(薄《はく》・楽《らく》)の独用。平水韻、入声十薬。

讒言を受けて宮中から遠ざけられ、天子の陵墓のお守りを押しつけられた宮女。「上陽白髪の人」が上陽宮に幽閉されたのと同じように、天子に仕えることも許されない不幸をうたう。

其四十　井底引銀瓶

止淫奔也

井底引銀瓶
銀瓶欲上絲繩絕
石上磨玉簪
玉簪欲成中央折
瓶沈簪折知奈何
似妾今朝與君別
憶昔在家爲女時
人言擧動有殊姿
嬋娟兩鬢秋蟬翼
宛轉雙蛾遠山色

其《そ》の四十《しじゅう》　井底《せいてい》　銀瓶《ぎんぺい》を引《ひ》く

淫奔《いんぽん》を止《と》むるなり

井底《せいてい》　銀瓶《ぎんぺい》を引《ひ》く
銀瓶《ぎんぺい》上《あ》がらんと欲《ほっ》して糸縄《しじょう》絶《た》つ
石上《せきじょう》　玉簪《ぎょくしん》を磨《みが》く
玉簪《ぎょくしん》成《な》らんと欲《ほっ》して中央《ちゅうおう》折《お》る
瓶《へい》は沈《しず》み簪《しん》は折《お》れて知《し》らん奈何《いかん》せん
妾《わらわ》が今朝《こんちょう》　君《きみ》と別《わか》るるに似《に》る
憶《おも》う昔《むかし》　家《いえ》に在《あ》りて女《むすめ》為《た》りし時《とき》
人《ひと》は言《い》う　挙動《きょどう》に殊姿《しゅし》有《あ》りと
嬋娟《せんけん》たる両鬢《りょうびん》は秋蟬《しゅうせん》の翼《つばさ》
宛転《えんてん》たる双蛾《そうが》は遠山《えんざん》の色《いろ》

04-0164

笑随戯伴後園中
此時與君未相識
妾弄青梅憑短牆
君騎白馬傍垂楊
牆頭馬上遙相顧
一見知君即斷腸
知君斷腸共君語
君指南山松柏樹
感君松柏化爲心
暗合雙鬟逐君去
到君家舍五六年
君家大人頻有言
聘則爲妻奔是妾
不堪主祀奉蘋蘩

笑《わら》いて戯伴《ぎはん》に随《したが》う　後園《こうえん》の中《なか》
此《こ》の時《とき》　君《きみ》と未《いま》だ相《あ》い識《し》らず
妾《わらわ》は青梅《せいばい》を弄《もてあそ》びて短牆《たんしょう》に憑《よ》り
君《きみ》は白馬《はくば》に騎《き》して垂楊《すいよう》に傍《そ》う
牆頭《しょうとう》　馬上《ばじょう》　遥《はる》かに相《あ》い顧《かえり》み
一《ひと》たび見《み》て君《きみ》が即《すなわ》ち断腸《だんちょう》するを知《し》る
君《きみ》の断腸《だんちょう》を知《し》りて君《きみ》と共《とも》に語《かた》る
君《きみ》は指《ゆび》さす　南山《なんざん》の松柏《しょうはく》の樹《き》
君《きみ》が松柏《しょうはく》を化《か》して心《こころ》と為《な》すに感《かん》じ
暗《あん》に双鬟《そうかん》を合《がっ》して君《きみ》を逐《お》いて去《さ》る
君《きみ》が家《いえ》に到《いた》りて舎《お》ること五六年《ごろくねん》
君《きみ》が家《いえ》の大人《たいじん》は頻《しき》りに言有《げんあ》り
聘《へい》すれば則《すなわ》ち妻《つま》と為《な》り奔《はし》れば是《こ》れ妾《めかけ》
祀《まつ》りを主《つかさど》りて蘋蘩《ひんぱん》を奉《ほう》ずるに堪《た》えずと

終知君家不可住
其奈出門無去處
豈無父母在高堂
亦有親情滿故鄉
潛來更不通消息
今日悲羞歸不得
爲君一日恩
誤妾百年身
寄言癡小人家女
愼勿將身輕許人

終《つい》に君《きみ》が家《いえ》の住《とど》まる可《べ》からざるを知《し》るも
其《そ》れ門《もん》を出《い》でて去《ゆ》く処無《ところな》きを奈《いかん》せん
豈《あ》に父母《ふぼ》の高堂《こうどう》に在《あ》る無《な》からんや
亦《ま》た親情《しんじょう》の故郷《こきょう》に満《み》つる有《あ》り
潜《ひそ》かに来《き》たりて更《さら》に消息《しょうそく》を通《つう》ぜず
今日《こんにち》　悲羞《ひしゅう》して帰《かえ》り得《え》ず
君《きみ》が一日《いちじつ》の恩《おん》の為《ため》に
妾《わらわ》が百年《ひゃくねん》の身《み》を誤《あやま》る
言《げん》を寄《よ》す　痴小《ちしょう》なる人家《じんか》の女《むすめ》
慎《つつし》みて身《み》を将《もっ》て軽《かる》く人《ひと》に許《ゆる》すこと勿《な》かれ

その四十　井戸の底から銀のつるべを引き上げれば

淫乱な行いを止める

井戸の底から銀のつるべを引き上げる。銀のつるべが上がるところで縄が切れました。石の上で玉のかんざしを磨く。玉のかんざしがもうできる時に真ん中から折れました。

つるべは沈み、かんざしは折れ、どうすればいいのでしょう。まるで今日あなたとお別れするわたしにも似て。

思えば昔、親もとにいたむすめの頃、しぐさがことさら美しいと言われたものでした。あでやかな二つのまげは秋の蟬の羽、まろやかな二つのまゆは遠い山の薄墨色。ともだちと笑いさざめき庭に遊んでいたその時、あなたのことはまだ知りませんでした。

わたしは青い梅を手に低い垣根にもたれ、あなたは白い馬にまたがり、枝垂れ柳のわきに来られました。

垣根のわきと馬の上、遠くから見つめ合い、一目見てあなたの痛切な思いはわかりました。

あなたの痛切な思いを知り、あなたと言葉を交わしました。あなたは南山の松柏の木を指して愛を誓ってくれました。

あなたがとこしえに変わらぬ松柏をお心に抱くのに打たれて、こっそりとまげを一つに結い直してあなたを追いかけてゆきました。

あなたの家に来て起居すること五、六年、あなたのお宅のご両親に何度も言われました。

「正式な手続きをとれば妻だが、勝手に結ばれたのは妾だ。蘋蘩《ひんぴん》を奉じてご先祖を祭ることはあいならぬ」。

結局、あなたの家には居られないことがわかりました。でもどうしましょう、門を出ても行くところはありません。

父母の屋敷がないわけではありません。親戚縁者もふるさとにはいくらでもいます。でも隠れてこちらに参って連絡ひとつしていません。今さら悲しさ恥ずかしさで帰れません。

あなたの一時の愛情のために、わたしの一生の身を誤ってしまいました。

幼くて道理を知らないむすめさんたちにお伝えしたい。やすやすと殿方に身を許すことなど決してなさらぬように。

○**銀瓶**　銀のつるべおけ。男女の関係が切れることを、「估客楽《こかくがく》」(『玉台新詠』では無名氏の「近代西曲歌」五首の第二首。『楽府詩集』では南斉・釈宝月《しゃくほうげつ》の作)では「作す莫《な》かれ瓶の井に落ちるごとく、一たび去りて消息無きを」、つるべが井戸におちて戻らないことにたとえるが、ここではつるべを引き上げようとして縄が切れることにたとえる。**○止淫奔**　「淫奔」は男女のみだらな関係。「奔」は親の許しなく女が男のもとへ行くこと。『詩経』鄘風《ようふう》・蝃蝀《ていとう》(虹のこと)の「序」に「蝃蝀は奔を止むるなり」。**○糸縄**　つるべおけを繋いだ縄。**○玉簪**　宝玉のかんざし。**○知奈何**　「知」のあとに疑問詞が置かれると、「……かしら、だろうか」の意になる。**○人言一句**　「挙動」は動作、しぐさ。「殊姿」は非凡な美しい姿。**○嬋娟**　女性の美しいさまをいう畳韻の語。**○秋蟬翼**　つややかに輝く髪を蟬の羽にたとえる。崔豹《さいひょう》『古今注』に「之を望めば縹緲《ひょうびょう》として蟬翼の如し。故に蟬鬢と曰う」。「蟬」は一般に秋の風物とされるので「秋」を添えて二字にする。**○宛転一句**　「宛転」はたおやかに弯曲したさまをいう畳韻の語。「双蛾」は蛾の触角のように描いた一対の眉。「長恨歌」にも「宛転たる蛾眉(蛾眉に通じる)馬前に死す」(六一頁)。「遠山の色」はうっすらと掃いたような眉の美しさを比喩する。『西京雑記《せいけいざっき》』に司馬相如の妻の卓文君の美しさを「文君は姣好《こうこう》(美しい)にして、眉の色は望みて遠山の如し」。**○戯伴**　遊び仲間。**○妾弄・君騎二句**　李白が筒井筒(幼なじみ)をうたった「長干行《ちょうかんこう》」に「郎(あなた)は竹馬に騎して来たり、牀を繞《めぐ》りて青梅を弄ぶ」。おもちゃの馬にまたがって登場した少年がベッドをまわりながら青梅を手にしている。**○断腸**　悲痛の思い、ここでは痛切な恋心をいう。**○南山松柏樹**　「南山」は永遠の象徴。誓いを発する時に持ち出される。「松柏」は常緑樹であることから節操の変わらぬこと。男女の愛情の不変も比喩する。南朝の恋の民歌「子夜歌《しやか》」に「我が心は松柏の如し、君の情は復た何にか似る」。○**暗合一句**　「双鬟を合す」は輪のかたちに結った二つのまげを一つに合わせる。結婚に伴う髪型の変更。ここでは親の許しを得ない結婚ゆえに「暗に」という。○**舎**　居住する。○**大人**　親など年長の人に対する敬称。○**聘則一句**　「聘」は仲人を立てて正式に妻とする。『礼記』内則《だいそく》に「聘すれば則ち妻と為り、奔すれば則ち妾と為る、必ずしも罪有るにあらず」に基づく。○**不堪一句**　正妻として先祖の祀りを執り行うことはできない。「蘋蘩」は先祖を祀るのに用いる浮き草。「蘋」はカタバミモ、「蘩」はシロヨモギ。『詩経』召南に「采蘩」「采蘋」の詩があり、古注では嫁入りが決まった女が先祖を祀る儀式をうたった詩とされる。○**高堂**　立派な家屋、父母のいる所。『論衡』薄葬に「親の生《い》くるや、之を高堂の上に坐す」。○**親情**　親戚をいう。底本は「情親」に作るが諸本に従う。○**一日恩**　「恩」は恩愛。男から女にかける愛情。○**痴小**　幼稚で物事がわかっていない。○**人家**　よその家。○**詩型・押韻**　七言古詩。十種の韻を用いる。(1)入声十七薛(絶《ぜつ》・折《せつ》・別《べつ》)の独用。平水韻、入声九屑。(2)上平六脂(姿《し》)、七之(時《じ》)の同用。平水韻、上平四支。(3)入声二十四職(翼《よく》・色《しょく》・識《しょく》)の独用。平水韻、入声十三職。(4)下平十陽(牆《しょう》・楊《よう》・腸《ちょう》)の独用。平水韻、下平七陽。(5)去声

九御(去《きょ》)と十遇(樹《じゅ》)の通押。平水韻、去声六御と七遇。⑹上平二十二元(言《げん》・蘩《はん》)の独用。平水韻、上平十三元。⑺去声九御(処《しょ》)と十遇(住《ちゅ》)の通押。平水韻、去声六御と七遇。⑻下平十陽(郷《きょう》)、十一唐(堂《どう》)の同用。平水韻、下平七陽。⑼入声二十四職(息《そく》)、二十五徳(得《とく》)の同用。平水韻、入声十三職。⑽上平十七真(身《しん》・人《じん》)の独用。平水韻、上平十一真。

男女の自由な恋愛の危険を説く。結婚は親が取り決めるものであった。正統な手続きを踏まない男女関係がいかに危うく、女性が悲しい目を見るかを一人の女の口吻を通して語る。当時、いくらでも生じたケースであろうけれど、この男女の場合、男の家に居づらくなったのであって、一目惚れした男の思いはどうなのか書かれない。そのため恋愛物語とはなりえず、既製の道徳遵守を説くに終わっている。

其五十　采詩官

鑑前王亂亡之由也

其《そ》の五十《ごじゅう》　采詩官《さいしかん》

前王乱亡《ぜんおうらんぼう》の由《よし》を鑑《かんが》みるなり

04-0174

采詩官

采詩《さいし》の官《かん》

采詩聴歌導人言

詩《し》を采《と》り歌《うた》を聴《き》きて　人《ひと》の言《げん》を導《みちび》く

言者無罪聞者誡
下流上通上下泰
周滅秦興至隋氏
十代采詩官不置
郊廟登歌讃君美
樂府豔詞悅君意
若求興諭規刺言
萬句千章無一字
不是章句無規刺
漸及朝廷絕諷議
諍臣杜口爲冗員
諫鼓高懸作虛器
一人負扆常端默
百辟入門兩自媚

言《い》う者《もの》は罪《つみ》無《な》く　聞《き》く者《もの》は誡《いまし》む
下《した》より流《なが》れ上《うえ》に通《つう》じて上下《じょうげ》泰《やす》し
周《しゅう》滅《ほろ》び秦《しん》興《おこ》りて隋氏《ずいし》に至《いた》る
十代《じゅうだい》　采詩《さいし》　官《かん》置《お》かず
郊廟《こうびょう》の登歌《とうか》は君《きみ》の美《び》を讃《たた》え
楽府《がふ》の艶詞《えんし》は君《きみ》の意《い》を悦《よろこ》ばしむ
若《も》し興諭《きょうゆ》規刺《きし》の言《げん》を求《もと》めば
万句《ばんく》千章《せんしょう》に一字《いちじ》も無《な》し
是《こ》れ章句《しょうく》に規刺《きし》無《な》きにあらざるも
漸《ようや》く朝廷《ちょうてい》　諷議《ふうぎ》を絶《た》つに及《およ》ぶ
諍臣《そうしん》　口《くち》を杜《ふさ》ぎて冗員《じょういん》と為《な》り
諫鼓《かんこ》　高《たか》く懸《か》けて虚器《きょき》と作《な》る
一人《いちにん》　扆《い》を負《お》いて常《つね》に端黙《たんもく》し
百辟《ひゃくへき》　門《もん》に入《い》りて両《ふた》つながら自《みずか》ら媚《こ》ぶ

夕郎所賀皆徳音
春官毎奏唯祥瑞
君之堂兮千里遠
君之門兮九重閟
君耳唯聞堂上言
君眼不見門前事
貪吏害民無所忌
奸臣蔽君無所畏
君不見厲王胡亥之末年
群臣有利君無利
君兮君兮願聴此
欲開壅蔽達人情
先向歌詩求諷刺

夕郎《せきろう》　賀《が》する所《ところ》　皆《み》な徳音《とくいん》
春官《しゅんかん》　毎《つね》に奏《そう》するは唯《た》だ祥瑞《しょうずい》
君《きみ》の堂《どう》は千里《せんり》遠《とお》く
君《きみ》の門《もん》は九重《きゅうちょう》閟《と》ず
君《きみ》の耳《みみ》は唯《た》だ堂上《どうじょう》の言《げん》を聞《き》き
君《きみ》の眼《め》は門前《もんぜん》の事《こと》を見《み》ず
貪吏《どんり》　民《たみ》を害《がい》して忌《い》む所《ところ》無《な》く
奸臣《かんしん》　君《きみ》を蔽《おお》いて畏《おそ》るる所《ところ》無《な》し
君見《きみみ》ずや　厲王《れいおう》　胡亥《こがい》の末年《まつねん》を
群臣《ぐんしん》に利《り》有《あ》り　君《きみ》に利《り》無《な》し
君《きみ》よ君《きみ》よ　願《ねが》わくは此《こ》れを聴《き》け
壅蔽《ようへい》を開《ひら》きて人情《にんじょう》に達《たっ》せんと欲《ほっ》すれば
先《ま》ず歌詩《かし》に諷刺《ふうし》を求《もと》めよ

その五十　采詩の官

過去の王が滅亡した原因をいましめとする

采詩の官。詩を採取し、歌を聞いて、人々の言葉を上に届ける。

何を言っても罰せられることはなく、それを聞いた者が身のいましめとする。下から上に流れ伝わり、上も下も安泰。

周が滅びて秦が興り隋に至るまで、十代にわたって采詩の官は設けられなかった。

天を祀り祖先を祀る堂上の歌は君王を褒め称え、楽府の艶っぽい歌詞は君王を喜ばせた。

もしも諷諭批判の言葉を探しても、千篇万句のうたのなかに一字も見つけられない。

歌詞に批判がないわけではなかったが、しだいに朝廷が諷諭を閉ざすことになった。

諫臣は口を閉ざして名目だけの官となり、諫言の太鼓は高く掛けられ放置される。

天子は一人屏風を背にいつも押し黙り、百官は朝廷に入ってもこびへつらうだけ。

黄門郎がことほぐのは天子が徳を施す勅命に限られ、礼部尚書が上奏するのは瑞祥の知らせのみ。

君王の堂は人々から千里も隔てられ、君王の門は九重《ここのえ》に閉ざされる。

君王には朝廷のなかの言葉しか耳に入らず、君王には宮門の外の様子は目に入らない。貪婪《どんらん》な胥吏《しょり》ははばかることなく人々を痛めつけ、狡猾な家臣は畏れることなく君主の耳目を塞いだ。

周の厲王《れいおう》、秦の胡亥《こがい》の最後をご存じないか。臣下ばかりが甘い汁を吸い、君王を利することは何もなかった。

君王よ、君王よ、どうかこの歌をお聴きくだされ。お耳を塞ぐものを取り去り人々の思いを知るために、まずは詩歌のなかに諷諭の言をお探しあそばされますよう。

○**采詩官**　古代、民間の歌を採取して政治の参考に供する職務を担当する官。『漢書』芸文志に「故に古に采詩の官有り。王者の風俗を観《み》、得失を知り、自ら考正する所以《ゆえん》なり」。○**導人言**　人々の言論を上に通す。○**下流一句**　下々の思いが上に立つ君主に流れ通じる。○**十代**　秦から隋までの十の王朝。○**郊廟・楽府二句**　「郊廟登歌」は天子が天を祀り、祖先を祀る際に堂上で歌われた雅歌。「楽府艶詞」は民間の情歌。雅俗いずれの歌も政治に対する批判がなく、天子を喜ばせるだけであったことをいう。○**興論**　『詩経』の六義《りくぎ》のうちの興と比。批判を含む表現。「謝霊運の詩を読む」詩に「往往にして即事の中にも、未だ興諭を忘る能わず」。○**規刺**　いましめ批判する。○**諷議**

諷諭の議論。　○諍臣　諫言を呈することを職掌とする臣。　○冗員　実際の職務のない官員。　○諫鼓　朝廷に設けられ、諫言を奏する際にたたく太鼓。『管子』桓公問に古代の聖王の善政を列挙し、「禹《う》は諫鼓を朝に立つ」。　○虚器　用いられることのない道具。　○一人一句　「一人」は天子。「扆」は屏風。「負扆」は屏風を背にする。「端黙」は押し黙る。　○百辟　百官。あるいは多くの諸侯。　○夕郎　天子の側近にあたる黄門郎。夕暮れに朝廷に入ったので「夕郎」という（『漢旧儀』）。唐代の給事中に当たる。　○徳音　恩赦など仁徳を施す天子の言葉。新楽府「杜陵叟《とりょうそう》」に「白麻の紙上　徳音を書す、京畿尽く放つ今年の税」。　○春官　礼部尚書。唐の一時期、「春官尚書」と改名されたため。　○厲王　周の非道の王の名。批判する者は殺して封じたが、のちに彘《てい》（山西省）に流された（『国語』周語上）。　○胡亥　秦の二世皇帝。宦官の趙高《ちょうこう》に操られ、殺された。　○壅蔽　耳を塞ぐ。『漢書』劉向《りゅうきょう》伝に「（秦の）二世は趙高に委任し、権を専らにして自恣（好き放題）し、大臣を壅蔽す。終に閻楽《えんらく》望夷の禍（望夷宮《ぼういきゅう》で閻楽が二世を殺した凶事）有りて、秦遂《つい》に以て亡ぶ」。　○詩型・押韻　七言古詩。三種の韻を用いる。(1)上平二十二元（言《げん》）と二十六桓（官《かん》）の通押。平水韻、上平十三元と十四寒。(2)去声十四泰（泰《たい》）と十六怪（誡《かい》）の通押。平水韻、去声九泰と十卦。(3)上声四紙（氏《し》・此《し》）、五旨（美《び》）と去声五寘（刺《し》・議《ぎ》・瑞《ずい》・刺《し》）、六至（器《き》・媚《び》・閟《ひ》・利《り》）、七志（置《ち》・意《い》・字《じ》・事《し》・忌《き》）と八未（畏《い》）の通押。

平水韻、上声四紙と去声四寘と五未。

民草の意見を聞くために巷間で歌われる歌を採取するという古代の制度、それが廃れたのが王朝滅亡を招いたゆえんであるとして、歌詞による批判に耳を傾けよと説く。白居易の文学の一つの柱をなす「諷諭」はそれを果たすものとしてみずから位置づけていた。「采詩官」を新楽府五十首の末尾に置いたのも、この新楽府こそ諷諭であるという自負であろう。実際にどの程度機能したかはともかく、言論の自由が王朝を保持するためにも必要であったという認識は中国に古くからあった。

秦中吟《しんちゅうぎん》十首《じっしゅ》　并《なら》びに序《じょ》　02-0075

秦中吟十首并序

貞元・元和之際、予在長安、聞見之閒、有足悲者、因直歌其事、命爲秦中吟。

貞元《ていげん》・元和《げんな》の際《さい》、予《よ》は長安《ちょうあん》に在《あ》り。聞見《ぶんけん》の間《かん》、悲《かな》しむに足《た》る者《もの》有《あ》りて、因《よ》って直《ただ》ちに其《そ》の事《こと》を歌《うた》い、命《めい》じて秦中吟《しんちゅうぎん》と為《な》す。

秦中吟十首　ならびに序

貞元・元和の時期、わたしは長安にいて、見聞きしたことのなかに、悲しむべきものがあると、そのまま歌にして、「秦中吟」と名付けた。

其一　議婚

天下無正聲
悅耳卽爲娛
人閒無正色
悅目卽爲姝
顏色非相遠
貧富則有殊
貧爲時所棄
富爲時所趨
紅樓富家女
金縷繡羅襦
見人不斂手

其《そ》の一《いち》　婚《こん》を議《ぎ》す

天下《てんか》に正声《せいせい》無《な》し
耳《みみ》を悦《よろこ》ばすを即《すなわ》ち娯《ご》と為《な》す
人間《じんかん》に正色《せいしょく》無《な》し
目《め》を悦《よろこ》ばすを即《すなわ》ち姝《しゅ》と為《な》す
顔色《がんしょく》　相《あ》い遠《とお》きに非《あら》ず
貧富《ひんぷ》は則《すなわ》ち殊《こと》なる有《あ》り
貧《まず》しきは時《とき》の棄《す》つる所《ところ》と為《な》り
富《と》めるは時《とき》の趨《おもむ》く所《ところ》と為《な》る
紅楼《こうろう》の富家《ふか》の女《むすめ》
金縷《きんる》　羅襦《らじゅ》に繡《ぬいとり》す
人《ひと》を見《み》るも手《て》を斂《おさ》めず

嬌癡二八初
母兄未開口
已嫁不須臾
綠窗貧家女
寂寞二十餘
荊釵不直錢
衣上無眞珠
幾迴人欲聘
臨日又踟躕
主人會良媒
置酒滿玉壺
四座且勿飲
聽我歌兩途
富家女易嫁

嬌痴《きょうち》たり　二八《にはち》の初《はじ》め
母兄《ぼけい》　未《いま》だ口《くち》を開《ひら》かざるに
已《すで》に嫁《とつ》ぎて須臾《しゅゆ》ならず
緑窓《りょくそう》の貧家《ひんか》の女《むすめ》
寂寞《せきばく》たり二十《にじゅう》の余《よ》
荊釵《けいさ》　銭《ぜに》に直《あた》らず
衣上《いじょう》　真珠《しんじゅ》無《な》し
幾迴《いくたび》か人《ひと》聘《へい》せんと欲《ほっ》するも
日《ひ》に臨《のぞ》みて又《ま》た踟躕《ちちゅう》す
主人《しゅじん》　良媒《りょうばい》を会《かい》し
酒《さけ》を置《お》きて玉壺《ぎょっこ》に満《み》つ
四座《しざ》　且《しばら》く飲《の》むこと勿《な》かれ
我《われ》の両途《りょうと》を歌《うた》うを聴《き》け
富家《ふか》の女《むすめ》は嫁《とつ》ぎ易《やす》きも

嫁早輕其夫
貧家女難嫁
嫁晩孝於姑
聞君欲娶婦
娶婦意何如

嫁《とつ》ぐこと早《はや》ければ其《そ》の夫《おっと》を軽《かろ》んず
貧家《ひんか》の女《むすめ》は嫁《とつ》ぎ難《がた》きも
嫁《とつ》ぐこと晩《おそ》ければ姑《しゅうとめ》に孝《こう》たり
君《きみ》の婦《よめ》を娶《めと》らんと欲《ほっ》するを聞《き》く
婦《よめ》を娶《めと》ること　意何如《いいかん》

その一　結婚を論ずる

天下に正しい楽曲はない。耳に快い曲が喜ばれる。
世の中に真正の佳人はいない。目を楽しませるのが美人とされる。
容貌に隔たりはないのに、貧富に違いがある。
貧者は世間に見捨てられ、富豪には世間が駆け寄ってゆく。
華美なお屋敷に住む長者のむすめは、金糸でぬいとりしたうすぎぬの襦袢。
人に会っても手を合わせて挨拶しない。十六になりたてのはすっぱ女。
家の者が嫁入り話をまだ切り出すまえに、はやたちまち嫁いでいる。
陋屋に住む貧しいむすめは、二十を越してもわびしい一人身。

いばらのかんざしは一文の値打ちもない。服には真珠の飾りもない。

幾度となく嫁入りの口はあったが、いざとなると二の足を踏まれた。

今、この家の主人は立派な仲人たちを集めて、玉の壺には酒が満ちわたる。

みなみなさま、まずは酒はあとまわしにして、わたしが二つの道を歌うのに耳を傾けてくだされ。

富者のむすめは簡単に嫁いでしまうが、若くして嫁げば夫君を大事にしない。

貧家のむすめはなかなか嫁ぐことができぬが、年長《た》けて嫁げば姑に孝を尽くす。

貴殿は嫁取りをしようとしていると聞くが、嫁取りにいかがな思いをお持ちのものか。

○**秦中吟**　「秦中」は都長安を指す。春秋・戦国時代に秦の国の地であったことから長安一帯を秦中と呼ぶ。○**貞元**……　白居易は貞元十六年(八〇〇)、長安に出て進士に合格して以後、一時期の盩厔県《ちゅうちつけん》外任を挟んで、元和六年(八一一)冬に母の死に遭って官を辞するまで長安に暮らしていた。
○**正声**　規範にかなった音楽。『荀子』楽論篇に「凡そ姦声は人に感ぜしめて逆気　之に応ず。……正声は人に感ぜしめて順気　之に応ず」。○**悦耳**　耳に心地よい。漢・枚《ばい》乗《じょう》「七発《しちはつ》」(『文選』巻三四)に「練色(ねりぎぬのようにつやつやした容貌)目を娯しませ、流声(選ばれた美しい音楽)耳を悦ばしむ」。○正色　本来は複数の色の混じった「間色」に対して、五つの純正な色をいう(『礼記』玉藻《ぎょくそう》)。ここでは真正の美人をいう。○姝　美しい。また美しい女性。○紅楼　富裕な人の邸。ことに女性の居宅についていう。○金縷一句　「金縷」は金の糸。「繡羅」は刺繡を施したうすぎぬ。「襦」は肌着。「古詩焦仲卿の妻の為の作」(『玉台新詠』巻一)に「妾《わらわ》に繡腰襦有り、葳蕤《いずい》(華麗なさま)たり金縷の光」。○斂手　両手を合わせて拱手《きょうしゅ》の礼をする。○嬌痴　色っぽく軽々しい。○二八初　十六歳になったばかり。○母兄　母と兄。家族の年長者をいう。魏・嵇康《けいこう》「山巨《さんきょ》源《げん》に与えて交わりを絶つ書」(『文選』巻四三)にわがままに育ったことを述べて、「母兄に驕らしめられ、経学に渉らず」。○不須臾　「須臾」は短い時間。わずかな時間も要せずに婚姻が整うことをいう。○緑窓　女子の部屋。ここでは「紅楼」に対して貧しげな家。○寂寞　ひとりぼっちでひっそりしている。魏・曹植《そうしょく》「雑詩五首」(『玉台新詠』巻二)其の四に「閑房何ぞ寂寞たる、緑草　階庭を被う」。○荊釵　いばらのかんざし。後漢・梁鴻《りょうこう》の妻、孟光《もうこう》の故事に基づく。孟光は容貌劣り、三十になっても嫁《とつ》がなかったが、梁鴻と夫婦になってからは荊を釵《かんざし》がわりにする質素な身なりで貧しい暮らしに耐え、良妻と称えられた(晋・皇甫《こうほ》謐《ひつ》『列女伝』)。自分の妻を「荊妻《けいさい》」と称するのはこの故事に基づく。○人欲聘　「聘」は正式に娶る。『礼記』内則《だいそく》に「聘すれば則ち妻と為る」。

○踟躕　足が進まないさまをいう双声の語。**○主人**　この詩を歌う場を想定していう。これからむすめの縁組みをはかる家の主人を指す。**○良媒**　立派な媒酌人。夫に捨てられた妻の嘆きをうたう『詩経』衛風・氓《ぼう》に「我の期に衍《たが》うに匪《あら》ず、子（あなた）に良媒無ければなり」。**○四座・聴我二句**　まわりの人に呼びかける言い回し。歌謡風の作に見える。「古詩」（『玉台新詠』巻一）に「四坐（座に同じ）且く諠《かしま》しくする莫かれ、願わくは一言を歌うを聴け」。**○詩型・押韻**　五言古詩。上平九魚（初《しょ》・余《よ》・如《じょ》）と十虞（娯《ご》・姝《しゅ》・殊《しゅ》・趨《しゅ》・襦《じゅ》・臾《ゆ》・珠《しゅ》・躕《ちゅ》・夫《ふ》）、十一模（壺《こ》・途《と》・姑《こ》）の通押。平水韻、上平六魚と七虞。

元和五年（八一〇）、長安の作。「諷諭」の部。「秦中吟十首」も白居易の諷諭詩群を代表する連作の一つ。「新楽府」と同じく左拾遺時代の作であるが、「新楽府」が『詩経』になぞらえ、内容も公的性格が強いのに対して、「秦中吟」はより身近な世相のあれこれを取り上げる。冒頭の「議婚」は家の貧富の差によって婚期に違いが生じる当時の風潮のなかで、貧しい家の娘の方が嫁としてふさわしいとうたう。結婚指南でありつつ、貧富の価値観に異議を呈する。

其三傷宅

誰家起甲第
朱門大道邊
豐屋中櫛比
高牆外迴環
纍纍六七堂
棟宇相連延
一堂費百萬
鬱鬱起青煙
洞房溫且清
寒暑不能忏
高堂虛且迴
坐臥見南山
繞廊紫藤架

其《そ》の三《さん》　宅《たく》を傷《いた》む

誰《た》が家《いえ》か甲第《こうだい》を起《お》こす
朱門《しゅもん》　大道《だいどう》の辺《へん》
豊屋《ほうおく》　中《なか》に櫛比《しっぴ》し
高牆《こうしょう》　外《そと》に迴環《かいかん》す
累累《るいるい》たり　六七堂《ろくしちどう》
棟宇《とうう》　相《あ》い連延《れんえん》す
一堂《いちどう》　費《ひ》百万《ひゃくまん》
鬱鬱《うつうつ》として青煙《せいえん》起《お》こる
洞房《どうぼう》　温《あたた》かにして且《か》つ清《きよ》し
寒暑《かんしょ》も忏《おか》す能《あた》わず
高堂《こうどう》　虚《むな》しくして且《か》つ迴《はる》かなり
坐臥《ざが》に南山《なんざん》を見《み》る
廊《ろう》を繞《めぐ》る紫藤《しとう》の架《たな》

夾砌紅藥欄
攀枝摘櫻桃
帶花移牡丹
主人此中坐
十載爲大官
廚有臭敗肉
庫有貫朽錢
誰能將我語
問爾骨肉閒
豈無窮賤者
忍不救飢寒
如何奉一身
直欲保千年
不見馬家宅

砌《みぎり》を夾《はさ》む紅薬《こうやく》の欄《らん》
枝《えだ》を攀《よ》じりて桜桃《おうとう》を摘《つ》み
花《はな》を帯《お》びて牡丹《ぼたん》を移《うつ》す
主人《しゅじん》　此《こ》の中《なか》に坐《ざ》し
十載《じっさい》　大官為《たいかんた》り
厨《くりや》には臭敗《しゅうはい》の肉有《にくあ》り
庫《くら》には貫朽《かんきゅう》の銭有《ぜにあ》り
誰《たれ》か能《よ》く我《わ》が語《ご》を将《もっ》て
爾《なんじ》が骨肉《こつにく》の間《かん》に問《と》わん
豈《あ》に窮賤《きゅうせん》の者無《ものな》からんや
飢寒《きかん》を救《すく》わざるに忍《しの》びんや
如何《いかん》ぞ　一身《いっしん》を奉《ほう》じ
直《ただち》に千年《せんねん》を保《たも》たんと欲《ほっ》する
見《み》ずや　馬家《ばか》の宅《たく》の

今作奉誠園

今《いま》　奉誠園《ほうせいえん》と作《な》るを

その三　お屋敷を悲しむ

どなたの邸宅だろう、朱塗りの門が大通りに面して立っている。
立派な屋根が櫛のようにびっしり並び、高い垣根が外を取り巻いている。
堂屋は累々と六棟も七棟も連なり、甍が延々と続いている。
一つの堂屋に百万を費やし、青い靄が立ちこめる。
暖かで清々しい寝室には、寒さも暑さも入ってこられない。
高殿はがらんとして見通しよく、座っても臥しても終南山が眺められる。
藤棚が廊下を取り巻き、芍薬の植えこみがみぎりを夾む。
枝をたぐり寄せて桜桃の実を摘み、花を付けたまま牡丹を移しかえる。
主人はこの中心に座して、十年もの間、高官の任にある。
厨房には腐るほどの肉、倉庫には銭さしも朽ちるほどの金。
どうかわたしの言葉を伝えて、あなたのご身内に尋ねる方はいないものか。
貧窮に苦しむ民もいるのだと。飢え寒さに苦しむ人を救わずにおられようかと。

どうして自分の身だけを大事にして、千年の長寿を得たいと切に願うのか。
かの馬燧《ばすい》の屋敷が目に入らぬか、今や奉誠園になりかわっていることを。

○**誰家**　誰の意。「家」は「いえ」ではなく、人であることをあらわす接尾語。○**甲第**　豪邸。「甲」は第一、「第」は邸宅。○**朱門**　朱塗りの立派な門。○**大道**　大通り。立派な屋敷は大路に面して並ぶ。○**豊屋**　大きな屋根。『周易』豊に「其の屋を豊《おお》いにす」に基づく語。○**櫛比**　くしのようにびっしり並ぶ。『詩経』周頌・良耜《りょうし》の「其の崇きこと墉の如く、其の比《なら》ぶこと櫛の如し」に基づく語。○**累累**　積み重なるさま。○**六七堂**　「堂」は広間をもつ建物。○**棟宇**　棟木とのき。『周易』繫辞伝下に「上古は穴居して野に処る。後世の聖人　之に易うるに宮室を以てす、棟を上にし宇を下にし、以て風雨に待す」。○**鬱鬱一句**　「鬱鬱」は靄が盛んにわき起こるさま。「青煙」は青いもや。建物が高くそびえるのをいう。『史記』天官書に「煙の若くして煙に非ず、雲の若くして雲に非ず、鬱鬱紛紛、蕭索輪囷《しょうさくりんきん》、是を卿雲(めでたい雲)と謂う」。○**洞房**　寝室。○**不能忓**　「忓」はおかす。「夢遊春詩に和す一百韻」に「危言　閽寺《こんじ》(宦官)を詆《そし》り、直気　鈞軸《きんじく》(執政者)を忓す」。○**虚且迴**　がらんと広々して見晴らしがいい。○**南山**　長安の南に峰を連ねる終南山《しゅうなんざん》。○**夾砌一句**　「砌」は庭に敷いた石畳。「紅薬」はシャクヤクの花。「欄」は植えこみの手すり。○**攀枝一句**　「攀枝」は枝を引き寄せる。「桜桃」はユスラウメ。○**帯花一句**　花を付けたままの牡丹を移植する。○**臭敗肉**　食べきれずに腐った肉。『孟子』梁恵王篇上に「庖《くりや》(厨房)に肥肉有り、厩に肥馬有るも、民に飢色有り、野に餓莩《がふ》(餓死者)有り、此れ獣を率いて人を食らうなり」。杜甫「京自《よ》り奉先県に赴く詠懐五百字」詩に「朱門に酒肉臭り、路に凍死の骨有り」。○**貫朽銭**　使わないまま、銭を通すひもが朽ちた金。「貫」はぜにざし。『史記』平準書に漢武帝当時の豊かさを述べて「京師の銭は巨万を累《つ》み、貫朽ちて校《かぞ》うべからず」。○**忍不**……せずにおられようか。○**奉一身**　我が身一つだけを大切にする。○**不見・今作二句**　司徒に登り詰めた馬燧《ばすい》は莫大な財産をのこしたが、子供の馬暢《ばちょう》の代には蕩尽し、馬暢の死後、子供は住む家もなく寒さに凍えた。馬燧の屋敷は奉誠園という公園になった。『旧唐書』馬燧伝に見える。○**詩型・押韻**　五言古詩。上平二十二元(園《えん》)と二十五寒(忓《かん》・欄《らん》・丹《たん》・寒《かん》)と二十六桓(官《かん》)と二十七刪(環《かん》)、二十八山(山《さん》・間《かん》)と下平一先(辺《へん》・煙《えん》・年《ねん》)、二仙(延《えん》・銭《せん》)の通押。平水韻、上平十三元と十四寒と十五刪と下平一先。

富の偏在は当時においても住居に端的にあらわれた。高位にあって豪邸を構える人物が困窮する者への同情もなく栄華を誇るさまを、世の盛衰を持ち出して批判する。

其五 不致仕

七十而致仕
禮法有明文
何乃貪榮者
斯言如不聞
可憐八九十
齒墮雙眸昏
朝露貪名利
夕陽憂子孫
挂冠顧翠緌
懸車惜朱輪
金章腰不勝
傴僂入君門
誰不愛富貴

其《そ》の五《ご》　致仕《ちし》せず

七十《しちじゅう》にして致仕《ちし》するは
礼法《れいほう》に明文《めいぶん》有《あ》り
何《なん》ぞ乃《すなわ》ち栄《えい》を貪《むさぼ》る者《もの》
斯《こ》の言《げん》　聞《き》かざるが如《ごと》し
憐《あわれ》む可《べ》し　八九十《はちきゅうじゅう》
歯《は》堕《お》ちて双眸《そうぼう》昏《くら》し
朝露《ちょうろ》に名利《めいり》を貪《むさぼ》り
夕陽《せきよう》に子孫《しそん》を憂《うれ》う
冠《かんむり》を挂《か》けて翠緌《すいずい》を顧《かえり》み
車《くるま》を懸《か》けて朱輪《しゅりん》を惜《お》しむ
金章《きんしょう》　腰《こし》勝《た》えず
傴僂《うる》　君門《くんもん》に入《い》る
誰《たれ》か富貴《ふうき》を愛《あい》せざる

誰不戀君恩
年高須請老
名遂合退身
少時共嗤誚
晩歳多因循
賢哉漢二疏
彼獨是何人
寂寞東門路
無人繼去塵

誰《たれ》か君恩《くんおん》を恋《こ》わざる
年高《としたか》ければ須《すべか》らく老《ろう》を請《こ》うべし
名《な》遂《と》ぐれば合《まさ》に身《み》を退《しりぞ》くべし
少《わか》き時《とき》は共《とも》に嗤誚《ししょう》するも
晩歳《ばんさい》には因循《いんじゅん》多《おお》し
賢《けん》なる哉《かな》　漢《かん》の二疏《にそ》
彼《かれ》は独《ひと》り是《こ》れ何《なん》たる人《ひと》ぞ
寂寞《せきばく》たり　東門《とうもん》の路《みち》
人《ひと》の去塵《きょじん》を継《つ》ぐ無《な》し

その五　退官しない

七十歳で致仕することは、礼のおきてにはっきり書かれている。
なのに栄華に執着する者は、その言葉が耳に入らぬ顔をする。
あわれ、八十、九十になり、歯は抜け落ち、まなこはかすんでも、
はかない朝露の人生に名利をむさぼり、たそがれに至って子孫を気に掛ける。

官人の冠をはずしても冠の翠のひもに後ろ髪引かれ、御下賜の車をしまいこんでも朱塗りの車輪に未練をのこす。

金の印章は腰に重すぎて、曲がった背中で君王の門に入る。

富貴を願わない人はいなかろう。君恩を慕わない人はいなかろう。

しかし齢を重ねれば辞さねばならぬ。名を立てれば身を退けねばならぬ。

若い頃はともに引き際を知らぬ老人を嘲っていたのが、老年になればぐずぐずと居座る。

ああ賢きは漢の疏広《そこう》と疏受《そじゅ》。この二人はいったいどういう人だったのか。

今やひっそり静まる東門の道、二人を慕い都びとが押しよせたその道に、先人の遺風を継ぐ人はいない。

○**七十・礼法二句**　「致仕」は退官する。『礼記』曲礼上に「大夫は七十にして致仕す」。「高僕射」詩に「所以《ゆえ》に致仕の年は、著されて礼経の内に在り」。○**可憐**　ここでは高みから憐憫の情を覚えるの意。○**歯堕一句**　歯が抜け落ちる。『荀子』君道篇に「則ち夫れ人は行年七十有二にして、齳然《ぐんぜん》(ぽろりと)として歯堕つ」。「双眸昏」はぼんやりしてよく見えない。「眸」はひとみ。「昏」は暗い。○**朝露**　人生の短さのたとえ。『漢書』李陵伝に蘇武に向かって「人生は朝露の如し。何ぞ久しく自ら苦しむこと此くの如き」。○**夕陽**　老年に至るをたとえる。晋・劉琨《りゅうこん》「重ねて盧諶《ろじん》に贈る」詩（『文選』巻二五）に「功業未だ建つるに及ばざるに、夕陽忽として西に流る」。○**掛冠**　官を辞することをいう。「挂」は「掛」に通じる。『後漢書』逢萌《ほうもう》伝に基づく。逢萌は王莽の虐政から逃れようとして「即ち冠を解いて東都（洛陽）の城門に挂け、帰りて家属を将《ひき》いて海に浮かび、遼東に客す」。○**顧翠緌**　官に対する未練をいう。「緌」は冠のひも。『礼記』内則《だいそく》に「冠し、緌纓す」。鄭玄の注に「緌は纓の飾りなり」。○**懸車**　官を辞することをいう。『漢書』薛広徳《せつこうとく》伝に基づく。薛広徳は退官すると天子から賜った車を懸けて使わない意を表した。○**惜朱輪**　官への未練をいう。「朱輪」は高官の乗る高級な車。○**金章**　黄金の印章。高位のしるし。○**傴僂**　背中が曲がった姿。○**請老**　辞任を申し出る。『左氏伝』襄公《じょうこう》三年に「祁奚《きけい》　老を請う」。○**嗤誚**　嘲笑する。老いてなお官に執着する人をあざ笑う。○**因循**　あれこれ迷って決断できないさま。○**賢哉一句**　漢の疏広《そこう》と甥の疏受《そじゅ》の故事に基づく。疏広と疏受は相次いで皇太子の少傅《しょうふ》（学問係り）の任にあったが、それ以上の昇進を求めるべきでないとして、ともに官を辞した。郷里に帰る道には二人を慕う人々が集まり、見物人は口々に「賢なる哉　二大夫」と感嘆の声を発した（『漢書』疏広伝)。「賢なる哉」は『論語』雍也篇に、弟子の顔回の清貧をたたえる孔子の「賢なる哉　回《かい》(弟子の顔回)や」に出る。 ○**東門**　都の城門。官を辞して都を離れる人の通る門。上の注に引く『漢書』疏広伝に、見送りの人々が「東都(洛陽)の門外に供張す」とあるのに基づく。 ○**去塵**　去った人ののこした塵。先人の遺風をいう。 ○**詩型・押韻**　五言古詩。上平十七真(身《しん》・人《じん》・塵《じん》)、十八諄(輪《りん》・循《じゅん》)と二十文(文《ぶん》・聞《ぶん》)と二十三魂(昏《こん》・孫《そん》・門《ぼん》)、二十四痕(恩《おん》)の通押。平水韻、上平十一真と十二文と十三元。

官への執着もいつの世も変わりはない。が、これは一般論ではなく、『通典《つてん》』の撰者としても知られ、宰相を歴任した杜佑《とゆう》が七十を過ぎても官に留まっていたのを批判したものという。杜佑の孫にあたる杜牧《とぼく》が、のちに白居易の文学を道に背く卑俗なものとそしる(李戡《りかん》の墓誌銘)のは、その恨みによるとも言われる。しかし後に宰相となる裴《はい》度《ど》にも杜佑が退官しないのを批判した文が同じ時期にあり、白居易に突出した批判ではなかった。また白居易は逆に潔く退官した高郢《こうえい》を讃える詩(「高僕射」)ものこしている。ちなみに高郢は白居易の座主(進士科登第の時の試験責任者)という関係があった。三十余年のち、白居易自身は七十歳に至って辞任を申し出て、この詩の主張に背かなかった。

初與元九別後、忽夢見之。及寤而書適至、兼寄桐花詩。悵然感懷、因以此寄

初《はじ》めて元九《げんきゅう》と別《わか》れし後《のち》、忽《こつ》として夢《ゆめ》に之《これ》を見《み》る。寤《さ》むるに及《およ》びて書《しょ》適《たま》たま至《いた》り、兼《か》ねて桐花《とうか》の詩《し》を寄《よ》せらる。悵然《ちょうぜん》として感懐《かんかい》し、因《よ》りて此《こ》れを以《もっ》て寄《よ》す

〔時元九初謫江陵

時《とき》に元九《げんきゅう》は初《はじ》めて江陵《こうりょう》に謫《たく》せらる〕

永壽寺中語　永寿寺《えいじゅじ》の中《なか》に語《かた》り
新昌坊北分　新昌坊《しんしょうぼう》の北《きた》に分《わ》かる
歸來數行淚　帰《かえ》り来《き》たれば数行《すうぎょう》の涙《なみだ》
悲事不悲君　事《こと》を悲《かな》しみて君《きみ》を悲《かな》しまず
悠悠藍田路　悠悠《ゆうゆう》たり　藍田《らんでん》の路《みち》
自去無消息　去《さ》りて自《よ》り消息《しょうそく》無《な》し
計君食宿程　君《きみ》の食宿《しょくしゅく》の程《てい》を計《はか》るに
已過商山北　已《すで》に商山《しょうざん》の北《きた》を過《す》ぐらん

09-0421

昨夜雲四散
千里同月色
曉來夢見君
應是君相憶
夢中握君手
問君意何如
君言苦相憶
無人可寄書
覺來未及説
叩門聲冬冬
言是商州使
送君書一封
枕上忽驚起
顛倒著衣裳

昨夜《さくや》　雲《くも》四散《しさん》し
千里《せんり》　月色《げっしょく》を同《おな》じうす
暁来《ぎょうらい》　夢《ゆめ》に君《きみ》を見《み》る
応《まさ》に是《こ》れ君《きみ》相《あ》い憶《おも》うなるべし
夢中《むちゅう》に君《きみ》の手《て》を握《にぎ》り
君《きみ》に問《と》う　意《い》　何如《いかん》と
君《きみ》は言《い》う　苦《はなは》だ相《あ》い憶《おも》うも
人《ひと》の書《しょ》を寄《よ》す可《べ》き無《な》しと
覚《さ》め来《き》たりて未《いま》だ説《と》くに及《およ》ばざるに
門《もん》を叩《たた》きて声《こえ》冬冬《とうとう》たり
言《い》う是《こ》れ商州《しょうしゅう》の使《つか》いなりと
君《きみ》が書《しょ》一封《いっぷう》を送《おく》らる
枕上《ちんじょう》　忽《たちま》ち驚起《きょうき》し
顛倒《てんとう》して衣裳《いしょう》を著《ちゃく》す

開緘見手札
一紙十三行
上論遷謫心
下說離別腸
心腸都未盡
不暇敍炎涼
云作此書夜
夜宿商州東
獨對孤燈坐
陽城山館中
夜深作書畢
山月向西斜
月前何所有
一樹紫桐花

緘《かん》を開《ひら》きて手札《しゅさつ》を見《み》る
一紙《いっし》　十三行《じゅうさんぎょう》
上《うえ》に遷謫《せんたく》の心《こころ》を論《ろん》じ
下《した》に離別《りべつ》の腸《ちょう》を説《と》く
心腸《しんちょう》　都《すべ》て未《いま》だ尽《つ》きず
炎涼《えんりょう》を叙《じょ》するに暇《いとま》あらず
云《い》う　此《こ》の書《しょ》を作《つく》る夜《よる》
夜《よる》　商州《しょうしゅう》の東《ひがし》に宿《しゅく》す
独《ひと》り孤灯《ことう》に対《たい》して坐《ざ》す
陽城《ようじょう》　山館《さんかん》の中《なか》
夜深《よるふか》くして書《しょ》を作《つく》り畢《おわ》れば
山月《さんげつ》は西《にし》に向《む》かいて斜《なな》めなり
月《つき》の前《まえ》に何《なん》の有《あ》る所《ところ》ぞ
一樹《いちじゅ》　紫桐《しとう》の花《はな》

桐花半落時
復道正相思
殷勤書背後
兼寄桐花詩
桐花詩八韻
思緒一何深
以我今朝意
憶君此夜心
一章三遍讀
一句十迴吟
珍重八十字
字字化爲金

桐花《とうか》　半《なか》ば落《お》つる時《とき》
復《ま》た道《い》う　正《まさ》に相《あ》い思《おも》うと
殷勤《いんぎん》に背後《はいご》に書《しょ》し
兼《か》ねて桐花《とうか》の詩《し》を寄《よ》す
桐花《とうか》　詩《し》は八韻《はちいん》
思緒《ししょ》　一《いっ》に何《なん》ぞ深《ふか》き
我《わ》が今朝《こんちょう》の意《い》を以《もっ》て
君《きみ》の此《こ》の夜《よ》の心《こころ》を憶《おも》う
一章《いっしょう》　三遍《さんべん》読《よ》み
一句《いっく》　十迴《じっかい》吟《ぎん》ず
珍重《ちんちょう》たり　八十字《はちじゅうじ》
字字《じじ》　化《か》して金《きん》と為《な》る

元稹と別れた直後、ふと彼を夢に見た。目が覚めると、書翰がちょうど届き、そ

れには「桐花の詩」が添えられてあった。悲しみが胸にこみあげ、そこでこれを届ける

〔この時、元稹は江陵に流されたばかりであった〕

永寿寺《えいじゅじ》のあたりで語り合い、新昌里《しんしょうり》の北でお別れしたね。

帰ってきて涙がこぼれたのは、君の身の上より、こうした事態が起こる世を悲しんでのこと。

遥かに隔たる藍田《らんでん》の道、都を去ってからは、音沙汰が絶えてない。

君の旅程を数えてみると、もう商山《しょうざん》の北は過ぎたころか。

昨晩、雲が切れて、千里を隔てる地と同じ月を望むことができた。

明け方、夢に君が現れたが、それはきっと君がぼくを思ってくれたからだろう。

夢のなかで君の手を握り、君に尋ねた、そちらはどうかい、と。

君の返事は、ぼくのことを強く思っているが、しかし手紙を託す人がいないのだと。

目が覚めて夢のことを話しもしないうちに、とんとんと門を叩く音。

商州からの使いの者だと言って、君の書翰一通を届けてくれた。

枕からはっと起き上がり、慌てて服を上下あべこべに着た。

封を開いて書翰を見れば、一枚の紙に十三行の文字。
前には流謫された心情を述べ、後には別離の悲哀が綴られている。
心情も悲哀も言い尽くすことはできず、時候の挨拶をはさむゆとりもない。
そこには「この手紙を書いている今夜、商州の東に泊まっている。
一人寂しいともしびに向かって坐るのは、陽城《ようじょう》の山の宿。
夜更けて書き終えた時には、山の上の月が西に傾いた。
月の前に何があるかといえば、一本の紫桐の木の花。
桐の花が半ば散った今この時、切々と君のことが思われると、重ねて申しあげる」。
丁寧に紙背に書き記し、併せて寄せられたのが「桐花の詩」。
「桐花の詩」は八韻十六句、なんと深い思いが籠められていることか。
これを読む今朝のわたしの思いから、これを書いた夜の君の心が偲ばれる。
一章を三回読み直し、一句を十回口ずさむ。
大切なこの八十字、一字一字が金に変わる。

○**初与元九別後**　元和五年(八一〇)、政争に敗れた元稹が監察御史から江陵府《こうりょうふ》士《し》曹参軍《そうさんぐん》に貶謫されて都を離れたことを指す。○桐花詩　元稹の詩は「三月二十四日、曽峰館《そうほうかん》に宿り、夜　桐花に対して楽天に寄す」と題する。○悵然　心を傷めるさま。○永寿・新昌二句　「永寿寺」は唐の第四代皇帝の中宗が永楽公主のために建てた寺。長安の永楽坊にあった。「新昌坊」は長安の街区の一つ。白居易は元和三年から新昌坊の居宅に住んでいた。「和答詩十首」の「序」に元稹が左遷された時の別れを述べて、「会《たまた》ま予は内(朝廷)より下りて直ちに帰り、而して微之《びし》(元稹の字《あざな》)は已に路に即き、邂逅して街衢《がいく》の中に相い遇う。永寿寺の南自《よ》り、新昌里の北に抵《いた》るまで、馬上に別れを語るを得たり」。○悲事一句　元稹の流謫は河南尹《かなんいん》の房式《ぼうしき》に対する弾劾が厳しすぎると非難を受けたことによる。白居易は元稹に非はなく、こうした事態を招いた官界こそ悲しむべきものであって、正しさを貫いた元稹に対しては悲しまないという。○悠悠　遥か遠くに続くさま。○藍田　今の陝西省藍田県。長安の東南に当たる宿場。○食宿程　食事、宿泊をして重ねる旅程。○商山　商州(陝西省商県)の東の山。○千里一句　月が遍在することから、月を見てその月が照らしているであろう他所の人を思うというモチーフは習用。次の「八月十五日……」詩の補釈を参照(二四一頁)。○暁来　「来」は時間をあらわす接尾語。夜明けの時に。○応是一句　夢に人が現れるのはその人が自分を思っているからだという観念があった。「微之を夢む」詩にも「知らず我を憶うは何事にか因る、昨夜三迴《さんかい》夢に君を見る」(三九四頁)。○**無人一句**　手紙を届けたくても託す人がいない。○**冬冬**　門を叩く擬音語。諸本は「鼕鼕」に作るが意味は同じ。○**顛倒一句**　慌てたために上半身の服(衣)と下半身の服(裳)をさかさまに身に付ける。『詩経』斉風・東方未明に「東方未だ明かならず、衣裳を顛倒す」に基づく。○**開緘一句**　「緘」は封緘。「手札」は書状。○**上論・下説二句**　楽府古辞「飲馬長城窟行《いんばちょうじょうくつこう》」(『文選』巻二七)に出征した夫が鯉に託した手紙について「上には餐食を加えよと有り、下には長く相い憶うと有り」と妻への思いをいうのによる表現。○**叙炎涼**　暑さ寒さなど時候の挨拶。○**商州**　上に見えた「商山」近くの町。○**陽城・夜深二句**　「陽城」は商山付近の駅名。「山館」は山中の旅舎。元稹の「三月二十四日……」詩に「我は在り　山館の中、地に満ちて桐花落つ」。○**背後**　紙の裏。○**桐花一句**　先の「陽城・夜深二句」の注参照。元稹の詩は五言十六句。したがって後の句に「八十字」という。○**思緒**　思い。○**以我・憶君二句**　詩を読むことを通して書いた人の心情が想起される。○**詩型・押韻**　五言古詩。九種の韻を用いる。(1)上平二十文(分《ふん》・君《くん》)の独用。平水韻、上平十二文。(2)入声二十四職(息《そく》・色《しょく》・憶《おく》)、二十五徳(北《ほく》)の同用。平水韻、入声十三職。(3)上平九魚(如《じょ》・書《しょ》)の独用。平水韻、上平六魚。(4)上平二冬(冬《とう》)、三鍾(封《ほう》)の同用。平水韻、上平二冬。(5)下平十陽(裳《しょう》・腸《ちょう》・涼《りょう》)、十一唐(行《こう》)の同用。平水韻、下平七陽。(6)上平一東(東《とう》・中《ちゅう》)の独用。平水韻、上平一東。

(7)下平九麻(斜《しゃ》・花《か》)の独用。平水韻、下平六麻。(8)上平七之(時《し》・思《し》・詩《し》)の独用。平水韻、上平四支。(9)下平二十一侵(深《しん》・心《しん》・吟《ぎん》・金《きん》)の独用。平水韻、下平十二侵。

元和五年(八一〇)、長安の作。「感傷」の部。元稹との交情は、それまでの友情の伝統を踏まえながら、文学に重要な領域を生み出した。数多い唱和の詩篇のなかでも、これは夢に元稹があらわれたとたん、彼から書翰と詩が届けられたという偶然の符合を契機とする。別離したばかりの切ない心情を惜しみなく吐露する。

14-0724

八月十五日夜、禁中
獨直、對月憶元九

銀臺金闕夕沈沈
獨宿相思在翰林
三五夜中新月色
二千里外故人心
渚宮東面煙波冷

八月十五日《はちがつじゅうごにち》の夜《よる》、禁中《きんちゅう》に独《ひと》り直《ちょく》し、月《つき》に対《たい》して元九《げんきゅう》を憶《おも》う

銀台《ぎんだい》　金闕《きんけつ》　夕《ゆう》べに沈沈《ちんちん》たり
独《ひと》り宿《しゅく》して相《あ》い思《おも》いて翰林《かんりん》に在《あ》り
三五夜中《さんごやちゅう》　新月《しんげつ》の色《いろ》
二千里外《にせんりがい》　故人《こじん》の心《こころ》
渚宮《しょきゅう》の東面《とうめん》　煙波《えんぱ》冷《ひ》ややかに

浴殿西頭鐘漏深
猶恐清光不同見
江陵卑濕足秋陰

浴殿《よくでん》の西頭《せいとう》　鐘漏《しょうろうふか》深し
猶《た》だ恐《おそ》る　清光《せいこう》の同《とも》に見《み》ざるを
江陵《こうりょう》は卑湿《ひしつ》にして秋陰《しゅういんた》足らん

　八月十五日の夜、宮中に一人宿直《とのい》して月に向かって元九のことを思う

銀の台閣、金の宮門が宵闇《よいやみ》の奥に沈む時、ひとり翰林院に宿直《とのい》し君に思いを募らせる。今しものぼりそめた十五夜の月、その色に映るは二千里のかなたの君の心。江陵の渚宮の東では、冷たい川霧が立ちこめているだろう。ここ宮廷では、浴堂殿の西に鐘や漏刻が夜を深めてゆく。ただ案じるのは、きよらなる月の光を君の方は見られぬこと。江陵は低湿で秋は陰《くも》ってばかりと聞く。

○**八月十五日夜**　中秋の明月の夜。○**禁中独直**　時に詔勅などを起草する翰林学士《かんりんがくし》として翰林院に宿直にあたっていた。○**元九**　元稹を排行(一族同世代の生年順)で呼んだもの。元稹はその年の三月、江陵府士曹参軍に左遷されて江陵(湖北省江陵県)にいた。白居易の詩と同じ韻字を用いて元稹が和した「楽天の八月十五日夜禁中に独り直し月を

玩《もてあそ》びて寄せらるるに答う」詩がのこる。○銀台一句「銀台金闕」は個別の名称ではなく、宮中にそびえる幾多の立派な建造物を指す。元々は天界、仙界の宮殿についていう。李白「高丘に登りて遠海を望む」詩に仙山の宮殿を描いて「銀台　金闕　夢中の如し」。「夕沈沈」はそれらの建物が夕闇のなかに厳かに立ち並ぶさま。『漢書』陳勝伝の応劭の注に「沈沈は宮室深邃《しんすい》の貌なり」。○三五一句「三五夜中」は十五日の夜。「新月」は上ったばかりの月。○二千一句　元稹のいる江陵との隔たりをいう。「自ら拙什《せつじゅう》(自作の詩)を吟じ因りて懐う所有り」詩にも江陵の元稹について「相い去ること二千里、詩成るも遠くして知らざらん」。「故人」は古くからの友。元稹を指す。○渚宮一句「渚宮」は春秋時代、楚の国の離宮の名。楚の都である郢《えい》(唐代の江陵)の南にあった。『左氏伝』文公十年に「王(楚の成王)渚宮に在り」。杜預の注に「小洲を渚と曰《い》うなり」というように水辺に位置した。「煙波」は水辺のもや、波。この一句は元稹のいる江陵を想像する。○浴殿一句「浴殿」は大明宮《だいめいきゅう》の浴堂殿。翰林院の近くに位置する。翰林学士はそこで皇帝と対面した。「鐘漏」は鐘と漏刻。時を告げるもの。ここでは鐘の音を指す。この一句は白居易のいる長安の宮廷を指す。○猶恐「猶」は「ただ」の意味で使われることがある。盧綸《ろりん》「無題」詩に「高歌猶お愛す思帰引、酔語惟《た》だ誇る漉酒《ろくしゅ》巾《きん》」が「惟」と対にしているように。○清光　月の光。「夢得《ぼうとく》(劉禹錫《りゅううしゃく》)の八月十五日夜月を玩《もてあそ》びて寄せらるるに答う」詩の「遠思　両郷断たれ、清光　千里同じ」など、白居易は頻繁に用いる。○**卑湿**　土地が低くて湿気が多い。『史記』貨殖列伝に「江南は卑湿にして、丈夫も早く夭す」。「琵琶引」に「住むは湓口《ぼんこう》に近くして地は低湿」(三〇二頁)。○**秋陰**　秋の曇天。○**詩型・押韻**　七言律詩。下平二十一侵(沈《ちん》・林《りん》・心《しん》・深《しん》・陰《いん》)の独用。平水韻、下平十二侵。

元和五年(八一〇)、長安の作。「律詩」の部。長安にいる白居易が江陵の元稹に寄せた詩。月は団円の象徴であるとともに、その月が同じように照らしているであろう他の地にいる人を思う媒介でもあった。早くは南朝宋・謝荘「月の賦」(『文選』巻一三)に「美人邁《ゆ》きて音塵闕《か》け(音信無く)、千里を隔てて明月を共にす」。遍在する月を懸け離れた地の人を結ぶ媒介として詠ずるのは唐詩では広く浸透する。この詩はほかならぬ中秋の月について、湿潤な江陵では今宵の月が見られないのではとさらに一ひねりしている。「三五夜中」の二句は日本でもとりわけよく知られ、『源氏物語』須磨の巻でも「二千里の外の故人の心」と光源氏が都を偲ぶ。

念金鑾子二首
其一
衰病四十身
嬌癡三歳女
非男猶勝無
慰情時一撫
一朝捨我去
魂影無處所
況念夭化時
嘔啞初學語
始知骨肉愛
乃是憂悲聚
唯思未有前
以理遣傷苦

金鑾子《きんらんし》を念《おも》う二首《にしゅ》
其《そ》の一《いち》
衰病《すいへい》　四十《しじゅう》の身《み》
嬌痴《きょうち》　三歳《さんさい》の女《むすめ》
男《おとこ》に非《あら》ざるも猶《な》お無《な》きに勝《まさ》る
情《じょう》を慰《なぐさ》めて時《とき》に一《ひと》たび撫《な》ず
一朝《いっちょう》　我《われ》を捨《す》てて去《さ》り
魂影《こんえい》　処所《しょしょ》無《な》し
況《いわ》んや　夭化《ようか》の時《とき》
嘔啞《おうあ》として初《はじ》めて語《ご》を学《まな》びしを念《おも》うをや
始《はじ》めて知《し》る　骨肉《こつにく》の愛《あい》は
乃《すなわ》ち是《こ》れ憂悲《ゆうひ》の聚《あつ》まれるを
唯《た》だ未《いま》だ有《あ》らざる前《まえ》を思《おも》い
理《り》を以《もっ》て傷苦《しょうく》を遣《や》る

10
0468

忘懐日已久　懐《おも》いを忘《わす》れて日《ひ》に已《もっ》て久《ひさ》しく
三度移寒暑　三度《みたび》　寒暑《かんしょ》を移《うつ》す
今日一傷心　今日《こんにち》　一《ひと》たび心《こころ》を傷《いた》ましむるは
因逢舊乳母　旧《もと》の乳母《うば》に逢《あ》いしに因《よ》る

金鑾子《きんらんし》をしのぶ　二首
その一

病み衰えた四十の身、いたいけない三歳のむすめ。

男児ではないがそれでもいないよりはまし、気慰みにはなって時に撫でてやったりもしたものだ。

それがある日突然、わたしを置き去りにしてゆき、魂も姿もどこにも見えない。

ましてや、夭逝したのは、「あー、うー」と言葉を覚え始めた時なのを思えば。

その時初めてわかったのは、骨肉の情とはこれ悲しみの集積であること。

生まれる前は何もなかったとむりやり考えて、理屈で胸の痛みを追い払った。

悲しみを忘れて日はやがて久しく、三度の夏と冬とを重ねていった。

今日ふと悲しみを覚えたのは、かつての乳母にたまたま出会ったため。

○**金鑾子**　白居易三十八歳の時に設けた最初の子供。元和四年(八〇九)に生まれ、六年に死亡。金鑾子をうたったものには、ほかに満一歳の時の「金鑾子晬日《さいじつ》」詩(「晬日」は満一年の意)、亡くなった時の「病中　金鑾子を哭す」詩などがある。○**嬌痴**　幼くかわいい。○**非男・慰情二句**　陶淵明「劉柴桑《りゅうさいそう》に和す」詩に「弱女は男に非ずと雖も、情を慰むること良《まこと》に無きに勝る」を用いる。「撫」はなでさすってかわいがる。『詩経』小雅・蓼莪《りくが》に「父や我を生み、母や我を鞠《やしな》う。我を拊《な》(「撫」に通じる)で我を畜《やしな》い、我を長《ちょう》じ我を育《はぐく》む」。○**一朝**　ある朝突然。ふいに思いがけない事態が起こることをいう。○**魂影**　魂と肉体の影。唐・張説「妓人董氏《とうし》を傷む」詩四首其の二に、亡くなった妓女について「魂影　誰に向かいて嬌ならん」。○**夭化**　夭折。「化」は異物に化すことから死を意味する。○**嘔啞**　かたことの言葉をあらわす擬音語。○**始知・乃是二句**　骨肉の愛情は悲しみの集積であるという発想は仏典に由来する。『別訳雑阿含経《べちやくぞうあごんきょう》』に「是れ我の愛する者は、則ち能く我が憂悲し苦悩を生ず」。「始」は亡くなった時になってはじめて。「乃」は屈折して到達することを意味する。○**忘懐**　思いを忘れる。陶淵明「五柳《ごりゅう》先生伝」に「懐いを得失(損得勘定)に忘れ、此れを以て自ら終わらん」。○**日已**　日々に。

「已」は「以」に通じる。○詩型・押韻　五言古詩。上声八語(女《じょ》・所《そ》・語《ぎょ》・暑《しょ》)と九麌《ぐ》(撫《ぶ》・聚《しゅ》)、十姥《ぼ》(苦《こ》・〔母《ぼ》〕)の通押。平水韻、上声六語と七麌。「母《ぼう》」は本来、上声四十五厚、平水韻では上声二十五有に属するが、「うば」を意味する「姥」ないし「姆《ぼ》」(「姥」に同じ)の意味で用いたと解しておく。

金鑾子が亡くなって三年目にあたる元和八年(八一三)、下邽《かけい》での作。「感傷」の部。詩人・官人としては恵まれた人生を送ったというべき白居易にとって、大きな不幸は子宝に恵まれないことだった。四十近くになってやっと得たのが女の子、それも三歳であっけなく死んでしまう。のちにさらに三人のむすめが生まれるが、成人したのは次女の羅《ら》児《じ》一人。子供を失った悲しみを寄せる文学は早くは西晋の潘岳《はんがく》から見られるが、中唐の時期には孟郊《もうこう》など、「失子」の詩が目立って増える。この作はひたすら悲哀をうたうに終始せず、時とともに悲しみも薄れてきたのが乳母との邂逅で蘇ったと構成される。類型化を離れて実際に即した感情を表出するが、のちに白居易が友人や男児の死を悼む詩に比べてやや醒めたところがある。

燕子樓三首幷序

燕子楼《えんしろう》三首《さんしゅ》　幷《なら》びに序《じょ》　15-0859

徐州故張尚書有愛妓曰眄眄。善歌舞、雅多風態。予爲校書郎時、遊徐泗閒。張尚書宴予、酒酣、出眄眄以佐歡。歡甚、予因贈詩云、醉嬌勝不得、風嫋牡丹花。一歡而去、爾後絶不相聞、迨茲僅一紀矣。昨日司勳員外郎張仲素繢之訪予、因吟新詩、有燕子樓三首。詞甚婉麗、詰其由、爲眄眄作也。繢之從事武寧軍纍年、頗知眄眄始末。云、尚書既歿、歸葬東洛。而彭城有張氏舊第、第中有小樓名燕子。眄眄念舊愛而不嫁、居是樓十餘年、幽獨塊然、于今尚在。予愛繢之新詠、感彭城舊遊、因同其題、作三絶句。

徐州《じょしゅう》の故《もと》の張尚書《ちょうしょうしょ》に愛妓《あいぎ》有《あ》りて眄眄《べんべん》と曰《い》う。歌舞《かぶ》を善《よ》くし、雅《はなは》だ風態《ふうたい》多《おお》し。予《よ》　校書郎《こうしょろう》為《た》りし時《とき》、徐泗《じょし》の間《かん》に遊《あそ》ぶ。張尚書《ちょうしょうしょ》　予《よ》を宴《えん》し、酒酣《さけたけなわ》にして、眄眄《べんべん》を出《い》だして以《もっ》て歓《かん》を佐《たす》く。歓甚《かんはなは》だしくして、予《よ》は因《よ》りて詩《し》を贈《おく》りて云《い》う、「酔嬌《すいきょう》　勝《た》え得《え》ず、風《かぜ》は嫋《ゆ》らす牡丹《ぼたん》の花《はな》」と。一《いっ》に歓《よろこ》びて去《さ》り、爾後《じご》絶《た》えて相《あ》い聞《き》かず、茲《ここ》に迨《およ》びて僅《ほとん》ど一紀《いっき》なり。昨日《さくじつ》　司勲員外郎《しくんいんがいろう》張仲素《ちょうちゅうそ》繢之《かいし》　予《よ》を訪《おとず》れ、因《よ》りて新詩《しんし》を吟《ぎん》じ、燕子楼《えんしろう》三首《さんしゅ》有《あ》り。詞《し》甚《はなは》だ婉麗《えんれい》、其《そ》の由《よし》を詰《ただ》せば、眄眄《べんべん》の為《ため》に作《つく》るなり。繢之《かいし》は武寧軍《ぶねいぐん》に従事《じゅうじ》すること年《とし》を累《かさ》ね、頗《すこぶ》る眄眄《べんべん》の始末《しまつ》を知《し》る。云《い》う、「尚書既《しょうしょすで》に歿《ぼっ》し、東洛《とうらく》に帰葬《きそう》す。而《しこう》して彭《ほう》城《じょう》に張氏《ちょうし》の旧第《きゅうてい》有《あ》り、第中《ていちゅう》に小楼《しょうろう》有《あ》りて燕子《えんし》と名づく。眄眄《べんべん》は旧愛《きゅうあい》を念《おも》いて嫁《とつ》がず、是《こ》の楼《ろう》に居《お》ること十余年《じゅうよねん》、幽独塊然《ゆうどくかいぜん》として、今《いま》に于《お》て尚《な》お在《あ》り」と。予《よ》は繢之《かいし》の新詠《しんえい》を愛《あい》し、彭城《ほうじょう》の旧遊《きゅうゆう》に感《かん》じ、因《よ》りて其《そ》の題《だい》に同《おな》じくして、三絶句《さんぜっく》を作《つく》る。

燕子楼　三首　ならびに序

先の尚書、徐州《じょしゅう》の張どのには眄眄《べんべん》というお気に入りの妓女がいた。歌舞にすぐれ、姿態もことに麗しかった。わたしが校書郎であった時、徐州・泗州《ししゅう》のあたりに行ったことがある。張尚書はわたしのために一席設けてくれ、酒たけなわになると、眄眄を呼び出して、座を盛り立てた。大いに盛り上がったところで、わたしは詩を贈って言った、「酔嬌　勝《た》え得ず、風は嫋《ゆ》らす　牡丹の花」と。さんざん楽しんで辞去したが、その後絶えて音沙汰を聞くこととなく、すでに一回り(十二年)ほどになる。先日、司勲員外郎《しくんいんがいろう》の張仲素《ちょうちゅうそ》、字《あざな》は繢之《かいし》がわたしを訪ねてきて、そこで近作の詩を口ずさんだそのなかに

「燕子楼三首」があった。言葉はいたく婉麗で、その由来を問いただすと、眄眄のために作ったものであった。繢之は何年も武寧軍《ぶねいぐん》に勤めていたので、眄眄のいきさつをよく知っていて、「張尚書はすでに亡くなられ、故郷の洛陽に葬られました。そして彭城《ほうじょう》(徐州)には張どののお屋敷がありますが、邸内に小さな楼閣があり、燕子と名付けられています。眄眄は以前の恩義を心に留めて嫁ぐことはせず、この楼閣に住むこと十数年、ひっそりと一人暮らしを続け、今なお健在です」と言った。わたしは張仲素の新作が気に入り、かつて彭城を訪れたことが懐かしく思い出されたので、同じ題を用いて、三首の絶句を作った。

○**燕子楼**　張愔《ちょういん》が愛妓眄眄《べんべん》のために徐州(江蘇省徐州市銅山区)に建てた楼閣。○**徐州故張尚書**　張愔。徐州刺史、兵部尚書などを歴任した。のちに物語化された記述(『唐詩紀《とうしき》事《じ》』、『麗情集《れいじょうしゅう》』など)では張建封《ちょうけんぽう》のこととして語られるが、張建封は貞元十六年(八〇〇)に死んでいるので、息子の張愔と誤ったもの。「故」は前任をあらわす。日本語の故人の意味ではない。○**眄眄**　のちの物語や汪本では「盼盼《はんはん》」に作る。「関《かん》」という姓を冠するものもある。○**雅多風態**　「雅」は程度を強める副詞。「風態」はなりかたち。○**徐泗間**　徐州・泗州(江蘇省盱《く》眙《い》県《けん》)一帯。○**酔嬌一句**　「酔嬌」はあだっぽい酔態。「勝不得」は耐えられない。「……不得」は動詞の後について、……できない、を意味する。
○風嫋　風がやさしく吹きよせる。二句が引かれる白居易のこの詩は佚。**○一歓**　この「一」はもっぱら、大いに。「尽歓(歓びを尽くす)」に作る本もある。**○迨茲一句**　「僅」はほとんど。「一紀」は十二年。白居易が校書郎の任にあったのは貞元十九年(八〇三)から元和元年(八〇六)まで。元和十年(八一五)の作とされるこの詩からほぼ十二年の隔たりとすると、徐州で会ったのは貞元十九年頃のことになる。**○司勲員外郎……**　張仲素、字は繢《かい》之《し》。絵之《かいし》とも表記される。貞元十四年の進士。武寧軍《ぶねいぐん》従事を経て貞元二十年に司勲員外郎。のちに中書舎人。**○燕子楼三首……**　『才調集』、『唐詩紀事』などに収められ、そこでは盼盼(=眄眄)の作とする。「為眄眄作也」は「眄眄の作為《た》り」とも読めるが、末尾に「予は繢之の新詠を愛す」というからには張仲素の作とすべきか。『全唐詩』では「燕子楼三首」を張仲素と関盼盼、双方のもとに録する。なおその三首の韻字は白居易のこの三首と同じ。すなわち白居易の作は元の詩の韻字をすべてその順に押韻した次韻詩。**○従事武寧軍**　「従事」は節度使の幕下に勤めること。武寧軍節度使は張建封、その死後は子の張愔。治所(行政府所在地)は徐州。**○彭城**　徐州を旧名でいったもの。
○塊然　ひとりひっそりとたたずむさま。

15-0860

其一

滿窻明月滿簾霜
被冷燈殘拂臥牀
燕子樓中霜月夜
秋來只爲一人長

其《そ》の一《いち》

満窓《まんそう》の明月《めいげつ》　満簾《まんれん》の霜《しも》
被《ひ》冷《ひ》ややかに灯《ともしび》残《ざん》して臥牀《がしょう》を払《はら》う
燕子楼中《えんしろうちゅう》　霜月《そうげつ》の夜《よる》
秋来《しゅうらい》　只《た》だ一人《ひとり》の為《ため》に長《なが》し

その一

窓いっぱいにそそぐ月の光、すだれいっぱいに降りた霜。しとねは冷んやりとし、ともしびも消えかかる、そんな夜更けに臥所《ふしど》を払い横になります。燕子楼のなか、霜降る月の夜。秋になってこの独り身にひたすら長く続きます。

○被冷一句　「被」は夜着。「灯残」は灯りが消えかかる。時間の経過をあらわす。「払」は払い清めて床《とこ》に就く。**○秋来**　「来」は時間をあらわす接尾語。秋に、また秋になって。孤閨にはとりわけ長く感じられる秋の夜を嘆くのは、閨怨詩に習用のモチーフ。
○詩型・押韻　七言絶句。下平十陽(霜《そう》・牀《そう》・長《ちょう》)の独用。平水韻、下平七陽。

15-0861

其二

鈿暈羅衫色似煙
幾迴欲著卽潸然
自從不舞霓裳曲
疊在空箱十一年

其《そ》の二《に》

鈿暈《でんうん》の羅衫《らさん》　色《いろ》　煙《けむり》に似《に》たり
幾迴《いくたび》か著《つ》けんと欲《ほっ》して即《すなわ》ち潸然《さんぜん》
霓裳《げいしょう》の曲《きょく》を舞《ま》わざりし自従《よ》り
畳《たた》みて空箱《くうそう》に在《あ》ること十一年《じゅういちねん》

その二

螺鈿《らでん》ぼかしのころもは、けぶるもやの色。幾たびも身に付けようとしては、涙にくれてしまいます。

霓裳《げいしょう》の曲を舞うこともなくなってから、畳んで空き箱にしまって十一年。

○**鈿暈一句**　「鈿」は螺鈿、「暈」は太陽や月のかさ、またそのようにおぼろなもの。「羅衫」はうすぎぬの上着。螺鈿をちりばめたようなぼかし模様の入った衣。○**幾迴一句**　「著」は着と同じ、着る。「潸然」は涙のこぼれるさま。○**霓裳曲**　玄宗の宮廷で行われた舞曲。「長恨歌」注参照(六一頁)。○**詩型・押韻**　七言絶句。下平一先(煙《えん》・年《ねん》)、二仙(然《ぜん》)の同用。平水韻、下平一先。

其三

今春有客洛陽迴
曾到尚書墓上來
見說白楊堪作柱
爭教紅粉不成灰

15-0862

其《そ》の三《さん》

今春《こんしゅん》　客《かく》有《あ》りて洛陽《らくよう》より迴《かえ》る
曾《かつ》て尚書《しょうしょ》の墓上《ぼじょう》に到《いた》りて来《き》たる
見説《いうな》らく　白楊《はくよう》　柱《はしら》を作《な》すに堪《た》うと
争《いか》でか紅粉《こうふん》をして灰《はい》と成《な》らざらしむる

その三

この春、洛陽からもどって来たお方は、尚書どのの墓参に行ってこられました。白楊の木は柱にできるまでに育ったとのこと。どうして紅白粉《べにおしろい》のこの身を灰にしてくれなかったのでしょう。

○**今春一句**　「序」に言うように張愔の墓は洛陽にあった。「迴」は洛陽から徐州へ戻る。○**見説**　「聞道」などと同じく、人からの伝聞を意味する。詩のなかで習用の語。○**白楊**　墓地に植える木。「古詩十九首」(『文選』巻二九)其の十三、「白楊何ぞ蕭蕭たる、松柏　広路を夾む」。○**堪作柱**　埋葬の時に植えた白楊が柱にできるほど太くなった。死後の年月の長さをいう。○**争教一句**　「争」は反語をあらわす。「紅粉」はべにとおしろい。化粧によって女性を意味し、眄眄を指す。「成灰」は死ぬこと。生きているがために悲しみ続けなければならないと恨む。〇**詩型・押韻**　七言絶句。上平十五灰（迴《かい》・灰《かい》）、十六咍（来《らい》）の同用。平水韻、上平十灰。

元和十年（八一五）、長安での作。「律詩」の部。節度使の張愔《ちょういん》がかかえていた妓女眄眄《べんべん》が、張愔の死後も貞節を守ったことが美談として話がふくらみ、宋・計有功『唐詩紀事』では白居易のこの詩に眄眄が唱和したという詩を載せる。宋・朱勝非『麗情集』によれば眄眄の詩集とされる『燕子楼集』には彼女の詩三百首を収めていたという。いずれも白居易の三首が元になって尾ひれがついて作られた作だろう。

Ⅲ 江州時期

元和十年（八一五）四十四歳―元和十四年（八一九）四十八歳

元和十年（八一五）六月三日未明、登庁途上の宰相武元衡《ぶげんこう》が暗殺された。太子左賛善大夫《たいしさ さんぜんたいふ》（太子の教育顧問）という閑職にあった白居易は即座に上疏を呈して真相の究明を求めた。それが越権行為だと糾弾され、江州（江西省九江市）司馬に流された。司馬は政治犯が帯びる官名。直接の理由は上疏にあったにしても、「東南行」（三三七参照）の詩に名が記された白居易の親しい友人たちが、元和十年、十一年に相次いで朝廷を追われているのを見れば、官界の情勢に何らかの変化が生じたものか。

八月初めに長安を出た白居易は、藍田《らんでん》、商州《しょうしゅう》、鄧州《とうしゅう》を経て、襄陽《じょうよう》からは舟旅に切り替え、郢州《えいしゅう》、武昌《ぶしょう》を経て、十月初めに江州に至った。江州では流謫の悲哀、異土に対する違和感を覚えながらも、生きる喜びを求め、内省を深める。文学論の巨篇「元九に与うる書」もこの時期に書かれている。三十二首を採る。

初貶官過望秦嶺　　初《はじ》めて官《かん》を貶《へん》せられ望秦嶺《ぼうしんれい》を過《よ》ぎる　15-0863

〔自此後詩江州路上作
此《こ》れより後《のち》の詩《し》は江州路上《こうしゅうろじょう》の作《さく》〕

草草辭家憂後事　　草草《そうそう》として家《いえ》を辞《じ》し後事《こうじ》を憂《うれ》う
遲遲去國問前途　　遅遅《ちち》として国《くに》を去《さ》り前途《ぜんと》を問《と》う
望秦嶺上迴頭立　　望秦嶺上《ぼうしんれいじょう》　頭《こうべ》を迴《めぐ》らして立《た》てば
無限秋風吹白鬚　　無限《むげん》の秋風《しゅうふう》　白鬚《はくしゅ》を吹《ふ》く

貶謫された直後、望秦嶺《ぼうしんれい》を通りかかって
〔これ以後の詩は江州へ向かう途上の作〕

あとの事を気に懸けながら、気ぜわしく家を出た。重い足取りで都を離れ、前途の様子を尋ねる。

望秦嶺の上に立って来し方を振り返れば、秋風は白くなった鬚《ひげ》に次から次へと吹きつける。

○**望秦嶺**　商州上洛県（陝西省商州市）にある秦嶺山の別名であろうというが（朱金城）、或いは長安方面を眺望できる山かも知れない。長安一帯を「秦」ということがある。○**草草**　慌ただしいさま。また胸を痛めるさま。『詩経』小雅・巷伯《こうはく》に「驕人《きょうじん》は好好たり（おごり高ぶる人は嬉しそう）、労人（気苦労する人）は草草たり」。その毛伝に「草草は心を労するなり」。罪を得て転出する場合は、即刻出立しなければならない決まりがあった。○**遅遅**　気が重く、足取りも遅いさま。『詩経』邶風《はいふう》・谷風に「道を行くこと遅遅たり、中心（心の中）違《たが》える有り」。○**詩型・押韻**　七言絶句。上平十虞（鬚《しゅ》）、十一模（途《と》）の同用。平水韻、上平七虞。

元和十年（八一五）、長安を出て望秦嶺まで至った時の作。「律詩」の部。突然の左遷に戸惑い、都に未練をのこして沈む胸中をうたう。

舟行　　　舟行《しゅうこう》　　　06-0274

〔江州路上作〕

江州路上《こうしゅうろじょう》の作《さく》

帆影日漸高　　　帆影《はんえい》　日《ひ》漸《ようや》く高《たか》く

閑眠猶未起
起問鼓枻人
已行三十里
船頭有行竈
炊稲烹紅鯉
飽食起婆娑
盥漱秋江水
平生滄浪意
一旦來遊此
何況不失家
舟中載妻子

閑眠《かんみん》して猶《な》お未《いま》だ起《お》きず
起《お》きて枻《かい》を鼓《こ》する人《ひと》に問《と》えば
已《すで》に行《い》くこと三十里《さんじゅうり》なりと
船頭《せんとう》に行竈《こうそうあ》有り
稲《いね》を炊《かし》ぎ紅鯉《こうり》を烹《に》る
飽食《ほうしょく》して起《た》ちて婆娑《ばさ》たり
盥漱《かんそう》す　秋江《しゅうこう》の水《みず》
平生《へいぜい》　滄浪《そうろう》の意《い》
一旦《いったん》　来《き》たりて此《ここ》に遊《あそ》ぶ
何《なん》ぞ況《いわ》んや家《いえ》をも失《うし》なわず
舟中《しゅうちゅう》　妻子《さいし》を載《の》するをや

舟の旅

〔江州へ向かう途上の作〕

帆影を見れば陽はしだいに高く、だがのうのうと眠ってまだ起き上がらない。

起きて舟人に尋ねると、もう三十里も来たという。へさきに置いた小さなこんろ、それで米を炊き赤い鯉を煮る。満腹すると立ち上がって体を伸ばし、秋の冷たい川水で手水《ちょうず》を使う。日頃抱いていた隠棲の思い、思いもよらずここに遊ぶことになった。ましてや家族離散することもなく、舟には妻子もともに乗せる。

○鼓枻人　舟を漕ぐ人。「枻」はかい。「鼓」は本来は打楽器を叩くこと。『楚辞』漁父《ぎょほ》に「漁父莞爾《かんじ》として(にっこりと)笑い、枻を鼓して去る」。その王逸の注に「船舷《せんげん》を叩くなり」。のちに転じてかいを揺り動かして舟を進めることをいう。**○已行一句**　夜は岸辺に停泊していた船が、明け方に出帆してからすでに三十里進んだの意。**○行竈**　旅に携帯する簡易こんろ。**○婆娑**　体を揺り動かすさまをいう畳韻の語。**○盥漱**　手を洗い口をすすぐ。『礼記』内則に「子　父母に事《つか》うるに、鶏初めて鳴けば、咸な盥《み》漱す」というように、朝起きた時の所作。**○滄浪**　青い水。畳韻の語。「鼓枻人」注に引いた『楚辞』漁父に屈原に身の処し方を説いた漁父が、「乃ち歌いて曰く、滄浪の水清ければ、以て吾が纓《えい》を濯《あら》うべし(冠のひもを洗って仕官の準備をする)、滄浪の水濁れば、以て吾が足を濯うべし」というように、隠逸と結びつく語。**○何況**　罪を得て左遷される場合は、命の下ったその日のうちに都を出なければならないために家族はあとから移動することが多い。白居易の場合、左遷の詔が発せられた翌日に出立、商州(陝西省商州市)に三日逗留して家族を待ち(「商州を発つ」詩)、以後は同行した。○詩型・押韻　五言古詩。上声四紙(此《し》)、五旨(水《すい》)、六止(起《き》・里《り》・鯉《り》・子《し》)の同用。平水韻、上声四紙。

元和十年(八一五)、江州へ向かう途上の作。「閑適」の部類に収められたこの詩では左遷の悲哀は反転され、官にありながら隠を実現できる、願ったりかなったりの転地であると喜ぶ。地方への転出を仕官と隠逸の両立とみなして自足する発想は、早く南斉・謝朓《しゃちょう》「宣城に之《ゆ》くに新林浦《しんりんぽ》を出で版橋《はんきょう》に向かう」詩(『文選』巻二七)にも見られるが、そこでは強いて己れを慰めようとしていたのが、白居易のこの詩では船上の朝食の味や香り、冷たい水での洗面など、生々しい感覚とともに心から開放感を味わっているかにうたう。

10-0497

舟中雨夜

江雲暗悠悠
江風冷脩脩

舟中雨夜《しゅうちゅううや》

江雲《こううん》　暗《くら》くして悠悠《ゆうゆう》たり
江風《こうふう》　冷《つめた》くして脩脩《しゅうしゅう》たり

夜雨滴船背
夜浪打船頭
船中有病客
左降向江州

夜雨《やう》　船背《せんぱい》に滴《したた》り
夜浪《やろう》　船頭《せんとう》を打《う》つ
船中《せんちゅう》に病客《びょうかくあ》有り
左降《さこう》せられて江州《こうしゅう》に向《む》かう

舟の中、雨の夜

長江を覆う雲は暗く拡がる。長江を吹く風は冷たく音をたてる。夜の雨が舟の屋根に滴り落ちる。夜の波がへさきに打ちつける。舟の中には病める一人の旅人、左遷されて江州へと向かう。

○悠悠　遥かに茫漠と拡がるさま。○翛翛　風が冷たく吹き付ける音。○船背　船のうえに設けられた屋形。○左降　都から地方へ左遷される。○詩型・押韻　五言古詩。下平十八尤（悠《ゆう》・翛《しゅう》・州《しゅう》）、十九侯（頭《とう》）の同用。平水韻、下平十一尤。

元和十年（八一五）、長安から江州への途上の作。「感傷」の部。夜の長江における雲、風、雨、波といった外界の物を並べるだけで、心情をあらわす語句をあえて用いないが、景を通して情が存分に表出される。「感傷」に収められたこの詩では、左遷される官人の悲哀がうたわれ、「閑適」に収められた「舟行」(二五八頁)と鮮やかな対比を見せる。

讀李杜詩集、
因題卷後

翰林江左日
員外劍南時
不得高官職
仍逢苦亂離
暮年逋客恨
浮世謫仙悲
吟詠流千古
聲名動四夷
文場供秀句

李杜《りと》の詩集《ししゅう》を読《よ》み、
因《よ》りて巻後《かんご》に題《だい》す

翰林《かんりん》　江左《こうさ》の日《ひ》
員外《いんがい》　剣南《けんなん》の時《とき》
高《たか》き官職《かんしょく》を得《え》ず
仍《な》お苦《くる》しき乱離《らんり》に逢《あ》う
暮年《ぼねん》　逋客《ほかく》恨《うら》み
浮世《ふせい》　謫仙《たくせん》悲《かな》しむ
吟詠《ぎんえい》は千古《せんこ》に流《なが》れ
声名《せいめい》は四夷《しい》を動《うご》かす
文場《ぶんじょう》　秀句《しゅうく》を供《きょう》し

15-0900

樂府待新辭　楽府《がふ》　新辞《しんじ》を待《ま》つ
天意君須會　天意《てんい》　君須《きみすべから》く会《かい》すべし
人間要好詩　人間《じんかん》　好《よ》き詩《し》を要《もと》むるを

〔賀監知章目李白爲謫仙人
　賀監知章《がかんちしょう》　李白《りはく》を目《もく》して謫仙人《たくせんにん》と為《な》す〕

李杜《りと》の詩集を読んで、巻末に書き付ける

翰林供奉《かんりんきょうほう》たりし李白が、江南をさまよった日々。工部員外郎たりし杜甫が剣南に仮寓した時。

高い官職を得ることはできず、くわえて混乱の世に出くわして苦しんだ。

老いても都に戻れぬ流浪の杜甫の煩悶、下界に追放された仙人李白の悲哀。

しかしその詩は千年のちまでも愛唱され、名声は周辺の蛮国まで響き渡ったのだ。

文学の世界にすぐれた詩句を差し出し、楽府の庁では新鮮な言葉を待望していた。

天の意をあなたがたは理解しなくてはならぬ。人の世にはよい詩が必要なのだと。

〔秘書監の賀知章は李白を仙界から追放された仙人とみなした〕

○李杜詩集　李白と杜甫。ここでいう「詩集」は李白・杜甫を合冊にしたものであったと考えられる。**○翰林**　天宝元年(七四二)秋、玄宗が新設した翰林院《かんりんいん》に供奉《きょうほう》として召された李白を指す。供奉は宴席で詩筆を揮う職掌、政治の中枢からは遠い。**○江左**　江東、すなわち長江下流域の地。「左」というのは、北から見て左に当たるため。天宝三年(七四四)、朝廷から追放された李白は山東を中心に転々とする。入朝以前には長江中下流域を移動していた。そうした放浪生活の全体をいう。**○員外**　成都滞在中の広徳《こうとく》二年(七六四)、剣南節度使厳武《げんぶ》のもとで検校工部員外郎の肩書きを与えられた杜甫を指す。**○剣南**　剣閣山の南、蜀を指す。流浪を続けた杜甫の後半生のなかで蜀には数年間滞留した。**○不得一句**　李杜が高い官に就けなかったことは、「元九に与うる書」のなかでも「陳子昂《ちんすごう》・杜甫の如きは、各おの一拾遺《しゅうい》を授けらるるのみにして迍剥《ちゅんはく》(行き詰まる)して死に至る。李白・孟浩然《もうこうねん》の輩は、一命にも及ばず(一つの官位も授けられなかった)、窮《きゅう》悴《すい》して身を終う」と記す。**○仍逢一句**　「仍」はそのうえさらに。「乱離」は世の中の混乱をいう双声の語。『詩経』小雅・四月に「乱離に瘼《や》めり、爰《ここ》に其れ適《ゆ》き帰《き》せん」。ここでは安史の乱を指す。**○暮年一句**　「暮年」は老年。魏・曹操《そうそう》「歩出夏門行《ほしゅつかもんこう》」に「烈士の暮年、壮心已《や》まず」。「逋客」は流浪を続けた杜甫を指す。「逋」は逃げる。**○浮世一句**　「浮世」は世の中。「謫仙」は李白を指す。詩の末尾の自注に言うように、秘書監

(秘書省の長官)であった賀《が》知章《ちしょう》は、宮廷で李白を一目見るなり「謫仙人」と称した。地上に流謫された天上の仙人の意。李白「酒に対して賀監を憶う」詩の「序」に見える。賀知章も杜甫「飲中八仙歌」に酒豪の一人としてうたわれる。**○千古**　未来永遠。**○四夷**　中国の周囲四方の異民族。『尚書』畢命《ひつめい》に「四夷の左衽《さじん》、咸《み》な頼らざる罔《な》し」。**○文場**　文壇。**○楽府**　音楽担当の役所。『旧唐書』文苑伝の李白伝によれば、玄宗は「楽府の新詞」(「詞」は「辞」に通じる)を作らせるために李白を召したというが、ここでは杜甫の旧題によらない楽府も含めているだろう。**○天意・人間二句**　天は人間世界にすぐれた文学が必要と考え、そのために君(李白と杜甫)に苦難の人生を与えたのだと受けとめて不幸を甘受してほしいの意。このような考えは、同時代の韓愈が友人の孟郊《もうこう》を励ました「孟東野《もうとうや》を送る序」にも見える。韓愈によればそのために天はすぐれた表現者を選び、悲哀の文学を作らせるために不幸を与えるという。**○詩型・押韻**　五言排律。上平五支(離《り》)、六脂(悲《ひ》・夷《い》)、七之(時《し》・辞《し》・詩《し》)の同用。平水韻、上平四支。

元和十年(八一五)、長安から江州への途次の作。「律詩」の部。李白・杜甫へのオマージュ。二世代ほど先行するこの二人を唐代最高の詩人として位置づけ、「李杜」と併称して喧伝するのは、韓愈・白居易ら中唐を代表する詩人から顕著になる。ここでは官人としても生きた時代にも恵まれることなく、苦難のなかですぐれた文学を構築したことをたたえる。流謫という不幸のなかにあって、文学に支えを求める白居易の思いを反映していよう。

初到江州

15-0905

潯陽欲到思無窮
庾亮樓南湓口東
樹木凋疏山雨後
人家低濕水煙中
菰蔣餧馬行無力
蘆荻編房臥有風
遙見朱輪來出郭
相迎勞動使君公

初《はじ》めて江州《こうしゅう》に到《いた》る

潯陽《じんよう》に到《いた》らんと欲《ほっ》して思《おも》い窮《きわ》まり無《な》し
庾亮楼《ゆりょうろう》の南《みなみ》　湓口《ぼんこう》の東《ひがし》
樹木《じゅもく》は凋疏《ちょうそ》　山雨《さんう》の後《のち》
人家《じんか》は低湿《ていしつ》　水煙《すいえん》の中《なか》
菰蔣《こしょう》　馬《うま》に餧《く》わせて　行《ゆ》くも力無《ちからな》く
蘆荻《ろてき》　房《ぼう》を編《あ》みて　臥《ふ》すも風有《かぜあ》り
遥《はる》かに見《み》る　朱輪来《しゅりんき》たりて　郭《かく》を出《い》でしを
相《あ》い迎《むか》えて労動《ろうどう》す　使君公《しくんこう》

江州に着いて

潯陽《じんよう》が近づき、思いは果てなく胸に溢れる。そこは庾亮楼《ゆりょうろう》の南、湓口《ぼんこう》の東の地。

山の雨が上がり、葉の落ちた木々がわずかに並ぶ。水辺の靄《もや》に民家はじめじめしている。

マコモをまぐさにする馬は足取りも弱々しい。アシで葺いた家は寝ても風が吹き込む。遠くに見えるは城郭を出る朱塗りの車。あれはご苦労にも出迎えてくださる太守どの。

○**初到**　「初」は「……したばかり」。○**潯陽**　江州の州治。今の江西省九江市。○**庾亮楼**　東晋の庾亮《ゆりょう》にちなむ楼閣。ただし庾亮は潯陽に赴任したことはなく、誤って庾亮の名で伝えられていたことは、南宋・陸游『入蜀記《にっしょくき》』に詳しく述べられている。○**湓口**　湓水《ぼんすい》が長江に流れ込む入り江。潯陽の船着き場。○**凋疏**　枯れてまばら。○**菰蔣・蘆荻二句**　「菰蔣」はマコモなど水辺の植物。馬は本来北方の動物であり、南方のこの地では馬の飼料に乏しい。「餧」は餌を食わせる。「蘆荻」はアシとオギ。民家の草葺きの屋根。二句はこの地の生活、衣食住行のうちの住と行の貧しさをいう。○**遥見一句**　「朱輪」は貴顕・高官の乗る朱塗りの車。唐代ではことに地方長官の車。ここでは江州刺史(長官)が出迎えに来たこと。「郭」は市街地を囲む城郭。○**労動**　世話をかける。○**使君公**　州刺史に対する敬称。○**詩型・押韻**　七言律詩。上平一東(窮《きゅう》・東《とう》・中《ちゅう》・風《ふう》・公《こう》)の独用。平水韻、上平一東。

元和十年（八一五）初冬、江州に到着したばかりの作。「律詩」の部。「思い窮まり無し」には、遠い未知の地に足を踏み入れてこみ上げる感慨が籠もる。中二聯はその地の貧しげな様相に失意を覚える。司馬という政治犯の肩書きを負うとはいえ、朝廷から来た白居易を、その地の長官は城外まで迎え出てくれたことに謝意を表する。

微之到通州日、授館未安、見塵壁閒、有數行字。讀之卽僕舊詩。其落句云、淥水紅蓮一朶開、千花百草無顏色。然不知題者何人也。微之吟歎不足、因綴一章、兼錄僕詩本同寄。省其詩、乃是十五年前、

15-0853

微之《びし》 通州《つうしゅう》に到《いた》りし日《ひ》、館《やかた》を授《さず》けられて未《いま》だ安《やす》んぜず、塵壁《じんぺき》の間《かん》を見《み》るに、数行《すうぎょう》の字《じ》有《あ》り。之《これ》を読《よ》めば即《すなわ》ち僕《ぼく》の旧《きゅう》詩《し》なり。其《そ》の落句《らっく》に云《い》う、「淥水紅蓮《りょくすいこうれん》一朶《いちだ》開《ひら》く、千花百草《せんかひゃくそう》 顔色《がんしょく》無《な》し」と。然《しか》れども題《だい》する者《もの》の何人《なんぴと》なるかを知《し》らざるなり。微之《びし》 吟歎《ぎんたん》して足《た》らず、因《よ》りて一章《いっしょう》を綴《つづ》り、兼《か》ねて僕《ぼく》の詩本《しほん》を録《ろく》して同《とも》に寄《よ》す。其《そ》の詩《し》を省《かえり》みれば、乃《すなわ》ち是《こ》れ十五年前《じゅうごねんまえ》、初《はじ》めて及第《きゅうだい》せし時《とき》、

初及第時、贈長安妓人阿軟絶句。緬思往事、杳若夢中。懷舊感今、因酬長句

十五年前似夢遊
曾將詩句結風流
偶助笑歌嘲阿軟
可知傳誦到通州
昔教紅袖佳人唱
今遣青衫司馬愁
惆悵又聞題處所
雨淋江館破牆頭

長安《ちょうあん》の妓人《ぎじん》阿軟《あなん》に贈《おく》りし絶句《ぜっく》なり。緬《はる》かに往事《おうじ》を思《おも》えば、杳《よう》として夢中《むちゅう》の若《ごと》し。旧《きゅう》を懐《おも》い今《いま》に感《かん》じ、因《よ》りて長句《ちょうく》を酬《むく》ゆ

十五年前《じゅうごねんぜん》　夢遊《むゆう》に似《に》たり
曾《かつ》て詩句《しく》を将《も》って風流《ふうりゅう》を結《むす》ぶ
偶《たま》たま笑歌《しょうか》を助《たす》けて阿軟《あなん》を嘲《からか》う
知《し》る可《べ》けんや伝誦《でんしょう》して通州《つうしゅう》に到《いた》るとは
昔《むかし》は紅袖《こうしゅう》の佳人《かじん》をして唱《うた》わしめ
今《いま》は青衫《せいさん》の司馬《しば》をして愁《うれ》えしむ
惆悵《ちゅうちょう》して又《ま》た聞《き》く　題《だい》する処所《ところ》は
雨《あめ》は淋《そそ》ぐ　江館《こうかん》　破牆《はしょう》の頭《ほとり》なりと

微之《びし》が通州に到着した日、あてがわれた住まいにまだ落ち着かないまま、塵をかぶった壁を見ると、数行の文字が書いてある。読んでみるとそれはぼくの昔の詩

だった。最後の句には、「澄んだ水に赤い蓮の花が一輪開くや、千の花、百の草、みな色あせてしまう」とあった。が、誰が書きつけたのかわからない。微之は感嘆して口ずさむだけでは足りず、そこで一首を作り、ぼくの詩の本文も書き写して送ってくれた。よくよく見ればその詩は、十五年前、及第したばかりの時に、長安の妓女阿軟《あなん》に贈った絶句である。遠く昔のことを思い起こすと、杳《よう》として夢のなかのようだ。昔のことを思い、今の時に感じ、そこで律詩をお返しする

十五年の昔は夢に遊んだ日々のよう。詩を綴り風流を気取ったことがあった。

気まぐれにその場に興を添えて阿軟をからかった歌が、なんと口伝えに通州にまで流れていたとは。

昔、赤い袖の美女に唱わせたこの詩、今や青い官服の司馬を悲しませる。

悲痛をいやますのは、書き付けられた場所が、雨降りしきる川べりの館、破れた垣根のあたりだと聞いたこと。

○微之　元稹《げんじん》の字《あざな》。**○通州**　今の四川省達県。元稹は元和十年（八一五）三月、通州司馬左遷の命を受けて都を出、六月に到着。**○淥水・千花二句**　この詩の全体はのこらない。「淥水」は清らかな水。「一朶」は花一つ。衆花を圧倒する蓮の花に阿軟の美しさをなぞ

らえたもの。○題者　詩を書き付けた人。○一章　宿舎に白居易の詩を見つけたことを綴った元稹の詩「楽天の詩を見る」を指す。○詩本　詩の本文。壁に書かれた白居易の詩を指す。○省其詩　底本に「省」はないが諸本によって補う。○十五年前　貞元十六年(八〇〇)、白居易が進士科に合格した時を指す。○阿軟　妓女の名。阿軟の名は、白居易「江南にて蕭九徹《しょうきゅうてつ》に逢うを喜び、因《よ》りて長安の旧遊を話し、戯《たわむ》れに贈る五十韻」詩(『文集』未収録。『才調集』に収められる)のなかにも見える。○風流　艶事。○笑歌　宴席での遊興。○可知　「可」は反語。「豈に知らんや」というに同じ。○青衫司馬「青衫」は青色の上着。官位低い者の服。唐代の規定では八品・九品の官服の色(『唐会要』)。「司馬」はこの時期では貶謫された者の帯びる官職。江州司馬の白居易を指す。白居易は「琵琶引」(三〇五頁)にも「就中泣《なみだ》下ること誰か最も多き、江州司馬　青衫湿う」と自分のことをいう。○処所　場所。宋玉「高唐の賦」(『文選』巻一九)に「風止み雨霽《は》れて、雲に処所無し」。○江館破牆　通州の水辺にある元稹の住まいを指す。元稹「楽天の詩を見る」詩に「江館」および「破檐残漏《はえんざんろう》(壊れたのきから漏れる雨だれ)」の語があるのを、「檐」を「牆」に変えて用いる。○詩型・押韻　七言律詩。下平十八尤(遊《ゆう》・流《りゅう》・州《しゅう》・愁《しゅう》)、十九侯(頭《とう》)の同用。平水韻、下平十一尤。

元和十年(八一五)、江州の作。「律詩」の部。思いがけぬ地で白居易の旧作に出会った元稹からその驚き、喜びを伝えられた白居易が、その詩を書いた当時の進士に登第して希望あふれていた頃と、江州に流謫の身をかこつ今の落差に感慨を覚える。長安での作とする旧解では、「青衫の司馬」を通州司馬であった元稹とするが、元稹が通州に着任した元和十年六月には白居易も江州司馬左遷の命を受けているので、元稹の詩を受け取ったのは、江州への途上ないし到着後であろう。二人の行跡から見て適合するのみならず、「青衫司馬」を白居易と捉えて、旧作に接して今昔の対比に感慨を催すのは作者自身と解した方がよい。白居易の詩が辺境の地まで広まっていた証左とされる詩だが、加えて広く流行した詩は妓女に贈った詩の類であったこと、自身が編纂した文集にはそれらが収められないこともわかる。

16-1006

編集拙詩、成一十五
巻、因題巻末、戯贈
元九李二十

拙詩《せっし》を編集《へんしゅう》して、一十五巻《いちじゅうごかん》を
成《な》す、因《よ》りて巻末《かんまつ》に題《だい》して、
戯《たわむ》れに元九《げんきゅう》・李二十《りにじゅう》に贈《おく》る

一篇長恨有風情

一篇《いっぺん》の長恨《ちょうごん》　風情《ふうじょう》有《あ》り

十首秦吟近正聲　　十首《じゅっしゅ》の秦吟《しんぎん》　正声《せいせい》に近《ちか》し
毎被老元偸格律　　毎《つね》に老元《ろうげん》に格律《かくりつ》を偸《ぬす》まれ
〔元九向江陵日、嘗以拙詩一軸贈行、自後格變
元九《げんきゅう》　江陵《こうりょう》に向《む》かう日《ひ》、嘗《かつ》て拙詩《せっし》一軸《いちじく》を以《もっ》て行《ゆ》くに贈《おく》り、自後《じご》　格変《かくへん》ず〕
苦教短李伏歌行　　苦《ねんご》ろに短李《たんり》をして歌行《かこう》に伏《ふく》せしむ
〔李二十常自負歌行、近見予樂府五十首、默然心伏
李二十《りにじゅう》　常《つね》に歌行《かこう》を自負《じふ》するも、近《ちか》ごろ予《よ》の楽府五十首《がふごじっしゅ》を見《み》て、黙然《もくぜん》として心伏《しんぷく》す〕
世間富貴應無分　　世間《せけん》の富貴《ふうき》　応《まさ》に分《ぶん》無《な》かるべきも
身後文章合有名　　身後《しんご》の文章《ぶんしょう》　合《まさ》に名《な》有《あ》るべし
莫怪氣麤言語大　　怪《あや》しむ莫《な》かれ　気麤《きそ》にして言語《げんご》大《だい》なるを
新排十五卷詩成　　新《あら》たに十五巻《じゅうごかん》の詩《し》を排《はい》して成《な》る

自作の詩を編集して十五巻にまとめ、巻末に詩を題して、たわむれに元九（元

稹)・李二十(李紳)に贈る

一篇の「長恨歌」は味わい豊かで、十首の「秦中吟」は詩のあるべき姿に迫る。
元さんにはわたしの詩の風格を盗まれてばかり。
〔元九が江陵に旅立つ日に、わたしの詩一軸を送別に送ったことがあったが、それ以後、
彼の詩の格調は変わった〕
ちびの李さんはわたしの歌行に有無を言わせず降参させた。
〔李二十は歌行体の詩を自負していたが、近年わたしの楽府五十首を見ると、何も言わず心服した〕
世間の富貴に与《あずか》る由もないが、死後に遺した文章はわが名をとどめるはず。
意気あらく大言を吐くのに首をかしげないでほしい。ここに十五巻の詩集ができあったのだ。

○**編集拙詩**　江州においてそれまでの詩作を自ら編集して一書を成したことは「元九に与うる書」に当時の詩観とともに詳しく語られている。「僕　数月より来《このかた》　嚢袟《のうちつ》(書類袋)の中を検討し、新旧の詩を得て、各《おの》おの類を以て分かち、分けて巻目と為す。……

凡そ十五巻、約八百首と為す」。〇**元九**　元稹。「九」は排行。〇**李二十**　李紳。「二十」は排行。〇**長恨**　自作の「長恨歌」。〇**風情**　雅やかな情緒。〇**秦吟**　自作の「秦中吟十首」。〇**正声**　規範に合致した純正の音楽、転じて『詩経』に並ぶような真正の文学をいう。〇**老元**　元稹を親しみをこめて呼ぶ。〇**偸格律**　「偸」は元稹が白居易から詩のスタイルなどを吸収したことをからかっていったもの。「格律」は詩の様式、規格、また全体の格調。〇**向江陵日……**　元和五年(八一〇)、元稹は宦官と旅行中に宿を争ったことから江陵府士《こうりょうふし》曹参軍《そうさんぐん》に左遷された。元稹が都を離れる際、白居易は自作の詩一軸を贈った。白居易「和答詩十首」の「序」に「季弟(末の弟、白行簡《はくこうかん》)に命じて行くを送らしめ、且つ新詩一軸を奉りて、執事(元稹)に致す」。〇**短李**　李紳。背が低いことから「短李」と呼ばれたことは「代書詩一百韻　微之に寄す」詩の自注に見える。〇**楽府五十首**　自作の「新楽府五十首」。〇**無分**　資格がない。〇**気麤**　「麤」は粗雑で乱暴。〇**言語大**　ことばが大仰。〇**詩型・押韻**　七言律詩。下平十二庚(行《こう》)、十四清(情《せい》・声《せい》・名《べい》・成《せい》)の同用。平水韻、下平八庚。

元和十年(八一五)、江州の作。「律詩」の部。後に繰り返し自編される『白氏文集』の最初の集をまとめ終えた満足、喜びをうたう。作者が自分の文集を編むのは六朝にもわずかな例があるが、慣習化されるのは元白あたりから始まる。詩友でありライバルでもあった元稹《げんじん》・李紳《りしん》を見下すかに言うのが、詩題に「戯れに」と添えるゆえん。自作に対する強い自負がうかがえることは確か。

訪陶公舊宅幷序　陶公《とうこう》の旧宅《きゅうたく》を訪《たず》ぬ　幷《なら》びに序《じょ》　07-0278

予夙慕陶淵明爲人、往歳渭川閑居、嘗有傚陶體詩十六首。今遊廬山、經柴桑、過栗里、思其人、訪其宅、不能默默、又題此詩云。

予《よ》　夙《つと》に陶淵明《とうえんめい》の為人《ひととなり》を慕《した》い、往歳《おうさい》　渭川《いせん》に閑居《かんきょ》して、嘗《かつ》て「陶体《とうたい》に倣《なら》う詩十六首《しじゅうろくしゅ》」有《あ》り。今《いま》　廬山《ろざん》に遊《あそ》び、柴桑《さいそう》を経《へ》、栗里《りつり》に過《よ》ぎり、其《そ》の人《ひと》を思《おも》い、其《そ》の宅《たく》を訪《おとず》れ、黙黙《もくもく》たる能《あた》わず、又《ま》た此《こ》の詩《し》を題《だい》すと云《い》う。

陶公(陶淵明)の旧宅を訪ねる　ならびに序

わたしは早くから陶淵明の人柄に惹かれ、以前、渭水べりに閑居していた時、「陶体《とうたい》に倣う詩十六首」を作ったことがある。今、廬山《ろざん》に遊び、柴桑《さいそう》を通り、栗里《りつり》に立ち寄り、その人を思い、その家を訪れると、黙ってはいられなくて、さらにこの詩を書いたのである。

○陶公　陶淵明に対する敬称。陶淵明(三六五?―四二七)は東晋・宋の詩人。その隠逸の文学は白居易の閑適に大きな影響を与えた。○旧宅　陶淵明の旧宅は『太平寰宇記《たいへいかんうき》』によれば、江州の西南五十里、柴桑山《さいそうざん》にあった。○往歳　往年というに同じ。昔。○渭川閑居　母の喪に服して、元和六年(八一一)から九年まで、渭水のほとりの下邽《かけい》に蟄居《ちっきょ》していた時期を指す。○倣陶体詩十六首　『白氏文集』巻五に「陶潜体に効《なら》う詩十六首并びに序」がある。元和八年(八一三)の作。○廬山　潯陽《じんよう》の南、鄱陽湖《はようこ》と長江の間にそびえる山。東晋・慧遠《えおん》が創始した東林寺をはじめ寺院が集まる仏教の一大中心地で、白居易は潯陽滞在中にしばしば訪れている。本章扉絵参照(二五五頁)。○栗里　『太平寰宇記』によれば廬山の南に「栗里原《りつりげん》」なる地があり、「陶公の酔石」として伝わる遺跡もあった。陶淵明の作品中にこの地名は見えない。○又題此詩云　「又」は先の「陶潜体に効う詩」に加えてさらに作ることをいう。「云」は文の最後の句に添えて終止をあらわす助字。

垢塵不汙玉　垢塵《こうじん》　玉《ぎょく》を汚《けが》さず
靈鳳不啄羶　霊鳳《れいほう》　羶《せん》を啄《ついば》まず

鳴呼陶靖節
生彼晉宋閒
心實有所守
口終不能言
永惟孤竹子
拂衣首陽山
夷齊各一身
窮餓未爲難
先生有五男
與之同飢寒
腸中食不充
身上衣不完
連徵竟不起
斯可謂眞賢

嗚呼《ああ》　陶靖節《とうせいせつ》
彼《か》の晋宋《しんそう》の間《かん》に生《う》まる
心《こころ》は実《じつ》に守《まも》る所有《ところあ》るも
口《くち》は終《つい》に言《い》う能《あた》わず
永《なが》く惟《おも》う　孤竹《こちく》の子《こ》の
衣《ころも》を首陽山《しゅようざん》に払《はら》うを
夷斉《いせい》　各《おの》おの一身《いっしん》
窮餓《きゅうが》　未《いま》だ難《かた》しと為《な》さず
先生《せんせい》　五男《ごだんあ》有り
之《これ》と飢寒《きかん》を同《とも》にす
腸中《ちょうちゅう》　食《しょくみ》充ちず
身上《しんじょう》　衣《ころもまった》完からず
連《しき》りに徴《ちょう》せらるるも竟《つい》に起《た》たず
斯《こ》れ真《しん》の賢《けん》と謂《い》う可《べ》し

我生君之後
相去五百年
毎讀五柳傳
目想心拳拳
昔常詠遺風
著爲十六篇
今來訪故宅
森若君在前
不慕樽有酒
不慕琴無絃
慕君遺榮利
老死此丘園
柴桑古村落
栗里舊山川

我《われ》　君《きみ》の後《のち》に生《う》まれ
相《あ》い去《さ》ること五百年《ごひゃくねん》
五柳伝《ごりゅうでん》を読《よ》む毎《ごと》に
目《め》に想《おも》いて心拳拳《こころけんけん》たり
昔《むかし》　常《かつ》て遺風《いふう》を詠《えい》じ
著《あら》わして十六篇《じゅうろっぺん》を為《な》す
今来《きんらい》　故宅《こたく》を訪《たず》ね
森《しん》として君《きみ》　前《まえ》に在《あ》るが若《ごと》し
樽《たる》に酒有《さけあ》るを慕《した》わず
琴《きん》に絃無《げんな》きを慕《した》わず
慕《した》う　君《きみ》の栄利《えいり》を遺《わす》れ
此《こ》の丘園《きゅうえん》に老死《ろうし》するを
柴桑《さいそう》は古《いにしえ》の村落《そんらく》
栗里《りつり》は旧《ふる》き山川《さんせん》

不見籬下菊
但餘墟中煙
子孫雖無聞
族氏猶未遷
毎逢姓陶人
使我心依然

籬下《りか》の菊《きく》を見《み》ず
但《た》だ余《あま》す　墟中《きょちゅう》の煙《けむり》
子孫《しそん》　聞《き》こゆる無《な》しと雖《いえど》も
族氏《ぞくし》は猶《な》お未《いま》だ遷《うつ》らず
陶《とう》を姓《せい》とする人《ひと》に逢《あ》う毎《ごと》に
我《わ》が心《こころ》をして依然《いぜん》たらしむ

世俗の塵芥が清らかな玉を汚すことはできない。聖なる鳳がなまぐさを啄《ついば》みはしない。ああ、陶靖節先生、晋から宋への、あの混乱のなかに生きたのだった。心には堅い信念を抱きながらも、口に出すことはついにかなわなかった。かねがね慕っていたのは、孤竹君《こちくくん》の子、伯夷《はくい》と叔斉《しゅくせい》が決然と世を捨て首陽山に隠れたこと。

伯夷・叔斉はいずれも身一つ、貧窮にも飢餓にもまだ耐えることができた。先生には五人の男児があり、一家こぞって飢え寒さを味わったのだ。腹のなかを食が満たすことはなく、身を被う衣も十分にはない。

たびたび官に召されはしたが最後まで出仕はしなかった。これぞ真の賢人たる者。
わたしはあなたのあとに生まれ、二人を隔てるのは五百年。
「五柳先生伝」を読むたびに、目にお姿が浮かび、心には思慕がわき起こる。
かつてあなたの遺風にならって、十六篇の詩を作ったりもした。
今、旧居を訪れると、その厳粛なこと、あなたが目の前におられるかのようだ。
樽に満ちた酒を慕うのではない。絃のない琴を慕うのではない。
慕うのは、栄利を忘れてこの田舎に老い、生を終えたこと。
柴桑《さいそう》はかつての村の姿。栗里《りつり》は昔の山河のたたずまい。
「東籬の菊」は見あたらないが、「墟里《きょり》の煙」だけは今ものこっている。
子孫に名が知られた方はいなくとも、一族はまだここにいる。
陶という姓の人に出会うたびに、わたしのこころは懐かしさを覚える。

○**垢塵一句**　「垢塵」は世俗の汚れ。『春秋繁露《はんろ》』執贄《しっし》に「君子は之を玉に比す。玉潤《うるお》いて汚されず、是れ仁にして至って清潔なり」。○**霊鳳一句**　「霊鳳」は麒麟・鳳凰・亀・龍の四霊の一つ。「羶」はなまぐさ。肉など汚らわしい食べ物。鳳凰は竹の実しか口にしない清浄な生き物とされる。『詩経』大雅・巻阿《けんあ》に「鳳皇(鳳凰に同じ)鳴けり、彼の高岡《こうこう》に於いてす。梧桐生ぜり。彼の朝陽に於いてす」、その鄭箋に「鳳皇の性は、梧桐に非ざれば棲まず、竹実に非ざれば食らわず」。○**嗚呼**　感嘆を表す語。○**陶靖節**　「靖節」は陶淵明の謚《おくりな》(死後に与えられるその人にちなんだ名)。清節を貫いた人となりを讃える。陶淵明と同時代の顔延之《がんえんし》がその死を悼んだ「陶徴士《とうちょうし》の誄《るい》」(『文選』巻五七)に見える。梁・昭明太子「陶淵明伝」には「世は靖節先生と号す」。○**生彼一句**　陶淵明は東晋から宋にかけての時期を生きた。曽祖父の陶侃《とうかん》は武将として東晋王朝に重用され、陶淵明自身も東晋の時期には官に就いたが、王朝が宋に代わって以後は無官。宋に仕えなかったのを東晋への節義を守ったためとする説は、昭明太子「陶淵明伝」から見える。南宋以後さらに推し進められ、宋以後は宋の元号を記すことを潔しとせず、干支をもって年を記したとまで言われるが、それは事実に合わない。○**心実一句**　「晋宋の間」にあって晋への節を守ったこと。『孔子家語《こうしけご》』五儀解《ごぎかい》に「孔子曰く、所謂《いわ》ゆる士人なる者は、心に定むる所有り、計に守る所有り」。○**口終一句**　口に出して言いはしない。『荀子』大略篇に「口は言う能わざるも、身は能く之を行うは、国の器なり」。○**孤竹子**　周に仕えることをいさぎよしとせず、首陽山に隠れた伯夷と叔斉。「孤竹」は殷・周の時の国名。『史記』伯夷列伝に「伯夷・叔斉は孤竹君の二子なり」。○**払衣一句**　「払衣」

は衣を振るうことから、新たな行動に立ち向かう意をあらわす。俗世を辞して隠逸に向かう際にも使われる。南朝宋・謝霊運「祖徳を述ぶ」詩(『文選』巻一九)に「高く揖《ゆう》す(別れの挨拶をして辞す)七州の外、衣を払う　五湖の裏《うち》」。「首陽山」は伯夷・叔斉が隠逸した地。『史記』伯夷列伝に「義として周粟《しゅうぞく》を食わず、首陽山に隠る」。○**夷斉・窮餓二句**　「夷斉」は伯夷と叔斉。それぞれ身一つであったので困窮・飢餓にも耐えられた、として家族をかかえた陶淵明の貧困の甚だしさを続ける。○**先生一句**　陶淵明の「子を責む」詩に五人の男児の名が年齢とともに記される。○**腸中・身上二句**　陶淵明が衣食に不自由したことは「貧士を詠ず七首」、「怨詩《えんし》楚調《そちょう》　龐主簿《ほうしゅぼ》・鄧治中《とうちちゅう》に示す」詩など、詩のなかにたびたびうたわれる。「擬古」詩其の五には「東方に一士有り、被服常に完からず。三旬に九たび食に遇い、十年に一たび冠を著く」。○**連徴一句**　何度も官に取り立てる声がかかったが結局就かなかった。顔延之の「陶徴士の誄」に「詔の著作郎に徴する有るも、疾《やまい》と称して赴かず」。なお「徴士」とは官に徴されながら就かないの意で、隠者をいう。○**真賢**　真正の賢人。昭明太子「陶淵明伝」に「是《ここ》を以て聖人は光を韜《かく》し、賢人は世を遁《のが》る」。○**相去一句**　陶淵明の生年は三五二年、三六五年、三六九年など諸説あるが、いずれにしても七七二年生まれの白居易との間に四百年あまりの開きがある。「五百年」はそれを概数でいうとともに、五百年ごとに聖人があらわれるとする考え(『孟子』公孫丑《こうそんちゅう》篇下、『史記』太史公自序)に基づいて、己れを陶淵明を継ぐ者とみなす意を含む。○**五柳伝**　陶淵明の「五柳先生伝」。隠逸者の理想像を描いた伝で、陶淵明の自伝として読まれてきた。○**目想一句**　目に思い浮かべ、心に慕う。「拳拳」は愛慕するさま。○**昔常・著為二句**　「序」に見える「陶潜体に効《なら》う詩十六首幷びに序」を指す。「常」はかつて。○**今来**　二字で今。「来」は時間をあらわす接尾語。○**森**　おごそかなさま。○**樽有酒**　陶淵明「帰去来の辞」に「酒有りて樽に盈《み》つ」。○**琴無絃**　「帰去来の辞」に「琴書を楽しみて以て憂いを消す」など、陶淵明の詩文に「琴」は書物とともに頻見するが、昭明太子「陶淵明伝」には「淵明は音律を解せず、而《しこう》して無絃琴一張を蓄う」、絃を張ってない琴を持っていたという。○**慕君一句**　「五柳先生伝」に「閑静にして言少なく、栄利を慕わず」。○**老死一句**　「丘園」は農村、また隠逸の地。「五柳先生伝」に「懐《おも》いを得失に忘れ、此れを以て自ら終わらん」、また「帰去来の辞」に「聊《いささ》か化に乗じて以て尽くるに帰し(まずは自然とともに死に帰着し)、夫《か》の天命を楽しみて復た奚《なに》をか疑わん」など、隠逸生活のまま生を終わりたいという願いは陶淵明がしばしば述べる。○**籬下菊**　陶淵明「飲酒二十首」其の五の廬山をうたった「菊を采る　東籬の下、悠然として南山を見る」をふまえる。○**墟中煙**　陶淵明「園田の居に帰る」詩に「曖曖たり　遠人の村、依依たり　墟里の煙」をふまえる。「墟」は村落。○**子**

孫・族氏二句　「無聞」は陶淵明の直系として名が聞こえる人はいないが、一族はここにいる、の意。○**依然**　慕わしくおもうさま。○**詩型・押韻**　五言古詩。上平二十二元(言《げん》・園《えん》)と二十五寒(難《だん》・寒《かん》)、二十六桓(完《かん》)と二十八山(間《かん》・山《さん》)と下平一先(賢《けん》・年《ねん》・前《せん》・絃《げん》・煙《えん》)、二仙(羶《せん》・拳《けん》・篇《へん》・川《せん》・遷《せん》・然《ぜん》)の通押。平水韻、上平十三元と十四寒と十五刪と下平一先。

元和十一年(八一六)、江州での作。「閑適」の部。陶淵明に対する心酔ぶりが遺憾なくうたわれている。実際には複雑多様な面をもつ陶淵明ではあるが、白居易がひたすら思慕するのは、隠逸者としての清廉な人格であった。白居易による称揚は、陶淵明の文学が広く浸透していく契機を作りだした。

夜雪　10-0506

已訝衾枕冷
復見窻戸明
夜深知雪重

夜《や》雪《せつ》

已《すで》に衾枕《きんちん》の冷《つめ》たきを訝《いぶか》り
復《ま》た窓戸《そうこ》の明《あか》るきを見《み》る
夜深《よるふか》くして雪《ゆき》の重《おも》きを知《し》る

時聞折竹聲　　時《とき》に聞《き》く　竹《たけ》を折《お》る声《こえ》

夜の雪

枕元が寒々するのを怪しんでいたら、窓にも明かりが射してきた。夜は深まり、雪は重く積もったと見える。時折り聞こえる竹の裂ける音。

○**已訝・復見二句**　「已……復……」は、「……である上に、……でもある」と同じ方向のことを重ねる語法。「訝」は不思議に思う。「衾枕」は夜着と枕。「窓戸」は窓。まず肌に冷たさを覚えていぶかり、それから窓の明るみを見て雪のもたらした寒さとわかる。○**夜深・時聞二句**　重く積もったことを、竹が折れる音が聞こえたことによって「知る」。「時聞」の句は「知」の理由をあとから述べる。○**詩型・押韻**　五言絶句。下平十二庚(明《めい》)、十四清(声《せい》)の同用。平水韻、下平八庚。

元和十一年(八一六)、江州での作。「感傷」の部。沈々と冷え込む気配、窓の雪明かり、そして夜の静寂のなかに響く竹の裂ける音。身近な感覚を通して雪の夜の清らかな雰囲気を美しく描く。

琵琶引幷序

琵琶引《びわいん》　幷《なら》びに序《じょ》　12-0602

元和十年、予左遷九江郡司馬。明年秋、送客湓浦口、聞舟船中夜彈琵琶者。聽其音、錚錚然有京都聲。問其人、本長安倡女、嘗學琵琶於穆・曹二善才。年長色衰、委身爲賈人婦。遂命酒、使快彈數曲。曲罷憫默、自敍少小時歡樂事、今漂淪憔悴、轉徙於江湖閒。予出官二年、恬然自安、感斯人言、是夕始覺有遷謫意。因爲長句、歌以贈之。凡六百一十六言、命曰琵琶行。

元和十年《げんなじゅうねん》、予《よ》は九江郡《きゅうこうぐん》の司馬《しば》に左遷《させん》せらる。明年《みょうねん》の秋《あき》、客《かく》を湓浦口《ぼんぽこう》に送《おく》り、舟船《しゅうせん》の中《なか》に夜《よる》 琵琶《びわ》を弾《ひ》く者《もの》を聞《き》く。其《そ》の音《おと》を聴《き》けば、錚錚然《そうそうぜん》として京都《けいと》の声《こえ》有《あ》り。其《そ》の人《ひと》を問《と》えば、本《もと》は長安《ちょうあん》の倡女《しょうじょ》、嘗《かつ》て琵琶《びわ》を穆《ぼく》・曹《そう》二《に》善才《ぜんさい》に学《まな》ぶ。年長《としちょう》じて色衰《いろおとろ》え、身《み》を委《ゆだ》ねて賈人《こじん》の婦《つま》と為《な》る。遂《つい》に酒《さけ》を命《めい》じ、数曲《すうきょく》を快弾《かいだん》せしむ。曲罷《きょくおわ》りて憫黙《びんもく》し、自《みずか》ら少小《しょうしょう》の時《とき》の歓楽《かんらく》の事《こと》、今《いま》は漂淪憔《ひょうりんしょう》悴《すい》し、江湖《こうこ》の間《かん》に転徙《てんし》するを叙《の》ぶ。予《よ》は出《い》でて官《かん》たること二年《にねん》、恬然《てんぜん》として自《みずか》ら安《やす》んずるも、斯《こ》の人《ひと》の言《げん》に感《かん》じ、是《こ》の夕《ゆう》べ始《はじ》めて遷謫《せんたく》の意《い》有《あ》るを覚《おぼ》ゆ。因《よ》りて長句《ちょうく》を為《つく》り、歌《うた》いて以《もっ》て之《これ》に贈《おく》る。凡《およ》そ六百一十六言《ろっぴゃくいちじゅうろくげん》、命《めい》じて琵琶《びわ》行《こう》と曰《い》う。

琵琶引　ならびに序

元和十年、わたしは九江郡の司馬に左遷された。次の年の秋、客人を湓浦《ぼんぽ》口《こう》に見送ったおり、舟のなかから夜、琵琶を奏でているのが聞こえてきた。その音色に耳を傾けてみると、錚錚《そうそう》とした都の音である。弾いている人を尋ねてみると、もとは長安の倡妓《しょうぎ》で、穆《ぼく》・曹《そう》二人の名人について琵琶を学んだこともあった、年長《た》けて色香《いろか》衰え、商人に身をゆだねてその嫁になったという。そこで酒を命じ、数曲を心ゆくまで弾かせた。弾き終わって悲しげに沈黙したあと、若い時の楽しかったこと、今は漂泊してやつれ果て、江湖のあたりに転々としていることを自分から語った。わたしは都を出て田舎の官として二年、穏やかな気分で満足していたが、この人の言葉に心を動かされ、今夕はじめて流謫の悲哀が湧き起こった。そこで七言歌行を作って彼女に贈る。なべて六百十六字、名づけて「琵琶行」という。

○**琵琶引**　「琵琶行」の名で知られ、「序」にも「琵琶行」と言うが、底本の詩題は「琵琶引」。「引」も「行」も歌の意。○**九江郡**　江州を古名で呼んだもの。今の江西省九江市。○司馬　政治犯に与えられる官職の名。○湓浦口　湓水が長江に流れ込む河口、船着き場。○錚錚然　琵琶の澄んで激しく鳴る音。新楽府「五絃の弾」にも五絃琵琶の音について「凄凄切切《せいせいせつせつ》復た錚錚」(一五八頁)。琵琶は普通四絃、五絃の琵琶はやや小ぶり。○倡女　歌舞をなりわいとする女。○穆・曹二善才　「善才」は琵琶の名人。穆と曹という二人の善才の名は、元稹「琵琶歌」にも見える。○委身　身を預ける、嫁ぐ。○賈人　商人。○快弾　心ゆくまで、思うままに弾くことか。○憫黙　悲哀に沈んで黙り込む。○漂淪　あちこちを転々とさまよう。○憔悴　やつれ果てることをいう双声の語。『楚辞』漁父《ぎょほ》に「屈原既に放たれ、……顔色憔悴、形容枯槁《ここう》す」。○転徙　あちこち移動する。○恬然自安　心が穏やかで安泰。○長句　七言歌行の詩。○凡六百一十六言　底本は「凡六百一十二言」に作るが実際の字数に合わせて改める。

潯陽江頭夜送客
楓葉荻花秋索索
主人下馬客在船
舉酒欲飲無管絃

潯陽江頭《じんようこうとう》　夜《よる》　客《かく》を送《おく》る
楓葉《ふうよう》　荻花《てきか》　秋《あき》　索索《さくさく》たり
主人《しゅじん》は馬《うま》より下《お》り　客《かく》は船《ふね》に在《あ》り
酒《さけ》を挙《あ》げ飲《の》まんと欲《ほっ》するも管絃《かんげん》無《な》し

醉不成歡慘將別
別時茫茫江浸月
忽聞水上琵琶聲
主人忘歸客不發
尋聲闇問彈者誰
琵琶聲停欲語遲
移船相近邀相見
添酒迴燈重開宴
千呼萬喚始出來
猶抱琵琶半遮面

酔《よ》いて歓《かん》を成《な》さず　惨《さん》として将《まさ》に別《わか》れんとす
別《わか》るる時《とき》　茫茫《ぼうぼう》として江《こう》は月《つき》を浸《ひた》す
忽《たちま》ち水上《すいじょう》の琵琶《びわ》の声《こえ》を聞《き》き
主人《しゅじん》は帰《かえ》るを忘《わす》れ　客《かく》は発《はっ》せず
声《こえ》を尋《たず》ねて闇《ひそ》かに問《と》う　弾《ひ》く者《もの》は誰《たれ》ぞと
琵琶《びわ》　声《こえ》停《や》み　語《かた》らんと欲《ほっ》するも遅《おそ》し
船《ふね》を移《うつ》して相《あ》い近《ちか》づけ　邀《むか》えて相《あ》い見《み》る
酒《さけ》を添《そ》え灯《ともしび》を廻《めぐ》らし重《かさ》ねて宴《えん》を開《ひら》く
千呼万喚《せんこばんかん》して始《はじ》めて出《い》で来《き》たるも
猶《な》お琵琶《びわ》を抱《いだ》きて半《なか》ば面《おもて》を遮《さえぎ》る

潯陽江《じんようこう》のほとりに夜、客人を見送ると、そこは赤い楓樹《ふうじゅ》の葉、白い荻《おぎ》の花、わびしい秋の風情。

主人は馬を下り、客人は船に入り、さかずきを挙げてさて飲もうとしても管絃の調べもない。

酔っても心は弾まず、陰々と別れが近づく。いざ別れの時、茫々と拡がる江水は月の光を浸している。

ふと水辺に聞こえる琵琶の音。聞き惚れた主人は帰るのを忘れ、客人は出立を延ばす。音をたどり、「弾いているのはどなたか」とそっと尋ねると、琵琶は止み、声をかけようにも切り出し難い。

船を動かして近づき、招き入れて会いたいものだと、酒を追加し灯りを照らしてもう一度宴を開く。

千回万回と呼びかけてようやく姿を現しはしたが、まだ琵琶を抱き、半ばは顔を隠している。

五段に分ける。第一段は船着き場で琵琶の音を耳にし、音の主を尋ね当てる。○**潯陽江頭**　「潯陽江」は長江が九江付近を流れる部分の名。○**楓葉**　「楓」は南方の水辺に多い、カエデの類の木。○**荻花**　オギの花。秋に白い花穂をつける。○**秋索索**　秋のわびしいさま。○**主人一句**　「主人」は見送る白居易、「客」は見送られる友人。○**茫茫**　果てしなく拡がるさま。○**江浸月**　江水に月光が映るのを「浸」すと表現したもの。○**尋声**　琵琶の音がどこから流れてくるか捜す。○**闇問**　演奏を遮らないようにそっと尋ねる。○欲語遅　語りかけたいが言葉を出しにくい。○邀　招待する。○添酒　酒を追加する。○迴灯　灯燭の向きを変えて明るく照らす。○千呼万喚　何度も声をかける。

轉軸撥絃三兩聲　　軸《じく》を転《てん》じ絃《げん》を撥《はっ》す　三両声《さんりょうせい》
未成曲調先有情　　未《いま》だ曲調《きょくちょう》を成《な》さずして先《さき》に情《じょう》有《あ》り
絃絃掩抑聲聲思　　絃絃《げんげん》掩抑《えんよく》し声声《せいせい》思《おも》い
似訴平生不得意　　平生《へいぜい》　意《い》を得《え》ざるを訴《うった》うるに似《に》る
低眉信手續續彈　　眉《まゆ》を低《た》れ手《て》に信《まか》せて続続《ぞくぞく》と弾《ひ》き
説盡心中無限事　　説《と》き尽《つ》くす　心中《しんちゅう》無限《むげん》の事《こと》
輕攏慢撚抹復挑　　軽《かる》く攏《おさ》え慢《ゆるやか》に撚《ひね》り抹《つま》みて復《ま》た挑《はねあ》ぐ
初爲霓裳後綠腰　　初《はじ》めは霓裳《げいしょう》を為《な》し後《のち》は緑腰《りょくよう》
大絃嘈嘈如急雨　　大絃《たいげん》は嘈嘈《そうそう》として急雨《きゅうう》の如《ごと》く
小絃切切如私語　　小絃《しょうげん》は切切《せっせつ》として私語《しご》の如《ごと》し
嘈嘈切切錯雜彈　　嘈嘈《そうそう》と切切《せっせつ》と錯雑《さくざつ》して弾《だん》じ

大珠小珠落玉盤
間關鶯語花底滑
幽咽泉流氷下難
氷泉冷澀絃凝絶
凝絶不通聲暫歇
別有幽愁暗恨生
此時無聲勝有聲
銀瓶乍破水漿迸
鐵騎突出刀槍鳴
曲終收撥當心畫
四絃一聲如裂帛
東船西舫悄無言
唯見江心秋月白

大珠《だいしゅ》　小珠《しょうしゅ》　玉盤《ぎょくばん》に落《お》つ
間関《かんかん》たる鶯語《おうご》　花底《かてい》に滑《なめ》らかに
幽咽《ゆうえつ》せる泉流《せんりゅう》　氷下《ひょうか》に難《なや》む
氷泉冷渋《ひょうせんれいじゅう》して絃《げん》は凝絶《ぎょうぜつ》し
凝絶《ぎょうぜつ》して通《つう》ぜず　声暫《こえしばら》く歇《や》む
別《べつ》に幽愁暗恨《ゆうしゅうあんこん》の生《しょう》ずる有《あ》り
此《こ》の時《とき》　声無《こえな》きは声有《こえあ》るに勝《まさ》る
銀瓶乍《ぎんぺいたちま》ち破《やぶ》れて水漿迸《すいしょうほとばし》り
鉄騎突出《てっきとっしゅつ》して刀槍鳴《とうそうな》る
曲終《きょくお》わりて撥《ばち》を収《おさ》め心《しん》に当《あ》たりて画《かく》し
四絃一声《しげんいっせい》　帛《きぬ》を裂《さ》くが如《ごと》し
東船《とうせん》も西舫《せいぼう》も悄《しょう》として言無《げんな》く
唯《た》だ見《み》る　江心《こうしん》に秋月白《しゅうげつしろ》きを

糸を締め絃をはじいて、二声《ふたこえ》三声《みこえ》音《こえ》をたてる。いまだ曲にならぬうちから音色は情を帯びている。

一絃一絃、低く抑え、一音一音、思いがこもる。やるかたない日頃の怨みを訴えるかのごとく。

うつむいて手にまかせて次々とつま弾き、胸のなかの限りない事どもを説き尽くしていく。

絃をそっとおさえ、ゆるやかにひねり、そしてまたつまんで弾きあげる。初めは霓裳《げいしょう》の曲、続いて緑腰《りょくよう》の曲。

太い絃は降りしきる雨のように激しく、細い絃はささやきのようにひそやか。

激しい音とひそやかな音とが入り交じり、大粒小粒の真珠が玉の大皿にばらばらこぼれ落ちるかのよう。

なめらかなウグイスの声が花むらの奥に転がるかと思えば、むせび泣く泉水が氷の下で流れあぐねる。

凍り付いた泉水が滞るように絃の音も行き詰まる。行き詰まったまま進まず、音はしばし途切れる。

そこに暗い憂愁が生じて、この時、音が消えた静けさは音があるにもまさる。
たちまち銀の瓶が壊れて水がほとばしり、鉄の騎馬武者が突撃して刀や槍を交える。
曲が終わるとばちを収めて、中心で絃を払う。四絃合わさる一声は絹を裂く悲鳴。
東の船も西の船もひっそりと声無く、目に映るは川のなかほどに浮かぶ秋の月の白さ。

第二段、琵琶の演奏に一堂聞き惚れる。○**転軸**　「軸」はペグ(転手《てんじゅ》・糸巻)。「転」はペグを巻いて絃の張りを調整する。○**撥絃**　「撥」はバチで絃を弾く。○**掩抑**　音を低く抑える。双声の語。○**低眉**　下を向く。○**信手**　手の動くにまかせる。○**軽攏一句**　琵琶演奏の種々の手法。「攏」は絃を指で押さえる。「撚」はひねる。「抹」はつまむ。「挑」ははじく。○**霓裳**　霓裳羽衣の曲。玄宗の宮中で奏された楽曲。「長恨歌」の注を参照(六一頁)。○**緑腰**　「霓裳」にやや遅れて貞元以後、宮中で奏された楽曲。「緑《ろく》幺《よう》」「六幺《ろくよう》」ともいう。○**大絃・小絃二句**　「大絃」は太い絃、「小絃」は細い絃。『韓非子』外儲説《がいちょせつ》左下に「夫れ瑟《しつ》は小絃を以て大声を為し、大絃を以て小声を為す」。ここでは反対に太い絃は大きな音、細い絃は小さな音を発するという。「嘈嘈」は大きな音。「切切」は小さな音。「私語」はひそひそ語る。○**錯雑**　混じり合う。○**大珠一句**　「珠」は真珠の粒。「玉盤」は玉のお皿。○**間関**　鳥の鳴き声のなめらかなさま。○**幽咽**　かそけき声でむせび鳴く。○難　(流れが)スムーズでない。前の句の「滑」の逆。底本は「灘」に作るが、諸本によって改める。○冷渋　滞る。○凝絶　凝結して音が途切れる。○銀瓶一句　突如激しい演奏が始まるのをたとえる。「水漿」は液体。○鉄騎一句　猛々しい音を騎兵による戦いにたとえる。○当心画　琵琶の中心で絃を一気に払う。○東船一句　まわりの船の人たちも聞き惚れて静まる。「舫」も船。「悄」は静まりかえったさま。

沈吟放撥插絃中
整頓衣裳起斂容
自言本是京城女
家在蝦蟇陵下住
十三學得琵琶成
名屬教坊第一部
曲罷曾教善才伏
粧成毎被秋娘妒

沈吟《ちんぎん》して撥《ばち》を放《はな》ちて絃中《げんちゅう》に挿《はさ》み
衣裳《いしょう》を整頓《せいとん》して起《た》ちて容《すがた》を斂《おさ》む
自《みずか》ら言《い》う　本《もと》は是《こ》れ京城《けいじょう》の女《おんな》
家《いえ》は蝦蟇陵下《がまりょうか》に在《あ》りて住《す》む
十三《じゅうさん》にして琵琶《びわ》を学《まな》び得《え》て成《な》り
名《な》は教坊第一部《きょうぼうだいいちぶ》に属《ぞく》す
曲罷《きょくお》われば曽《かつ》て善才《ぜんさい》をして伏《ふく》せしめ
粧成《よそおいな》れば毎《つね》に秋娘《しゅうじょう》に妬《ねた》まる

五陵年少爭纏頭
一曲紅綃不知數
鈿頭雲篦擊節碎
血色羅裙翻酒汙
今年歡笑復明年
秋月春風等閑度
弟走從軍阿姨死
暮去朝來顏色故
門前冷落鞍馬稀
老大嫁作商人婦
商人重利輕別離
前月浮梁買茶去
去來江口守空船
遶船月明江水寒

五陵《ごりょう》の年少《ねんしょう》　争《あらそ》って纏頭《てんとう》し
一曲《いっきょく》の紅綃《こうしょう》　数《かず》を知《し》らず
鈿頭《でんとう》の雲篦《うんぺい》　節《せつ》を撃《う》ちて砕《くだ》け
血色《けっしょく》の羅裙《らくん》は酒《さけ》を翻《ひるがえ》して汚《けが》る
今年《こんねん》歓笑《かんしょう》して復《ま》た明年《みょうねん》
秋月《しゅうげつ》　春風《しゅんぷう》　等閑《とうかん》に度《わた》る
弟《てい》は走《はし》りて従軍《じゅうぐん》し阿姨《あい》は死《し》す
暮《くれ》去《さ》り朝《あさ》来《き》たりて顔色《がんしょく》故《ふ》る
門前《もんぜん》冷落《れいらく》して鞍馬《あんば》稀《まれ》なり
老大《ろうだい》　嫁《か》して商人《しょうにん》の婦《つま》と作《な》る
商人《しょうにん》は利《り》を重《おも》んじて別離《べつり》を軽《かろ》んず
前月《ぜんげつ》　浮梁《ふりょう》に茶《ちゃ》を買《か》いて去《さ》る
去《さ》りてより来《このかた》　江口《こうこう》に空船《くうせん》を守《まも》る
船《ふね》を遶《めぐ》りて月《つき》は明《あき》らかに江水《こうすい》は寒《さむ》し

夜深忽夢少年事　夜深《よるふか》くして忽《たちま》ち夢《ゆめ》む　少年《しょうねん》の事《こと》
夢啼粧涙紅闌干　夢《ゆめ》に啼《な》きて粧涙《しょうるい》は紅闌干《こうらんかん》たり

思いに沈んでバチを置き、絃のあいだに挿む。身なりを整えて立ち上がり、面持ちを改めた。

そして語り出す、「わたしはもともと都に生まれた者です。蝦蟇陵《がまりょう》のあたりに家がありました。

十三の時に琵琶を習得し、教坊の第一部に名をつらねました。

一曲終えるや善才に舌を巻かせ、化粧を凝らすといつも妓女たちにやっかまれたものです。

名家の若殿方は我先にと祝儀をはずみ、一曲終えると山ほど赤い絹をいただきました。

螺鈿雲形のこうがいは、拍子を取るうちに壊れ、血の色の絹のスカートは酒を倒して汚れました。

来る年も来る年も笑いさざめき、秋の月、春の風、夢うつつに過ぎてゆきました。

そのうちに弟はいくさに向かい、おかみさんは亡くなり、日が暮れ朝の来る繰り返しのうちに容色も衰えました。

門前はさびれて客の訪れは遠のき、齢《よわい》重ね、身を固めて商人の嫁となりました。

商人はもうけのためなら別居も気にとめず、先の月に浮梁《ふりょう》へ茶の買い出しにでかけたきりです。

でかけたあとは川のほとりの船で留守居の守り。船をめぐる月は耿々と冴え、水面《みなも》は寒々としています。

夜更けてふと夢見る若い頃の日々。夢で流した涙は紅《べに》と混じってしとどに流れます」。

第三段、琵琶の女がここに至るまでの人生を語る。○**沈吟**　深く考え込む。○**放撥**　バチを置く。○**斂容**　表情を改める。「斂」字、底本は「歛《かん》」に作るが「歛」とは別字。諸本によって改める。○**蝦蟇陵**　長安・常楽坊に漢の学者董仲舒《とうちゅうじょ》の墓と伝えられた陵があり、蝦蟇陵と呼ばれた。通りかかる人がみな墓陵の前で馬から下りるので「下馬《かば》陵」と呼ばれ、のちに音がなまって蝦蟇陵になったという。○**教坊第一部**　「教坊」は官立の音楽教習所。「第一部」はそのなかで技芸すぐれた者の集団か。○**秋娘**　妓女の通称。○**五陵**　長安の北郊、漢の五帝の陵が置かれた地。漢代には御陵を築いて富豪をその地に移住させたので、貴人の地とされる。○**纏頭**　妓女に祝儀を贈る。もとは客から贈られた錦を芸人が頭に巻いたことに由来する。○紅綃　贈られた赤い絹布。○鈿頭雲篦　螺鈿でこしらえた、雲のかたちの髪飾り。「頭」は鈿の接尾語。○撃節　リズムを取る。○翻酒汙「翻」はひっくり返す。○今年一句　来る年も来る年も同じように歓楽にうつつを抜かして過ごす。○等閑　いいかげんに、安易に。○度　時間が過ぎる。○阿姨　おばさん。所属する妓楼の女将を指すか。○冷落　ひっそりとして人気《ひとけ》がないさま。双声の語。○老大　むざむざ年をとる。○浮梁　茶の名産地。今の江西省景徳鎮市。○粧涙　化粧と混じり合って流れる涙。○紅闌干　紅《べに》と混じり合って赤い涙が縦横に流れるさま。

我聞琵琶已歎息　　我《われ》は琵琶《びわ》を聞《き》きて已《すで》に歎息《たんそく》し
又聞此語重喞喞　　又《ま》た此《こ》の語《ご》を聞《き》きて重《かさ》ねて喞喞《しょくしょく》たり
同是天涯淪落人　　同《とも》に是《こ》れ天涯淪落《てんがいりんらく》の人《ひと》
相逢何必曾相識　　相《あ》い逢《あ》うは何《なん》ぞ必《かなら》ずしも曽《かつ》て相《あ》い識《し》らんや
我従去年辭帝京　　我《われ》は去年《きょねん》　帝京《ていきょう》を辞《じ》して従《よ》り
謫居臥病潯陽城　　謫居《たっきょ》して病《やまい》に臥《ふ》す　潯陽城《じんようじょう》

潯陽小處無音樂
終歲不聞絲竹聲
住近湓江地低濕
黃蘆苦竹繞宅生
其閒旦暮聞何物
杜鵑啼血猿哀鳴
春江花朝秋月夜
往往取酒還獨傾
豈無山歌與村笛
歐啞嘲哳難爲聽
今夜聞君琵琶語
如聽仙樂耳暫明
莫辭更坐彈一曲
爲君翻作琵琶行

潯陽《じんよう》は小《ちい》さき処《ところ》にして音楽《おんがく》無《な》く
終歳《しゅうさい》　糸竹《しちく》の声《こえ》を聞《き》かず
住《す》むは湓江《ぼんこう》に近《ちか》くして地《ち》は低湿《ていしつ》
黄蘆《こうろ》　苦竹《くちく》　宅《たく》を繞《めぐ》りて生《しょう》ず
其《そ》の間《かん》　旦暮《たんぼ》　何物《なにもの》をか聞《き》く
杜鵑《とけん》　血《ち》に啼《な》き　猿哀鳴《さるあいめい》す
春江《しゅんこう》の花《はな》の朝《あした》　秋月《しゅうげつ》の夜《よる》
往往《おうおう》にして酒《さけ》を取《と》りて還《ま》た独《ひと》り傾《かたむ》く
豈《あ》に山歌《さんか》と村笛《そんてき》と無《な》からんや
欧啞《おうあ》にして嘲哳《とうたつ》　聴《き》くを為《な》し難《がた》し
今夜《こんや》　君《きみ》が琵琶《びわ》の語《ご》を聞《き》けば
仙楽《せんがく》を聴《き》くが如《ごと》く耳《みみ》暫《しばら》く明《あきら》かなり
辞《じ》する莫《な》かれ　更《さら》に坐《ざ》して一曲《いっきょく》を弾《ひ》け
君《きみ》が為《ため》に翻《ひるがえ》して琵琶行《びわこう》を作《つく》らん

琵琶を聞いて深く嘆息していたわたしは、彼女の話を聞いてため息を重ねた。ともに天の果てまで流れ流れて来た身。かねて面識はなくともこうしてめぐり会うことはあるのだ。

「わたしは去年、都を離れてから、潯陽の町に流されて病に臥している。潯陽は辺鄙な地で音楽はまるでなく、管絃の音を聞くなど年中絶えてない。住まいは湓江《ぼんこう》の近く、低地でじめじめしたところ。黄ばんだアシや苦竹《くちく》が屋敷を囲んで伸びている。

そのあたりで朝晩耳にするものといえば、血を吐くまで鳴き叫ぶホトトギス、そして悲痛な猿の声。

春の水辺に花咲く朝、秋の月冴える夜、そんな時にはちょくちょく酒を手に独り手酌を傾ける。

山家《やまが》の歌や田舎の笛もないとはいわぬが、ざわざわ、がやがや、ただ耳障りで聴くには耐えぬ。

今夜あなたの琵琶の音を聞いて、あたかも仙界の楽《がく》に触れたかのごとく、しばし耳があらわれた。

どうか、坐りなおしてもう一曲弾いてはくださらぬか。あなたのためにこの曲を詩に換え「琵琶の歌」を作ってさしあげよう」。

第四段、白居易が自分の境遇を語り、再度の演奏を請う。○**唧唧**　ため息の音。○**淪落**　流浪し落ちぶれる。双声の語。○**相逢一句**　「曽相識」は前から知り合っている人。「逢」の字、金沢本・管見抄本が「悲」に作るのに従えば、「同じ境遇を悲しむのに前からの知り合いである必要はない」の意となる。○**我従一句**　この句以下、作者が琵琶の女に語る話。○**糸竹**　絃楽器と管楽器。○**黄蘆一句**　「黄蘆」は黄色く枯れたアシ。「苦竹」は竹の一種。花咲く木もない殺風景な光景をいう。○**杜鵑一句**　「杜鵑」はホトトギス。古代の蜀の望帝の化身で血を吐きながら鳴くといわれる。「猿」は南方の山間に住み、鳴き声は旅人の郷愁を誘う。ともに悲痛な声をあげる鳥獣。○**春江・往往二句**　花の春も月の秋もともに愛でる人なく、わびしく暮らしていることをいう。○**豈無一句**　「山歌」は南方の山野で労働しながら歌う歌。田舎の音楽しかないことをいう。○**欧啞**　耳障りな音をいう双声の擬音語。○**嘲哳**　騒がしい音をいう双声の擬音語。○**仙楽**　仙界の妙なる音楽。「長恨歌」に「仙楽　風に飄りて処処に聞こゆ」(五九頁)。○**耳暫明**　視覚が明るくなるように、聞いている間、耳がしばし快くなる。○**翻作**　音楽を詩に移し替える。

感我此言良久立　　我《われ》の此《こ》の言《げん》に感《かん》じて良《や》や久《ひさ》しく立《た》つ
卻坐促絃絃轉急　　却《かえ》って坐《ざ》して絃《げん》を促《うなが》して絃転《げんうた》た急《きゅう》なり
凄凄不似向前聲　　凄凄《せいせい》として向前《さき》の声《こえ》に似《に》ず
満座重聞皆掩泣　　満座《まんざ》重《かさ》ねて聞《き》きて皆《み》な泣《なみだ》を掩《おお》う
就中泣下誰最多　　就中《なかんずく》　泣下《なみだくだ》ること誰《たれ》か最《もっと》も多《おお》き
江州司馬青衫濕　　江州司馬《こうしゅうしば》　青衫湿《せいさんうるお》う

我がこの言に心を動かした女はしばし立ち尽くし、坐りなおすと激しく絃を鳴らし、絃の音はいよいよ切迫していった。

凄絶としたその響きは先の演奏とは音色が異なり、満座の人々は再び聞きながら、みな顔を掩って泣き崩れた。

なかでも最も涙を流したのは誰か、それは江州司馬たるこの私、薄い青色の官服をしとどに濡らしたのだ。

第五段、再び琵琶を聴いて涙にくれる。○却坐　立っていたのを座り直す。「却」は動作が逆向きになることを示す。○促絃　早いテンポで絃を弾く。○凄凄　琵琶の音の悲痛なさま。○向前　先の、以前の。○就中　諸本は「座中」に作る。その座の中で、の意となる。○青衫　地位の低い官人の服。○詩型・押韻　七言古詩。全八十八句に十九種の韻を用いる。(1)入声二十陌(客《かく》・索《さく》)の独用。平水韻、入声十一陌。(2)下平一先(絃《げん》)、二仙(船《せん》)の同用。平水韻、下平一先。(3)入声十月(月《げつ》・発《はつ》)と十七薛(別《べつ》)の通押。平水韻、入声六月と九屑。(4)上平六脂(誰《すい》・遅《ち》)の独用。平水韻、上平四支。(5)去声三十二霰(見《けん》・宴《えん》)、三十三線(面《べん》)の同用。平水韻、去声十七霰。(6)下平十四清(声《せい》・情《せい》)の独用。平水韻、下平八庚。(7)去声七志(思《し》・意《い》・事《し》)の独用。平水韻、去声四寘。(8)下平三蕭(挑《ちょう》)、四宵(腰《よう》)の同用。平水韻、下平二蕭。(9)上声八語(語《ぎょ》)と九麌(雨《う》)の通押。平水韻、上声六語と七麌。(10)上平二十五寒(弾《たん》・難《なん》)、二十六桓(盤《はん》)の同用。平水韻、上平十四寒。(11)入声十月(歇《けつ》)と十七薛(絶《せつ》)の通押。平水韻、入声六月と九屑。(12)下平十二庚(生《せい》・鳴《めい》)、十四清(声《せい》)の同用。平水韻、下平八庚。(13)入声二十陌(帛《はく》・白《はく》)、二十一麦(画《かく》)の同用。平水韻、入声十一陌。(14)上平一東(中《ちゅう》)と三鍾(容《よう》)の通押。平水韻、上平一東と二冬。(15)上声四十四有(婦《ふ》)、四十五厚(部《ぶ》)と去声九御(女《じょ》・去《きょ》)、十遇(住《ちゅう》・数《す》)、十一暮(妒《と》・汙《お》・度《と》・故《こ》)の通押。平水韻、上声二十五有と去声六御と七遇。(16)上平二十五

寒《かん》(寒・干《かん》)と下平二仙(船《せん》)の通押。平水韻、上平十四寒と下平一先。⒄入声二十四職(息《そく》・唧《しょく》・識《しょく》)の独用。平水韻、入声十三職。⒅下平十二庚(京《けい》・生《せい》・鳴《めい》・明《めい》・行《こう》)、十四清(城《せい》・声《せい》・傾《けい》)と十五青(聴《てい》)の通押。平水韻、下平八庚と九青。⒆入声二十六緝(立《りゅう》・急《きゅう》・泣《きゅう》・湿《しゅう》)の独用。平水韻、入声十四緝。

「序」によれば元和十一年(八一六)の作。「感傷」の部。白居易の代表作の一つ。たまたま聞こえてきた琵琶の音をたよりに、長安から流れてきた楽人《がくじん》と出会い、ともに落魄の身を嘆く。まるで短篇小説のように巧みに構成されている。実はこの遭遇は虚構であった可能性も否定できない。というのは、江州に着く前、鄂州《がくしゅう》(湖北省武漢市)に立ち寄った時の詩「夜　歌う者を聞く」は、やはり歌声に誘われて声の主を求めると、十七、八歳の美女が船中で歌っている。かくも悲しい歌を歌うのはなにゆえかと尋ねるが涙にむせぶばかりで答えない、という内容。これが元となる体験であり、「琵琶引」はそれをふくらませたものと考えられないか。自分の境遇と重ね合わせて心情を奔出するところは、いくらか押しつけがましくもあるが、琵琶の演奏という「音楽」をいかに「言葉」に移し替えるか、そこに卓越した詩人としての技量が存分に発揮されている。

16-0948

送客之湖南

年年漸見南方物
事事堪傷北客情
山鬼趫跳唯一足
峽猿哀怨過三聲
帆開青草湖中去
衣濕黄梅雨裏行
別後雙魚難定寄
近來潮不到湓城

客《かく》の湖南《こなん》に之《ゆ》くを送《おく》る

年年《ねんねん》漸《ようや》く見《み》る　南方《なんぽう》の物《もの》
事事《じじ》傷《いた》むに堪《た》う　北客《ほっかく》の情《じょう》
山鬼《さんき》趫跳《きょうちょう》す　唯《た》だ一足《いっそく》
峡猿《きょうえん》哀怨《あいえん》す　三声《さんせい》を過《す》ぐ
帆《ほ》開《ひら》きて青草湖中《せいそうこちゅう》に去《さ》り
衣《ころも》湿《うるお》いて黄梅雨裏《こうばいうり》に行《ゆ》く
別後《べつご》　双魚《そうぎょ》　定《さだ》めて寄《よ》せ難《がた》し
近来《きんらい》　潮《うしお》は湓城《ぼんじょう》に到《いた》らず

湖南に向かう旅人を見送る

一年また一年としだいに南方の事物を見慣れてきても、あれもこれも北方の人の心を悲しませることばかり。

山のなかの妖鬼は一本足で飛び跳ねる。谷間の猿は涙を誘うという三たびを超えて鳴き続ける。

帆に風を受けて君は青草湖へと去っていく。衣を濡らし梅雨のなか旅立ってゆく。別れのあとは魚も手紙もしかとは届かぬだろう。魚を運ぶ潮も、今では湓城《ぼんじょう》まで上ってこないのだから。

○**湖南**　洞庭湖《どうていこ》の南。洞庭湖は江州より長江の上流に位置する。○**北客**　北方から来た旅人。白居易を指す。○**山鬼一句**　「山鬼」は山中の魑魅《ちみ》。「趫跳」は跳び跳ねる。元稹「酒有り十章」詩の第九章に二字を転倒して「陰怪跳趫して水中に躍る」というのも同じ。杜甫「台州《だいしゅう》の鄭十八司戸《ていじゅうはちしこ》を懐《おも》う有り」詩に「山鬼は独《た》だ一脚、蝮蛇《ふくだ》は長きこと樹の如し」。嶺南には至る所に一本足の鬼がいるという(『太平広記』の引く『広異記』など)。○**峡猿一句**　猿は旅愁をそそる南方の動物。その悲しい鳴き声を三回聞けば涙を誘われると言うが(『水経注《すいけいちゅう》』江水に「漁者歌いて曰く、「巴東三峡　巫峡《ふきょう》長し、猿鳴くこと三声にして涙　裳を沾《うるお》す」)、それが三回を越えて鳴く。○**青草湖**　洞庭湖の南側にある湖。南から湘水が流れ込み、北は洞庭湖に通じて、水量が増えると洞庭湖と一つになる。晋・郭璞《かくはく》「江《こう》の賦」(『文選』巻一二)に「其の旁《かたわら》には則ち雲夢・雷池・彭蠡《ほうれい》・青草有り」。ここでは「客」が旅行く先の地。○**双魚**　手紙をいう。楽府古辞「飲馬長城窟行《いんばちょうじょうくつこう》」(『文選』巻二七)に「客　遠方従《よ》り来たり、我に双鯉魚を遺《おく》る。児を呼びて鯉魚を烹《に》れば、中に尺素《せきそ》の書有り(一尺の白絹に書かれた書翰)」に基づく。〇**定寄**　確実に届ける。〇**近来一句**　海潮は長江の中流にあたる潯陽まで上ってこないために書翰を運ぶ魚も来られない。「近来」は「飲馬長城窟行」をふまえて、かつては手紙を届けたという魚も今では、の意。〇**詩型・押韻**　七言律詩。下平十二庚(行《こう》)と十四清(情《せい》・声《せい》・城《せい》)の同用。平水韻、下平八庚。

元和十一年(八一六)、江州の作。「律詩」の部。送別に添えて、江州に居残る作者が南方の風土に覚える違和感を綴る。海から数百キロ離れた江州(潯陽)に潮がのぼるべくもないが、詩のなかではしばしば潮は潯陽の手前で引き返す、潯陽には至らない、と言われる。

睡起晏坐　　睡《ねむ》りより起《お》きて晏坐《あんざ》す

07-0290

後亭晝眠足　　後亭《こうてい》　昼眠《ちゅうみん》足り
起坐春景暮　　起坐《きざ》すれば　春景《しゅんけい》暮る
新覺眼猶昏　　新《あら》たに覚《さ》めて眼《め》は猶《な》お昏《くら》く

無思心正住
淡寂歸一性
虛閑遺萬慮
了然此時心
無物可譬喩
本是無有鄉
亦名不用處
行禪與坐忘
同歸無異路

思《おも》い無《な》くして　心正《こころまさ》に住《じゅう》す
淡寂《たんせき》　一性《いっしょう》に帰《き》す
虚閑《きょかん》　万慮《ばんりょ》を遣《わす》る
了然《りょうぜん》たり　此《こ》の時《とき》の心《こころ》
物《もの》の譬喩《ひゆ》す可《べ》き無《な》し
本《もと》は是《こ》れ無有郷《むゆうきょう》
亦《ま》た名《な》づく　不用処《ふようしょ》
行禅《ぎょうぜん》と坐忘《ざぼう》と
帰《き》するを同《おな》じくして異路《いろ》無《な》し

〔道書云無何有之鄉、禪經云不用處。二者殊名而同歸

道書《どうしょ》に「無何有《むかゆう》の郷《きょう》」と云《い》い、禅経《ぜんけい》に「不用処《ふようしょ》」と云《い》う。二者《にしゃ》は名《な》を殊《こと》にするも帰《き》するを同《おな》じくす〕

眠りから覚めて安らかに坐す

裏の亭《てい》でたっぷり昼寝をし、身を起こして坐るうちに春の日は暮れていく。

覚めたばかりで目はまだぼんやり、何思うこともなく、心はまさしく安住の境地。

さっぱりとして本性に行き着き、様々な思慮を離れて心は空《くう》となる。

明晰そのもののこの時の心境、何物にもたとえようがない。

これこそが「無何有郷《むかゆうきょう》」であり、また「不用処《ふようしょ》」とも呼ばれるもの。

仏教の座禅、道教の坐忘、帰するところは同じ、異なる道すじではない。

〔老荘の書物に「無何有の郷」と言い、禅の経文に「不用処」と言う。両者は名は異なっても同じ境地に帰着するものだ〕

○**晏坐**　心安らかに坐す。白居易の閑適詩で愛用される語。○**眼猶昏**　目が寝起きでかすみ、はっきり見えない。○**無思一句**　あれこれ思慮に煩わされることなく、坐禅によって静かな境地を得る。「心住」は仏語。心の安住をいう。○**淡寂**　執着から離れた清浄な状態。『荘子』天道篇に「夫れ虚静・恬淡・寂寞・無為なる者は、天地の本にして道徳の至なり」など、老荘の思想で理想とされるが、仏教の境地でもある。○**一性**　すべての物に備わっている本性、仏性。○**虚閑**　何者にも縛られない空無の状態。『五《ご》灯会《とうえ》元《げん》』に「祇《た》だ虚閑を要す」など、禅の語。『晋書』陶淵明伝では「嘗《つね》に言う、夏の月虚閑にして、北窓の下に高臥し、……」と暇でのんびりした陶淵明の生活ぶりをいう。

ただし『晋書』のこの記事のもとになった陶淵明「子の儼《げん》らに与うる疏《そ》」には「虚閑」の語はない。○了然　明瞭なさま。○無有郷　理想郷。『荘子』逍遥遊《しょうようゆう》篇ほかに「無何有の郷」として見える。何もない所の意。○不用処　外物が関わらない境地。仏教の語。「無所有処」ともいう。○坐忘　外物も自分も忘れて道と一体となる境地。『荘子』大宗師《だいそうし》篇に「肢体を堕《くず》し、聡明を黜《しりぞ》け、形を離れ知を去りて、大通(自然の道の働き)に同ず、此れを坐忘と謂う」。○詩型・押韻　五言古詩。去声九御(慮《りょ》・処《しょ》)、十遇(住《じゅう》・喩《ゆ》)と十一暮(暮《ぼ》・路《ろ》)の通押。平水韻、去声六御と七遇。

元和十一年(八一六)もしくは十二年、江州の作。「閑適」の部。昼寝から覚めた状態のなかで、物我を忘れた境地を得てうたう。江州では廬山に遊んで僧侶と交わるなど、仏教への傾斜を深めるが、仏教での悟りの境地は、老荘が自分への執着を棄てて道と一体になることを求めるのと帰着するところは同じであると説く。

聞早鶯　　　　早鶯《そうおう》を聞《き》く

07-0295

日出眠未起　　日《ひ》出《い》ずるも眠《ねむ》りて未《いま》だ起《お》きず

屋頭聞早鶯　　屋頭《おくとう》　早鶯《そうおう》を聞《き》く

忽如上林曉
萬年枝上鳴
憶爲近臣時
秉筆直承明
春深視草暇
旦暮聞此聲
今聞在何處
寂寞潯陽城
鳥聲信如一
分別在人情
不作天涯意
豈殊禁中聽

忽《たちま》ち上林《じょうりん》の暁《あかつき》
万年枝《ばんねんし》の上《うえ》に鳴《な》くが如《ごと》し
憶《おも》う　近臣《きんしん》為《た》りし時《とき》
筆《ふで》を秉《と》りて承明《しょうめい》に直《ちょく》せしを
春深《はるふか》くして草《そう》を視《み》る暇《ひま》に
旦暮《たんぼ》　此《こ》の声《こえ》を聞《き》く
今《いま》　聞《き》くは何処《いずこ》にか在《あ》る
寂寞《せきばく》たる潯陽城《じんようじょう》
鳥《とり》の声《こえ》は信《まこと》に一《いつ》の如《ごと》きも
分別《ふんべつ》するは人《ひと》の情《じょう》に在《あ》り
天涯《てんがい》の意《い》を作《な》さざれば
豈《あ》に禁中《きんちゅう》に聴《き》くに殊《こと》ならんや

鶯の初音《はつね》を耳にして

日がのぼっても寝たまま起きずにいると、屋根から鶯の初音が聞こえてきた。
ふいに上林苑の夜明け、中書省の万年樹《ばんねんじゅ》で鳴いている心持ちとなる。
思い起こすのは天子のおそばに仕えて、筆を手に承明《しょうめい》に宿直《とのい》していた時。
春深まり、詔勅起草の合間に、朝な夕なこの声を聞いたものだった。
今それをどこで聞いているのかといえば、寂しい潯陽《じんよう》の町。
鳥の鳴き声はまるで同じなのに、聞き分けるのは人の心がなすわざ。
天の果てにいることを忘れたら、禁中で聞くのと同じではないか。

○日出一句　日が出ても寝ているのは流謫の身ゆえ官人としての職務がないため。七、八句の都では「草を視る暇」に鶯の声を聞いたのと対比する。**○忽如・万年二句**　鶯の声を聞いたのを機に、ふと宮中にいるような心持ちになったことをいう。「上林」は漢の御苑、上林苑。借りて唐の宮苑を指す。「万年枝」は木の名。トチノキの類の常緑樹。南斉・謝朓《しゃちょう》「中書省に直《ちょく》す」詩（『文選』巻三〇）に「風は動かす　万年の枝」の句をふまえる。『文選』李善の注は『晋宮闕名《しんきゅうけつめい》』を引いて「華林園に万年樹十四株有り」。宮中の華林園に植えられた樹木と言う。**○憶為一句**　「憶」は遠い過去のことを思い起こす。「近臣」は天子の身近に使える臣。翰林学士《かんりんがくし》であった時を指す。**○直承明**　「承明」は漢の宮中の門の名。当直の官員が宿直する所。翰林学士は天子の詔をいつでも起草できるように夜も詰めていた。『漢書』厳助《げんじょ》伝に地方官を願い出て都を去った厳助に対して、武帝が書を送って、「君は承明の廬《ろ》を厭う」、その張晏《ちょうあん》の注に「承明廬は石渠閣《せっきょかく》の外に在り。直宿の所止(宿直する場所)を廬と曰う」。○**視草**　翰林学士の職掌として詔勅の草稿を調べる。○**鳥声・分別二句**　鶯の鳴き声に変わりはないが、それを聞く人の心を反映して違う声に聞こえる。○**不作・豈殊二句**　天涯(地の果て)にいるつもりにならなければ、宮中で聞くのと同じ声に聞こえるの意。○**詩型・押韻**　五言古詩。下平十二庚(鳴《めい》・明《めい》)、十三耕(鶯《おう》)、十四清(声《せい》・城《せい》・情《せい》)と十五青(聴《てい》)の通押。平水韻、下平八庚と九青。

元和十二年(八一七)、江州の作。「閑適」の部。鶯の声を耳にしたことから宮中に仕えていた時を思い起こす。同じ鳥の声が違って聞こえるのは、聞く人の置かれた状況による主観的なものだと合理的に説くところは中唐詩らしい新たな認識であり、それは宋詩に至ってさらに顕著になる。とはいえ、天子直近の身が遠い江州に謫された悲哀の情感が全体に流れる。

香鑪峯下、新置草堂、
即事詠懐、題於石上

香鑪峰《こうろほう》の下《もと》、新《あら》たに草堂《そうどう》を置《お》き、事《こと》に即《そく》して懐《おも》いを詠《えい》じ、石上《せきじょう》に題《だい》す

香鑪峯北面
遺愛寺西偏
白石何鑿鑿
清流亦潺潺
有松數十株
有竹千餘竿
松張翠繖蓋
竹倚青琅玕
其下無人居
惜哉多歳年
有時聚猨鳥
終日空風煙

香鑪峰《こうろほう》の北面《ほくめん》
遺愛寺《いあいじ》の西偏《せいへん》
白石《はくせき》　何《なん》ぞ鑿鑿《さくさく》たる
清流《せいりゅう》　亦《ま》た潺潺《せんせん》たり
松《まつ》有《あ》り　数十株《すうじっしゅ》
竹《たけ》有《あ》り　千余竿《せんよかん》
松《まつ》は翠《みどり》の繖蓋《さんがい》を張《は》り
竹《たけ》は青《あお》き琅玕《ろうかん》を倚《よ》す
其《そ》の下《した》に人《ひと》の居《きょ》する無《な》し
惜《お》しい哉《かな》　多歳年《たさいねん》
時有《ときあ》りて猿鳥《えんちょう》聚《あつ》まり
終日《しゅうじつ》　風煙《ふうえん》空《むな》し

時有沈冥子
姓白字樂天
平生無所好
見此心依然
如獲終老地
忽乎不知還
架巖結茅宇
斸壑開茶園
何以洗我耳
屋頭落飛泉
何以淨我眼
砌下生白蓮
左手攜一壺
右手挈五絃

時《とき》に沈冥子《ちんめいし》有《あ》り
姓《せい》は白《はく》　字《あざな》は楽天《らくてん》
平生《へいぜい》　好《この》む所《ところな》無きも
此《こ》れを見《み》て心《こころ》依然《いぜん》たり
終老《しゅうろう》の地《ち》を獲《え》たるが如《ごと》く
忽乎《こつこ》として還《かえ》るを知《し》らず
巌《いわ》に架《か》して茅宇《ぼうう》を結《むす》び
壑《たに》を斸《けず》りて茶園《さえん》を開《ひら》く
何《なに》を以《もっ》て我《わ》が耳《みみ》を洗《あら》わん
屋頭《おくとう》に飛泉《ひせんお》落つ
何《なに》を以《もっ》て我《わ》が眼《め》を浄《きよ》めん
砌下《せいか》に白蓮《はくれんしょう》生ず
左手《ひだりて》に一壺《いっこ》を携《たずさ》え
右手《みぎて》に五絃《ごげん》を挈《ひっさ》ぐ

傲然意自足
箕踞於其間
興酣仰天歌
歌中聊寄言
言我本野夫
誤爲世網牽
時來昔捧日
老去今歸山
倦鳥得茂樹
涸魚反清源
捨此欲焉往
人間多險艱

傲然《ごうぜん》として意《い》自《おのずか》ら足《た》り
其《そ》の間《かん》に箕踞《ききょ》す
興《きょう》酣《たけなわ》にして天《てん》を仰《あお》ぎて歌《うた》い
歌《うた》の中《なか》に聊《いささ》か言《げん》に寄《よ》す
言《い》う 我《われ》は本《もと》 野夫《やふ》なるに
誤《あやま》って世網《せもう》の牽《ひ》くところと為《な》る
時《とき》来《き》たりて昔《むかし》 日《ひ》を捧《ささ》げ
老《お》い去《さ》りて今《いま》 山《やま》に帰《かえ》る
倦鳥《けんちょう》 茂樹《もじゅ》を得《え》
涸魚《こぎょ》 清源《せいげん》に反《かえ》る
此《こ》れを捨《す》てて焉《いず》くに往《ゆ》かんと欲《ほっ》する
人間《じんかん》 険艱《けんかん》多《おお》し

香炉峰のふもとに新たに草堂を設け、その場で思いを詠じて、岩の上に書き付

ける
香炉峰の北面、遺愛寺の西側。
白い石は実に鮮やか、清らかな水は涼やかに流れる。
松の木が数十本あり、竹が千にあまるほどある。
松は緑色の傘を開き、竹は青い琅玕《ろうかん》の玉を並べる。
その下に住む人もないまま、惜しいことに長い年月が過ぎた。
時には猿や鳥が集まり、日がな一日、風が舞い靄がたなびく。
ここにうらぶれた男がいる。姓は白、字《あざな》は楽天。
日頃愛好するものとてないが、この地を見て心が惹きつけられた。
終《つい》の棲家を見付けたかのように、思わず帰るのを忘れてしまった。
岩に立て掛けて草葺きの小屋をしつらえ、谷間を切り開いて茶畑を開いた。
何によってわが耳を洗うのかと言えば、屋根には滝の水が飛び散る。
何によってわが目を清めるかと言えば、みぎりには白い蓮が花開く。
左手には酒壺を携え、右手には五絃琴をひっさげる。
どっかと構えて心満ち足り、その場に足を投げ出して居座る。

興高まれば天を仰いで歌う。歌のなかにいくらか思うところをこと寄せた。
――わたしはもともと田舎者。それが何かの間違いで世に囚われた。
機会到来して天子のおそばに仕えたが、年老いて今や山に帰った。
飛び疲れた鳥が茂みを見付け、干上がった魚も清冽な水源に返るように。
この地を棄ててどこに行こうというのか。人の世は苦難ばかりなのだから。

○香鑪峰　廬山《ろざん》の北側の峰。香炉に似たかたちから名付けられた。**○即事**　目の前の事物をその場で詩に詠む。**○香鑪・遺愛二句**　「遺愛寺」は廬山香炉峰の北に位置する寺。香炉峰の草堂については「草堂記」にも詳しく述べられ、そこに「匡盧《きょうろ》(廬山の別名)の奇秀は天下の山に甲たり(一番である)。山北の峰は香炉と曰い、峰北の寺は遺愛寺と曰う」。「西偏」は西側。「偏」は側面。**○白石一句**　水が澄んで水中の白い石がはっきり見える。『詩経』唐風・揚之水《ようしすい》に「揚がれる水(打ち寄せてしぶきをあげる水)、白石鑿鑿たり」。その毛伝に「鑿鑿然は、鮮明の貌」。**○潺潺**　水が清らかに流れるさま。魏・曹丕「丹霞蔽日行《たんかへいじつこう》」に「谷水潺潺たり、木落ちて翩翩《へんぺん》たり(木の葉がひらひら舞い落ちる)」。**○有松・有竹二句**　元和十二年(八一七)四月十日に書かれた「微之(元稹)に与うる書」のなかにも草堂を設けたことが記され、「前に喬松十数株、脩竹千余竿有り」。

○**翠織蓋**　緑のかさ。「織」は「傘」の古字。「遺愛寺の前渓の松に題す」詩にも「翠蓋煙を籠《こ》めて密なり」。○**竹倚一句**　「琅玕」は美玉。『尚書』禹貢《うこう》に雍州《ようしゅう》の産物を述べて「厥《そ》の貢《みつぎもの》は惟《こ》れ球・琳・琅玕」、球も琳も美玉。「湓浦の竹」詩にも「青き琅玕を剖劈《ほうへき》し(切り裂いて)、家家　牆屋《しょうおく》を蓋《おお》う」。つやつやした表面の類似から竹の比喩に用いられる。「倚」は立てかける。○**沈冥子**　世に浮かばれず逼塞する人。蜀の隠者厳君平《げんくんぺい》と結びついて用いられる。漢・揚雄『法言』問明《もんめい》に「蜀荘(蜀の荘遵《そうじゅん》、厳君平のこと)は沈冥す」。『宋書』袁粲《えんさん》伝に引く袁粲「妙徳先生伝」に「揚子(漢の学者、揚雄)の寂漠、厳叟《げんそう》(厳君平)の沈冥と雖も、是れ(妙徳先生)に過ぎざるなり」。「子」は人。自分を客体化して語る。○**依然**　懐かしく心惹かれるさま。「草堂記」にも「太原の人白楽天見て之《これ》を愛し、遠行の客の故郷を過《よ》ぎり、恋恋として去る能わざるが若し」と、ふるさとのような愛着を覚えたことを記す。○**終老地**　老年を過ごすにふさわしい地。○**架巌一句**　岩壁に掛け渡して草堂を構える。「茅宇」は草葺きの家。「宇」は屋根、さらに家屋。○**斸壑**　「斸」は切る。ここでは谷間を削る。○**洗我耳**　清らかな音で世塵を洗い流す。上古の隠者許由《きょゆう》の故事を用いる。晋・皇甫謐《こうほひつ》『高士伝』に「堯《ぎょう》(古代の五帝の一人)は天下を許由に譲らんとす。……堯又《ま》た召して九州(中国全土)の長と為さんとす。由　之《これ》を聞くを欲せず、耳を潁水《えいすい》の浜に洗う」。○**飛泉**　滝。草堂のかたわらに滝があったことは、「微之《びし》に与うる書」にも「流水　舍下に周《めぐ》り、飛泉　簷間《せんかん》(軒端)より落つ」。○砌下一句　「砌」はみぎり。池のまわりに敷いた石畳。「微之に与うる書」に「紅榴《こうりゅう》・白蓮、池砌に羅《つら》なり生ず」。○挈五絃　「挈」は手にかかえる。「五絃」は五帝の一人の舜が奏したという(『韓非子』外儲説《がいちょせつ》左上)古代の楽器の名を借りて、琴を指す。「秦中吟十首」の「五絃」および「新楽府」五十首の「五絃の弾」(一五七頁)は、古代の楽器をうたう。○傲然　誇り高く世俗を超越したさま。陶淵明「士の不遇に感ずる賦」に「常に傲然として以て情に称《かな》う」。○箕踞　両足を投げ出して坐る。気ままな態度。○寄言　思いを言葉に托する。魏・嵆康《けいこう》「琴賦」序に「之を吟詠して足らざれば、則ち言に寄せて以て意を広む」。○野夫　田夫。官人にふさわしくないことをいう。○誤為一句　「為」は受け身をあらわす。「世網」は世のしがらみ。本来自分のいるべき場ではないのに、「誤って」世俗に落ちたという措辞は、陶淵明「園田の居《きょ》に帰る五首」其の一に「少《わか》くして俗に適《かな》うの韻無く、性　本　丘山《きゅうざん》を愛す。誤って塵網の中に落ち、一たび去りて三十年」を受ける。○時来　時機がめぐってきて。○捧日　天子に仕える。『三国志』程昱《ていいく》伝の裴松之《はいしょうし》注『魏書』の故事に基づく。程昱は若い時に泰山に登って「両手もて日を捧ぐ」夢を見た。荀彧《じゅんいく》に語るとそれが曹操に伝えられ、曹操は程昱を腹心の臣とした。白居易が翰林学士・左拾遺として憲宗に仕えたことを指す。○倦鳥　飛ぶのに疲れた鳥。官界に疲弊した己れをたとえる。これも陶淵明をふまえる。「帰去来の辞」に「鳥は飛ぶに倦みて還るを知る」。また「園田の居に帰る五首」其の一に「羈鳥　旧林を恋い、池魚　故淵を思う」。**〇涸魚**　涸れた水のなかの魚。『荘子』外物篇の、轍《わだち》の水たまりにはまった鮒が大河の水など待てない、わずかな水でいいから今すぐほしいと語る故事に基づく。**〇捨此一句**　ここほど心にかなう場はないという言い方は、後年の「洛詩に序す」に「此れにして適ならざれば、何《いず》こに往きて適ならんや」というのに同じ。**〇詩型・押韻**　五言古詩。上平二十二元(園《えん》・言《げん》・源《げん》)と二十五寒(竿《かん》・玕《かん》)と二十八山(潺《せん》(また仙韻)・間《かん》・山《さん》・艱《かん》)と下平一先(年《ねん》・煙《えん》・天《てん》・蓮《れん》・絃《げん》・牽《けん》)、二仙(偏《へん》・然《ぜん》・還《せん》・泉《せん》)の通押。平水韻、上平十三元と十四寒と十五刪と下平一先。

元和十二年(八一七)、江州の作。「閑適」の部。廬山に草堂を構えたことは、詩文のあちこちで述べる。江州時期、心の平安を得るための大切な場であった。この詩では第三者のごとく白居易を登場させてその思いを語らせる。仕官か隠逸かという選択ではなく、自分はもともと官界には不向きであったと隠棲への思いとその実現をうたう。「我れ本山中の人」(「悟《ご》真寺《しんじ》に遊ぶ一百三十韻」詩)という感慨がここにも見える。

重　題
其三

日高睡足猶慵起
小閣重衾不怕寒
遺愛寺鐘欹枕聽
香鑪峯雪撥簾看
匡廬便是逃名地
司馬仍爲送老官
心泰身寧是歸處
故鄕可獨在長安

16-0978

重《かさ》ねて題《だい》す
其《そ》の三《さん》

日《ひ》高《たか》く睡《ねむ》り足《た》るも猶《な》お起《お》くるに慵《ものう》し
小閣《しょうこう》　衾《きん》を重《かさ》ねて寒《さむ》きを怕《おそ》れず
遺愛寺《いあいじ》の鐘《かね》は枕《まくら》を欹《そばだ》てて聴《き》き
香鑪峰《こうろほう》の雪《ゆき》は簾《すだれ》を撥《は》ねて看《み》る
匡廬《きょうろ》は便《すなわ》ち是《こ》れ名《な》を逃《のが》るる地《ち》
司馬《しば》は仍《な》お老《お》いを送《おく》る官《かん》為《た》り
心泰《こころやすら》かに身《み》寧《やす》きは是《こ》れ帰処《きしょ》
故郷《こきょう》は独《ひと》り長安《ちょうあん》に在《あ》る可《べ》けんや

重ねて題す
その三

日は高く、眠りも十分とれたのに、まだ起きる気にはなれない。小部屋にしとねを重ねていると、寒さの心配もない。

遺愛寺の鐘の音は枕を立てて聞き入り、香炉峰の雪はすだれをはね上げて眺める。廬山こそ世間の虚名を逃れて暮らすにかなう地。この司馬という職はなかなか老後にふさわしい官といえよう。

心は穏やかで身は安らか、それが落ち着くべき先、故郷はなにも長安のみに限ることはあるまい。

○**重題**　「香炉峰下に新たに山居を卜《ぼく》す、草堂初めて成り、偶《たま》たま東の壁に題す」という七言律詩に続けてうたった「重ねて題す」詩四首(すべて七言律詩)の第三首。○**小閣**　「小閣」というに同じ。小部屋。○**欹枕**　枕を立てて頭を高くする。○**匡廬**　廬山の別名。○**逃名地**　世間の名声を求めず、ひっそり暮らすのにふさわしい地。『後漢書』逸民伝に「法真《ほうしん》は名は聞くを得べきも、身は得て見ること難し。名を逃るるも名は我に随い、名を避くるも名は我を追う。百世の師と謂うべし」、法真自身は名声を拒絶して身を隠し、姿は見られなくても名声はどこまでも追いかけてくる、という。また後に宋の欧陽脩「六一居士伝」には、「名を逃れんと欲し」ながら自分の号にこだわる欧陽脩に対して、それは自分につきまとう影から逃れようとして逃れきれずに死んだ男(『荘子』漁父《ぎょほ》篇)と同じだとからかわれる話が見える。「逃名」はそのように士大夫にとって重い意味をもつ。○**司馬**　江州における白居易の官名。政治犯に与えられる官であるために、官としての待遇はあっても職務はなく、それゆえ老後を過ごすのにふさわしい官であるという。○**仍**　屈折した思いを経たうえでそこに帰着する意を含む。流謫の官であるけれども思い直してみれば。○**心泰一句**　心身の安寧が得られることこそ帰着すべき場所である、の意。○**可独**　「……だけであろうか」。「可」は反語。○**詩型・押韻**　七言律詩。上平二十五寒(寒《かん》・看《かん》・安《あん》)、二十六桓(官《かん》)の同用。平水韻、上平十四寒。

元和十二年(八一七)、江州の作。「律詩」の部。香炉峰の草堂で閑適を満喫する。暖かく眠るという身体的な喜びに加えて、官職・名利から離れた生き方を実現しえているという思念のうえでの満足もこめる。「遺愛寺の鐘」、「香炉峰の雪」の聯は、清少納言の故事で日本でよく知られているが、「枕を欹てて聴」いたり、「簾を撥ねて看」たりするのは、廬山の名だたる寺や峰に、生活の場から直接接することができる喜びをあらわしている。

小池二首

小池《しょうち》二《に》首《しゅ》　07-0310

其二

其《そ》の二《に》

有意不在大

意《い》有《あ》るも大《だい》に在《あ》らず

湛湛方丈餘
荷側瀉清露
萍開見游魚
毎一臨此坐
憶歸青溪居

湛湛《たんたん》たり　方丈《ほうじょう》の余《よ》
荷《はす》側《そばだ》ちて清露《せいろ》を瀉《そそ》ぎ
萍《うきくさ》開《ひら》きて游魚《ゆうぎょ》を見《み》る
一《ひと》たび此《ここ》に臨《のぞ》みて坐《ざ》する毎《ごと》に
青渓《せいけい》の居《きょ》に帰《かえ》らんことを憶《おも》う

小さな池　二首
その二

欲しいとは思うが大きくはなくてよい。一丈四方ほどの狭いなかに満々と湛えた水。はすの葉がかたぶくと、清らな露がこぼれる。浮き草拡がる隙間に魚が泳ぐのが見える。

この池を前に坐るたびに、青い渓流のほとりの住まいに落ち着きたいと思う。

○**有意一句**　池をほしい気持ちはあるが、大きい池を求めるわけではない、の意。池の大小は問題でないという考えは、「駱山人《らくさんじん》の野居《やきょ》の小池に過《よ》ぎる」詩にも「但だ問う意有るや無きや。論ずる勿《な》かれ　池の大小」という。○**湛湛**　水が深く満ちているさま。『楚辞』招魂に「湛湛たる江水　上に楓《ふう》有り」。○方丈余　四方一丈あまり。狭いことをいう。「丈」は長さの単位、三メートルほど。○荷側一句　「荷」は蓮全体をいうが本義は蓮の葉。ここでも葉をいう。「側」は斜めになる。「瀉」は一気に降りかかる。○萍開　浮き草が動いて水面が開く。○毎一　ひとたび……するたびに。「禁中　暁に臥して王起居《おうききょ》(起居郎の王起《おうき》)を懐《おも》う」詩に「一たび静境を得る毎に、故人と言わんことを思う」。○憶帰一句　「帰」は本来身を落ち着けるべき場所に帰着する。「青渓居」は清らかな谷川の流れる、隠者の住まい。晋・郭璞《かくはく》「遊仙詩七首」(『文選』巻二一)其の二、「青渓千余仞《じん》、中に一道士有り」に基づく。「微之《びし》(元稹)に和す詩二十三首　朝より迴《かえ》りて王煉師《おうれんし》と南山の下に遊ぶに和す」詩に「暮れに一道士と、出でて青渓の居を尋ぬ」。○詩型・押韻　五言古詩。上平九魚(余《よ》・魚《ぎょ》・居《きょ》)の独用。平水韻、上平六魚。

元和十二年(八一七)、江州での作。「閑適」の部。この池については「官舎の内に新たに小池を鑿《ほ》る」詩にも歌われる。「方丈　深さは尺に盈つ」(「官舎内……」詩)という小さな池に、幽邃《ゆうすい》な大自然を見立てるという趣向は、中唐の時期にあらわれ、韓愈にも甕《かめ》を埋めて池とした「盆池」詩がある。韓愈の詩では児戯に等しい遊びを自嘲する口調を帯びるが、白居易には諧謔味はない。

閉關

我心忘世久
世亦不我干
遂成一無事
因得常掩關
掩關來幾時
髣髴二三年
著書已盈帙
生子欲能言
始悟身向老
復悲世多艱
迴顧趨時者
役役塵壤閒
歳暮竟何得

関《かん》を閉《と》ず

我《わ》が心《こころ》 世《よ》を忘《わす》るること久《ひさ》し
世《よ》も亦《ま》た我《われ》を干《おか》さず
遂《つい》に一《いっ》に事無《ことな》きを成《な》し
因《よ》りて常《つね》に関《かん》を掩《おお》うを得《え》たり
関《かん》を掩《おお》いて来《より》 幾時《いくとき》ぞ
髣髴《ほうふつ》たり 二三年《にさんねん》
書《しょ》を著《あら》わして已《すで》に帙《ちつ》に盈《み》ち
子《こ》を生《う》みて能《よ》く言《い》わんと欲《ほっ》す
始《はじ》めて身《み》の老《お》いに向《なんなん》とするを悟《さと》り
復《ま》た世《よ》の艱《かん》多《おお》きを悲《かな》しむ
時《とき》に趨《おもむ》く者《もの》を迴顧《かいこ》すれば
塵壌《じんじょう》の間《かん》に役役《えきえき》たり
歳暮《さいぼ》 竟《つい》に何《なに》をか得《え》ん

07-0311

不如且安閑　且《しばら》く安閑《あんかん》たるに如《し》かず

門を閉じる

わたしのなかで世間を忘れて久しい。世間もまたわたしには関わらない。
そこでさっぱり用事が失せ、ために常時、門を閉めきっていられる。
門を閉めきってからどれほどたつか。ざっと数えて二、三年。
書いた物は帙《ちつ》にたまり、生まれた子はものを言うほど大きくなった。
今はじめて老いに向かう我が身に気づき、世に艱難《かんなん》が満ちるのを悲しむ。
世間に走り回る輩を眺めわたせば、俗塵《ぞくじん》にまみれてあくせくしている。
人生のたそがれに結局何が得られるのか。まずはのんびり暮らすに如くはない。

○**閉関**　「関」はかんぬき、ひいては門。○**不我干**　「干」は関与する、さらに侵犯する。「干《もと》めず」と読んでも意味に大差はない。○**一無事**　「一」はまったく、確かに。意味を強める。○**掩関来**　「来」は「……してから」。時間をあらわす助字。○**髣髴**　だいたい、ほとんど。「彷彿」とも表記する双声の語。○**盈帙**　書きとめた紙が帙にくるむほどの量に達する。「王処士の郊居に題す」詩に王処士について「著書　帙に盈ちて鬢毛斑《まだら》なり」。○生子一句 前年の元和十一年に生まれた女子羅児《らじ》を指す。○迴顧 自分の目指す生き方とは反対の方向に目を向けてみる。○趨時者 時代・世間に向かう者。語は『周易』繫辞伝下《けいじでん》、「変通とは時に趨く者なり」に基づくが、ここでは否定的に捉える。○役役 あくせくするさま。『荘子』斉物論篇《せいぶつろん》に外物と逆らう生き方について「終身役役たるも、而して其の成功するを見ず」。○塵壌 塵埃に満ちた俗世。○歳暮 一年の終わり、それによって人生のたそがれをいう。西晋・左思《さし》「雑詩」(『文選』巻二九)に「壮歯 恒《つね》には居らず、歳暮 常に慨慷す(壮年はいつまでも続くものではなく、老年に至って悲憤する)」。○安閑 心の伸びやかな状態。白居易が閑適に求める心境。○詩型・押韻 五言古詩。上平二十二元(言《げん》)と二十五寒(干《かん》)と二十七刪(関《かん》)、二十八山(艱《かん》・間《かん》・閑《かん》)と下平一先(年《ねん》)の通押。平水韻、上平十三元と十四寒と十五刪と下平一先。

元和十二年(八一七)、江州の作。「閑適」の部。門を閉じるのは世間を遮断する行為。ここに言う「閉関」のほかにも、白居易の詩には「掩門《えんもん》」「掩関」「閉門」「関門」などの語がよく見え、自分の世界に籠もってそこに平安を得ようとする。一、二句で語る自分と世間との関係は、早くは南朝宋・鮑照《ほうしょう》「詠史」(『文選』巻二一)に「君平(蜀の隠者厳《げん》君平《くんぺい》)独り寂漠たり、身と世と両《ふた》つながら相い棄つ」とうたわれる。以後、「身と世と相い棄つ」は習用されるが、白居易はたとえば「身と世と交《こも》ごも相い忘る」(「詠興五首」其の三)のように「忘れる」と言い換える。「棄てる」では世間との対立が伴うのに対して、「忘れる」——身と世とが互いに関わりなく存在する、というところが白居易らしい。

感情

中庭曬服玩
忽見故郷履
昔贈我者誰
東鄰嬋娟子
因思贈時語
特用結終始
永願如履綦

情《じょう》に感《かん》ず

中庭《ちゅうてい》　服玩《ふくがん》を曬《さら》し
忽《こつ》として故郷《こきょう》の履《くつ》を見《み》る
昔《むかし》　我《われ》に贈《おく》りし者《もの》は誰《たれ》ぞ
東隣《とうりん》の嬋娟子《せんけんし》
因《よ》りて思《おも》う　贈《おく》りし時《とき》の語《ご》
特《た》だ用《もっ》て終始《しゅうし》を結《むす》ぶ
永《とわ》に願《ねが》わくは履綦《りき》の如《ごと》く

10-0511

雙行復雙止
自吾謫江郡
漂蕩三千里
爲感長情人
提攜同到此
今朝一惆悵
反覆看未已
人隻履猶雙
何曾得相似
可嗟復可惜
錦表繡爲裏
況經梅雨來
色黯花草死

双《なら》び行《ゆ》き復《ま》た双《なら》び止《と》まらんことをと
吾《われ》　江郡《こうぐん》に謫《たく》せられて自《よ》り
漂蕩《ひょうとう》すること三千里《さんぜんり》
長情《ちょうじょう》の人《ひと》に感《かん》ずるが為《ため》に
提携《ていけい》して同《とも》に此《ここ》に到《いた》る
今朝《こんちょう》　一《ひと》たび惆悵《ちゅうちょう》し
反覆《はんぷく》して看《み》ること未《いま》だ已《や》まず
人《ひと》は隻《せき》なるも履《くつ》は猶《な》お双《そう》
何《なん》ぞ曽《かつ》て相《あ》い似《に》るを得《え》ん
嗟《なげ》く可《べ》く復《ま》た惜《お》しむ可《べ》し
錦《にしき》の表《おもて》　繡《ぬいとり》もて裏《うち》と為《な》す
況《いわ》んや梅雨《ばいう》を経《へ》て来《よ》り
色黯《いろくろ》くして花草《かそう》死するをや

思いに感じて

庭に愛用の品々を虫干ししていて、ふと郷里の靴が目に止まった。
そのかみ、わたしに贈ってくれたのは誰であったか。それは東隣りの美しい少女。
折しも蘇るのは、贈られた時のことば、すべてがそこに言い尽くされていた。
「とこしえにこの靴のように、ともに進みともに止まりたいと念じています」
わたしは江州に貶謫され、さすらうこと三千里。
深いこの人の情けに感じて、携えてともにここまでやってきた。
今朝ふいに悲しみを覚え、繰り返して眺め続ける。
人は分かれても靴はまだそろいのまま。人と靴とは同じわけにはいかぬ。
嘆かわしく、また口惜しい。表は錦、裏は刺繍のこの靴。
ましてや梅雨を経て、色は黒ずみ草花模様も跡をとどめない無惨な姿。

○**感情**　「情」は男女の愛情。　○**曬服玩**　「曬」は虫干しする。「服玩」は器物・衣服など生活用品。『後漢書』宦者伝に「車馬服玩は天家(皇帝)に擬《なぞら》う」。　○**東隣一句**　近所の美女。宋玉《そうぎょく》「登徒子《とうとし》好色の賦」(『文選』巻一九)に「臣の里の美しき者は、臣の東家の子に若《し》くは莫《な》し」と、東隣の少女の美しさを語るのに基づく。「嬋娟子」は美女。「嬋娟」は美しいさまをいう畳韻の語。 ○**特用一句**　その言葉だけですべてを語っている。「終始」は始めから最後までのすべて。 ○**履綦**　靴の飾りひも。ひいては靴、さらに足跡をいう。『漢書』外戚伝下の班婕妤《はんしょうよ》の賦に「俯して丹墀《たんち》(宮殿の赤い土間)を視、君の履綦を思う」。顔師古の注に「綦《き》は履下の飾りなり。言うこころは殿上の地を視れば、則ち君の履綦の跡を想うなり」。 ○**双行一句**　一足の靴のように行くのも止まるのも一緒にいたいという思いをいう。 ○**江郡**　江州を古名の九江郡でいったもの。 ○**漂蕩**　水に浮かぶように漂う。 ○**長情人**　いつまでも愛情を抱き続ける人。陳・徐陵《じょりょう》「鴛鴦《えんおう》(おしどり)の賦」に「特《ただ》に訝《いぶか》る鴛鴦の鳥、長情　真《まこと》に念うべし」。 ○**人隻一句**　「隻」は本来、対のものの片われ。 ○**色黯一句**　「黯」は黒くなる。「花草」は靴の模様。 ○**詩型・押韻**　五言古詩。上声四紙(此《し》)、五旨(履《り》・死《し》)、六止(子《し》・始《し》・止《し》・里《り》・已《い》・似《し》・裏《り》)の同用。平水韻、上声四紙。

元和十二年(八一七)、江州の作。「感傷」の部。虫干しの品のなかに昔、恋人から贈られた靴を目にして、失われた恋を回想する詩。実際の恋愛体験をもとに作られる詩は、この時代からあらわれる。白居易には先だって「湘霊《しょうれい》に寄す」(貞元十六年、二十九歳)、

「冬至の夜　湘霊を懐《おも》う」(貞元二十年、三十三歳。三二頁参照)など、「湘霊」の名で呼ばれる女性との恋愛関係に基づく詩もある。湘霊は妓女とおぼしいが、この詩の相手も妓女か。色あせた一足の「履」を中心にドラマを繰り広げていくところ、物語作家としての技量がうかがわれる。

東南行一百韻、寄通州元九侍御・澧州李十一舍人・果州崔二十二使君・開州韋大員外・庾三十二補闕・杜十四拾遺・李二十助教員外・竇七校書

東南行《とうなんこう》一百韻《いっぴゃくいん》、通《つう》州元九侍御《しゅうげんきゅうじぎょ》・澧州《れいしゅう》李十一舍人《りじゅういちしゃじん》・果州崔《かしゅうさい》二十二使君《にじゅうにしくん》・開州韋《かいしゅうい》大員外《だいいんがい》・庾三十二補闕《ゆさんじゅうにほけつ》・杜十四拾遺《とじゅうししゅうい》・李《り》二十助教員外《にじゅうじょきょういんがい》・竇《とう》七校書《しちこうしょ》に寄《よ》す

南去經三楚　南《みなみ》に去《ゆ》きて三楚《さんそ》を経《へ》

東來過五湖　東《ひがし》に来《き》たりて五湖《ごこ》を過《す》ぐ

16-0908

山頭看候館
水面問征途
地遠窮江界
天低極海隅
飄零同落葉
浩蕩似乗桴
漸覺郷原異
深知土產殊
夷音語嘲哳
蠻態笑睢盱
水市通闤闠
煙村混舳艫
吏徵魚戸税
人納火田租

山頭《さんとう》に候館《こうかん》を看《み》
水面《すいめん》に征途《せいと》を問《と》う
地《ち》遠《とお》くして江界《こうかい》を窮《きわ》め
天《てん》低《た》れて海隅《かいぐう》を極《きわ》む
飄零《ひょうれい》　落葉《らくよう》に同《おな》じく
浩蕩《こうとう》　桴《いかだ》に乗《の》るに似《に》る
漸《ようや》く覚《おぼ》ゆ　郷原《きょうげん》の異《こと》なるを
深《ふか》く知《し》る　土産《どさん》の殊《こと》なるを
夷音《いおん》　語《ご》嘲哳《とうたつ》たり
蛮態《ばんたい》　笑《わら》い睢盱《きく》たり
水市《すいし》　闤闠《かんかい》に通《つう》じ
煙村《えんそん》　舳艫《じくろ》混《まじ》う
吏《り》は徴《ちょう》す　魚戸《ぎょこ》の税《ぜい》
人《ひと》は納《おさ》む　火田《かでん》の租《そ》

亥日饒蝦蟹
寅年足虎貙
成人男作丱
事鬼女爲巫
樓闇櫕倡婦
隄喧簇販夫
夜船論鋪賃
春酒斷缻沽

亥日《がいじつ》　蝦《か》蟹《かい》饒《ゆた》かに
寅年《いんねん》　虎《こ》貙《ちゅ》足《た》る
人《ひと》と成《な》りて男《おとこ》は丱《かん》を作《な》し
鬼《き》に事《つか》えて女《おんな》は巫《みこ》と為《な》る
楼闇《ろうくら》くして倡婦《しょうふ》櫕《あつ》まり
隄《つつみ》喧《かまびす》しくして販夫《はんぷ》簇《むら》がる
夜船《やせん》　鋪賃《ほちん》を論《ろん》じ
春酒《しゅんしゅ》　缻沽《ふこ》を断《だん》ず

東南行一百韻　通州の元稹《げんじん》、澧州《れいしゅう》の李建《りけん》、果州の崔韶《さいしょう》、開州の韋処厚《いしょこう》、庾敬休《ゆけいきゅう》、杜元穎《とげんえい》、李紳《りしん》、竇鞏《とうきょう》のもとに送る

南に向かって三楚の地を通り、東に進んで五湖のあたりを過ぎた。

山の上からその日の宿所を見たり、水の上で行路を尋ねたりしながら。

遥かに続く大地、その長江の果てに至り、天空が水面に拡がる最果ての海辺に行き着いた。

風に舞う落ち葉さながらにさすらい、波に揺られるいかだのごとくにさまよう。
しだいに郷里との違いが感じられ、産物も異なるのがつくづくわかる。
異人の言葉は耳障りな響きで、土人は目をむきだし下品に笑う。
水辺の市場は街の通りにつながり、もやの籠もる村には船がひしめく。
小吏は漁民から税を取り立て、庶民は焼き畑の収穫を納める。
亥《い》の日の市場にはエビやカニがどっさり並び、寅の年には虎の襲来に事欠かない。
大人になると男は二本のあげまきを結い、鬼神を信仰して女は巫女となる。
楼閣の闇には娼婦が群がり、堤防にはかしましく物売りが寄り集まる。
夜船ではしきりに席料の交渉、新酒ひとかめの値段の掛け合い。

○**東南行**　「東南」は長安の東南、江州を指す。「行」は歌の意。全二百句、一つの韻で通す。便宜上、六段に分ける。○**寄**……　この詩が送られる相手として以下に列挙されるのは、いずれも白居易が朝廷に仕えていた時期の友人。そして白居易と相前後してこぞって地方に出された。○**通州元九侍御**　元稹《げんじん》、字微之《びし》。元稹は元和十年(八一五)三月、通州司馬に左遷された。それに先だつ元和四年、監察御史《かんさつぎょし》の任に就いたことがあったので、その通称「侍御」をもって呼ぶ。姓のあとの数字は排行(父方の従兄弟を含めた同世代の順番)。以下も同じ。排行で呼ぶのは軽い敬称。○**澧州李十一舎人**　李建《りけん》、字杓《ひょう》直《ちょく》。元和十一年冬、都を出て澧州《れいしゅう》(湖南省澧県)刺史(長官)。李建と以下の二人、崔韶《さいしょう》・韋処厚《いしょこう》はいずれも宰相の韋貫之《いかんし》が朝廷を追われたのに連座して地方に転じた。○**果州崔二十二使君**　崔韶。元和十一年秋、果州《かしゅう》(四川省南充市)刺史に出た。「使君」は刺史の雅称。○**開州韋大員外**　韋処厚、字徳載《とくさい》。「大」は排行が一であること。「員外」は定員外の官。『旧唐書』憲宗紀には元和十一年九月、開州《かいしゅう》(四川省開県)刺史に任じられたと記載があるが、ここには刺史と記されない。○**庾三十二補闕**　庾敬休《ゆけいきゅう》、字順之《じゅんし》。中書省に属する右補闕の官にあった。排行の「三十二」はこの詩の本文自注、また「夢に李七(李宗閔)・庾三十三と同《とも》に元九(元稹)を訪う」詩(四一一頁)では「三十三」に作る。○**杜十四拾遺**　杜元穎《とげんえい》。左拾遺の官にあった。○**李二十助教員外**　李紳《りしん》、字公垂《こうすい》。国子助教の官にあった。「員外」は衍字か。○**竇七校書**　竇鞏《とうきょう》、字友封《ゆうほう》。校書郎の官にあったが、すでに離任していたとおぼしい。

第一段、長安から江州に至る道中、目に触れた異土の風俗を記す。○**南去一句**　都を出て南に向かう行程から書き始められる。「三楚」は今の湖南省、湖北省一帯。戦国時代の楚の国は秦漢に入ると西楚、東楚、南楚の三つに分けられたのでその地を「三楚」と称する(『史記』貨殖列伝)。○**五湖**　一般に江南の湖沼地帯をいうが、ここでは長江中流の武漢あたりを指す。○山頭　山頂。○候館　官員が宿泊する施設。○征途　旅の道筋。○江界　長江の果て。○天低一句　「天低」は空が遮られることなく、水に接するまで垂れ下がるかのように拡がっている光景。孟浩然《もうこうねん》「建徳江《けんとくこう》に宿る」詩に「野は曠《ひろ》くして天　樹に低れ、江清くして月　人に近し」。「海隅」は海の果ての地。○飄零　空中を舞い落ちるさま。○浩蕩　水に漂い弄ばれるさま。○乗桴　「桴」はいかだ。『論語』公冶長《こうやちょう》篇に「子曰く、道行われず、桴に乗りて海に浮かばん」。ここでは広い水の上を寄る辺なく漂う心細さをいう。○漸　旅を進めるにつれてしだいに。○郷原　郷里。○土産　土地の産物。○夷音　異民族の言語の音声。○嘲哳　啁哳とも表記する、双声の擬音語。『楚辞』九弁に「鵾鶏《こんけい》（鶴の類）は啁哳として悲鳴す」のように本来は鳥の鳴き声。ここでは夷人のしゃべる声を耳障りなものとしていう。『孟子』滕文公篇上では「今や南蛮鴃舌《げきぜつ》の人、先王の道を非とす」と南方方言をモズの声にたとえる。○蛮態　異民族のしぐさ。○笑睢盱　粗野に笑う様子をいう。「睢盱」は居丈高に目を怒らせるさま。『荘子』寓言篇に「老子曰く、而《なんじ》は睢睢盱盱たり、而は誰と与《とも》にか居る」。「微之《びし》の春日　簡を陽明洞天に投ずるに和す五十韻」詩にも「橋脚　獣睢盱たり」と橋脚に飾られた獣の恐ろしげな姿をいう。○水市　水辺の市場。○闤闠　「闤」は町の囲い、「闠」は町の門、転じて店の並ぶ街路。西晋・左思《さし》「魏都《ぎと》の賦」（『文選』巻六）に

「闤闠を設けて以て襟帯とす（襟や帯のように商店街が囲む）」。○**煙村**　ふつうは靄のたなびく村落をいうが、ここでは水煙。○**混舳艫**　船が押し合うかのように混在することをいう。「舳」は船首、「艫」は船尾。東晋・郭璞《かくはく》「江の賦」（『文選』巻一二）に「舳艫相い属《つら》なり、万里　檣《ほばしら》を連《つら》ぬ」。底本は「艫」を「艣」（櫓に通じる）に作る。「舳艫」は熟した語なので諸本に従って改める。○**吏徴一句**　「吏」は地方の役所で雇用される事務職員。「魚戸」は漁を業とする所帯。○**人納一句**　「人」は唐の太宗李世民《りせいみん》の諱《いみな》を避けた、「民」の字の言い換え。「火田」は焼き畑。○**亥日・寅年二句**　「亥日」は十干十二支でいのししの日。市が立つ日。「蝦蟹」は市場に並ぶエビやカニ。寅の年には虎の出没が多いという迷信があった。「微之《びし》の官に到りて後の書を得て、備《つぶ》さに通州の事を知り、悵然として感有り、因りて四章を成す」詩、其の二に通州について「寅年　籬下《りか》（かきねのもと）虎に逢うこと多く、亥日　沙頭《さとう》（水辺の地）始めて魚を売る」。「貙」も虎に似た動物。○**成人一句**　「丱」は二本の角のように髪を結い上げたもともとは子供の髪型。『詩経』斉風《せいふう》・甫田《ほでん》に「婉《えん》たり孌《れん》たり、総角丱（かん）たり」。それがこの地では逆に成人のしるし。○**事鬼一句**　異民族の習俗として邪神への信仰を挙げる。○**楼闇一句**　「欑」は「攢」と同じく、集まる。「倡」は底本「猖」に作るが『才調集』によって改める。娼婦。○**隄喧一句**　「隄」は「堤」と同じく、水辺のつつみ。「蔟」は「簇」と同じく、むらがる。○夜船一句　「鋪賃」は乗船料。船のなかの一人分の席が「鋪」。「論」はその値を交渉する。○春酒一句　「瓴」は酒を入れたかめ、「沽」は売買すること、「瓴沽」で酒の値段。「断」は「論」と同じくその値を交渉する。

見果多盧橘
聞禽悉鷓鴣
山歌猿獨叫
野哭鳥相呼
嶺徼雲成棧
江郊水當郛
月橋翹柱鶴
風帆颭檣烏
鼇礙潮無信
蛟驚浪不虞

果《か》を見《み》れば盧橘《ろきつ》多《おお》く
禽《とり》を聞《き》けば悉《ことごと》く鷓鴣《しゃこ》
山歌《さんか》　猿《さる》独《ひと》り叫《さけ》び
野哭《やこく》　鳥《とり》相《あ》い呼《よ》ぶ
嶺徼《れいきょう》　雲《くも》は桟《さん》を成《な》し
江郊《こうこう》　水《みず》は郛《ふ》に当《あ》つ
月橋《げっきょう》　柱鶴《ちゅうかく》翹《あ》がり
風帆《ふうはん》　檣烏《しょうう》颭《あ》ぐ
鼇《おおがめ》礙《さまた》げて潮《しお》に信《しん》無《な》く
蛟《みずち》驚《おどろ》きて浪《なみ》は虞《はか》られず

黽鳴泉窟室
蜃結氣浮圖
樹裂山魈穴
沙含水弩樞
喘牛犂紫芋
羸馬放青菰
繡面誰家婢
鴉頭幾歳奴
泥中採菱芡
燒後拾樵蘇
鼎膩愁烹鼈
盤腥厭膾鱸
鍾儀徒戀楚
張翰浪思呉

黽《ぼう》は鳴《な》く　泉窟室《せんくつしつ》
蜃《しん》は結《むす》ぶ　気《き》の浮図《ふと》
樹《き》は裂《さ》かる　山魈《さんしょう》の穴《あな》
沙《すな》は含《ふく》む　水弩《すいど》の枢《すう》
喘牛《ぜんぎゅう》　紫芋《しう》を犂《す》き
羸馬《るいば》　青菰《せいこ》に放《はな》たる
繡面《しゅうめん》　誰《た》が家《いえ》の婢《ひ》ぞ
鴉頭《あとう》　幾歳《いくさい》の奴《ど》ぞ
泥中《でいちゅう》　菱芡《りょうけん》を採《と》り
焼後《しょうご》　樵蘇《しょうそ》を拾《ひろ》う
鼎膩《ていじ》　鼈《べつ》を烹《に》るを愁《うれ》え
盤腥《ばんせい》　膾鱸《かいろ》を厭《いと》う
鍾儀《しょうぎ》は徒《いたず》らに楚《そ》を恋《こ》い
張翰《ちょうかん》は浪《みだ》りに呉《ご》を思《おも》う

氣序涼還熱
光陰旦復晡
身方逐萍梗
年欲近桑楡
渭北田園廢
江西歳月徂
憶歸恆慘澹
懷舊忽踟躕

気序《きじょ》　涼《すず》しくして還《ま》た熱《あつ》く
光陰《こういん》　旦《あさ》にして復《ま》た晡《ほ》す
身《み》は方《まさ》に萍梗《へいこう》を逐《お》い
年《とし》は桑楡《そうゆ》に近《ちか》づかんと欲《ほっ》す
渭北《いほく》　田園《でんえん》廃《すた》れ
江西《こうせい》　歳月《さいげつ》徂《ゆ》く
帰《かえ》らんことを憶《おも》いて恒《つね》に惨澹《さんたん》たり
旧《きゅう》を懐《おも》いて忽《たちま》ち踟躕《ちちゅう》す

目にする果物はキンカンばかり。耳にする鳥の声はいつもシャコ。
山家《やまが》の歌は猿が一匹叫ぶ声、野面《のづら》の慟哭は鳥が呼び交わす声。
絶境の山間《やまあい》では雲が桟道となり、川沿いの地では水を巡らし城壁とする。
月光に浮かぶ橋、道標の鶴が飛び立ち、風をはらむ帆、風見鳥のからすが揺れる。
オオガメが邪魔をして潮の干満も定まらず、ミズチが騒いで思わぬ大波が立つ。
カエルが水の洞窟に鳴き、オオハマグリは気を吐き寺の形を作り出す。

樹の洞《うろ》は山猿のねぐらとなり、砂塵には毒虫が潜む。
牛は暑さに喘ぎながら紫芋を犂《す》き、やせ馬が勝手にマコモを食《は》む。
顔に入れ墨をしたのはどこの婢女《ひじょ》か。あげまきをしたのは何歳《いくつ》の幼奴《ようど》か。
泥に入ってヒシやミズブキを採り、畑に焼けのこる薪や草を拾い集める。
脂ぎった鼎《かなえ》、スッポン料理にも飽き飽きし、生臭い皿、鱸魚《ろぎょ》の刺身は見たくもない。
鍾儀《しょうぎ》はこんな楚の国をなぜか恋しがり、張翰《ちょうかん》はこんな呉をやたらに慕ったものだ。
気候は涼しいかと思えば暑くなるし、一日は朝かと思えば日暮れになる。
浮き草や木切れを追って身は漂泊を続け、わが歳はもはや暮れに近づかんとする。
ふるさとの渭北《いほく》では田畑も荒れたことだろう。ここ江西に歳月が過ぎていく。
帰りたい思いに胸はいつも破れ、昔なじみを思い出してふいに進みあぐねる。

第二段、異土の産物、風土の記述を続けるが、しだいに嫌悪を募らせていく。○盧橘　キンカンもしくはビワ。南方産の果実。前漢・司馬相如《しばしょうじょ》「上林の賦」(『文選』巻八)に各地の果樹が長安の園林に集められたことを述べて「盧橘　夏に熟す」。○鷓鴣　キジに似た南方の鳥。西晋・左思「呉都の賦」(『文選』巻五)に「鷓鴣は南に翥《と》びて中に留まる」。江州での作に「山鷓鴣」詩があり、「唯《た》だ能く北人を愁えしむ、南人は聞くに慣れて聞かざるが如し」という。**○山歌・野哭二句**　「山歌」は南方の田舎の歌。やはり江州での作「琵琶引」に「豈に山歌と村笛と無からんや、欧唖《おうあ》にして嘲哳《とうたつ》　聴くを為し難し」(三〇二頁)。「猿」も南方の動物。「野哭」はしかるべき礼を備えないで哭すること。『礼記《らいき》』檀弓《だんぐう》上に「孔子は野哭する者を悪《にく》む」。この二句、「山歌」や「野哭」が猿や鳥の声のように聞こえると読むこともできるが、猿の悲痛な鳴き声や鳥が仲間を求めて鳴く声を「山歌」「野哭」に比喩すると解する。**○嶺徼一句**　「嶺徼」は辺境の山岳地帯。「徼」は辺境。「桟」は桟道。断崖に渡した通路。蜀の桟道が知られる。**○江郊一句**　「江郊」は川縁の地域。「郛」は城郭、町の囲い。水路が集落を囲む壁の代わりをなすことをいう。**○月橋一句**　「月橋」は月光のもとの橋。「翹《ぎょう》」は鳥が飛び立つ。「柱鶴」は華表柱《かひょうちゅう》(道しるべの門柱)の鶴の飾り。鶴の飾りをつけるのは『捜神後記《そうじんこうき》』の話に基づく。丁令威《ていれいい》なる男が仙人になり、千年後に鶴に化身して郷里の華表柱に止まると、弓を向けられた。鶴は住人が代替わりしたことを嘆く歌を唱いながら飛び去った、という。**○風帆一句**　「風帆」は風をはらんだ帆。「颭《せん》」は風が物を動かす。「檣烏」は船の帆柱に設けたカラスの形の風見どり。**○鼇礙一句**　「鼇《ごう》」はおおがめ。「潮無信」は潮の干満が一定でないこと。潮の満ち干を「潮信」という。**○蛟驚一句**　「蛟」は龍の一種。「虞《ぐ》」

は前もって推し量る。蛟が驚き騒いで予測がつかぬ波が起こることをいう。○**黽鳴一句**　「黽」はカエル。「泉窟室」は水の流れる洞窟。○**蜃結一句**　「蜃」はオオハマグリ。それが吐き出す気が蜃気楼を作ると考えられた。『史記』天官書に「海旁の蜄《しん》(蜃に同じ)気　楼台を象《かたど》る」。「浮図」は仏教寺院。句作りが捉えにくいが、蜃が「気」でできた浮図の像を形作ると解しておく。○**樹裂・沙含二句**　「山魈」はオランウータンの類。唐・戴孚《たいふ》の『広異記』(『太平広記』巻四七八、斑子《はんし》の条)に「山魈なる者は、嶺南《れいなん》の所在《いたるところ》に之《こ》れ有り。……大樹の空中に窠《す》を作る」、そして人に会うとオスは金銭を、メスは脂粉を求めると記される。「水弩」は南方の毒虫の名。水中から人に向けて砂を吹き付ける。西晋・張華《ちょうか》『博物志』に「江南の山渓中の射工虫《しゃこうちゅう》は、甲類なり。長さ一、二寸、口中に弩(いしゆみ)有り」。「枢」はとぼそ、転じて仕掛け、からくり。白居易は信州(江西省上饒市)の地についても「渓畔の毒砂　水弩を蔵し、城頭の枯樹　山魈下る」(「人の信州判官に貶せらるるを送る」詩)という。○**喘牛**　「喘」はあえぐ。「呉の牛は月に喘ぐ」の故事から南方産の牛をいう。『世説新語』言語篇に、晋の満奮《まんぷん》が風を嫌ったのを晋・武帝が笑うと、「臣は猶お呉牛のごとし。月を見ても喘ぐ」と答えた。南方は暑いので牛は月を見ても太陽かと勘違いして息を荒くするという。○**紫芋**　南方の水田に植える芋。○**羸馬**　疲れ痩せた馬。○**青菰**　まこも。○**繍面**　いれずみを施した顔。南方の習俗。○鴉頭　あげまき。丫頭とも表記する。子供の髪型。○菱芡　ヒシやミズブキ。○焼後　焼き畑をしたあと。○樵蘇　柴と草。○鼎膩　煮物をする鼎が脂ぎる。○烹鼈　スッポンを煮る。○膾鱸　スズキをなますにする。○鍾儀・張翰二句　「鍾儀」は春秋・楚の人。晋の国で囚われの身となっても楚の冠をかぶり、楚の音楽を奏でて祖国を忘れなかった。『左氏伝』成公九年に見える。「張翰」は晋の時の人。秋風が立つと故郷の呉の菰《まこも》や蓴菜《じゅんさい》の羹《あつもの》、鱸魚《ろぎょ》の膾《なます》を思い出し、名や地位にこだわるより自適して生きた方がよいと官を棄てて郷里に帰った。ほどなく仕えていた司馬冏《しばけい》が失脚したので、先見の明があったと讃えられた。『世説新語』識鑑《しきかん》篇、『晋書』本伝に見える。「徒」も「浪」もむなしく、いたずらに。楚や呉の出身である二人は故郷の南方の地を恋い焦がれたが、北人の白居易にとっては何がよいのか理解できないので「徒」「浪」という。○気序一句　暑くなったり寒くなったり、気候が不順であることをいう。○光陰一句　「晡」は日が暮れる時刻。朝また晩と繰り返しながら時間の経過が速いことをいうとも解しうるが、前の句に続けて朝夕の時間の順序もただならぬと解する。○萍梗　「萍」は浮き草、「梗」は木切れ。さすらいの身をたとえる。○桑楡　クワとニレ。そこに日が傾くことから夕方、また人生の黄昏をいう。○渭北　白居易は渭水の北、下邽《かけい》の地に荘園があった。○江西　長江の西、九江を指す。○惨澹　心を痛ませるさま

をいう畳韻の語。○踟躕　思い乱れるあまり、行きつ戻りつうろうろするさまをいう
双声の語。

自念咸秦客
嘗爲鄒魯儒
蘊藏經國術
輕棄度關繻
賦力凌鸚鵡
詞鋒敵轆轤
戰文重掉鞅
射策一彎弧

自《みずか》ら念《おも》う　咸秦《かんしん》の客《かく》
嘗《かつ》て鄒魯《すうろ》の儒《じゅ》為《た》りしを
蘊蔵《うんぞう》す　経国《けいこく》の術《じゅつ》
軽棄《けいき》す　関《せき》を度《わた》る繻《じゅ》
賦力《ふりょく》　鸚鵡《おうむ》を凌《しの》ぎ
詞鋒《しほう》　轆轤《ろくろ》に敵《かな》う
文《ぶん》を戦《たたか》わしては重《かさ》ねて鞅《おう》を掉《ただ》し
策《さく》を射《い》ては一《ひと》たび弧《ゆみ》を彎《ひ》く

〔謂十六年予進士出身、十八年又抜萃及第、二十一年又應制、一上登科
十六年《じゅうろくねん》に予《よ》は進士出身《しんじしゅっしん》、十八年《じゅうはちねん》に又《ま》た抜萃《ばっすい》に及第《きゅうだい》し、二十一年《にじゅういちねん》に又《ま》た制《せい》に
応《おう》じ、一《ひと》たび登科《とうか》に上《のぼ》るを謂《い》う〕

崔杜鞭齊下　　崔杜《さいと》は鞭《むち》　斉《ひと》しく下《くだ》し
元韋轡竝驅　　元韋《げんい》は轡《たづな》　並《なら》び駆《か》く

〔予與崔廿二・杜廿四同年進士、與元九・韋大同敕制科
予《よ》は崔廿二《さいにじゅうに》・杜廿四《とにじゅうし》と同年《どうねん》の進士《しんじ》、元九《げんきゅう》・韋大《いだい》と同《とも》に制科《せいか》に敕《ちょく》せらる〕

名聲逼揚馬　　名声《めいせい》　揚馬《ようば》に逼《せま》り
交分過蕭朱　　交分《こうぶん》　蕭朱《しょうしゅ》に過《す》ぐ
世務經磨揣　　世務《せいむ》　経《つね》に磨揣《まし》し
周行竊覬覦　　周行《しゅうこう》　窃《ひそ》かに覬覦《きゆ》す
風雲皆會合　　風雲《ふううん》　皆《み》な会合《かいごう》し
雨露各霑濡　　雨露《うろ》　各《おの》おの霑濡《てんじゅ》す
共偶昇平代　　共《とも》に昇平《しょうへい》の代《よ》に偶《あ》い
偏慙固陋軀　　偏《ひと》えに固陋《ころう》の軀《み》を慙《は》ず
承明連夜直　　承明《しょうめい》　連夜《れんや》に直《ちょく》し
建禮拂晨趨　　建礼《けんれい》　払晨《ふっしん》に趨《はし》る

美服頒王府
珍羞降御厨
議高通白虎
諫切伏青蒲
柏殿行陪宴
花樓走看酺
神旗張鳥獸
天籟動笙竽
丸劍星芒耀
魚龍電策驅
定場排漢旅
促座進吳歈
縹緲疑仙樂
嬋娟勝畫圖

美服《びふく》　王府《おうふ》より頒《わか》たれ
珍羞《ちんしゅう》　御厨《ぎょちゅう》より降《くだ》さる
議《ぎ》高《たか》くして白虎《びゃっこ》に通《つう》じ
諫切《かんせつ》にして青蒲《せいほ》に伏《ふ》す
柏殿《はくでん》　行《ゆ》きて宴《えん》に陪《ばい》し
花楼《かろう》　走《はし》りて酺《ほ》を看《み》る
神旗《しんき》　鳥獣《ちょうじゅう》を張《は》り
天籟《てんらい》　笙竽《しょうう》を動《うご》かす
丸剣《がんけん》　星芒《せいぼう》耀《かがや》き
魚龍《ぎょりゅう》　電策《でんさく》駆《はし》る
場《じょう》を定《さだ》めて漢旅《かんりょ》を排《はい》し
座《ざ》を促《つ》めて呉歈《ごゆ》を進《すす》む
縹緲《ひょうびょう》　仙楽《せんがく》かと疑《うたが》い
嬋娟《せんけん》　画図《がと》に勝《まさ》る

歌鬟低翠羽
舞汗墮紅珠

歌鬟《かかん》　翠羽《すいう》低《た》れ
舞汗《ぶかん》　紅珠《こうしゅ》堕《お》つ

我が身に思いを巡らせてみれば、かつて都に出てきて、孔孟の学を修めたのだった。

胸に秘めるは国家経営の策、二度と国には帰らぬと関所の手形を投げ棄てた。

賦《ふ》の腕前はかの禰衡《でいこう》「鸚鵡《おうむ》の賦」を凌駕し、筆先鋭く轆轤《ろくろ》の名剣にも匹敵。

文を競えば余裕綽々、科挙を続けて突破し、弓を絞ればただ一度で策を見事に当てた。

〔(貞元)十六年にわたしは進士《しんじ》に受かり、十八年にはさらに書判抜萃科《しょはんばっすいか》に受かり、二十一年には制科《せいか》に応じて、一度で合格したことをいう〕

崔韶《さいしょう》・杜《と》元穎《げんえい》と鞭を打つ手も斉《ひと》しく、元稹《げんじん》・韋《い》処厚《しょこう》と手綱を並べて駆け抜けた。

〔わたしは崔韶・杜元穎とは同年の進士、元稹・韋処厚とは同時に制科に受かった〕

我らの文名は揚雄《ようゆう》・司馬相如《しばしょうじょ》に迫り、あつき交わりは蕭育《しょういく》・朱博《しゅはく》にも勝る。

役所の務めにはたゆまず励み、高位高官をひそかに望みもしていた。

龍虎が風雲に会するごときめでたき出会い、雨露の恩沢にもこぞって浴した。

みなとともに泰平の世に出会えても、我が身一人の頑迷が恥ずかしい。

承明廬《しょうめいろ》で夜ごと宿直《とのい》をし、晨明《しんめい》とともに建礼門に駆けつける日々。
美麗な官服を宮廷から分かち与えられ、美味珍味のご下賜も御厨《みくりや》から受けた。
白虎館に行き通い高邁な議論を戦わし、寝殿の青い蒲に伏して陛下を強くお諫めした。
柏梁台《はくりょうだい》に赴いて宴会に参じ、花萼楼《かがくろう》に走って酒食をもてなされた。
鳥獣を描いた天子の旗を立て、天上の音楽のごとき笙や竽が奏される。
丸剣の雑伎では剣は星ときらめき、魚龍の魔術はいなずまを走らせる。
幕が開けば漢王好みの歌舞団が連なり、座席狭しと居並ぶ歌姫は呉歌を奉じる。
風に舞うそれはまるで仙界の音色、麗しさは絵にもまさる。
歌姫の髪には翡翠の飾りがあでやかに下がり、舞えば赤い真珠の汗がこぼれる。

第三段、都に出て科挙の試験に次々合格し、官人としての生活を始めた華やかな時期を回想する。○**咸秦**　秦の都である咸陽。長安を指していう。○**鄒魯**　鄒は孟子の生地、魯は孔子の生地。それによって儒学を意味する。○**蘊蔵**　自分のなかに包み蓄える。○**経国術**　国家を経営する方策。○**軽棄一句**　漢・終軍《しゅうぐん》の故事を用いる。終軍が故郷を出て都に入る際、帰る時に必要だからと関所で渡された「繻《じゅ》」(絹布を裂いた割り符)を、二度と帰りはしないと決意して「繻を棄てて去」った(『漢書』終軍伝)。白居易が志を立てて長安に上ったことをいう。なお武帝の使者として南越に赴いた終軍は若くしてその地で没した。○賦力一句　後漢・禰衡《でいこう》の故事を用いる。鸚鵡《おうむ》が献呈された席でそれを賦にうたうことを求められた禰衡は、一気呵成に麗しい賦を書き上げた(『後漢書』文苑伝下・禰衡伝)。○詞鋒一句　「詞鋒」はことばの鋭さをいう。「鋒」はほこのきっさき。「轆轤」は名剣の名。古楽府「陌上桑《はくじょうそう》」に「腰中の鹿盧(轆轤に同じ)の剣、千万余に値《あた》いすべし」。○戦文一句　「戦文」は詩文を競い合う。科挙の試験をいう。「重」は礼部《れいぶ》の進士科と吏部《りぶ》の書判抜萃科に続けて応じたことを指す。「掉鞅」はいくさに臨んで馬のむながいを正し、余裕を示す。『左氏伝』宣公十二年に「鞅を掉して還る」。杜預《どよ》の注に「掉は正すなり、閑暇を示すなり」。○射策一句　「射策」は漢代の官吏試験の方法。問題を「策」(竹のふだ)に書いて裏返しにし、受験者が選んで回答する。ここでは憲宗の制科を指す。「彎弧」は弓を引き絞る。「射」に掛けていう。○崔杜・元韋二句　「崔杜」は崔韶と杜元穎(自注に排行を「廿四」とするのは「十四」の誤り)、「元韋」は元稹と韋処厚。いずれも詩題に見える。崔韶・杜元穎は貞元十六年に進士及第、元稹・韋処厚は元和元年に制科の才識兼茂《さいしきけんも》明於《めいお》体用科《たいようか》に及第、いずれも白居易と同じ年であった。魏・曹丕《そうひ》「典論・論文」(『文選』巻五二)に建安七子を挙げ、「咸《み》な以《おも》えらく自《みずか》ら驥騄《きりょく》(駿馬)を千里に騁《は》せ、仰ぎて足を斉しくして並び馳すと」。○揚馬　ともに漢の辞賦の大家である揚雄《ようゆう》と司馬相如《しばしょうじょ》。「揚」の字、底本は「楊」に作るが、諸本に従って改める。**○交分**　友人間の交情。**○蕭朱**　漢の蕭育《しょういく》と朱博《しゅはく》。仲がよいことで世に知られ、先立つ王吉《おうきつ》・貢禹《こうう》の友情と併せて「蕭・朱　綬を結び、王・貢　冠を弾く(それぞれどちらかが官に就けばもう一人を推挙する)」と言いはやされた(『漢書』蕭育伝)。**○世務**　官僚としての仕事。**○経**　常々、いつも。**○磨揣**　熟慮して判断する。**○周行**　周の爵位。高い位階をいう。『左氏伝』襄公十五年に『詩経』周南・巻耳《けんじ》の詩の「嗟《あ》あ我　人を懐う、彼の周行に寘《お》かん」を引いて、しかるべき人がしかるべき位階にあることが、「所謂《いわゆる》周行なり」という。**○覬覦**　分不相応な願望を抱く。『左氏伝』桓公二年に「民は其の上に服事し、下に覬覦すること無し」。杜預の注に「下は上位を冀望《きぼう》せず(ほしがらない)」。**○風雲一句**　龍虎が風雲に乗じて天を翔るように、才ある人がよき時、よき君主に出会うこと。「会合」は龍虎が風雲に出会う。『周易』文言伝に「雲は龍に従い、風は虎に従う」。**○雨露一句**　「雨露」は天子の恩沢。「霑濡」はうるおう。**○共偶一句**　「偶」はたまたま出会う。「昇平代」は太平の世。**○固陋軀**　かたくなで見識の狭い自分。**○承明**　承明廬《ろ》のこと。漢の宮殿、承明殿のかたわらにあって、侍臣が宿直する建物。**○建礼一句**　「建礼」は漢の宮門の名。尚書郎《しょうしょろう》がその門内に詰めた。「払晨」は払暁、夜明け。朝廷は夜明けとともに勤務が始まった。梁・沈約《しんやく》「謝宣城(謝朓)に和す」詩(『文選』巻三〇)に「晨に趨りて建礼に朝《ちょう》し(参内する)、晩に沐《もく》して郊園に臥《ふ》す」。〇**美服一句**　朝廷の官は天子から季節ごとに衣服を下賜される。「王府」は宮中の収蔵庫。〇**珍羞一句**　天子から食べ物を下賜される。「珍羞」は美味な御馳走。「御厨」は天子の厨房。〇**議高一句**　「白虎」は後漢の宮廷にあった建物、白虎観。後漢・章帝《しょうてい》の時、白虎観に群臣を集めて五経の解釈を議論した(『後漢書』章帝紀)。それをまとめた書物が『白虎通《びゃっこつう》義《ぎ》』。「通」は往来する。〇**諫切一句**　「青蒲」は青い蒲《がま》で地面を被った区域、臣下は入るのを許されない。漢の元帝が病気篤い時、史丹《したん》は皇太子に皇位を嗣がせるべく「頓首《とんしゅ》して青蒲の上に伏し」、泣いて諫言した。忌避を犯してまで訴える史丹の言に元帝も従ったという(『漢書』史丹伝)。ここでは白居易が左拾遺という諫言の職にあったことを述べる。〇**柏殿**　柏梁台《はくりょうだい》。漢の武帝が臣下を集めて宴を催し、聯句を作った宮殿。〇**花楼**　唐の玄宗が建てた「花萼《かがく》相い輝くの楼」、略して「花萼楼」ともいう。〇**看酺**「看」は歓待する。「酺」は天子が振る舞う酒食。〇**神旗一句**　「神旗」は天子の旗。鳥獣の模様が描かれたそれを立てる。〇**天籟一句**　「天籟」は自然界の発する妙なる音。『荘子』斉物論《せいぶつろん》篇に出る語。「笙竽」は二種の管楽器の名。〇**丸剣一句**　「丸剣」は鈴と剣を操る雑伎。「丸」は鈴。新楽府「立部伎」に「双剣舞い、七丸跳ぶ」。「星芒」は星の光芒。鈴と剣の交錯が星のように輝く。〇**魚龍一句**　「魚龍」はヤマネコの模型が水に入って魚になり、さらには龍に変身する魔術。『漢書』西域伝下の顔師古《がんしこ》の注に見える。「電策」は稲妻。光が「策」(むち)のような形に見えるのでいう。○定場　場内を静めることから、開演をいう。○排漢旅　「排」は並べる。「漢旅」は漢の高祖が好んだ賨《そう》(巴の地の部族)の舞踊団。西晋・左思「蜀都の賦」(『文選』巻四)に「之を奮えば則ち賨旅(奮い立たせる時は賨の舞踊団の踊り)」。『才調集』では「越妓」に作る。○促座　席をつめて坐る。○呉歈　呉の国の歌。『楚辞』招魂に「呉歈と蔡謳《さいおう》と、大呂《たいりょ》(音律の名)を奏す」。王逸注に「呉・蔡は国名なり。呉歈謳は皆な歌なり」。○縹緲一句　「縹緲」は音が風に乗るように流れるさまをいう畳韻の語。「仙楽」は仙界の音楽。「長恨歌」に「仙楽　風に飄《ひるがえ》りて処処に聞こゆ」(五九頁)。○嬋娟　なまめかしく美しいさまをいう畳韻の語。○歌鬟　輪に結った歌い手のまげ。○翠羽　翡翠《かわせみ》の羽の髪飾り。

別選閑遊伴
潜招劇飲徒
一杯愁已破
三盞氣彌麤

別《べつ》に閑遊《かんゆう》の伴《とも》を選《えら》び
潜《ひそ》かに劇飲《げきいん》の徒《と》を招《まね》く
一杯《いっぱい》にして愁《うれ》い已《すで》に破《やぶ》れ
三盞《さんさん》すれば気《き》弥《いよ》いよ麤《あら》し

軟美仇家酒　軟美《なんび》なり　仇家《きゅうか》の酒《さけ》
幽閑葛氏姝　幽閑《ゆうかん》たり　葛氏《かっし》の姝《しゅ》
十千方得斗　十千《じっせん》　方《はじ》めて斗《と》を得《え》
二八正當壚　二八《にはち》　正《まさ》に壚《ろ》に当《あ》たる
論笑杓胡硉　論《ろん》じては杓《ひょう》の胡硉《ころつ》を笑《わら》い

〔李十一杓直性多可、不持確論。故衆號胡硉王
李十一杓直《りじゅういちひょうちょく》は性《せい》　可《か》とする多《おお》く、確論《かくろん》を持《じ》せず。故《ゆえ》に衆《しゅう》は胡硉王《ころつおう》と号《ごう》す〕

談憐羣囁嚅　談《だん》じては羣《きょう》の囁嚅《せつじゅ》を憐《あわれ》む

〔竇七羣善談謔而口微吃、衆或呼爲吃羣
竇七羣《とうしちきょう》は談謔《だんぎゃく》を善《よ》くするも口《くち》微《かす》かに吃《きっ》す、衆或《しゅうある》いは呼《よ》びて吃羣《きっきょう》と為《な》す〕

李酣尤短竇　李《り》は酣《たけなわ》にして尤《もっと》も短竇《たんとう》たり
庾醉更蔫迂　庾《ゆ》は酔《よ》いて更《さら》に蔫迂《えんう》たり

〔李廿身軀短小、庾卅三神貌迂徐。毎因醉中、各滋本態。當時亦因爲短李蔫庾
李廿《りにじゅう》は身軀《しんく》短小《たんしょう》、庾卅三《ゆさんじゅうさん》は神貌《しんぼう》迂徐《うじょ》。酔中《すいちゅう》に因《よ》る毎《ごと》に、各《おの》おの本態《ほんたい》を滋《ま》す。

当時《とうじ》亦《ま》た因《よ》りて短李《たんり》・蔫庾《えんゆ》と為《な》す〕

鞍馬呼教住　　鞍馬《あんば》呼《よ》びて住《とど》まらしめ
骰盤喝遣輸　　骰盤《とうばん》喝《かっ》して輸《ま》け遣《し》む
長驅波巻白　　長駆《ちょうく》 波《なみ》 白《はく》を巻《ま》き
連擲采成盧　　連擲《れんてき》 采《さい》 盧《ろ》を成《な》す

〔骰盤・巻白波・莫走・鞍馬、皆當時酒令
骰盤《とうばん》・巻白波《けんはくは》・莫走《ばくそう》・鞍馬《あんば》は、皆《み》な当時《とうじ》の酒令《しゅれい》なり〕

籌併頻逃席　　籌《ちゅう》併《あわ》せて頻《しき》りに席《せき》を逃《のが》れ
觥嚴別置盂　　觥《こう》厳《きび》しくして別《べっ》に盂《う》を置《お》く
滿卮那可灌　　満卮《まんし》 那《なん》ぞ灌《そそ》ぐ可《べ》けん
頽玉不勝扶　　頽玉《たいぎょく》 扶《ささ》うるに勝《た》えず

ことさらに閑な仲間を選んで、こっそり大酒飲みの友を呼び寄せた。一杯飲めば、はや愁いは消え、三杯も飲めば、意気はいよいよ揚がる。

口当たりのよい仇家《きゅうか》の酒、しとやかな葛氏《かっし》の美女たち。
一万銭はたいて買える美酒一斗、二八のむすめが酒の燗。
議論になれば杓直《しゃくちょく》（李建《りけん》）のうやむやを笑い、
〔李十一杓直は人の言うなりになりがちで、自分の意見がなかった。そこでみなは「うやむや王」と呼んだ〕
談論しては竇鞏《とうきょう》のもごもごを不憫に思ったり。
〔竇七鞏は談論がうまかったが少し吃音があった。みなから「もごもごの鞏」と呼ばれることがあった〕
宴が進めば李紳《りしん》はいよいよちびに、酒が回れば庾敬休《ゆけいきゅう》はますますのろい。
〔李二十は体が小さく、庾三十三は態度がのろまであった。酔っぱらうたびに、それぞれ本来の姿が露呈するもので、当時はそれで「ちびの李」「ぐずの庾」と呼ばれた〕
ひと声で動きを止める「鞍馬」の遊び、大声で相手を負かす「骰盤」の遊び。
「長駆」では波が白く巻き、「連擲」ではさいの目は「盧」が出た。
〔骰盤・巻白波・莫走・鞍馬はみなその頃の酒の席での遊びである〕
罰杯の数を示す竹棒が並んで何度も席から脱《のが》れるも、しかし罰杯は厳正、別の酒器まで用意された。
さかずきにあふれる酒を飲み干せようか。玉山《ぎょくざん》崩れるかの酔態、支えることもかなわない。

第四段、若い官僚仲間との歓楽を綴る。　**○三盞一句**　「盞」もさかずき。「麤」は豪放。**○仇家酒**　長安にあった酒家の名。「重ねて城に到る七絶句」のなかに「仇家の酒」と題する一首がある。**○幽閑**　落ち着いて品がある。『詩経』周南・関雎《かんしょ》の句「窈窕《ようちょう》たる淑女」に対する毛伝に「窈窕は幽閑なり」。**○葛氏姝**　「葛氏」は未詳。長安の妓館の名か。「姝」は美しい女。**○十千一句**　「十千」は一万銭。「斗」は酒の単位。高価な酒をいう。魏・曹植《そうしょく》「名都篇」(『文選』巻二七)に「美酒　斗十千」。**○二八一句**　「二八」は十六歳。妙齢の女性。「当壚」は酒の番をする。「壚」は酒かめを置く炉端。後漢・辛延年《しんえんねん》の「羽林郎」に「胡姫　年十五、春日独り壚に当たる」。**○杓胡律**　杓は詩題に見える李建《りけん》、字杓直を指す。「胡律」はあいまいなさま。**○多可**　自分の確たる意見がなく、人の言うことをそのまま認める態度をいう。魏・嵆康《けいこう》「山巨源《さんきょげん》に与えて交わりを絶つ書」(『文選』巻四三)に自分と異なり温和な山濤《さんとう》の人柄を述べて「足下は傍《あまね》く通じ、可多く怪(人をとがめる)少なし」。そこでの「多可」は協調性があることを肯定する。**○鞏囁嚅**

「輩」は詩題に見える竇鞏《とうきょう》を指す。「囁嚅」はくちごもるさま。『楚辞』七諫《しちかん》の王逸《おういつ》注に「小さく語りて私《ひそ》かに謀る貌」。竇鞏が口べたであったことは、『旧唐書』竇鞏伝に「士友言議の際、吻《くちびる》動くも発せず、白居易ら或いは目して囁嚅翁と為す」。　○李酣一句　「李」は詩題に見える李紳を指す。「短竇」は背の低いさまをいう双声の語か。李紳が短軀であったことは「代書詩一百韻　微之に寄す」詩にも「閑吟す　短李の詩」の句があり、その自注に「李二十紳は、形短くして詩を能くす。故に当時　迂辛《うしん》(のろまの辛)・短李(ちびの李)の号有り」という。　○庾酔一句　「庾」は詩題に見える庾敬休を指す。「蔫迂」はのろのろしたさまをいう双声の語。自注の「迂徐」もぐずの意。「神貌」は風貌、風体《ふうてい》。　○鞍馬一句　「鞍馬」は当時の酒席での遊びの名。太鼓に合わせて品物を順に回し、太鼓が止まった時に持っていた人が罰杯を飲む。　○骰盤一句　「骰盤」も遊びの名。さいころを振って負けた人が罰杯を飲む。「喝」は大声で叫ぶ。「輸」はゲームに負ける。　○長駆一句　「巻白波」は自注に遊びの名というが、どのようなものか不明。　○連擲一句　「連擲」はさいころを続けざまに振る。「采」はさいころを振って出た目。「盧」は五つのさいころがすべて黒に出た最もよい目。　○酒令　酒席の遊び。「令官《れいかん》」(ゲームの親)の指示に従い、負ければ罰杯を飲む。　○籌併一句　「籌」は罰杯の数を数える竹の棒。「併」はそれが何本か並ぶ。　○觥厳一句　「觥」は酒杯。「盂」は酒器。　○

満卮　さかずきを満たす。○**頽玉**　酔いつぶれた姿を美しくたとえる。「頽」はくずれる。『世説新語』容止《ようし》篇に山濤《さんとう》が嵆康《けいこう》を評して「其の酔うや、傀俄《かいが》として(傾くさま)玉、山の将《まさ》に崩《くず》れんとするが若《ごと》し」。

入視中樞草
歸乘内廐駒
醉曾衝宰相
驕不揖金吾
日近恩雖重
雲高勢卻孤
翻身落霄漢
失脚到泥塗
博望移門籍
潯陽佐郡符

入《い》りて中枢《ちゅうすう》の草《そう》を視《み》
帰《かえ》るに内厩《だいきゅう》の駒《こま》に乗《の》る
酔《よ》いて曽《かつ》て宰相《さいしょう》を衝《つ》き
驕《おご》りて金吾《きんご》にも揖《ゆう》せず
日《ひ》近《ちか》くして恩《おん》は重《おも》しと雖《いえど》も
雲《くも》高《たか》くして勢《いきお》い却《かえ》って孤《こ》なり
身《み》を翻《ひるがえ》して霄漢《しょうかん》より落《お》ち
脚《あし》を失《しっ》して泥塗《でいと》に到《いた》る
博望《はくぼう》　門籍《もんせき》を移《うつ》し
潯陽《じんよう》　郡符《ぐんぷ》に佐《さ》たり

〔予自太子賛善大夫、出為江州司馬
予《よ》は太子《たいし》賛善大夫《さんぜんたいふ》自《よ》り、出《い》でて江州司馬《こうしゅうしば》と為《な》る〕

時情變寒暑
世利筭錙銖
即日辭雙闕
明朝別九衢
播遷分郡國
次第出京都

時情《じじょう》　寒暑《かんしょ》を変《へん》じ
世利《せいり》　錙銖《ししゅ》を算《かぞ》う
即日《そくじつ》　双闕《そうけつ》を辞《じ》し
明朝《みょうちょう》　九衢《きゅうく》に別《わか》る
播遷《はせん》して郡国《ぐんこく》に分《わ》かたれ
次第《しだい》に京都《けいと》を出《い》ず

〔十年春、微之移佐通州。其年秋、予出佐潯陽。明年冬、杓直出牧灃州。崔二十二出牧果州。韋大出牧開州
十年春《じゅうねんはる》、微之《びし》は移《うつ》りて通州《つうしゅう》に佐《さ》たり。其《そ》の年《とし》の秋《あき》、予《よ》は出《い》でて潯陽《じんよう》に佐《さ》たり。明年《みょうねん》の冬《ふゆ》、杓直《ひょうちょく》は出《い》でて灃州《れいしゅう》に牧《ぼく》たり。崔二十二《さいにじゅうに》は出《い》でて果州《かしゅう》に牧《ぼく》たり。韋大《いだい》は出《い》でて開州《かいしゅう》に牧《ぼく》たり〕

秦嶺馳三驛
秦嶺《しんれい》　三駅《さんえき》を馳《は》せ

商山上二邘　　商山《しょうざん》　二邘《にう》に上《のぼ》る
〔商山険道中、有東西二邘
　商山《しょうざん》の険道《けんどう》の中《なか》、東西二邘《とうざいにう》有《あ》り〕
峴陽亭寂寞　　峴陽《けんよう》　亭《てい》は寂寞《せきばく》たり
夏口路崎嶇　　夏口《かこう》　路《みち》は崎嶇《きく》たり
大道全生棘　　大道《だいどう》　全《まった》く棘《いばら》を生《しょう》じ
中丁盡執殳　　中丁《ちゅうてい》　尽《ことごと》く殳《ほこ》を執《と》る
江關未徹警　　江関《こうかん》　未《いま》だ警《けい》を徹《てっ》せず
淮寇尚稽誅　　淮寇《わいこう》　尚《な》お誅《ちゅう》を稽《とど》む
〔時淮西未平、路經襄・鄂二州界、所見如此
　時《とき》に淮西《わいせい》未《いま》だ平《たい》らかならず、路《みち》は襄《じょう》・鄂《がく》二州《にしゅう》の界《かい》を経《へ》、見《み》る所《ところ》此《か》くの如《ごと》し〕
林對東西寺　　林《はやし》は対《たい》す　東西《とうざい》の寺《てら》
山分大小姑　　山《やま》は分《わ》かつ　大小《だいしょう》の姑《こ》
〔東林・西林寺在廬山北、大姑・小姑在廬山南、彭蠡湖中

東林《とうりん》・西林寺《せいりんじ》は廬山《ろざん》の北《きた》に在《あ》り、大姑《だいこ》・小姑《しょうこ》は廬山《ろざん》の南《みなみ》、彭蠡湖《ほうれいこ》の中《なか》に在《あ》り〕

廬峯蓮刻削　廬峰《ろほう》　蓮《はす》　刻削《こくさく》し

湓浦帶縈紆　湓浦《ぼんぽ》　帯《おび》　縈紆《えいう》す

〔蓮花峰在廬山北、湓水在江城南。何遜詩云、湓城對湓水、湓水縈如帶

蓮花峰《れんげほう》は廬山《ろざん》の北《きた》に在《あ》り、湓水《ぼんすい》は江城《こうじょう》の南《みなみ》に在《あ》り。何遜《かそん》の詩《し》に云《い》う、湓城《ぼんじょう》は湓水《ぼんすい》に対《たい》し、湓水《ぼんすい》は縈《めぐ》りて帯《おび》の如《ごと》し、と〕

九派呑青草　九派《きゅうは》　青草《せいそう》に呑《の》まれ

〔潯陽江九派、南通青草・洞庭湖

潯陽《じんよう》に江《こう》は九派《きゅうは》し、南《みなみ》のかた青草《せいそう》・洞庭湖《どうていこ》に通《つう》ず〕

孤城覆綠蕪　孤城《こじょう》　緑蕪《りょくぶ》に覆《おお》わる

〔南方城壁、多以草覆

南方《なんぼう》の城壁《じょうへき》は多《おお》く草《くさ》を以《もっ》て覆《おお》わる〕

黃昏鍾寂寂　黄昏《こうこん》　鍾《かね》寂寂《せきせき》たり

清曉角嗚嗚
春色辭門柳
秋聲到井梧
残芳悲鶗鴂
〔音啼決、見楚詞
音《おん》は啼決《ていけつ》、楚詞《そじ》に見《み》ゆ〕
暮節感茱萸
蘂坼金英菊
花飄雪片蘆
波紅日斜沒
沙白月平鋪
幾見林抽筍
頻驚燕引雛
歳華何倏忽

清暁《せいぎょう》　角嗚《かくお》嗚《お》たり
春色《しゅんしょく》　門柳《もんりゅう》を辞《じ》し
秋声《しゅうせい》　井梧《せいご》に到《いた》る
残芳《ざんほう》　鶗鴂《ていけつ》を悲《かな》しましめ
暮節《ぼせつ》　茱萸《しゅゆ》に感《かん》ず
蘂《ずい》は坼《ひら》く　金英《きんえい》の菊《きく》
花《はな》は飄《ひるがえ》る　雪片《せっぺん》の蘆《あし》
波紅《なみくれない》にして日斜《ひなな》めに没《ぼっ》し
沙白《すなしろ》くして月平《つきたい》らかに鋪《し》く
幾《いく》たびか見《み》る　林《はやし》の筍《たけのこ》を抽《ひ》くを
頻《しき》りに驚《おどろ》く　燕《つばめ》の雛《ひな》を引《ひ》くに
歳華《さいか》　何《なん》ぞ倏忽《しゅっこつ》たる

った。

年少不須臾　　年少《ねんしょう》　須臾《しゅゆ》ならず
眇默思千古　　眇默《びょうもく》として千古《せんこ》を思《おも》い
蒼茫想八區　　蒼茫《そうぼう》として八区《はっく》を想《おも》う

朝廷に入っては枢軸となる文書の起草に当たり、退朝の際には馬寮の官馬に乗って帰った。酒の勢いで宰相にたてつきもし、おごり高ぶり衛士《えいし》に挨拶もしない。天子さまのおそばで厚い恩を受けても、高い地位に昇れば形勢はかえって孤立する。身は一転、天の高みより落ち、失脚してぬかるみにまみれた。太子の博望苑《はくぼうえん》から所属が変わり、潯陽《じんよう》で州刺史の下に就く身となった。〔わたしは太子《たいし》贊善大夫《さんぜんたいふ》から、朝廷を出て江州司馬となった〕人の心は夏から冬に手のひらを返し、世間は細かな損得を数えたてる。その日のうちに官門を辞し、明くる朝には長安に別れを告げた。仲間もそれぞれ地方にちりぢりとなり、一人また一人と都を離れた。〔元和十年の春、元稹《げんじん》は通州の属官に移った。その年の秋、わたしは都を出て江州の属

官となった。明くる年の冬、李建《りけん》は都を出て澧州《れいしゅう》刺史となった。崔韶《さいしょう》は出て果州の刺史、韋処厚《いしょこう》は出て開州の刺史となった〕

三つの宿場のある秦嶺を通り抜け、商山に到っては東邘《とうう》と西邘《せいう》に登った。

〔商山の険しい道には、東西二つの邘山《うざん》がある〕

峴山《けんざん》の南、堕涙碑《だるいひ》の立つ亭は人気《ひとけ》もなく、夏口《かこう》では水路が交錯する。

街道はどこもイバラがはびこり、壮年の男はことごとく戦役に駆り出されていた。

川の関所の警備はまだ解かれず、淮西《わいせい》の乱はまだ誅伐に手間取っていた。

〔この時、淮寇《わいこう》はまだ平定されていず、襄州・鄂州の境界を通って、このような光景を目にした〕

樹林のなかに東西二つの寺が向かいあい、山は大小二つの姑山《こざん》を分けていた。

〔東林寺・西林寺が廬山《ろざん》の北にあり、大姑山《だいこざん》・小姑山《しょうこざん》は廬山の南、彭蠡湖《ほうれいこ》のなかにある〕

廬山の蓮華峰《れんげほう》、彫り痕鋭い蓮の花。帯を広げ流れる湓浦《ぼんぽ》の水路。

〔蓮華峰は廬山の北にあり、湓水は江州の南にある。何遜《かそん》の詩に「湓城は湓水に向かい合い、湓水は帯のようにくねる」という〕

九つの水すじは青草湖に飲み込まれ、

〔潯陽で長江は九つに分かれ、南は青草湖・洞庭湖に通じている〕

町の城壁はぽつんと緑の草に蔽わる。

〔南の国の城壁は、草で蔽われたものが多い〕

たそがれには鐘が寂しく鳴り響き、夜明けには角笛がむせぶように鳴る。

春景色が城門の柳から立ち去り、秋の声が井戸の梧桐の木にやってきた。

崩れ落ちた花、モズが悲しげに鳴き〔音はテイケツ。『楚辞』に見える〕、重陽の節句、茱萸《しゅゆ》を見ては心がうずく。

花しべを開くは黄金《こがね》色の菊。風に舞う花は雪の一片《ひとひら》に似た白い蘆《あし》。

波は赤く染まり、太陽は沈んでいく。砂は白く、月の光は岸辺に一面に拡がる。

林の筍が顔を出すのを何度目にしたことか。雛を引き連れるツバメにいくたび目を見張ったことか。

歳月はなんと速く過ぎ去るのだろう。少壮の日々はわずかしかない。

遥か遠い昔に思いを馳せ、果てなく拡がる世界に思いを募らせる。

第五段、朝廷で高位に昇った身が一転して江州司馬に左遷され、そこでの不如意な暮らしを述べる。○入視一句　「中枢」は朝政の中心。「視草」は詔勅を起草する。○内廐朝廷の馬屋。○金吾　官名。宮中の警護に当たる。○日近　天子の間近にいる。○雲高一句　高い地位に登り詰めたことが孤立を招き、失脚に結びついたことをいう。○霄漢　天の河。「霄」は空。『詩経』小雅・大東に「維《こ》れ天に漢有り」、毛伝に「漢は天河なり」。○到泥塗　「泥塗」は泥の道。「霄漢」の対極。『左氏伝』襄公《じょうこう》三十年に「吾子をして辱めて泥塗に在らしむること久し」。「到」、『才調集』は「倒」に作る。ならば「泥塗に倒る」。○博望　博望苑。漢の武帝が戻太子《れいたいし》のために作った苑の名。白居易は左遷される前に太子《たいし》左《さ》賛善大夫《さんぜんたいふ》の任にあったのでいう。○門籍　宮門に掛ける官員の札。○潯陽　左遷された江州の治所(州府の所在地)。今の江西省九江市。○佐郡符　「郡符」は郡の太守の印。江州の刺史を指す。「佐」はその属官となること。○時情一句　「時情」は世情。世情が季節のように目まぐるしく変わることをいう。○世利一句　打算で動く世間は得にならない白居易を見捨てたことをいう。「錙銖」は金銭の最小の単位。○即日一句　「双闕」は宮殿の両脇に立つ門。その日のうちに朝廷から追放されたことをいう。○明朝一句　「九衢」は四方八方に通じる大通り。都を指す。白居易は詔の出た翌日、長安を発った。○播遷一句　友人たちも都を出て各地に分散したことをいう。「播遷」は流離する。「分郡国」は各地に分かれる。「郡」は地方の行政単位。「国」は王侯が封ぜられた地。併せて都以外の各地をいう。○次第　順次に。○牧　州の刺史(長官)となること。○秦嶺　長安の南、終南山の山脈。○三駅　長安から東南に向かう要路に沿った藍田《らんでん》(陝西省藍田県)、藍橋《らんきょう》(同、藍橋)、商州《しょうしゅう》(同、商県)の宿場。○商山　商州の東に位置する山の名。秦の時、四皓《しこう》(四人の隠者)が隠れた地として知られる。○二邘　自注によれば商山に上る途上に位置した、東西二つの集落ないし山の名か。○峴陽一句　襄陽《じょうよう》(湖北省襄陽市)の峴山《けんざん》の南にその地を治めた晋の羊祜《ようこ》を偲んで堕涙碑が立てられた(『晋書』羊祜伝)。「代書詩」にも「涙は堕つ　峴亭の碑」。○夏口　鄂州《がくしゅう》(湖北省武漢市)の別名。○崎嶇　道が険しいさまをいう双声の語。ここでは水路の曲折。○大道　幹線となる広い道路。○生棘　戦乱が続くことをいう。『老子』三〇章に「師(軍隊)の処りし所には、荊棘(けいきょく)生ず」。○中丁　青年・壮年の男子。○執殳　戦役に従事する。「殳《しゅ》」はほこ。○江関　長江沿いの関所。○未徹警　警備を撤収しない。「徹」は「撤」に通じる。○淮寇　淮西の呉元済《ごげんせい》の反乱。蔡州《さいしゅう》(河南省汝南県)を中心とする淮西の地では元和九年、節度使の呉少陽《ごしょうよう》が没すると、子の呉元済がそのまま支配を続け、朝廷が最も手を焼いた藩鎮であった。この詩が書かれた元和十二年に裴度《はいど》率いる官軍が勝利するまで続いた。次の「元和十二年……」詩を参照(三八六頁)。○稽誅　誅伐するのを遅らせる。『韓非子』難四に「罪を稽めて誅せず」、そのために昭公は殺される結果になった、と述べる語に基づく。呉元済に対して朝廷には即次殲滅すべきとする一派とそれに抵抗する一派があった。白居易は前者に与していた。○林対一句　自注にもいうように、江州の廬山の東林寺、西林寺を指す。○山分一句　鄱陽湖《はようこ》中に立つ大《だい》姑山《こざん》、小姑山《しょうこざん》を指す。大孤山、小孤山とも表記される。○彭蠡湖　鄱陽湖のこと。○廬峰一句　廬山の蓮華峰をいう。「刻削」は彫り刻む。畳韻の語。○湓浦　湓水が長江にそそぐ河口。船着き場。○帯縈紆　帯のように曲がりくねる。「縈紆」は曲折のさまをいう双声の語。○何遜詩　梁・何遜「日夕　江山を望み、魚司馬《ぎょしば》に贈る」詩（『玉台新詠』巻五）の第一句、第二句。○九派　長江が分岐した多くの水流。○青草　青草湖。洞庭湖に隣接し、水量が増えると一つにつながる。○緑蕪　生い茂った雑草。○鍾寂寂　「鍾」は「鐘」に通じる。「寂寂」は寂しげなさま。○清暁　夜明け。○角嗚嗚「角」は角笛。「嗚嗚」はその籠もった音。○秋声一句　秋は梧桐の木の葉一枚が落ちるのに始まるといわれる。「井梧」は井戸端の梧桐の木。『淮南子《えなんじ》』説山訓《せつざんくん》に「一葉の落つるを見て、歳の将《まさ》に暮れんとするを知る」。「葉」を梧桐の葉とするのは白居易から始まるか。「新秋病《やまい》より起く」詩に「一葉　梧桐より落ち、年光（歳月）半ば又た空し」。○鶗鴂　その鳴き声が草木を枯らすとされる鳥。『楚辞』離騒に「鵜（鶗に同じ）鴂の先ず鳴きて、夫《か》の百草をして之が為に芳《かんば》しからざらしむるを恐る」。王逸注に「常に春分を以て鳴くなり」というように、そこでは春の鳥（ホトトギス）とされるが、後漢・張衡《ちょうこう》「思玄賦《しげんふ》」（『文選』巻一五）の「鶗鴂鳴きて芳しからず」は秋の鳥（モズ）。ここでは後者。○**楚詞**　『楚辞』。「詞」と「辞」は通じる。○**暮節一句**　「暮節」はここでは重陽の節句を指す。「茱萸」はカワハジカミ。重陽の節句に髪に飾って魔除けにする。もともと故郷の山に一家で登って祝うものなので、他郷で迎えた節句に心を痛める。○**蘂拆一句**　「金英」は菊の黄色い花の比喩。梁・王筠《おういん》「園の菊を摘みて謝僕射挙《しゃぼくやきょ》に贈る」詩に「菊花偏に憙《よろこ》ぶべし、碧葉　金英媚《うるわ》し」。○**花飄一句**　「雪片」は蘆の白い花の比喩。梁・陰《いん》鏗《こう》「傅郎《ふろう》の歳暮に湘州《しょうしゅう》に還《かえ》るに和す」詩に「棠《どう》（ヤマナシ）枯れて絳葉《こうよう》（赤い葉）尽き、蘆凍りて白花軽し」。○**波紅一句**　沈む日の光を受けて水波が赤く染まる景。○**沙白一句**　月光が岸辺に降り注いで砂が白く見える景。○**幾見一句**　江州の地で幾つの春を経たかと自問する。「林抽筍」は竹林でタケノコが地表に出る。○**頻驚一句**　ツバメが雛を孵《かえ》すのは、上句のタケノコと同様、南方ならではの景物。○**歳華一句**　「歳華」は年月。「倏忽」は時が速く過ぎることをいう畳韻の語。○**年少一句**　「年少」は青年、また若い時期。「須臾」は時の短さをいう畳韻の語。○**眇黙**　遥か遠いさまをいう双声の語。○**蒼茫**　果てなく拡がるさまをいう畳韻の語。○**八区**　八方。天下。

孔窮緣底事
顏夭有何辜
龍智猶經醢
龜靈未免刳
窮通應已定
聖哲不能逾
況我身謀拙
逢他厄運拘
漂流隨大海
鎚鍛任洪爐
險阻嘗之矣
棲遲命也夫
沈冥消意氣
窮餓耗肌膚

孔《こう》の窮《きゅう》するは底事《なにごと》にか縁《よ》る
顔《がん》の夭《よう》するは何《なん》の辜《つみ》か有《あ》る
龍《りゅう》は智《ち》なるも猶《な》お醢《かい》を経《へ》
亀《かめ》は霊《れい》なるも未《いま》だ刳《さ》かるるを免《まぬが》れず
窮通《きゅうつう》　応《まさ》に已《すで》に定《さだ》まるべし
聖哲《せいてつ》も逾《こ》ゆる能《あた》はず
況《いわ》んや我《われ》は身謀拙《しんぼうせつ》にして
他《か》の厄運《やくうん》の拘《こう》するに逢《あ》うをや
漂流《ひょうりゅう》して大海《たいかい》に随《したが》い、
鎚鍛《ついたん》して洪炉《こうろ》に任《まか》す
険阻《けんそ》　之《これ》を嘗《な》めたり
栖遅《せいち》　命《めい》なるかな
沈冥《ちんめい》　意気《いき》消《しょう》し
窮餓《きゅうが》　肌膚《きふ》耗《こう》す

防瘴和殘藥
迎寒補舊襦
書牀鳴蟋蟀
琴匣網蜘蛛
貧室如懸磬
端憂劇守株
時遭人指點
數被鬼揶揄
兀兀都疑夢
昏昏半似愚
女驚朝不起
妻怪夜長吁
萬里抛朋侶
三年隔友于

瘴《しょう》を防《ふせ》ぎて残薬《ざんやく》を和《わ》し
寒《かん》を迎《むか》えて旧襦《きゅうじゅ》を補《おぎな》う
書牀《しょしょう》　蟋蟀《しっしゅつ》鳴《な》き
琴匣《きんこう》　蜘蛛《ちしゅ》網《あみ》はる
貧室《ひんしつ》　磬《けい》を懸《か》くるが如《ごと》く
端憂《たんゆう》　株《かぶ》を守《まも》るより劇《はげ》し
時《とき》に人《ひと》の指点《してん》するに遭《あ》い
数《しば》しば鬼《き》に揶揄《やゆ》さる
兀兀《こつこつ》として都《すべ》て夢《ゆめ》かと疑《うたが》い
昏昏《こんこん》として半《なか》ば愚《ぐ》に似《に》たり
女《むすめ》は朝起《あさお》きざるに驚《おどろ》き
妻《つま》は夜長《よるなが》く吁《なげ》くを怪《いぶ》かる
万里《ばんり》　朋侶《ほうりょ》を抛《なげう》ち
三年《さんねん》　友于《ゆうう》に隔《へだ》たる

自然悲聚散
不是恨榮枯
去夏微之瘧
今春席八殂
天涯書達否
泉下哭知無
〔去年聞元九瘴瘧、書去竟未報。今春聞席八歿。久與還往、能無慟哭
去年《きょねん》　元九《げんきゅう》の瘴瘧《しょうぎゃく》を聞《き》き、書去《しょゆ》くも竟《つい》に未《いま》だ報《ほう》ぜず。今春《こんしゅん》　席八《せきはち》の没《ぼっ》する
を聞《き》く。久《ひさ》しく与《とも》に還往《かんおう》すれば、能《よ》く慟哭《どうこく》すること無《な》からんや〕
謾寫詩盈巻
空盛酒滿壺
只添新悵望
豈復舊歡娯
壯志因愁減

自然《しぜん》　聚散《しゅうさん》を悲《かな》しむ
是《こ》れ栄枯《えいこ》を恨《うら》むならず
去夏《きょか》　微之《びし》瘧《ぎゃく》し
今春《こんしゅん》　席八《せきはちゆ》殂く
天涯《てんがい》　書達《しょたつ》するや否《いな》や
泉下《せんか》　哭知《こくし》るや無《いな》や
謾《みだり》に写《うつ》して詩《し》は巻《かん》に盈《み》ち
空《むな》しく盛《も》りて酒《さけ》は壺《つぼ》に満《み》つ
只《た》だ新悵望《しんちょうぼう》を添《そ》うるのみ
豈《あ》に旧歓娯《きゅうかんご》を復《ふた》たびせんや
壮志《そうし》　愁《うれ》いに因《よ》って減《げん》じ

衰容與病俱
相逢應不識
滿頷白髭鬚

衰容《すいよう》　病《やまい》と倶《とも》にす
相《あ》い逢《あ》うも応《まさ》に識《し》らざるべし
頷《あご》に満《み》つ　白髭鬚《はくししゅ》

孔子が進退極まったのはいったい何ゆえか。顔回が夭逝したのは何の咎《とが》あってか。
智恵優れる龍は塩漬けにされ、秀霊備える亀は体を裂かれてしまう。
運命はあらかじめ決まっているもの、聖人哲人も乗り越えることはできぬ。
ましてやわたしは処世下手、疫病神の手にみごと捕らえられてしまった。
大海原を漂うのにまかせよう。大きな鉱炉で打たれるのにゆだねよう。
世の辛苦は嘗め尽くした。失意に沈むもまたわが定め。
消沈して意気は絶え、窮乏して肌もやつれた。
おこりの予防に古い薬を調合し、寒さを迎えて昔の肌着を繕う。
書棚にコオロギが鳴き、琴の箱にクモが網を張る。
すかんぴんの部屋はまるで磬《けい》をぶらさげたように中はからっぽ。重い憂いに囚われた
身は兎を待って株を見張る男より愚かしい。

時に人に後ろ指を指され、鬼にもしばしば嘲けられる。

茫々とすべては夢。暗々と半ばは痴愚に似る。

朝起きぬ父にむすめは驚き、深夜の長嘆息を妻はいぶかる。

万里に朋友は散らばり、三年も兄弟たちと離れている。

人の離合集散におのずと悲しみが生じるが、身の盛衰を悲しみはしない。

去る年の夏に元稹《げんじん》はおこりの病にかかり、今年の春には席八《せきはち》が亡くなった。

天涯の地にわが書翰は届いただろうか。黄泉の国にわが慟哭は伝わっただろうか。

〔去年、元九《げんきゅう》がおこりに罹《かか》ったと聞き、手紙を出したが返事がない。今春は席八が亡くなったと聞いた。長く行き来した間柄ゆえ、慟哭せずにいられようか〕

やたらに書き散らした詩は巻物にあふれ、あてもなく酒を酌《く》んで壺を満たす。

なにをしても悲しみを増すだけで、かつての楽しい日々は戻ってこない。

軒昂たる志は憂いですり減り、身の衰老は病《やまい》と足並を揃える。

どこかで逢っても諸君はよもや気づくまい。白いあご髭をたくわえたこれがわたしとは。

第六段、己れの拙い運命を嘆き、悲観したまま詩を閉じる。○**孔窮・顔夭二句**　孔子や顔回でさえ不幸を免れなかったことを想起する。「孔窮」は孔子が陳・蔡の国で苦難に遭ったこと。『論語』衛霊公《えいれいこう》篇に「陳に在りて糧を絶つ。……子曰く、君子は固《もと》より窮す」。「縁底事」はどんな理由なのか。ゆえなくして追い詰められたことをいう。「底」は「何」。「顔夭」は顔回が若くして亡くなったこと。『論語』先進篇に「顔回なる者有り、学を好む。不幸にして短命に死せり」。「有何辜」は何のとがあってのことか。ゆえのない夭折であったという。「辜」は罪。○**龍智・亀霊二句**　龍や亀のような神聖な動物ですら身を損なわれることをいう。「醢」は塩漬け。『左氏伝』昭公二十九年に「龍の一《いっ》雌《し》死す、潜《かく》して醢にして以て夏后《かこう》に食わす」。「刳」は亀の身を裂いて占いに用いる。『荘子』外物篇に「乃ち亀を刳きて以て卜す」。○**窮通一句**　「窮通」は不運と幸運。「応已定」は幸不幸はあらかじめ決まっているはずだ。○**身謀**　自分の身の処し方。○**逢他一句**　「他」は軽く添えられた字。「厄運」は災厄。「拘」は自分を捉える。○**漂流一句**　広い世界をあてもなく漂うことにしよう。『雑阿含経《ぞうあごんきょう》』に大海を漂う盲目の亀は百年に一度水面に顔を出す。大海にはまた一つの穴が開いた浮木が「海浪に漂流し、風に随って東西す」。亀がその穴に出会うことはあるだろうか、というたとえ話が見える。○**鎚鍛一句**　鉄が鉱炉で打たれるように、造物主の働きにまかせよう、の意。「鎚鍛」は金属を打って鍛える。「洪炉」は大きな溶鉱炉。造物主が鋳造する世界を指す。『荘子』大《だい》宗師《そうし》篇に「天地を以て大炉と為し、造化(造物主)を以て大冶と為す」。○**険阻**　人生の苦難。○**栖遅**　失意のさまをいう畳韻の語。○**命也夫**　自分の運命を深く嘆く語。会いに行こうとした晋の二人の大夫の死を聞いた孔子が、「丘《きゅう》(自分)の此《こ》れ(黄河)を済《わた》らざるは、命なるかな(命也夫)」(『史記』孔子世家)。また弟子の伯牛の悪疾に対しても、「命なるかな(命矣夫)、斯《こ》の人にして而《しか》も斯の疾《やま》い有るや」(『論語』雍也《ようや》篇)と嘆く。○**沈冥**　世から見捨てられる。○**防瘴一句**　「瘴」は瘴癘《しょうれい》、南方の風土病。「和」は調合する。○**旧襦**　古くなった肌着。○**書牀**　書架。○**貧室一句**　貧しい暮らしをいう。室内ががらんどうであるのを、磬(石製の打楽器)の内部が空洞であるのにたとえる。『左氏伝』僖公二十六年に「室は罄《けい》(磬と同じ)を県《か》(懸と同じ)くるが如く、野には青草無し(食べられる植物すらない)」。○**端憂**　深い憂愁。○**守株**　たまたま木の株に当たって死んだ兎を得た宋の農夫が、もう一度得られないかと株を見守り続けて国中の笑いものになった故事。『韓非子』五蠹《ごと》篇に見える。己れの迷妄をいう。○**指点**　指弾する。○**数被一句**　晋・羅友《らゆう》の故事を用いる。桓温《かんおん》は羅友の性格は郡の太守に向かないとして別の人に任じた。その人の送別の席に羅友が遅れてきて言うには、途中で一人の鬼に出会い、おまえは自分が郡主になるのではなく、人が郡主になるのを見送りに行くのか、と大いに「揶揄」されましたと。桓温は笑って応じたが、内心、羅友を選ばなかったことを恥じた。『世説新語』任誕《にんたん》篇の劉孝標《りゅうこうひょう》の注が引く『晋陽秋』に見える。ここでは鬼にからかわれるほど地位が低いことをいう。○**兀兀**　ぼんやりするさま。○**昏昏**　はっきりしないさま。○**女驚一句**　長安では早朝から勤務に出かけていたのが、江州では起きる必要もない。いつまでも寝ている白居易に対してむすめが不思議に思う。○**友于**　兄弟をいう。『尚書』君陳《くんちん》の「惟だ孝　兄弟に友たり(友于兄弟)」に出る。前の「友于」だけ用いて後の「兄弟」を導き出すいわゆる歇後語《けつごご》。○**去夏一句**　元稹は通州司馬に左遷された元和十年、夏から秋にかけて「瘧」(おこり)を病んだ。○**今春一句**　席八は中書舎人に至った席夔《せきき》のこととされるが、この名の友人は白居易の他の詩には見えない。○**瘴瘧**　南方独特の流行病。「瘴」は瘴癘、南方の毒気。「瘧」はおこり、発作性の熱病。○**只添・豈復二句**　詩を書き写したり、酒を酌んだりしてみたところで、新たな悲しみを増やすだけで昔の楽しみは戻ってこないの意。○**相逢一句**　詩題に記す、この詩を寄せる人々が自分に逢っても、衰残した姿に誰かわからないだろうの意。○**詩型・押韻**　五言排律。上平十虞(隅《ぐ》・桴《ふ》・殊《しゅ》・盱《く》・貙《ちゅ》・巫《ぶ》・夫《ふ》・郛《ふ》・虞《ぐ》・枢《しゅ》・楡《ゆ》・躕《ちゅ》・儒《しゅ》・繻《じゅ》・駆《く》・朱《しゅ》・覦《ゆ》・濡《じゅ》・軀《く》・趨《しゅ》・厨《ちゅ》・竽《う》・駆《く》・歈《ゆ》・珠《しゅ》・姝《しゅ》・嚅《じゅ》・迂《う》・輸《しゅ》・盂《う》・扶《ふ》・駒《く》・符《ふ》・銖《しゅ》・衢《く》・邘《う》・嶇《く》・殳《しゅ》・誅《ちゅ》・紆《う》・蕪《ぶ》・萸《ゆ》・雛《す》・臾《ゆ》・区《く》・逾《ゆ》・拘《く》・夫《ふ》・膚《ふ》・襦《じゅ》・蛛《ちゅ》・株《しゅ》・揄《ゆ》・

愚《ぐ》・吁《く》・于《う》・無《ぶ》・娯《ご》・俱《く》・鬚《しゅ》)、十一模(湖《こ》・途《と》・艫《ろ》・租《そ》・沽《こ》・鴣《こ》・呼《こ》・烏《お》・図《と》・菰《こ》・奴《ど》・蘇《そ》・鱸《ろ》・呉《ご》・晡《ほ》・徂《そ》・轤《ろ》・弧《こ》・蒲《ほ》・酺《ほ》・図《と》・徒《と》・麤《そ》・壚《ろ》・盧《ろ》・吾《ご》・孤《こ》・塗《と》・都《と》・姑《こ》・嗚《お》・梧《ご》・蘆《ろ》・鋪《ほ》・辜《こ》・刳《こ》・炉《ろ》・枯《こ》・殂《そ》・壺《こ》)の同用。平水韻、上平七虞。

元和十二年(八一七)、江州の作。「律詩」の部。ここまでの人生を振り返った長篇回想詩。自伝にも似たこうした長篇詩は杜甫の「壮遊《そうゆう》」「昔遊《せきゆう》」などの五言古詩に始まる。白居易と元稹はそれを受け継ぎながら、近体百韻というむずかしい詩型に挑戦する。詩は長安を追われて江州に至る旅からうたい起こされ、志を胸に初めて長安に登った時、科挙に次々合格して新進官僚として活躍、また仲間たちとの歓楽など、いわば青春の思い出を記す。やがて朝廷を追われ、江州流謫の日々を綴る。ほぼ同時期に都を追われた友人たちに寄せられたのは、白居易の憤懣は仲間たちにも共有されるものであったからだろう。また白居易と親しい人たちが相前後して転出したことは、朝廷内部における勢力の変化があったことを思わせる。長い詩だけに叙述が子細にわたり、他の文献にはあらわれない生活の細部を知る材料にもなる。

16-0960

元和十二年、淮寇未平、詔停歳仗。憤然有感、率爾成章

聞停歳仗軫皇情
應爲淮西寇未平
不分氣從歌裏發
無明心向酒中生
愚計忽思飛短檄
狂心便欲請長纓
從來妄動多如此
自笑何曾得事成

元和十二年《げんなじゅうにねん》、淮寇《わいこう》未《いま》だ平《たい》らがず、詔《みことのり》して歳仗《さいじょう》を停《とど》む。憤然《ふんぜん》として感《かん》有《あ》り、率爾《そつじ》に章《しょう》を成《な》す

歳仗《さいじょう》を停《とど》むると聞《き》きて皇情《こうじょう》を軫《いた》む
応《まさ》に淮西《わいせい》の寇《こう》未《いま》だ平《たい》らがざるが為《ため》なるべし
不分《ふぶん》の気《き》は歌裏《かり》従《よ》り発《はっ》し
無明《むみょう》の心《こころ》は酒中《しゅちゅう》に生《しょう》ず
愚計《ぐけい》　忽《にわか》に短檄《たんげき》を飛《と》ばさんことを思《おも》う
狂心《きょうしん》　便《すなわ》ち長纓《ちょうえい》を請《こ》わんと欲《ほっ》す
従来《じゅうらい》　妄動《もうどう》　多《おお》く此《か》くの如《ごと》し
自《みずか》ら笑《わら》う　何《なん》ぞ曽《かっ》て事《こと》成《な》るを得《え》んと

元和十二年、淮西の乱はまだ平定されず、歳仗を停止する詔が発せられた。憤りがこみ上げてきて、とっさに詩を書き上げた

歳仗をとりやめると聞き、宸襟《しんきん》おいたわしい。淮西の乱がいまだ治まらぬためであろう。

わりきれぬ思いは歌のなかから生じ、無明の思いは酒を飲みながら生まれる。

ふいに短い檄文を飛ばそうかと愚考し、敵将を捕らえる冠の長いひもを所望しようかと血迷う。

いつも軽率な挙措はまあこんなもの。かつて功を奏した試しがないのは笑うしかない。

○淮寇　呉元済《ごげんせい》の乱。元和九年(八一四)淮西(蔡州)節度使の呉少陽《ごしょうよう》が死ぬと、子の呉元済は朝廷の命を受けないまま居座り、以後、官軍との間に戦闘が繰り返された。元和十二年に至って裴度《はいど》の指揮する軍が呉元済を捕らえてようやく終結した。「歳仗」は元日の儀式。乱の続いていた元和十一年と十二年の正月にはそれが停止された。底本では詩題を「元和十三年……」に作るが、史実に合わせて「十二年」に改める。「率爾」は即座に。『論語』先進篇に「子路　率爾として対《こた》う」。**○軫皇情**　(歳仗を停止せざるを得なくなった)皇帝の気持ちを痛む。『楚辞』九章・惜誦に「心鬱結して紆軫(うしん＝むすぼれ痛む)す」。**○不分気**　不満、納得できない気持ち。**○無明一句**　「無明心」は明晰さを失った心。仏語。悟りから遠い無明は酒に酔った状態にたとえられることがあり、「酒中に生ず」とつながる。「向」は「……において」、場所をあらわす前置詞。**○愚計・狂心二句**　自分の思いつきを「愚計」「狂心」というのは謙遜をあらわすとともに、蚊帳の外に置かれている状況を反映もしている。「短檄」は軍隊を鼓舞する短い檄文。「長纓」は長い冠のひも。漢の武将終軍《しゅうぐん》が南越を帰属させるために「(終)軍自ら請う、願わくは長纓を受け、必ず南越王を羈《つな》ぎて之《これ》を闕下《けっか》(宮中)に致さん」と言った故事(『漢書』終軍伝)に基づく。○**妄動**　でたらめな行動。上の二句について言う。○**自笑一句**　自分の「妄動」が成功したためしがないというのは、宰相の武元衡《ぶげんこう》暗殺に際して即座に上書を呈して左遷されたことを思い起こしているか。○**詩型・押韻**　七言律詩。下平十二庚(平《へい》・生《せい》)、十四清(情《せい》・纓《えい》・成《せい》)の同用。平水韻、下平八庚。

元和十二年(八一七)、江州の作。「律詩」の部。淮西の呉元済への対処は、朝廷のなかでも足並みそろわず、主戦派と和睦派が対立していた。武元衡暗殺の黒幕である呉元済らの討伐を主張する白居易が、かつて上書を呈して江州に左遷されたのも、両派がせめぎ合っていた官界の力関係による。江州司馬の白居易は、淮西の乱に対して発言も行動もできなかったが、この詩のように独り憤慨することもあった。とはいえ、しょせん部外者の気炎に過ぎないことは本人も承知している。

江南謫居十韻

17-1008 江南謫居十韻《こうなんたっきょじゅういん》

自哂沈冥客
曾爲獻納臣
壯心徒許國
薄命不如人
纔展凌雲翅
俄成失水鱗
葵枯猶向日
蓬斷卽辭春
澤畔長愁地
天邊欲老身
蕭條殘活計
冷落舊交親
草合門無徑
煙消甑有塵

自《みずか》ら哂《わら》う　沈冥《ちんめい》の客《かく》
曽《かっ》て献納《けんのう》の臣《しん》為《た》りしを
壮心《そうしん》　徒《いたず》らに国《くに》に許《ゆる》し
薄命《はくめい》　人《ひと》に如《し》かず
纔《わず》かに凌雲《りょううん》の翅《はね》を展《の》べしに
俄《にわか》に失水《しっすい》の鱗《うろこ》と成《な》る
葵《あおい》は枯《か》るるも猶《な》お日《ひ》に向《む》かい
蓬《よもぎ》は断《た》たれて即《すなわ》ち春《はる》に辞《じ》す
沢畔《たくはん》　長《とこしえ》に愁《うれ》うる地《ち》
天辺《てんぺん》　老《お》いんと欲《ほっ》する身《み》
蕭条《しょうじょう》たり　残活《ざんかつ》の計《けい》
冷落《れいらく》たり　旧交《きゅうこう》の親《しん》
草《くさ》合《がっ》して門《もん》に径《みち》無《な》く
煙《けむり》消《き》えて甑《こしき》に塵《ちり》有《あ》り

憂方知酒聖
貧始覺錢神
虎尾難容足
羊腸易覆輪
行藏與通塞
一切任陶鈞

憂《うれ》えて方《はじ》めて酒《さけ》の聖《せい》なるを知《し》り
貧《ひん》して始《はじ》めて銭《ぜに》の神《しん》なるを覚《おぼ》ゆ
虎尾《こび》は足《あし》を容《い》れ難《がた》く
羊腸《ようちょう》は輪《わ》を覆《くつが》えし易《やす》し
行蔵《こうぞう》と通塞《つうさい》と
一切《いっさい》　陶鈞《とうきん》に任《まか》す

江南での流謫の暮らし　十韻

われながらおかしいのは、このうらぶれた男が、かつては天子に意見を奉る臣だったこと。

身を国に捧げんとする壮志もむなしく潰え、不幸せは人後に落ちない。

雲を凌がんと羽を拡げた途端に、たちまち干上がった魚になりはてた。

ヒマワリは枯れても日(天子)に向かい、根からちぎれて蓬は春(春宮《とうぐう》)にお別れを告げる。

水辺に逐われてとこしえの憂愁に浸り、地の果てに老いゆく身を寄せる。

わびしい無残な暮らし向き。冷え切ってしまった旧友との交わり。

草むした門への道も消え、煮炊きの火もなく釜には塵が積もる。
悲しみのなかで初めて酒の聖なることがわかる。貧窮に落ちて初めて金の尊さを知る。
虎の尾を踏む危ういことはできない。羊腸の坂道は車が転覆しやすい。
身の進退、運のよしあし、一切のこらず造物主の意にゆだねよう。

○自哂一句　「自哂」は自嘲する。「沈冥客」は落ちぶれた人。「香鑪峰の下、新たに草堂を置き……」詩にも「時に沈冥子有り、姓は白　字は楽天」(三一八頁)。**○献納臣**　天子に諫言することを任とする臣下。後漢・班固《はんこ》「両都の賦」(『文選』巻一)の「序」に「故に言語侍従の臣は……、朝夕論思し、日月献納す」。白居易が諫言を呈することを職務とする左《さ》拾遺《しゅうい》の任にあったことを指す。**○壮心一句**　「壮心」は意気盛んな思い。魏・曹操「歩出夏門行《ほしゅつかもんこう》」に「烈士の暮年、壮心已《や》まず」。「許国」は我が身を国に捧げる。『晋書』周札《しゅうさつ》伝に見える、東晋に移るのに尽くした王導《おうどう》のことばに「(周)札と臣(王導)らは便ち身を以て国に許し、死して後已《や》む」。「徒」は思うだけで果たされなかったことをあらわす。**○薄命一句**　人よりも不幸であること。後年(大和八年)六十三歳の時の詩では反転して「何ぞ得んや厭くこと無く時に咄咄《とつとつ》たりて、猶お薄命　人に如かずと言うを」という(下巻収録の「詩酒琴の人は、例として多く薄命なり。予は酷《はなは》だ三事を好み、雅《まさ》に此の科に当たる、而《しか》るに得る所已《はなは》だ多く、幸い為ること斯《こ》れ甚し。偶《たま》たま狂詠を成し、聊か愧《き》懐《かい》(恥ずかしい思い)を写す」詩)。○**纔展一句**　「纔」は……したとたんに。「凌雲翅」は雲をも凌がんとして飛翔する翼。朝廷の高位に迫ること。○**失水鱗**　水を奪われた魚。『荘子』庚桑楚《こうそうそ》篇に「呑舟の魚(舟を飲み込むほどの大魚)も碭《おど》りて水を失えば、則ち蟻能く之を苦しむ」。○**葵枯一句**　「葵」はヒマワリ。太陽の方向を向く習性は枯れても変わらない。忠信の不変をいう。○**蓬断一句**　「蓬」は根からちぎれて転々とする植物。「春」は春宮(東宮)。太子左賛善大夫の任から白居易は江州の司馬に流された。○**沢畔**　水辺。楚を追われた屈原に重ねる。『楚辞』漁父に「屈原《くつげん》既に放たれて、江潭に遊び、沢畔を行吟す」。○**蕭条一句**　「蕭条」は寂しいさまをいう畳韻の語。「残活計」は無残な状態になった生活のありさま。○**冷落一句**　ひえびえとしたさまをいう双声の語。昔の友人たちとの関係も冷え切ったことをいう。○**草合一句**　訪れる人もないために草むして通路もさだかでない。○**煙消一句**　「甑」は米を炊く器具。貧しいために煮炊きもできないことをいう。後漢の范冉《はんぜん》の清貧ぶりを人々は「甑中(そうちゅう)に塵生ず　范史雲《はんしうん》(范冉の字)、釜中《ふちゅう》に魚生ず　范萊蕪《はんらいぶ》(萊蕪は范冉の任地)」と唱った故事(『後漢書』独行伝)に基づく。○**憂方一句**　悲愁のなかにあって酒のありがたみがわかる。酒について「聖」というのは、魏・曹操の禁酒令のもと、ひそかに清酒を「聖」、白酒を「賢」と称した故事（『芸文類聚』巻七二に引く魚豢《ぎょけん》『魏略』）に基づく。**○貧始一句**　貧窮に陥り金銭のありがたみがわかる。晋の魯褒《ろほう》は金銭に狂奔する当時の世相を批判して「銭神論」を偽名で著したという（『晋書』隠逸伝）。**○虎尾一句**　虎の尾を踏むのは危険な行為。『尚書』君牙《くんが》に「心の憂い危《あやう》きこと、虎尾を踏み、春の氷を渉るが若し」。**○羊腸一句**　つづら折りの難路は車を転覆させる危険をはらむ。魏・曹操「苦寒行」（『文選』巻二七）に「羊腸　坂は詰屈《きっくつ》たりて、車輪　之が為に摧《くだ》かる」。**○行蔵一句**　「行蔵」は外で活動することと家に籠もること。出仕退隠をいう。『論語』述而《じゅつじ》篇に「之を用うれば則ち行い、之を舎《す》つれば則ち蔵（かく）る」。「通塞」は運の通じることとふさがること。運不運。『周易』節《せつ》の卦《か》に「戸庭を出でずして、通塞を知るなり」。**○一切一句**　すべてを天の意思にゆだねる。「陶鈞」は陶器を作るろくろ。拡げて造物主をいう。**○詩型・押韻**　五言排律。上平十七真（臣《しん》・人《じん》・鱗《りん》・身《しん》・親《しん》・塵《じん》・神《しん》）、十八諄（春《しゅん》・輪《りん》・鈞《きん》）の同用。平水韻、上平十一真。

元和十二年（八一七）、江州の作。「律詩」の部。天子侍従の臣から僻遠の地への流謫という落差を噛みしめながら、不遇と貧窮を嘆き、天命にゆだねることでその憂悶を解消しようとする。

夢微之　微之《びし》を夢《ゆめ》む　17-1023

〔十二年八月二十日夜〕
十二年八月二十日《じゅうにねんはちがつはつか》の夜《よる》〕

晨起臨風一惆悵　晨《あした》に起《お》きて風《かぜ》に臨《のぞ》み一《ひと》たび惆悵《ちゅうちょう》す
通川湓水斷相聞　通川《つうせん》　湓水《ぼんすい》　相聞《そうぶん》を断《た》つ
不知憶我因何事　知《し》らず　我《われ》を憶《おも》うは何事《なにごと》にか因《よ》る
昨夜三迴夢見君　昨夜《さくや》　三迴《さんかい》　夢《ゆめ》に君《きみ》を見《み》る

元稹を夢に見て
〔十二年八月二十日の夜〕

朝起きて風に当たると、ふと悲しみに沈む。君のいる通川《つうせん》、わたしのいる湓水《ぼんすい》、音信は途絶える。

何があってわたしのことを思ってくれたのか、夕べ三度も君が夢にあらわれるとは。

○**惆悵**　悲しむ。双声の語。○**通川一句**　「通川」は元稹《げんじん》のいる通州(四川省達県)の古名。言葉のうえで「湓水」と対応させて川という。「湓水」は白居易のいる江州を流れる川。

「相聞」は消息。魏・曹植「呉季重《ごきじゅう》に与うる書」(『文選』巻四二)に「往来数《しば》しば相聞す」。**○昨夜一句**　一晩に三回、元稹の夢を見る。杜甫の「李白を夢む二首」其の二、「三夜頻りに君を夢む」を意識する。杜甫の場合は三晩続けての夢。**○詩型・押韻**　七言絶句。上平二十文(聞《ぶん》・君《くん》)の独用。平水韻、上平十二文。

元和十二年(八一七)、江州の作。「律詩」の部。通州と江州に隔てられた時期の元稹への友愛の思いをうたう。一晩のうちに三度も夢にあらわれたのは、わたしの身を案じてくれるからだ――人を夢に見るのはその人が自分のことを思ってくれるからだという、当時の夢についての捉え方がうかがわれる。

17-1040

劉十九同宿　　劉十九《りゅうじゅうきゅう》と同宿《どうしゅく》す

〔時淮寇初破　時《とき》に淮寇《わいこう》初《はじ》めて破《やぶ》らる〕

紅旗破賊非吾事　紅旗《こうき》もて賊《ぞく》を破《やぶ》るは吾《わ》が事《こと》に非《あら》ず
黄紙除書無我名　黄紙《こうし》の除書《じょしょ》に我《わ》が名《な》無《な》し

唯共嵩陽劉處士
圍棊賭酒到天明

唯《た》だ嵩陽《すうよう》の劉処士《りゅうしょし》と共《とも》に
棋《き》を囲《かこ》み酒《さけ》を賭《か》けて天明《てんめい》に到《いた》らん

劉十九と同宿する
〔この時、淮西の乱がやっと打ち破られた〕

紅旗を翻して賊軍を撃破するなど、わが任ではない。昇官を告げる黄色の詔勅にわが名はない。

ただ嵩陽《すうよう》の劉処士とともに、罰杯をかけて碁盤を囲み夜明けまで遊びふけろう。

○**劉十九**　排行が十九である以外、名も字も未詳。江州の詩が集まる『文集』巻一七の四首の詩のみに登場し、いずれも飲酒行楽をともにしていることから、江州における友人と知られる。○**淮寇**　淮西節度使呉元済《ごげんせい》の乱。元和十二年十一月に至ってやっと平定された。「元和十二年、淮寇《わいこう》未だ平らがず……」詩参照(三八六頁)。○**紅旗**　軍旗。王昌齢「従軍行七首」其の五に「大漠《たいばく》の風塵　日色昏《くら》く、紅旗半ば捲きて轅門《えんもん》(軍営の門)を出ず」。○**非吾事**　自分とは関わりがない。『荘子』譲王《じょうおう》篇に、殷の湯王が暴君として知られる夏の桀《けつ》討伐を謀ると、卞随《べんずい》にも務光《むこう》にも「吾が事に非ざるなり」と断られた話が見える。また陶淵明「辛丑《しんちゅう》の歳の七月、假《か》(休暇)に赴きて、江陵に還るに夜に塗《と》口《こう》を行く」詩(『文選』巻二六)にも、「商歌は吾が事に非ず」、春秋時代の甯戚《ねいせき》が「商歌」を唱っているところを斉の桓公に取り立てられたように、仕官を得たい気持ちは自分にはないという。『荘子』も陶淵明も世間との関わりを拒絶することば。○**黄紙除書**　黄色の紙に書かれた任命書。軍功を挙げた者を昇官する詔書。「除」は任命の意。○**唯共一句**　「嵩陽」は穎陽《えいよう》(河南省登封県の西)の古名。劉氏の出身地か。「処士」は家に「処《お》る」人の意味で、仕官していない人への敬称。○**詩型・押韻**　七言絶句。下平十二庚(明《めい》)、十四清(名《べい》)の同用。平水韻、下平八庚。

元和十二年(八一七)、江州の作。「律詩」の部。淮西の乱とその平定は当時を揺るがしたが、流謫の身にある白居易には無縁の騒動であった。世間の動きに背を向けて囲碁に耽る、しかし「吾が事に非ず」とはいうものの、そこには世と関われずにいる口惜しさが籠もる。藤原定家は「紅旗征戎《せいじゅう》は吾が事に非ず」と、『明月記』、『後撰和歌集』奥書、二度にわたって用いている。「破賊」が「征戎」に変えられているが、それでは平仄《ひょうそく》が合わない。白居易にあっては悔しさから自閉するかのような言辞であるが、定家はこの句を借りて高踏的な生き方へと向かおうと表明する。

17-1055

薔薇正開、春酒初熟。
因招劉十九・張大・
崔二十四同飲

甕頭竹葉經春熟
階底薔薇入夏開
似火淺深紅壓架
如餳氣味綠黏臺
試將詩句相招去
儻有風情或可來
明日早花應更好
心期同醉卯時杯

薔薇《しょうび》正《まさ》に開《ひら》き、春酒初《しゅんしゅはじ》めて熟《じゅく》す。因《よ》りて劉十九《りゅうじゅうきゅう》・張大《ちょうだい》・
崔二十四《さいにじゅうし》を招《まね》きて同《とも》に飲《の》む

甕頭《おうとう》の竹葉《ちくよう》は春《はる》を経《へ》て熟《じゅく》し
階底《かいてい》の薔薇《しょうび》は夏《なつ》に入《い》りて開《ひら》く
火《ひ》に似《に》る浅深《せんしん》　紅《くれない》　架《か》を圧《あっ》し
餳《あめ》の如《ごと》き気味《きみ》　緑《みどり》　台《だい》に粘《ねば》る
試《こころ》みに詩句《しく》を将《もっ》て相《あ》い招去《しょうきょ》せん
儻《も》し風情《ふうじょう》有《あ》らば或《ある》いは来《き》たる可《べ》し
明日《みょうにち》　早花《そうか》　応《まさ》に更《さら》に好《よ》ろしかるべし
心《こころ》に期《き》す　同《とも》に卯時《ぼうじ》の杯《さかずき》に酔《よ》わんことを

ばらがちょうど開き、春酒もできあがった。そこで劉十九・張大・崔二十四を招いて一緒に飲む

かめのなかの竹葉酒は春を経て熟成した。きざはしの下のばらは夏になって開いた。

火のように淡く濃く、紅は燃えて薔薇棚を圧する。飴のような味わい、緑の酒がかめの台に粘りつく。

これを詩句にうたってお誘いしてみよう。もし雅趣を覚えたらおいでにならないか。

明日の朝の花はきっとさらに美しかろう。朝の杯を挙げて一緒に酔ってみたい。

○薔薇　ばら。ただし西洋の園芸品種のように華麗な花ではない。**○劉十九……**　江州での友人をいずれも排行で記す。「劉十九」は前の「劉十九と同宿す」詩(三九五頁)に見える。「張大」は未詳。「大」は排行が一であることを示す。底本は「大夫」に作るが「夫」は底本に混入した衍字《えんじ》。「崔二十四」は崔咸《さいかん》、字重易《ちょうえき》。新旧唐書に伝がある。**○甕頭一句**　「甕」は酒を貯蔵するかめ。「竹葉」は銘酒の名。晋・張協《ちょうきょう》「七命」(『文選』巻三五)に美酒を並べて「乃ち荊南の烏程《うてい》、予北の竹葉有り」。それが春になって熟成したこと。**○似火一句**　冒頭の四句はＡＢＢＡの順に構成され、この句は第二句の「薔薇」を受けて言う。「浅深」は花弁に淡い色、濃い色があること。「圧架」は花の棚を押しつけるように咲く。**○如餳一句**　第一句の「竹葉」酒を受けて言う。「如餳気味」は飴のように粘り着く濃厚な味わい。「台」は酒甕を置く台。**○招去**　招待しよう。「去」は動詞の後について「……しよう」の意を添える。**○風情**　風雅な趣き。**○早花**　早朝に開く花。○卯時杯　朝酒。「卯時」は朝六時頃。朝酒に特別の味わいがあることは「卯時の酒」(下巻収録)など、白居易の詩にしばしば見える。○詩型・押韻　七言律詩。上平十五灰(杯《はい》)、十六咍《かい》(開《かい》・台《たい》・来《らい》)の同用。平水韻、上平十灰。

元和十三年(八一八)、江州の作。「律詩」の部。薔薇の花と竹葉の酒、晩春初夏の季節にふさわしい物を並べて、両者を身近な友人たちとともに楽しもうと誘う。日常のなかの小さな楽しみ、それを気の置けない友と味わおうとする。

食後

食罷一覺睡
起來兩甌茶
擧頭看日影
已復西南斜
樂人惜日促
憂人厭年賒

食後《しょくご》

食罷《しょくおわ》りて一覚《いっかく》の睡《ねむ》り
起《お》き来《き》たりて両甌《りょうおう》の茶《ちゃ》
頭《こうべ》を挙《あ》げて日影《にちえい》を看《み》れば
已《すで》に復《ま》た西南《せいなん》に斜《なな》めなり
楽人《らくじん》は日《ひ》の促《みじか》きを惜《お》しみ
憂人《ゆうじん》は年《とし》の賒《おそ》きを厭《いと》う

07-0321

無憂無樂者　憂《うれ》いも無《な》く楽《たの》しみも無《な》き者《もの》は
長短任生涯　長短《ちょうたん》　生涯《しょうがい》に任《まか》す

食事のあとで

食事を終えて一眠り。起き出して二杯のお茶。
振り仰いで日影を見れば、もう西南の方に傾く。
心楽しき人は一日の短さを惜しみ、心憂うる人は一年の長さを苦にする。
憂いもなく楽しみもない人は、長いも短いも生きるがまま。

○**食罷一句**　「罷」は終わる。「一覚」はひと眠り。もともとは眠りから覚めること。『列子』周穆王《しゅうぼくおう》篇に、西南の果ての古莽《こもう》の国では「眠ること多く、五句（五十日）に一たび覚む」。そこから一回の睡眠を「一覚」という。○**両甌**　「甌」は小さな鉢、茶碗として用いる。○**日影**　日差し。『列子』湯問《とうもん》篇に、巨人の夸《こ》父《ほ》が身の程を弁えず、「日影を追わんと欲し、之を隅谷《ぐうこく》の際に逐《お》う」。○**楽人・憂人二句**　生を楽しんでいる人には時間が短く、憂愁に沈む人には長く感じられる。時間の長さは主観的なものであることをいう。「促」はせき立てることから短い、「賒」は遠いことから遅い。梁・王僧孺《おうそうじゅ》「鼓瑟曲《こしつきょく》思う所有り」(『玉台新詠』巻六)に「光陰復た何ぞ極まらん、促きを望みて反《かえ》って賖きを成す」。歓楽の時間が短いという嘆きは、「古詩十九首」其の十五(『文選』巻二九)に「昼は短く夜は長きに苦しむ、何ぞ燭を秉《と》りて遊ばざる」。憂愁の人にとって時間が長いことは、西晋・傅玄《ふげん》「雑詩」(『文選』巻二九)に「志士は日の短きを惜しみ、愁人は夜の長きを知る」。○**生涯**　人生。『荘子』養生主《ようせいしゅ》篇、「吾が生や涯《かぎ》り有り、而《しこう》して知や涯り無し」に基づく。○**詩型・押韻**　五言古詩。上平十三佳《かい》(涯《がい》)と下平九麻(茶《ちゃ》・斜《しゃ》・賖《しゃ》)の通押。平水韻、上平九佳と下平六麻。

元和十二年(八一七)もしくは十三年、江州の作。「閑適」の部。白居易の閑適におなじみの昼寝の詩。この詩では安逸の感覚というよりも、苦楽に感情を動揺させない境地を述べる。

白雲期　　白雲《はくうん》と期《き》す　07-0305

〔黄石巖下作〕　黄石巖下《こうせきがんか》の作《さく》〕

三十氣太壯　　三十《さんじゅう》は気《き》太《はなは》だ壮《さか》んにして

胸中多是非
六十身太老
四體不支持
四十至五十
正是退閑時
年長識命分
心慵少營爲
見酒興猶在
登山力未衰
吾年幸當此
且與白雲期

胸中《きょうちゅう》に是非《ぜひ》多《おお》し
六十《ろくじゅう》は身《み》太《はなは》だ老《お》い
四体《したい》　支持《しじ》せず
四十《しじゅう》より五十《ごじゅう》に至《いた》るは
正《まさ》に是《こ》れ退閑《たいかん》の時《とき》
年長《としちょう》じて命分《めいぶん》を識《し》り
心《こころ》慵《ものう》くして営為《えいい》少《すく》なし
酒《さけ》を見《み》れば興《きょう》は猶《な》お在《あ》り
山《やま》に登《のぼ》れば力《ちから》未《いま》だ衰《おとろ》えず
吾《わ》が年《とし》は幸《さいわ》いに此《こ》れに当《あ》たる
且《しばら》く白雲《はくうん》と期《き》せん

白雲と約束する
〔黄石巌のしたで作る〕

三十は意気盛んにすぎて、胸中あれこれ思い煩ってばかり。

六十は歳を取りすぎて、四肢がいうことを聞かない。
四十から五十にかけてこそ、まさにのんびり暮らせる時期だ。
齢《よわい》を重ねおのれの分限をわきまえ、ものぐさになって世事にかかずらうこともない。
酒を見ればまだ飲みたい気持ちは起こり、山に登るにも体力に衰えはない。
わたしの歳はさいわいこれに当たる。まずは山中で白雲と会う約束をしよう。

○黄石巌　盧山《ろざん》の巨岩。黄色一色であることから名付けられたという。同じ時期に「黄石巌の下の作」と題する詩もある。**○是非**　物事のよしあしを分別する。儒家では『孟子』公孫丑《こうそんちゅう》篇上に「是非の心無きは人に非ざるなり」、「是非の心は智の端なり」など大事な行為であるが、老荘や仏教ではそれを超越、ないし無化しようとする。ここでは「詠懐」詩(「委順して浮沈に任《まか》せて自従《よ》り、……」)に「面上　滅除す憂喜の色、胸中消尽す是非の心」というのと同じく後者。**○退閑**　官を退き閑居する。『荘子』天道篇に「此れを以て(空無を体得して)退居して閑遊すれば、江海山林の士も服す」。**○命分**　己れに定められた天命。『論語』為政《いせい》篇に「五十にして天命を知る」。**○心慵一句**　「慵」は怠ける、おっくうに思う。「営為」は世間での活動。**○白雲**　隠逸の象徴。梁の著名な道士陶弘景《とうこうけい》が南斉の高祖から「山中　何の有る所ぞ」と問われたのに詩をもって答え、

「山中　何の有る所ぞ、嶺上に白雲多し。只だ自ら怡悦《いえつ》(楽しむ)すべく、持して君に贈るに堪えず」と答えた話(『太平御覧』巻二〇一に引く『談藪《だんそう》』)に基づく。「黄石巌の下の作」詩にも「昔日　青雲の意、今移りて白雲に向かう」。○**詩型・押韻**　五言古詩。上平五支(為《い》)、六脂(衰《すい》)、七之(持《じ》・時《し》・期《き》)と八微(非《ひ》)の通押。平水韻、上平四支と五微。

元和十三年(八一八)、江州の作。「閑適」の部。老いへ向かうのを嘆くのは人の常であり、詩の常でもあって、白居易にももちろんそうした詩句はある。しかし白居易に特徴的なのはそれとは別に、今の年齢をわが人生のなかで最も望ましい時とする言葉がしばしば見えることである。ここでは四十七歳の今こそよいとうたう。

07-0312

弄龜羅

有姪始六歳
字之爲阿龜
有女生三年
其名曰羅兒

亀羅《きら》を弄《ろう》す

姪《おい》有《あ》り　始《はじ》めて六歳《ろくさい》
之《これ》に字《あざな》して阿亀《あき》と為《な》す
女《むすめ》有《あ》り　生《うま》れて三年《さんねん》
其《そ》の名《な》　羅児《らじ》と曰《い》う

一始學笑語
一能誦歌詩
朝戲抱我足
夜眠枕我衣
汝生何其晩
我年行已衰
物情少可念
人意老多慈
酒美竟須壞
月圓終有虧
亦如恩愛緣
乃是憂惱資
擧世同此累
吾安能去之

一《いっ》は始《はじ》めて笑語《しょうご》を学《まな》び
一《いっ》は能《よ》く歌詩《かし》を誦《しょう》す
朝《あした》に戯《たわむ》れて我《わ》が足《あし》を抱《いだ》き
夜《よる》に眠《ねむ》りて我《わ》が衣《ころも》に枕《まくら》す
汝《なんじ》の生《う》まるること何《なん》ぞ其《そ》れ晩《おそ》き
我《わ》が年《とし》は行《ゆ》くゆく已《もっ》て衰《おとろ》う
物情《ぶつじょう》　少《わか》くして念《おも》う可《べ》し
人意《じんい》　老《お》いて慈《いつくし》み多《おお》し
酒《さけ》は美《うま》きも竟《つい》に須《すべから》く壊《こわ》すべく
月《つき》は円《まど》かなるも終《つい》に虧《か》くる有《あ》り
亦《ま》た恩愛《おんあい》の縁《えん》の如《ごと》し
乃《すなわ》ち是《こ》れ憂悩《ゆうのう》の資《し》
世《よ》を挙《あ》げて此《こ》の累《わずら》いを同《おな》じくす
吾《われ》　安《いずく》んぞ能《よ》く之《これ》を去《さ》らんや

亀児・羅児とあそぶ

おいはやっと六つ、字《あざな》は阿亀《あき》という。
むすめは生後三年、名は羅児《らじ》という。
ひとりは笑ってものを言い始めたし、ひとりは詩を口ずさむことができる。
朝にはふざけてわたしの足に抱きつくし、夜にはわたしの服を枕に眠る。
お前たちは生まれるのが遅すぎた。わたしはしだいに老い衰えていく。
物は若いのがかわいいし、人は老いてやさしくなる。
酒はうまくても結局は体を損なうし、月はまるくてもついには欠けてしまう。
愛情のえにしもそれと同じことで、つまりは苦悩のもとになるだけだ。
世の中だれもそれにまとわれている。わたしがどうして離れられよう。

○**弄亀羅**　「弄」は相手にして遊ぶ。「亀」は亀児《きじ》、弟白行簡《はくこうかん》の息子。白行簡は元和十三年に梓州《しじゅう》(四川省三台県)から白居易のいる江州へ来ていた。「羅」は白居易の次女の羅《ら》児《じ》。長女の金鑾子《きんらんし》は元和六年に三歳で亡くなり(二四二頁)、元和十一年に羅児が生まれていた。○**姪**　兄弟の子。○**阿亀**　「阿」は名の前につけて親しさをあらわす接頭語。

○誦歌詩　亀児が詩を学ぶことについては、同年の作「亀児の詩を詠ずるを聞く」詩（四一六頁）、宝暦二年（八二六）の作「小姪《しょうてつ》亀児　灯詩を詠じ、並びに臘娘《ろうじょう》（白行簡のむすめか）衣を製するを見、因りて行簡に寄す」詩がある。**○物情一句**　「物情」は物に対する感情。次の句の「人意」とほぼ同じ。「少」は若い、幼い。**○壊**　体を損なう。**○恩愛縁**　人と愛情で結ばれる関係。**○憂悩資**　苦しみのもと。**○詩型・押韻**　五言古詩。上平五支（児《じ》・虧《き》）、六脂（亀《き》・衰《すい》・資《し》）、七之（詩《し》・慈《じ》・之《し》）と八微（衣《い》）の通押。平水韻、上平四支と五微。

元和十三年（八一八）、江州の作。「閑適」の部。白居易の人生において、世間の基準から見て唯一恵まれなかったのは子宝であった。この時点でまだ待望する男児はなく、弟白行簡のむすこと自分のむすめ、二人の幼児を相手に遊ぶ。仏教の立場から子供への愛情は断ち切るべき縁と述べながらも、それが断ち切れない思いをうたう。

山中獨吟　07-0330

人各有一癖
我癖在章句

山中《さんちゅう》に独《ひと》り吟《ぎん》ず
人《ひと》各《おの》おの一癖《いっぺき》有《あ》り
我《わ》が癖《へき》は章句《しょうく》に在《あ》り

萬縁皆已銷
此病獨未去
毎逢美風景
或對好親故
高聲詠一篇
恍若與神遇
自爲江上客
半在山中住
有時新詩成
獨上東巖路
身依白石崖
手攀青桂樹
狂吟驚林壑
猨鳥皆窺覰

万縁《ばんえん》 皆《み》な已《すで》に銷《き》ゆるも
此《こ》の病《やまい》 独《ひと》り未《いま》だ去《さ》らず
美《び》なる風景《ふうけい》に逢《あ》い
或《ある》いは好《よ》き親故《しんこ》に対《たい》する毎《ごと》に
高声《こうせい》 一篇《いっぺん》を詠《えい》じ
恍《きょう》として神《しん》と遇《あ》うが若《ごと》し
江上《こうじょう》の客《かく》と為《な》りて自《よ》り
半《なか》ばは山中《さんちゅう》に在《あ》りて住《じゅう》す
時有《ときあ》りて新詩《しんし》成《な》り
独《ひと》り東巌《とうがん》の路《みち》に上《のぼ》る
身《み》は白石《はくせき》の崖《がけ》に依《よ》り
手《て》は青桂《せいけい》の樹《き》に攀《よ》ず
狂吟《きょうぎん》 林壑《りんがく》を驚《おどろ》かし
猿鳥《えんちょう》 皆《み》な窺覰《きしょ》す

恐爲世所嗤　世《よ》の嗤《わら》う所《ところ》と為《な》るを恐《おそ》れ
故就無人處　故《ことさら》に人無《ひとな》き処《ところ》に就《つ》く

山の中でひとり詩を口ずさむ

人にはそれぞれ嗜癖がある。わたしの嗜癖は詩だ。
この世の縁《えにし》がすべて消滅しても、この病だけはまだ治らない。
美しい光景に出会うたび、あるいは仲良い友に向かい合う時。
高らかに一篇の詩を詠ずると、鬼神と遭遇したかに陶酔の境地に入る。
江上の人となってから、半分は山の中で暮らしている。
新しい詩ができあがると、独り東の岩に向かう道を登る。
白い岩の崖にもたれかかり、青い桂樹の枝にすがって登る。
我を忘れて吟ずる声は林や谷を振るわせ、猿も鳥もいぶかってのぞきこむ。
世間の人に笑われはしないかと恐れて、わざわざ人のいない所へやってくる。

○**人各・我癖二句**　「癖」は個人的な強い嗜好。晋・杜預《どよ》の言葉を用いる。すぐれた武将でもあり、『春秋左氏伝経伝集解《けいでんしっかい》』の著もある杜預が、王済《おうさい》には馬癖有り、和嶠《わきょう》には銭癖有りと口にしていたのを聞いた晋の武帝が、ではお前にはどんな「癖」があるのかと尋ねると、「臣は左伝癖有り」と答えた(『晋書』杜預伝)。○**万縁**　浮き世の様々な束縛をいう仏教語。○**恍若一句**　恍惚状態になって鬼神と一体の境地に入る。杜甫「韋左《いさ》丞丈《じょうじょう》に贈り奉る二十二韻」詩に「書を読みては万巻を破り、筆を下せば神有るが如し」。○**江上客**　江州に左遷された自分をいう。○**山中**　廬山《ろざん》の草堂に住むことをいう。○**窺覷**　のぞきうかがう。○**詩型・押韻**　五言古詩。去声九御(去《きょ》・覷《しょ》・処《しょ》)と十遇(句《く》・遇《ぐう》・住《ちゅう》・樹《じゅ》)、十一暮(故《こ》・路《ろ》)の通押。平水韻、去声六御と七遇。

元和十三年(八一八)、江州の作。「閑適」の部。詩への愛着を語る。「癖」はいわばマニア。過度な没入は抑制すべきものであるのに抑制できない、という否定的な価値付けを伴った語で、詩への没頭ぶりを語る。のちに「詩魔」という語を用いるのも、同じ態度。なお、人知れぬ山の奥へ分け入っていく描写は、謝霊運の山水詩を思わせる。

10-0522

夢與李七・庾三十三同訪元九　　夢《ゆめ》に李《り》七《しち》・庾三十三《ゆさんじゅうさん》と同《とも》に元九《げんきゅう》を訪《と》う

夜夢歸長安　　夜《よる》に夢《ゆめ》む　長安《ちょうあん》に帰《かえ》り

見我故親友
損之在我左
順之在我右
云是二月天
春風出攜手
同過靖安里
下馬尋元九
元九正獨坐
見我笑開口
還指西院花
仍開北亭酒
如言各有故
似惜歡難久
神合俄頃間

我《わ》が故《ふる》き親友《しんゆう》に見《まみ》ゆるを
損之《そんし》は我《わ》が左《ひだり》に在《あ》り
順之《じゅんし》は我《わ》が右《みぎ》に在《あ》り
云《い》う是《こ》れ二月《にがつ》の天《てん》
春風《しゅんぷう》　出《い》でて手《て》を攜《たずさ》えんと
同《とも》に靖安里《せいあんり》に過《よ》ぎり
馬《うま》を下《お》りて元九《げんきゅう》を尋《たず》ぬ
元九《げんきゅう》は正《まさ》に独坐《どくざ》し
我《われ》を見《み》て笑《わら》いて口《くち》を開《ひら》く
還《ま》た西院《せいいん》の花《はな》を指《さ》し
仍《な》お北亭《ほくてい》の酒《さけ》を開《ひら》く
各《おの》おの故《こ》有《あ》りと言《い》うが如《ごと》く
歓《よろこ》びの久《ひさ》しくし難《がた》きを惜《お》しむに似《に》たり
神《しん》は合《がっ》す　俄頃《がけい》の間《かん》

神離欠伸後
覺來疑在側
求索無所有
殘燈影閃牆
斜月光穿牖
天明西北望
萬里君知否
老去無見期
踟躕搔白首

神《しん》は離《はな》る　欠伸《けっしん》の後《のち》
覚《さ》め来《き》たりて側《かたわら》に在《あ》るかと疑《うたが》い
求《もと》め索《もと》むるも有《あ》る所《ところ》無《な》し
残灯《ざんとう》　影《かげ》は牆《かき》に閃《ひらめ》き
斜月《しゃげつ》　光《ひかり》は牖《まど》を穿《うが》つ
天明《てんめい》　西北《せいほく》を望《のぞ》む
万里《ばんり》　君《きみ》知《し》るや否《いな》や
老《お》い去《さ》りて見《まみ》ゆる期《き》無《な》し
踟躕《ちちゅ》して白首《はくしゅ》を搔《か》く

夢のなかで李七・庾三十三とともに元九を訪ねる

夜、長安に帰り、昔なじみの友と会う夢をみた。損之《そんし》(李宗閔《りそうびん》)はわたしの左にいて、順之《じゅんし》(庾敬休《ゆけいきゅう》)はわたしの右にいる。ちょうど二月の時節、春風のなかに手に手を執って繰りだそうという。そろって靖安里《せいあんり》に立ち寄り、馬を下りて元九(元稹)を訪れた。

元九はちょうど一人坐していたが、わたしを見ると明るく笑い迎えてくれた。
西院の花を指さすかと思えば、北亭で酒宴を開いてくれた。
それぞれ積もる話をしたようでもあり、喜びが尽きるのを惜しむようでもあった。
つかの間、魂は一堂に会したけれど、あくびの後は魂は離ればなれ。
夢から覚めてもそばにいるような気がするのに、捜しても誰もいはしない。
消えかかった灯りの火影《ほかげ》が垣根にゆらめき、傾いた月の光が窓から射し込む。
夜明けに西北の方角を眺めてみたが、万里を隔てた君たちに通じたかどうか。
老いゆく身に再会の機会はない。白髪の頭をかきむしりながらたちもとおる。

○**李七**……「李七」は李宗閔《りそうびん》、字は損之《そんし》。「七」は排行。牛僧孺《ぎゅうそうじゅ》とともに李徳裕《りとくゆう》に敵対した牛党の首魁。のち宰相に昇る。『旧唐書』巻一七六、『新唐書』巻一七四に伝がある。「庾三十三」は庾敬休《ゆけいきゅう》、字は順之《じゅんし》。排行の「三十三」は三十二とする白居易の詩も多い。『旧唐書』巻一八七下、『新唐書』巻一六一に伝がある。庾敬休は「東南行……」詩（三三七頁）にも見える。○**元九**　元稹。○**故親友**　長くなじみの友人。○**靖安里**　長安の坊里の名。元稹の居宅があった。○**笑開口**　口を開いて心から笑う。『荘子』盗跖《とうせき》篇に「口を開きて笑うこと、一月の中、四五日に過ぎざるのみ」。○**還指・仍開二句**　「還……

仍……」は「……したり……したり」、同じ方向の動作を重ねる意をあらわす。「西院」は元稹の邸宅のなかの西の庭園、「北亭」は北のあずまや。○**如言・似惜二句**　「如」「似」というのは覚めてから夢のなかを思い出す不確かさのため。「各有故」はそれぞれの来し方。「歓難久」は幸福な時間は長くは続かない。魏・曹丕《そうひ》「朝歌令呉質《ごしつ》に与うる書」(『文選』巻四二)に「余　顧みて言う、斯《こ》の楽しみは常なり難し」。○**神合・神離二句**　「神」は肉体を離れた魂。夢のなかで会い、且つ別れるゆえに「神」という。「俄頃間」はみじかい時間。「欠伸」はあくび。あくびをするほどの短い時間。○**老去**　年老いる。「去」は老い行くことをあらわす補語。○**踟躕一句**　煩悶のために頭を掻きながら行きつ戻りつする。「首」はあたま。『詩経』邶風《はいふう》・静女《せいじょ》に恋人を待つ男について、「愛すれど見えず、首を掻きて踟躕す」。○**詩型・押韻**　五言古詩。上声四十四有(友《ゆう》・右《ゆう》・手《しゅう》・九《きゅう》・酒《しゅ》・久《きゅう》・有《ゆう》・牖《ゆう》・否《ふ》・首《しゅう》)、四十五厚(口《こう》・後《こう》)の同用。平水韻、上声二十五有。

元和十三年(八一八)、江州の作。「感傷」の部。長安での交遊を夢に見る。別離の時期の交遊をうたうのに、時に夢というかたちを用いる。ここで語られる夢はあたかも実際に見た夢をそのまま述べているかのように現実の側に足場があり、夢とうつつが混淆することはない。たとえ夢を題材としても現実から離れないところに、白居易の詩の特徴がある。

17-1033

聞龜兒詠詩
憐渠已解詠詩章
搖膝支頤學二郎
莫學二郎吟太苦
纔年四十鬢如霜

亀児《きじ》の詩《し》を詠《えい》ずるを聞《き》く
憐《あわれ》む　渠《かれ》が已《すで》に解《よ》く詩章《ししょう》を詠《えい》ずるを
膝《ひざ》を揺《ゆす》り頤《あご》を支《ささ》えて二郎《じろう》を学《まな》ぶ
学《まな》ぶ莫《な》かれ　二郎《じろう》の吟《ぎん》　太《はなは》だ苦《くる》しきを
纔《わずか》に年四十《とししじゅう》にして鬢《びん》　霜《しも》の如《ごと》し

亀児が詩を口ずさむのを聞いて

いたいけなくも、この子はもう詩を詠唱することができる。膝を揺すりほおづえをつきながら、二郎おじさんのまねをしている。

でも二郎おじさんの詩を詠ずる苦労はまねしない方がいいぞ。四十になったばかりで髪はもう真っ白なんだからね。

○**亀児**　弟白行簡の子供。「亀羅を弄す」詩参照(四〇五頁)。○**憐**　対象に心を動かされる。ここではかわゆく思う。○**渠**　三人称の代名詞。彼。○**揺膝一句**　「揺膝支頤」

は膝を揺らしあごを支える子供らしいしぐさ。「二郎」は白居易を指す。白居易は次男。亀児の立場からの呼び方を用いたもの。○**莫学・纔年二句**　詩作を苦と捉え、それゆえに老け込んでしまった自分をまねしてはいけないと説く。○**詩型・押韻**　七言絶句。下平十陽(章《しょう》・霜《そう》)、十一唐(郎《ろう》)の同用。平水韻、下平七陽。

元和十三年(八一八)、江州の作。「律詩」の部。白居易のまねをして詩を詠ずる甥のかわいい姿を描きながら、己れの詩作への態度を語る。「癖」といい「詩魔」というのにも通じて、詩に殉じざるをえない性癖を語るなかには、いささかの自負も籠められている。

八月十五日夜、
湓亭望月

昔年八月十五夜
曲江池畔杏園邊
今年八月十五夜
湓浦沙頭水館前

八月十五日《はちがつじゅうごにち》の夜《よる》、
湓亭《ぼんてい》に月《つき》を望《のぞ》む

昔年《せきねん》　八月十五夜《はちがつじゅうごや》
曲江《きょっこう》の池畔《ちはん》　杏園《きょうえん》の辺《ほと》り
今年《ことし》　八月十五夜《はちがつじゅうごや》
湓浦《ぼんぽ》の沙頭《さとう》　水館《すいかん》の前《まえ》

西北望鄉何處是
東南見月幾迴圓
臨風一歎無人會
今夜清光似往年

西北《せいほく》　郷《きょう》を望《のぞ》む　何《いず》れの処《ところ》か是《こ》れならん
東南《とうなん》　月《つき》を見《み》る　幾迴《いくたび》か円《まど》かなる
風《かぜ》に臨《のぞ》んで一《ひと》たび歎《たん》ずるも人《ひと》の会《かい》する無《な》し
今夜《こんや》の清光《せいこう》　往年《おうねん》に似《に》たり

八月十五日の夜、湓亭《ぼんてい》で月を眺める

昔年の八月十五日の夜は、曲江《きょっこう》の池のほとり、杏園《きょうえん》のあたりにいた。今年の八月十五日の夜は、湓浦《ぼんぽ》の岸辺、水に臨む館の前にいる。西北の方に故郷を眺めても、どのあたりにあるのか。東南の地で見る月はいくたび円《まど》かになったことか。風を受けてため息をついても、わかってくれる人はいない。今夜のさやかな月の光は昔と同じ光。

○**八月十五日**　中秋の明月。「八月十五日の夜、禁中に独り直し、月に対して元九を憶う」詩(二三八頁)では、元和五年(八一〇)、宮中にあって江陵の元稹を想起していた。○**湓亭**　詩中に見えるように、湓浦のほとりにあった亭。○**曲江一句**　「曲江」は長安東南の行楽地。「杏園」はその西南にあった庭園。いずれも白居易の詩に頻見。○**水館**　水辺の建物。詩題にいう「亭」。○**東南**　都から見て東南にあたる江州を指す。○**無人会**　この「会」は理会するの意。○**詩型・押韻**　七言律詩。下平一先(辺《へん》・前《せん》・年《ねん》)、二仙(円《えん》)の同用。平水韻、下平一先。

元和十三年(八一八)、江州の作。「律詩」の部。月は空間のみならず時間を超えて遍在することから、中秋の月を見ることを媒介として過去のそれを思い起こす。月は同じでも——同じであるからこそ、我が身の境遇の違いに胸をふたぐ。

尋郭道士不遇

郡中乞假來相訪
洞裏朝元去不逢
看院秖留雙白鶴
入門唯見一靑松
藥鑪有火丹應伏

郭道士《かくどうし》を尋《たず》ねて遇《あ》えず

郡中《ぐんちゅう》　仮《か》を乞《こ》い来《き》たりて相《あ》い訪《と》う
洞裏《どうり》　元《げん》に朝《ちょう》し　去《さ》って逢《あ》わず
院《いん》を看《み》れば秖《た》だ留《とど》む　双白鶴《そうはっかく》
門《もん》に入《い》れば唯《た》だ見《み》る　一青松《いちせいしょう》
薬鑪《やくろ》　火《ひ》有《あ》り　丹《たん》応《まさ》に伏《ふく》すべく

雲碓無人水自舂　雲碓《うんたい》　人無《ひとな》く　水自《みずおのずか》ら舂《つ》く

〔廬山中雲母多、故以水碓擣錬、俗呼爲雲碓

　廬山《ろざん》の中《なか》に雲母《うんも》多《おお》し、故《ゆえ》に水碓《すいたい》を以《もっ》て擣錬《とうれん》す、俗《ぞく》に呼《よ》びて雲碓《うんたい》と為《な》す〕

欲問参同契中事　参同契中《さんどうけいちゅう》の事《こと》を問《と》わんと欲《ほっ》し

更期何日得從容　更《さら》に期《き》す　何《いず》れの日《ひ》か從容《しょうよう》を得《え》んことを

　郭道士を尋ねたが会えずに

郡の役所から休暇を得て訪ねてきたが、洞中へ老子参拝にお出かけで会えなかった。庭を窺えば、つがいの白鶴が留まるのみ。門を入れば、一本の青松が目に付くだけ。製薬の炉には火が入り、仙丹が焼かれるのを待ち、雲母《うんも》を錬る臼は人もなく、水車が勝手に舂いている。

〔廬山には雲母が多いので、水車の臼で舂く。それを俗に「雲碓」という〕

『参同契』の話をお聞きしたいが、またいつかゆっくりできる日を期すことにしよう。

○**郭道士**　郭虚舟《かくきょしゅう》という名の道士。「郭虚舟相い訪う」詩など、ほかの詩にも見える。○**郡中一句**　江州の役所に休暇を願いでて郭道士を訪問する。「仮」は休暇。○**洞裏一句**

「洞」は道教の神を祀ったほこら。「朝元」は老子に参拝する。唐代、皇帝の李姓と同じ老子を尊んで「太上玄元《たいじょうげんげん》皇帝」と称した。○看院・入門二句　「白鶴」「青松」はともに世俗の汚濁と対峙する高潔さをあらわす。俗臭と結びつく物が何もない、静謐な空間であることをいう。○薬鑪一句　「薬炉」は丹薬を作る炉。「伏」は仙丹を火で熱して作る。煉丹の方法の一つの「伏火」。○雲碓　仙薬の原料である雲母を舂く臼。○水碓　水車の力で舂く臼。○擣錬　叩いて練り上げる。○参同契　『周易《しゅうえき》参同契』。漢・魏《ぎ》伯陽《はくよう》の撰と伝えられる道教の教義書。○従容　ゆったりしたさまをあらわす畳韻の語。○詩型・押韻　七言律詩。上平三鍾(逢《ほう》・松《しょう》・舂《しょう》・容《よう》)の独用。平水韻、上平二冬。

元和十三年(八一八)、江州の作。「律詩」の部。隠者なり道士なりの居を訪れて会えず、代わりに詩をのこすというかたちの詩は、唐代に少なくない。これもその一つ。白居易は仏教のみならず、道教にも心の平安を得るようすがとして関心を寄せる。この詩では道教の内容よりも、道士の住まいの閑寂な姿を味わっている。

図版一覧

カバー

明・文嘉《ぶんか》「琵琶行図」(大阪市立美術館蔵)
「琵琶引」(二八八頁)参照。舞台は潯陽《じんよう》。船の停留する湓浦の船着き場で琵琶弾きの女と出会ったはずだが、絵では船を長江のなかに置いて山水画に仕立てている。

I 登第以前・扉

清・徐松《じょしょう》『登科記考《とうかきこう》』貞元十九年
科挙試験合格者の氏名・経歴を記した書。貞元十九年の吏部の書判抜萃科《しょはんばっすいか》の項に、白居易と元稹の名が見える。「知貢挙 礼部侍郎 権徳輿《けんとくよ》」はその年の進士科の責任者の名で、吏部の試験の責任者は吏部侍郎の鄭珣瑜《ていしゅんゆ》。

II 長安時期(一)・扉

元曲選「唐明皇秋夜梧桐雨《とうめいこうしゅうやごどうう》」
元曲四大家の一人白樸《はくぼく》(字は仁甫)の代表作で、「長恨歌」を題材にした元曲。図版は、楊貴妃の死後、玄宗が秋の宮殿で悲しみに浸る場面(六七頁)。「梧桐雨」では後半の仙界捜求譚はなく、悲劇のまま幕を閉じる。

Ⅲ　江州時期・扉

伝　五代・荊浩《けいこう》「匡廬図《きょうろ》」(台北、国立故宮博物院蔵)

江州の南に位置する廬山《ろざん》。匡山、匡廬とも称される。標高は千五百メートルに達しないが、鄱陽湖《はようこ》、長江に囲まれて屹立する景勝の地。東林寺をはじめとして仏教寺院も多い。

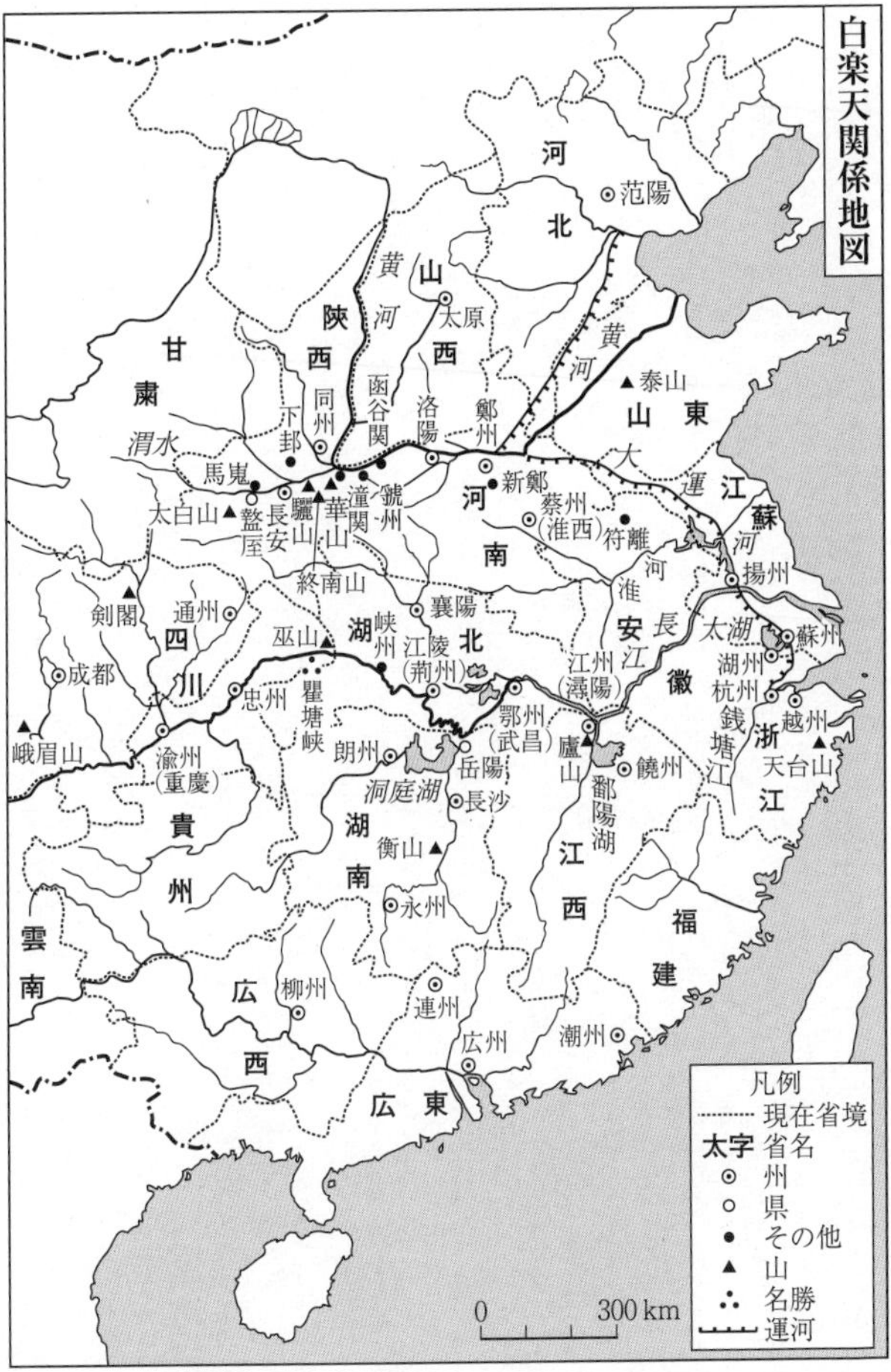
白楽天関係地図
河北
范陽
山西
太原
陝西
黄河
甘粛
同州
函谷関
洛陽
鄭州
泰山
山東
下邽
渭水
馬嵬
新鄭
大運河
江蘇
太白山
盩厔
長安
驪山
華山
潼関
虢州
河南
蔡州（淮西）
符離
終南山
揚州
淮河
剣閣
通州
襄陽
四川
巫山
湖北
峡州
江陵（荊州）
安徽
長江
太湖
蘇州
成都
瞿塘峡
忠州
江州（潯陽）
湖州
杭州
越州
鄂州（武昌）
廬山
銭塘江
峨眉山
渝州（重慶）
朗州
岳陽
洞庭湖
長沙
鄱陽湖
饒州
浙江
天台山
貴州
湖南
衡山
江西
永州
福建
雲南
広西
柳州
連州
広州
潮州
広東
凡例
現在省境
太字 省名
州
県
その他
山
名勝
運河
0
300 km

白楽天詩選《はくらくてんしせん》（上）〔全2冊〕

2011年7月15日　第1刷発行
2021年7月26日　第7刷発行

訳注者　川合康三《かわいこうぞう》

発行者　坂本政謙

発行所　株式会社　岩波書店
〒101-8002　東京都千代田区一ツ橋2-5-5
案内　03-5210-4000　営業部　03-5210-4111
文庫編集部　03-5210-4051
https://www.iwanami.co.jp/

印刷　製本・法令印刷　カバー・精興社

ISBN 978-4-00-320441-2　　Printed in Japan

読書子に寄す

——岩波文庫発刊に際して——

岩波茂雄

真理は万人によって求められることを自ら欲し、芸術は万人によって愛されることを自ら望む。かつては民を愚昧ならしめるために学芸が最も狭き堂宇に閉鎖されたことがあった。今や知識と美とを特権階級の独占より奪い返すことはつねに進取的なる民衆の切実なる要求である。岩波文庫はこの要求に応じそれに励まされて生まれた。それは生命ある不朽の書を少数者の書斎と研究室とより解放して街頭にくまなく立たしめ民衆に伍せしめるであろう。近時大量生産予約出版の流行を見る。その広告宣伝の狂態はしばらくおくも、後代にのこすと誇称する全集がその編集に万全の用意をなしたるか。千古の典籍の翻訳企図に敬虔の態度を欠かざりしか。さらに分売を許さず読者を繫縛して数十冊を強うるがごとき、はたしてその揚言する学芸解放のゆえんなりや。吾人は天下の名士の声に和してこれを推挙するに躊躇するものである。このときにあたって、岩波書店は自己の責務のいよいよ重大なるを思い、従来の方針の徹底を期するため、すでに十数年以前より志して来た計画を慎重審議この際断然実行することにした。吾人は範をかのレクラム文庫にとり、古今東西にわたって文芸・哲学・社会科学・自然科学等種類のいかんを問わず、いやしくも万人の必読すべき真に古典的価値ある書をきわめて簡易なる形式において逐次刊行し、あらゆる人間に須要なる生活向上の資料、生活批判の原理を提供せんと欲する。この文庫は予約出版の方法を排したるがゆえに、読者は自己の欲する時に自己の欲する書物を各個に自由に選択することができる。携帯に便にして価格の低きを最主とするがゆえに、外観を顧みざるも内容に至っては厳選最も力を尽くし、従来の岩波出版物の特色をますます発揮せしめようとする。この計画たるや世間の一時の投機的なるものと異なり、永遠の事業として吾人は微力を傾倒し、あらゆる犠牲を忍んで今後永久に継続発展せしめ、もって文庫の使命を遺憾なく果たさしめることを期する。芸術を愛し知識を求むる士の自ら進んでこの挙に参加し、希望と忠言とを寄せられることは吾人の熱望するところである。その性質上経済的には最も困難多きこの事業にあえて当たらんとする吾人の志を諒として、その達成のため世の読書子とのうるわしき共同を期待する。

昭和二年七月

《東洋文学》〔赤〕

王維詩集　小川環樹・都留春雄・入谷仙介選訳
杜甫詩選　黒川洋一編
李白詩選　松浦友久編訳
李賀詩選　黒川洋一編
陶淵明全集 全二冊　松枝茂夫・和田武司訳注
唐詩選 全三冊　前野直彬注解
完訳 三国志 全八冊　小川環樹・金田純一郎訳
西遊記 全十冊　中野美代子訳
菜根譚　洪自誠 今井宇三郎訳注
浮生六記 —浮生夢のごとし　沈復 松枝茂夫訳
阿Q正伝・狂人日記 他十二篇（吶喊）　魯迅 竹内好訳
魯迅評論集　竹内好編訳
家 全二冊　巴金 飯塚朗訳
寒い夜　巴金 立間祥介訳
新編 中国名詩選 全三冊　川合康三編訳
遊仙窟　張文成 今村与志雄訳
唐宋伝奇集 全二冊　今村与志雄訳
聊斎志異 全二冊　蒲松齢 立間祥介編訳
白楽天詩選 全二冊　川合康三訳注
文選 全六冊　川合康三・富永一登・釜谷武志・和田英信・浅見洋二・緑川英樹訳注
ケサル王物語 —チベットの英雄叙事詩　アレクサンドラ・ダヴィッド＝ネール アプル・ユンテン 富樫瓔子訳
バガヴァッド・ギーター　上村勝彦訳
朝鮮民謡選　金素雲訳編
尹東柱詩集 空と風と星と詩　金時鐘編訳
アイヌ神謡集　知里幸恵編訳
アイヌ民譚集 付 えぞおばけ列伝　知里真志保編訳

《ギリシア・ラテン文学》〔赤〕

ホメロス イリアス 全二冊　松平千秋訳
ホメロス オデュッセイア 全二冊　松平千秋訳
イソップ寓話集　中務哲郎訳
アイスキュロス 縛られたプロメーテウス　呉茂一訳
アンティゴネー　ソポクレース 中務哲郎訳
バッカイ —バッコスに憑かれた女たち　エウリーピデース 逸身喜一郎訳
ヘシオドス 神統記　廣川洋一訳
アリストパネース 蜂　高津春繁訳
女の議会　アリストパネース 村川堅太郎訳
アポロドーロス ギリシア神話　高津春繁訳
ギリシア・ローマ抒情詩選 —花冠　呉茂一訳
黄金の驢馬　アープレーイユス 呉茂一・国原吉之助訳
オウィディウス 変身物語 全二冊　中村善也訳
ギリシア・ローマ神話 付 インド・北欧神話　ブルフィンチ 野上弥生子訳
ギリシア・ローマ名言集　柳沼重剛編
ローマ諷刺詩集　ペルシウス ユウェナーリス 国原吉之助訳

《南北ヨーロッパ他文学》(赤)

ダンテ 新生 山川丙三郎訳
抜目のない未亡人 ゴルドーニ 平川祐弘訳
珈琲店・恋人たち ゴルドーニ 平川祐弘訳
カヴァレリーア・ルスティカーナ 他十一篇 G・ヴェルガ 河島英昭訳
カルヴィーノ イタリア民話集 全二冊 河島英昭編訳
むずかしい愛 カルヴィーノ 和田忠彦訳
パロマー カルヴィーノ 和田忠彦訳
カルヴィーノ アメリカ講義 ―新たな千年紀のための六つのメモ 米川良夫・和田忠彦訳
まっぷたつの子爵 カルヴィーノ 河島英昭訳
魔法の庭・空を見上げる部族 他十四篇 カルヴィーノ 和田忠彦訳
愛神の戯れ ―牧歌劇『アミンタ』 トルクァート・タッソ 鷲平京子訳
ペトラルカ ルネサンス書簡集 近藤恒一編訳
ペトラルカ 無知について 近藤恒一訳
美しい夏 パヴェーゼ 河島英昭訳
流刑 パヴェーゼ 河島英昭訳
祭の夜 パヴェーゼ 河島英昭訳

月と篝火 パヴェーゼ 河島英昭訳
休戦 プリーモ・レーヴィ 竹山博英訳
ウンベルト・エーコ 小説の森散策 和田忠彦訳
バウドリーノ 全二冊 ウンベルト・エーコ 堤康徳訳
タタール人の砂漠 ブッツァーティ 脇功訳
七人の使者・神を見た犬 他十三篇 ブッツァーティ 脇功訳
ラサリーリョ・デ・トルメスの生涯 会田由訳
ドン・キホーテ 前篇 全三冊 セルバンテス 牛島信明訳
ドン・キホーテ 後篇 全三冊 セルバンテス 牛島信明訳
セルバンテス短篇集 牛島信明編訳
恐ろしき媒 ホセ・エチェガライ 永田寛定訳
三大悲劇集 血の婚礼 他二篇 ガルシーア・ロルカ 牛島信明訳
娘たちの空返事 他一篇 モラティン 佐竹謙一訳
プラテーロとわたし J・R・ヒメーネス 長南実訳
オルメードの騎士 ロペ・デ・ベガ 長南実訳
サラマンカの学生 他六篇 エスプロンセーダ 佐竹謙一訳
セビーリャの色事師と石の招客 他一篇 ティルソ・デ・モリーナ 佐竹謙一訳

ティラン・ロ・ブラン 全四冊 J・マルトゥレイ M・J・ダ・ガルバ 田澤耕訳
ダイヤモンド広場 マルセー・ルドゥレダ 田澤耕訳
完訳 アンデルセン童話集 全七冊 大畑末吉訳
即興詩人 全二冊 アンデルセン 大畑末吉訳
アンデルセン自伝 大畑末吉訳
ここに薔薇ありせば 他五篇 ヤコブセン 矢崎源九郎訳
ヴィクトリア クヌート・ハムスン 冨原眞弓訳
フィンランド叙事詩 カレワラ 全二冊 リョンロット編 小泉保訳
イプセン 人形の家 原千代海訳
イプセン 野鴨 原千代海訳
令嬢ユリェ ストリンドベルク 茅野蕭々訳
ポルトガリヤの皇帝さん ラーゲルレーヴ イシガ オサム訳
アミエルの日記 全四冊 河野与一訳
クオ・ワディス 全三冊 シェンキェーヴィチ 木村彰一訳
山椒魚戦争 カレル・チャペック 栗栖継訳
ロボット (R・U・R) チャペック 千野栄一訳
白い病 カレル・チャペック 阿部賢一訳

岩波文庫の最新刊

梶山雄一・丹治昭義・津田真一・田村智淳・桂紹隆 訳注
梵文和訳 **華厳経入法界品**（上）
大乗経典の精華。善財童子が良き師達を訪ね、悟りを求めて、遍歴する雄大な物語。梵語原典から初めての翻訳、上巻は序章から第十七章を収録。（全三冊）〔青三四五-一〕 定価一〇六七円

大髙保二郎・松原典子編訳
ゴヤの手紙（下）
近代へと向かう激流のなかで、画家は何を求めたか。本書に編んだゴヤ全生涯の手紙は、無類の肖像画家が遺した、文章による優れた自画像である。（全二冊）〔青五八四-二〕 定価一一一一円

マックス・プランク著／西尾成子訳
熱輻射論講義
量子論への端緒を開いた、プランクによるエネルギー要素の仮説。新たな理論の道筋を自らの思考の流れに沿って丁寧に解説した主著。〔青九四九-一〕 定価一一七七円

小南一郎訳注
楚辞
『詩経』と並ぶ中国文学の源流。戦国末の動乱の世に南方楚に生まれ、屈原伝説と結びついた楚辞文芸。今なお謎に満ちた歌謡群は、悲哀の中にも強靱な精神が息づく。〔赤一-一〕 定価一三二〇円

ヴァルター・ベンヤミン著／今村仁司、三島憲一 他訳
パサージュ論（四）
産業と技術の進展はユートピアをもたらすか。「サン＝シモン、鉄道」「フーリエ」「マルクス」「写真」「社会運動」等の項目を収録。断片の伝えるベンヤミンの世界。（全五冊）〔赤四六三-六〕 定価一一七七円

……今月の重版再開……

イブン＝ハルドゥーン著／森本公誠訳
歴史序説（一）
〔青四八一-一〕 定価一三八六円

イブン＝ハルドゥーン著／森本公誠訳
歴史序説（二）
〔青四八一-二〕 定価一三八六円

岩波文庫の最新刊

豊川斎赫編

丹下健三建築論集

人間と建築にたいする深い洞察と志。「世界のTANGE」と呼ばれた建築家による重要論考を集成する。二巻構成のうちの建築論篇。〔青五八五-一〕 定価九二四円

カッシーラー著／熊野純彦訳

国家と神話(上)

非科学的・神話的な言説は、なぜ合理的な思考より支持されるのか？国家における神話と理性との闘争の歴史を、古代ギリシアから現代まで徹底的に考察する。（全二冊）〔青六七三-六〕 定価一三二〇円

ドーデー作／桜田佐訳

風車小屋だより

ドーデー（一八四〇－一八九七）の二十四篇の掌篇から成る第一短篇集。「アルルの女」「星」「スガンさんの山羊」等を収録。改版。（解説＝有田英也）〔赤五四二-一〕 定価八五八円

今月の重版再開

イブン＝ハルドゥーン著／森本公誠訳

歴史序説(三)

定価一三二〇円 〔青四八一-三〕

イブン＝ハルドゥーン著／森本公誠訳

歴史序説(四)

定価一三二〇円 〔青四八一-四〕